無住道暁の拓く鎌倉時代

中世兼学僧の思想と空間

土屋有里子＝編

勉誠社

無住道暁の拓く鎌倉時代

中世兼学僧の思想と空間

◉第二部

無住と文芸活動――説話集編者の周辺

序文

土屋有里子

無住道暁（一二二六〜一三一二）は、鎌倉時代に活躍した、『沙石集』『聖財集』『雑談集』などの著作で知られる僧侶である。特に仏教説話集である『沙石集』は知名度もあり、無住の名を知らなくても、『沙石集』は知っているという人も多い。

無住に関しては、これまで多くの研究がなされている。近年特に注目すべきは、二〇一一年に七百年遠忌を記念して刊行された『無住——研究と資料』（あるむ）である。研究編二十三篇、資料編六篇の論考を収め、無住の著作伝本一覧（奥書・識語集成）、関係文献目録なども含み、当時としての集大成を見た。文学のみならず、思想、宗教、歴史など多方面からのアプローチによる論考が寄せられたことは、無住自身がいかに分野を越えて探求すべき課題を豊富に持った人物かを証することともなった。

二〇一四年には『無住集』（中世禅籍叢刊第五巻、臨川書店）が刊行され、愛知県名古屋市の真福寺大須文庫に所蔵される無住の修学面に関する新資料が公となった。『逸題無住聞書』は文永八年（一二七一）に無住が師と仰ぐ東福寺開山円爾の談義講説を略記したものであり、無住が円爾から受けた教えの実態が少なからず具体的にわかるようになった。また従来、常陸国三村寺僧「道篋」は無住「道暁」その人を指すのかどうか確定できなかったが、新出資料に無住が「道篋」と記されていることから、「道篋」は無住自身を指していることがほぼ確実となり、彼の事績の重要な一ピースを埋めることができた。

その後十年ほど、無住研究は大きな進化を遂げており、このあたりで一度、無住の修学とその背景を彼の人生の流れに沿って見つめ直し、関わりのあった人や場所に注目して再検討していきたい、と思うようになった。より端的にいえば、「いつどこで誰に出会い、どのような教えを受け、その教えの中で彼が何を選択し、その結果をどのような形で作品として遺したのか」を明らかにしたいということである。

無住は梶原氏の末裔として鎌倉で生まれ、十五歳で下野国、十六歳で常陸国へ赴き、二十八歳で遁世するまで長らく常陸国で過ごした。修学地は上野国、鎌倉、京、南都などの各地に及び、尾張国長母寺に止住後も、あちらこちらと精力的に足を運んでいたようである。無住在世時の修学地の様相や法系を介した僧侶間ネットワークに着目することは、無住の宗教者としての内実を読み解く重要な鍵になる。ただ単なる宗教的側面の考察のみでは、無住という人をとらえることはできない。彼の鎌倉幕府や北条氏に対する関心の高さひとつをとっても、当時の政治的、歴史的、文化的背景の考察が不可欠であり、なにより『沙石集』を初めとした諸作品の編者、文学執筆者としての側面を同時に考えていかなければならない。無住の宗教者としての修学経験や知的研鑽は、彼の著作にまちがいなく投影されているし、反対にその著作からは、無住をとりまく修学状況や人的ネットワーク、仏教界や社会の情勢などを探ることができる。宗教者として、文学者としてのコアは、時に分かれ時に融合しさまざまに姿を変えながらも、無住の中で分かちがたく存在しているのである。

そのような考え方から、本書は第一部を「修学と環境をめぐる――東国・尾張・京」として、第二部を「無住と文芸活動――説話集編者の周辺」とした。第一部では、東国（特に常陸国と鎌倉）、尾張、伊勢、京をキーワードに、無住の修学の順を意識して、各地で関わった師や同法、修学の内容、地域性に着目した論考をおさめた。第二部では、無住が説話集編纂の際に依拠したであろう諸典籍、同時代に東国で成立した仏教説話集である『私聚百因縁集』、文学的側面において無住と強い関わりを持つ尾張万歳や和歌陀羅尼観など、こちらは鎌倉時代を中心としつつも通時代的な視点で、無住が影響を受けた、または影響を与えた文芸活動に関わる論考をおさめている。

第一部と第二部を見比べると、第一部の収録論考が多くなっていることにお気づきになると思うが、本書は当初、「無住道暁の修学と環境」と題して、無住と修学地の地域性、関係性を強く意識した構成を考えていて、第一部「東国」、第二部「尾張・伊勢」、第三部「京・南都（奈良）」としていた。本書を編むきっかけとなった共同研究が、(1)そのような問題意識のもと進められていたからである。ただいざ共同研究者の他に、『雑談集』の輪読会に参加していた研究協力者、無住研究に見識が深く、本企画に賛同していただいた研究者の問題意識、論旨などを考えていくと、一つの論に複数の修学地が関連するものや、修学よりもむしろ無住の文学的側面を鮮やかに解き明かすものが複数あり、修学地別の構成をとるよりも、むしろ無住の二つの側面に着目した方が、より無住という人の特性を際立たせ、説得力のあるものになると考えた。寄せられた論考から、はからずも無住の重要な二つの側面が浮かび上がってきたことは嬉しいことであった。執筆者によって、内容の重複や見解の相違があるかもしれないが、編者が調整するようなことは一切していない。かえってそれが、無住の幅広さと、研究視点の豊富さを示すことになると思っている。

また、本書の企画後、近本謙介氏の突然のご逝去があった。近本氏には九条家や慶政、南都仏教と無住との関連でこれまで多くのご業績があり、本書の執筆もご快諾下さっていた矢先のことであった。当初の構成の「南都」をご執筆いただくのは近本氏をおいて考えられず、構成変更のひとつの理由ともなった。加えて、第一部にご寄稿いただいた亀山純生氏が昨年逝去された。亀山氏は中世という時代を「災害社会」ととらえ、宗教、思想研究から特に親鸞と無住との関係を長年考えてこられ、本書に文学畑以外からの新しい知見を加えて下さったことをとても嬉しく思っていた。亀山氏は最初の入稿段階でほぼ完璧な原稿をお寄せ下さっていたので、校正は編者が責任をもって行い、掲載させていただいた。ここに両氏のご学恩に深く感謝し、ご冥福を心よりお祈りする次第である。

これまで、無住遠忌の記念出版を除いて、無住その人をテーマとした論集は編まれたことがなく、昨今飛躍的に進化している研究状況をふまえて将来的な研究の展望と可能性を示すためにも、本書が意義あるものになればと願っている。二〇二六年には生誕八百年を迎えることもあわせて、無住という個は小さいかもしれないが、その無住の目を通して語られる世界は、分野を越境して、鎌倉時代の諸相を深く、力強く我々に伝え続けてくれるだろう。

注

（1）科学研究費補助金、基盤研究（B）「無住道暁と東国をめぐる宗教文化圏の解明と基礎資料の構築」（研究代表者土屋有里子、二〇一八年～二〇二三年、18H00645）

常陸の宗教世界と無住

亀山純生

かめやま・すみお——東京農工大学名誉教授・武蔵野大学仏教文化研究所客員研究員。専門は日本思想史・宗教論。主な著書に『中世民衆思想と法然浄土教——〈歴史に埋め込まれた親鸞〉像への視座』（大月書店、二〇〇三年）、『現代日本の「宗教」を問い直す——唯物論の新しい視座から』（青木書店、二〇〇三年（電子書籍版、22世紀アート、二〇一九年））、『〈災害社会〉・東国農民と親鸞浄土教——夢から解読する〈歴史に埋め込まれた親鸞〉と思想史的意義』（農林統計出版、二〇一二年）などがある。

常陸は、無住が若年時代を過ごし出家求道を始めた場であり、その後南都等遊学で真言宗得道後も往来した布教の場でもある。本稿では、常陸宗教世界の特徴と性格を常陸国の歴史性、中世社会と宗教の関係、〈災害社会〉民衆にとっての信仰という視点から概観し、これに対する無住の立ち位置を素描することで、常陸宗教世界と無住の関係を照射する。

はじめに

無住は仁治二年（一二四一）十六歳から建長五年（一二五三）二十八歳まで常陸に滞在し、その後遊学を経て弘長二年（一二六二）三十七歳で尾張長母寺に止住して以後も、常陸と往来を重ねた。[1] この時期は〈災害社会〉の中世前期（十二世紀半～十三世紀半、ほぼ鎌倉時代）の中盤に位置する。この時期の常陸の宗教世界は、天台宗・真言宗の中世正統派仏教が先行定着している中に異端派の親鸞が専修念仏を布教し、文暦元年（一二三四）頃常陸を離れ帰洛した後の常陸圏親鸞門徒の混乱期である。他方で新しい宗派が登場し、特に建長四年（一二五二）からは忍性が真言律宗を新たに展開した時期でもあった。本稿では〈災害社会〉の民衆生活にとっての信仰という視点から、こうした常陸の宗教動向と宗教世界の歴史的構造の意味を確認し、そこでの無住の立ち位置を素描することとしたい。

一、中世前期の常陸の宗教諸派の概況

宗教は広く政治・文化・芸術・技術とも関わり、地方の宗教世界は中央（京・南都）との交流に大きく影響された。この視点から最初に、無住の時代の常陸の人々の信仰を見る前提として、中世前期の常陸での宗教諸派の展開状況を概観しておきたい。

(1) 神社の展開と神祇信仰

中央との関係でまず注目すべきは神社である。

その筆頭は常陸一宮の鹿島神宮であり、常陸が古代国家領域の東の北端に位置したため、天孫に従い国土平定した武甕槌神を祭神とする国家の北方守護神と重視された(2)。さらに同社は藤原摂関家氏神でもあり、朝廷の毎年の鹿島使派遣など中央との交流が深く、国家保護を受けた。平安後期の荘園公領制成立の中で膝元の鹿島郡・行方郡の多くが神領化し、朝廷の蝦夷征伐過程で定住した常陸国衙在庁官人筆頭の常陸大掾氏の保護により、常陸南部に勢力をもった。さらに、鎌倉幕府が武神として尊崇し、新たに所領を寄進し鹿島社総大行事職を置くなど常陸御家人に護持を命じ、十三世紀前半には鹿島社の影響力は常陸全域に及んでいた(3)。

同社には神仏習合初期（九世紀末）に神宮寺が置かれ、一一九四年には鹿島社境内に移され、神宮領各地に支院を展開して大勢力をなした(4)。神宮寺は創建時の大般若経六百巻奉納を始め、鎌倉期も笠間時朝の宋版大蔵経奉納等、常陸の学問拠点となっていた。さらに鹿島社は太平洋海上交通の要であり(5)、中央貴族・文人・僧の往来と共に寺社造営等で技術・文化が流入する常陸の文化センターであった。

また、常陸三宮の吉田神社（祭神は蝦夷征伐の日本武尊）は同様に神宮寺薬王院と一体で常陸中部の吉田郡・那珂郡に、そして古来常陸人が信仰する筑波山神社も神宮寺中禅寺と共に常陸中央部に勢力をもった(6)。常陸には以上を含め十六の官幣大社が置かれたが、それらは荘園制発達の中で在地領主の氏神化し(7)、その他の在地領主氏神や古来の土地神も含め、中世常陸には神祇信仰が民衆世界に圧倒的に浸透していた。

(2) 正統派仏教の展開

神社展開と相関して中央宗教の常陸浸透の点で注目すべきは、もちろん仏教諸派である。

中央で正統派の位置を占めたのは天台宗・真言宗であった。開祖最澄が鎮護国家を掲げた天台宗では、朝廷の蝦夷征伐最前線の常陸には古代から寺院が創建され、南部では前述の常陸大掾氏により、北部は同じく蝦夷征伐で定住した佐竹氏により外護され拡大した。その中で、浄土教を導入した天台三

祖・円仁（隣接の下野出身）による寺院創建も少なくなく、さらに平安後期から末法思想と浄土信仰が全国化する中で、常陸でも浄土寺院が弘まった。今も、中世前期の定朝様式の阿弥陀仏像が六ヶ寺に残り、常陸大掾氏創建の日向廃寺（つくば市）は宇治平等院と同じ構造をもち、西蓮寺（玉造町）や東城寺（新治郡）は円仁流寺院様式で法華堂と常行念仏堂を備えていた。[8]

これらは、無住に倶舎論を講じた三井寺円幸教王房法橋の東城寺止住が示す如く、中央天台教学導入の拠点寺院であり、そこから各地の在地領主の小寺院・堂建立へと天台宗が弘まった。在地領主の天台宗外護は幕府討伐による常陸大掾氏・佐竹氏の宗家滅亡後も支族等に担われ、天台宗は一層常陸に浸透した。

他方真言宗も古代以来散発的に常陸に入っていたが、本格的浸透の拠点は鹿島神宮寺であった。同寺は古来法相宗だったが、同じく藤原氏氏神の春日社の法相宗興福寺が平安以来南都仏教全体と共に真言密教化しており[9]、中央との交流の中で同様に真言密教化し、真言宗は鹿島社圏に浸透した。鹿島神宮寺跡からの平安～鎌倉期の密教用具の多数出土はその証左である。[10]

関連して太古以来の山岳信仰と融合した修験道が、常陸中央の筑波山と北部の八溝山を聖地とし、天台密教・真言密教が交錯しつつ繁盛していた。[11]

(3) 民衆仏教の浸透

以上の寺社の展開と重なりつつ、遊行聖等を介して中央や諸国から民衆的仏教信仰も浸透していた。

その中心は、天台法華聖や真言高野聖、両者融合の念仏聖による法華信仰や念仏信仰であり、常陸全域に浸透していた。また、熊野信仰が熊野から海上交通ルートにより霞ケ浦一帯の海民に伝播し、熊野聖により在地領主の熊野堂建立が弘まり、御家人の熊野詣も幕府が十三世紀初には許可制にするほどであった。[12]さらに、観音信仰も聖により民衆世界に浸透し、将軍実朝の頃には坂東三十三カ所観音霊場の原型が成立し、常陸にも六ヶ所登場していた。[13]そして善光寺信仰も頼朝・政子の善光寺保護もあって善光寺聖により東国に教線を延ばし、十三世紀初には善光寺信仰に篤い下野宇都宮氏の筑波山西麓（笠間郡等）併合や同族八田知家の常陸守護就任で常陸西部に浸透した。[14]

(4) 十三世紀における親鸞専修念仏と鎮西派・真言律の展開

以上のような十三世紀初の常陸宗教圏に、建保二年（一二一四）頃に四十二歳の親鸞が善光寺聖の教線に沿って登場し、西部の稲田（笠間市）を本拠とし、以後二十年間各地を巡回して法然の専修念仏を深化しつつ説いた。その結果親鸞の直弟子は、隣接の下野南部・下総北部を含め常陸全域で（以下常陸圏と言う）少なくとも四十九名に達し[15]、各々の直弟子は多数の弟子・信徒を抱えて門徒集団を形成し、中には飯富（水戸市）の平太郎のように百人も抱えた者もいた。親鸞は文暦元年（一二三四）六十二歳頃に常陸を離れ帰洛したが、その後もこれら直弟子達は親鸞の遠隔指導を仰ぎつつ、下総横曽根門徒の性信、下野高田門徒の真仏・顕智、常陸鹿島門徒の順信ら有力門弟中心に連携して専修念仏を展開した。

その中で延応元年（一二三九）には法然系鎮西派二祖の良忠が下総に入り千葉氏外護の下で常陸に教線を延ばし、天台浄土教と融和的な多念仏往生論を説いた。さらに、建長四年（一二五二）には真言律宗の忍性が常陸入りし小田氏の外護の下で約十年間、戒律復興を掲げて専修念仏を批判しつつ教線を延ばし、多くの寺院が真言宗に転換した[16]。こうした中で、後述の如く親鸞門徒は大混乱に陥った。

二、中世前期の常陸の人々の生活と信仰

前節で見た常陸の宗教状況は武士や民衆の信仰と生活に何をもたらしたか、まず、親鸞に先行した天台・真言宗の浸透の意味から概括したい。

（1）中世正統派天台・真言宗と荘園制秩序

この点でまず留意すべきは、王仏相依論によって中世正統派仏教の位置を占めた天台宗・真言宗の全国展開は荘園制秩序の確立・強化と一体だったことである。王法仏法相依論は、中央では王・国家（天皇・朝廷）の仏法帰依・外護と公認仏教（天台・真言宗や南都六宗）の王法（統治）・国家護持の論理となった。その媒介は神仏習合であり、象徴は皇祖神の伊勢神が大日如来・阿弥陀仏の垂迹、国家守護神の八幡神の本地が阿弥陀仏とされたことである（存覚『諸神本懐集』）。この論理は、在地では領主が天台・真言宗（寺院）に帰依することで、一方では在地領主を国家（朝廷・幕府）に従属させ、他方では在地領主の荘園支配を正当化し仏教帰依の民衆を荘園秩序に従属させる論理となった。そこでも媒介は神仏習合であり、常陸では、幕府が御家人・在地領主に護持を命じた国家守護の武神・鹿島神の本地が十一面観音とされた（存覚前掲書）のが典型だが、在地領主も荘園の紐帯として各々の氏神を諸仏・菩薩の権現と崇めた。

（2）〈災害社会〉中世の民衆の願いと正統派の応答

しかし、武士・在地領主や民衆にとって国家従属や荘園従属イデオロギーの仏教帰依は権力的強制では実現せず、武士や民衆に仏教が弘まるのは彼らの要求に仏教が応えてこそで

ある。この点で注目すべきは、中世前期は気候寒冷化故の災害・飢饉と体制転換期故の戦乱が相乗的に頻発する構造的〈災害社会〉だったことである。親鸞在世（一一七三〜一二六二）の九十年間に、七難（天行異変・大雨洪水・疫病・戦乱等）を理由とする災異改元が十八回も行われたのが象徴する。その中で民衆の切実な願いは現世安穏・後生善処であった。

　これに正面から応答したのが正統派の天台・真言宗であり、現世安穏には密教修法（神仏祈祷・呪術）による除災招福（現益）、後生善処には阿弥陀浄土教による死後の極楽往生（当益）を説き、仏法帰依による現当二益を前面に掲げた。

　真言宗は当初から密教が看板だったが、天台宗も五祖円珍により早々に天台密教が確立した。また天台宗は三祖円仁が浄土教を導入していたが、それは十世紀半ば古代社会動揺と末法思想流行の中で天台座主・良源により天台宗の前面に掲げられ、弟子源信の『往生要集』（九八五年）で体系化された。真言宗でも同じ頃真言浄土教が登場し、十二世紀初に覚鑁により体系化された[17]。実はこの歴史的変化は、武士・民衆への仏教普及の寺院側からの特別の必要と密接に関係していた。というのも、平安仏教はそれ迄の国営から官許民営化されたため各宗各寺院は自前の経済基盤の確保が必要となり、鎮護国家の密教修法による国家・貴族の援助確保と共に自前の荘園確保（開発・寄進）へと向い、在地領主（武士）の荘官化や生産民衆の荘園囲い込みが不可欠だったからである。そのテコは密教修法の民衆化であり、決定的には浄土教の民衆化であった。南都諸宗の密教化・浄土教化もそれ故だった。

(3) 正統派浄土教の悪人念仏往生布教の意味[18]

　注目すべきは、武士・民衆への浄土教布教は地獄極楽の世界観と彼らの悪人視をセットにした悪人念仏往生論によりなされたことである。それを教義面で確立したのが『往生要集』であり、地獄極楽像を詳細に示し仏道修行不可の愚人・在家者に念仏往生の道を示すと共に、堕地獄の悪、特に殺生罪を厳密に定義した。即ちそれ以前は、天武朝の殺生禁断令（六七五年）が特定動物（家畜等）や特定期間（繁殖期）を対象としたのが象徴するように、殺生罪は極めて限定的だった。源信は、それを全動物（陸上・水生・虫）の殺傷肉食の無条件禁止に拡大し、大乗仏教の根本原理の「一切衆生悉有仏性」（『涅槃経』）論により殺人同等の極悪罪とした。これにより、武士だけでなく漁猟師始め耕作で土中の虫を殺す農民等、全ての生産者、肉食する生活者全てが堕地獄の極悪人とされた（民衆がそれを受容した媒介は太古以来の死穢・血穢＝悪の観念だった）。その上で、悪人も僧の導きで念仏すれば極楽往生可能と説いたのである。そして源信自身も頑愚を自認し叡山横川で念仏三昧を実践し、念仏結社により在家者にも念仏往生を弘めた。

『往生要集』は天台・真言浄土教の導きとなり、末端僧（説教師・聖）は全国展開して分かり易い説話で、一方でリアルな地獄極楽イメージとセットで悪人は堕地獄と脅し、その上で僧（寺院）に帰依し寺社荘園や寺院護持の領主に奉仕すれば死後の堕地獄回避・極楽往生と説いた。十一世紀以来続出する往生伝・説話集がそれを示すが、その集大成の『今昔物語集』（十二世紀初）では、地獄説話三十二話（巻十七）と共に、往生説話六十二話（巻二五他）が採録されその中で念仏往生は五十二話に上り、内、民衆往生が二十五話を占め、極悪人（殺生生業者）往生も十二話（武士八、漁猟師四）登場していた。そして、これらの舞台が九州から陸奥まで全国二十ヶ国に及ぶのが全国的民衆布教を示している。

この布教により、特に中世〈災害社会〉に突入し民衆の現世安穏・後生善処の願いがいっそう切実になる中で、正統派の悪人念仏往生論は圧倒的に武士・民衆に受容され、それと共に民衆の荘園囲い込みが徹底した。さらに十二世紀に隆盛した天台本覚論は、日本独自に草木国土も仏性を有する「衆生」と解釈して、農耕・林業や山野河海の開発、菜食までも極悪殺生罪と説いて生産者・生活者＝悪人論を徹底する一方で、僧の導きで仏（寺院）に帰依し念仏すれば猟漁始めこれらの極悪生業も仏への布施（供物＝貢納）として極楽往生行となると、念仏信仰即荘園従属を徹底する論理を生み出した。

（４）常陸における正統派仏教浸透の背景と意味

以上のような中世前期の武士・民衆の信仰状況は、常陸においてより典型的だった。というのも常陸を含む関東平野の大河川中下流域は、〈災害社会〉の被害が最も大きかった地方であり、その中で常陸は、前述の如く中央・諸国交流により天台・真言系信仰が深く浸透していたからである。

この地域は、中世初期（院政期）の大開拓時代に温暖化で米作が北上し、灌漑など技術革新による大河川中下流域の水田化がようやく可能になった新興開拓地帯だったので、寒冷化した中世前期には逆に凶作の連続と大雨洪水の頻発による災害激甚地帯となった。そして飢饉が頻発し、中でも十三世紀の関東一帯の寛喜大飢饉（一二三〇〜三一）、正嘉大飢饉（一二五七〜五九）、文永大飢饉（一二七四〜七五）は、史上十六大飢饉に数えられる悲惨さであった。その中で、民衆の現世安穏・後生善処の願いは一層切実化し、正統派が説く現当二益はそれだけ一層深く民衆に浸透した。

真言宗は鹿島神宮寺本尊・十一面観音（阿弥陀仏の分身）の十種勝利（現益）四種果報（当益）を看板とし真言密教と真

言浄土教を説いた。これと平行した民衆世界の観音霊場信仰も現当二益信仰であった[19]。天台宗は、八溝山・筑波山の修験者が現益を、東城寺など円仁流の常行念仏堂を持つ大寺院では源信流の念仏往生（当益）を説いた。これらの教えは諸寺の末端僧や聖により民衆世界に浸透した。熊野信仰も天台真言融合による現当二益を看板とし、熊野修験による除災招福と共に熊野聖が熊野権現＝阿弥陀仏として念仏往生を説いた[20]。阿弥陀信仰の善光寺聖も天台聖と高野聖が混在して念仏往生を説いた[21]。

このように〈災害社会〉激化の常陸では、他の地域以上に正統派の現当二益信仰が深く浸透し、現世安穏・後生善処を切実に願う民衆を荘園に囲い込んでいったのである。

三、親鸞専修念仏の常陸圏展開の意味

(1) 中世宗教における法然専修念仏の位置

常陸入りした親鸞は、以上のような武士・民衆の信仰状況の中で法然の専修念仏を説いた。

法然は正統派の説く念仏往生が依拠する『観無量寿経』の諸行往生による九品往生論では、悪人も念仏往生と説いてもそれは最下の下品下生で、浄土辺地の蓮の蕾の中に無限期間幽閉される事実上の不往生と批判した。そこで『観無量寿経』の独創的解釈で弥陀の本願は造像起塔や倫理的善行等の諸行をなす善人もそれができない悪人も「平等」に往生できる称名念仏の勧めだと主張し、専修（称名）念仏を説いた。これは源信以来の在家・悪人の念仏往生論の徹底であり、法然は念仏の高僧として、天台・真言宗の僧・聖や貴族から武士・民衆まで広く帰依され、特に貧困民衆に支持された。その中で門弟の中から、専修念仏論は諸行否定だから善人は往生不可で、悪人が往生の正機だからと悪行を勧める造悪無碍論が現れ、法然はそれを門弟に禁じた（「七箇条制誡」）。

だが天台・真言の正統派（上層部）は問題の元凶は法然の専修念仏論自体にあるとし、正統派が機根（仏道能力）相応に諸行と念仏を勧める「仏界平等」の道を説くのに、法然は称名念仏のみを勧める「偏執の勧進」と批判した。さらにそれは、A諸経典（仏の教え）を否定し、特に自ら依拠する『観無量寿経』に背く堕地獄の謗法で民衆の後生善処の願いに反し、B諸仏・諸行や善行（神祇崇拝や道徳）を否定し悪を勧める造悪無碍論で、国家・道徳を破壊し現世安穏の願いに反する邪教と厳しく糾弾した（『興福寺奏状』）。そして朝廷を動かしてついに建永二年（一二〇七）には専修念仏を禁止し、法然と過激派弟子を流罪にした。

親鸞も公然の肉食妻帯等で過激派と見られて越後流罪とな

り、赦免後も京に戻らず越後から常陸入りした。

(2) 親鸞の常陸入りと他力専修念仏の確立

前述のように常陸では既に天台・真言宗等による念仏往生論が深く浸透しており、その中で念仏の高僧としての法然の名声も届いていたと見られる。

武蔵や上野には熊谷蓮生・津戸三郎や大胡太郎など法然直弟子が専修念仏を弘めていた。有力御家人には法然に師事して南無阿弥陀仏と号した重源等の高野聖の弟子もいた。[22] 幕府は朝廷に呼応して建永元年（一二〇六）に津戸三郎を造悪無碍の疑いで喚問したが、法然にも帰依した尼将軍・北条政子（戒師は栄西弟子・退耕行勇）が弁護し弾圧を止めた。[23] これは造悪無碍無縁の念仏の高僧・法然の評判を関東武士に高めたと言えよう。法然の名声は民衆聖からも伝えられていた。常陸真壁郡の敬仏は、法然に師事して高野念仏聖別所を開いた明遍の弟子であり、常陸で法然由来の専修念仏を説いていた。[24] 敬仏中心に関東の法然系念仏聖の法語を集めた『一言芳談』がそれを示し、そこには敬仏の弟子と見られる東城寺阿褥房の名もある。

そうした中で、親鸞は法然直弟子の初の常陸入りとして、常陸の念仏聖や武士・民衆に歓迎されたと言えよう。ちなみに親鸞の常陸入りは、法然に帰依した宇都宮頼綱（蓮生。法然没後は証空に師事）が親鸞を招いた故とされ、親鸞拠点の稲田がある笠間領主は頼綱弟・塩谷朝業（後に証空に帰依。信生）であった。[25]

かくして親鸞は二十年間常陸で法然専修念仏を布教し続け、越後流罪で確立した在家主義（「非僧非俗」の「禿」）の立場から〈災害社会〉民衆の悲惨を凝視し共苦し、彼らの現世安穏・後生善処の切実な願いへの全面応答を模索した。その中で法然の専修念仏を絶対他力へと深化させて民衆に布教しつつ、前述の正統派の論難A、Bに全面反論する教学を確立した（五十二歳で『教行信証』草稿成立）。

(3) 常陸圏での親鸞専修念仏布教の特徴①
――民衆の後生善処の願いへの徹底応答

常陸での親鸞の布教の特徴は、第一に後生善処応答の面では法然専修念仏を継承しつつ民衆の生に即して深化したことである。法然では源信等正統派の念仏と同じく臨終念仏による弥陀来迎往生が説かれ、臨終までの念仏持続＝数量が求められた（来世主義の念仏三昧生活を送る遁世念仏聖が理想）。これに対し、親鸞は弥陀救済力の絶対性（他力）により臨終念仏不要で只今一度の称名念仏で往生決定（「正定聚」）と説いた。それは遁世念仏聖たりえない生業の在家民衆には、臨終念仏不可能な災害頓死の切迫感の中でなお残る後生不安を全面解消し（『歎異鈔』十四）、安心して現世の生に集中することを励ます現生主義の念仏であった。

関連して、漁猟師・商人・農民など「宿業」の悪人の往生が弥陀の本願だと強調して法然の善人悪人平等往生論から悪人正因論へと深化し（『歎異鈔』三、十三）、前述の正統派の論難Aに反論してこれを浄土教学史から基礎づけ、生産者・在家生活の生を弥陀により絶対的に価値づけた。これは正統派諸行往生論で最下の極悪人と卑賤視・差別されてきた生産者・生活者に誇り（「本願誇り」『歎異鈔』一三）をもって〈災害社会〉を生き抜く力を与えた。

(4) 常陸圏での親鸞専修念仏布教の特徴②
――民衆の現世安穏の願いへの全面応答

第二に、現世安穏願望に対しては来世主義の法然には独自応答がなく、除災招福の密教修法に期待する民衆や氏神信仰軸に荘園経営する武士門弟との間に矛盾を抱えていた。そこで法然は、それらを往生行としては否定しつつも、世間の道・「この世の祈り」として容認した。[26]

これに対し親鸞は民衆の切実な現世安穏の願いに正面から応答し現生主義の専修念仏の立場から、一方で、正統派の現世安穏の道＝除災招福呪術（神仏祈祷・卜占）を厳しく否定し〈神祇不帰依〉を説いた（『教行信証』化身土巻、『愚禿悲嘆述懐』）。理由は、㋐呪術による除災招福は幻想（虚偽）であり、㋑呪術は民衆を圧殺し、㋩呪術は人間を過剰な恣意的欲望に呪縛する故とした。㋐の背後には効験なき修験者横行の批判と、自らの努力で成果を求め確認する武士・生産者の〈合理〉精神（実否判明の精神）への共感があり、㋑の背後には神罰仏罰で民衆を脅し非服従者を殺傷する強欲な寺院・荘園領主への批判があった。㋩の根底には、災難は「日月（自然）の咎」でなく「人間の禍（強欲）」によるとする災害観があった。[27]

他方で親鸞は念仏で「七難消滅」と言い、天地の善神が念仏者を守ると〈神祇尊重〉を説き（『教行信証』化身土巻、『現世利益和讃』）、親鸞自身も居住地の稲田社はじめ鹿島神宮にも参詣した。[28] さらに親鸞は造悪無碍論を厳しく批判し、弥陀の慈悲により煩悩（我執）漸減・利他善行へと導かれるのが念仏の利益と強調し、弥陀の前の平等社会や争い無き「世の中安穏」への道（〈浄土の倫理〉）を説いて（『歎異鈔』六、消息「末灯鈔」一九、二〇等）、前述の正統派の論難Bに全面反論した。[29]

(5) 常陸圏における親鸞専修念仏の受容と〈難解さ〉

さらに親鸞は、以上のように弥陀の本願＝第十八願による現生主義専修念仏を勧めつつ、正統派の諸行往生論や源信・法然の自力臨終念仏も、弥陀の第十九願や第二十願によるとし、すべて他力専修念仏に導く方便と説いた。そしてこれらを信ずる人々への非難や他力専修念仏強要を禁じ（消息「末灯抄」二、「御消息集」七）、正統派の専修念仏＝「偏執の勧進」の論難に反論しつつ、正統派の攻撃を避ける丁寧な布教を行った。

このような親鸞の現生主義専修念仏論はすでに念仏往生論が深く浸透していた常陸圏において、一部正統派（修験道）の反発を受けつつも[30]基本的には、〈災害社会〉の中でも現世を主体的に生きる武士・生産民衆の現世安穏・後生善処の願望に応答するものとして受容された。特に〈神祇尊重〉を強調したことは、氏神を紐帯に荘園経営しそれを民衆福利・現世安穏の道と信じる〈良心的〉在地領主・武士や、素朴に自然神を崇める生産民衆にとって重要だった。親鸞の直弟子に御家人を含む在地領主・武士層が多く（四十九名中三十三名）、特に常陸圏親鸞門徒の中心の鹿島の順信は鹿島社現役神官、横曽根の性信も鹿島社神官一族で、高田の顕智は領主大内氏一族だった[31]。

しかし親鸞の現世主義の専修（称名）念仏の教義は〈難解〉で民衆には精確な理解が困難であった。特に、一度の念仏でさえ往生決定ならさらに念仏・善行を積めばなお往生確実との多念論・賢善精進論の異解が在地領主層中心に強かった（先行浸透の源信流念仏往生論が臨終まで念仏〈専修〉としつつ諸行を念仏の助業と説いた影響もあった）。逆に、一度の念仏のみで悪人のまま往生決定なら後は無用とする一念論・造悪無碍論の異解も貧困民衆中心にあった。何より、災害頻発の中で呪術期待は極めて根深かった。矛盾ともみられがちな〈神祇不帰依〉と〈神祇尊重〉の親鸞の教示の分かりにくさに加え、親鸞自身が被災民衆の悲惨への共苦のあまり救済のために〈呪術〉的行為をしたのが拍車をかけた（弥陀経典読経による祈雨祈祷・水害回避や頓死者鎮魂等[32]）。ちなみに親鸞は五十九歳の時寛喜大飢饉の中でこれを専修念仏逸脱・本願背反と自己批判し、これらの異解に丁寧に応答し、専修念仏の精確な普及に努めた。

四、十三世紀後半親鸞門徒の大混乱と真言律宗の常陸展開

（1）造悪無碍の横行による有力門弟と善鸞の対立

親鸞が帰洛するとこれらの異解は表面化し門弟間の論争・対立に発展した。その中で有力門弟達は上洛して、また書面で親鸞に教えを請うて対応したことが親鸞消息から確認できるが、異解は実に多岐にわたっていた。最も深刻なのは造悪

無碍論の横行であり、苦慮した性信ら有力門弟は親鸞の関東再来を要請したが、八十歳の親鸞は嫡子善鸞（五十歳頃）を名代として建長四年（一二五二）頃に常陸に派遣した。しかし善鸞は有力門弟と対立し、親鸞秘伝の教え直伝を看板に彼らから信徒を大量離反させ、親鸞門徒は大混乱に陥った。さらに善鸞は反造悪無碍派の彼らを造悪無碍と告訴して笠間領主は彼らを弾圧し、さらには幕府の関東一円専修念仏弾圧の危機に発展したが、性信らは有力御家人の助力で辛うじて回避した。その中で性信ら有力門弟が善鸞は念仏を「萎める花」と否定する背教者と親鸞に誣告し、親鸞は苦渋の中で善鸞を義絶し、善鸞は常陸圏親鸞門徒から追放された。善鸞はなお関東で布教を続け、独自の親鸞門徒を形成した。

　このような常陸圏親鸞門徒の混乱と危機は、親鸞教示の前述の〈難解さ〉や善鸞と有力門弟の主導権争い等と絡みつつも、基本的には常陸圏の〈災害社会〉の民衆苦の深刻さと、親鸞帰洛後の常陸圏の新しい宗教情勢、即ち法然系鎮西流念仏の流入と、特に善鸞と同じ頃常陸入りした忍性の真言律宗展開によるものであった[33]。

(2) 造悪無碍横行の歴史的背景と親鸞門徒対立の教義的核心

　第一に、前述のように寒冷期の中世前期はその前の温暖期のような新規田畠開拓は不可能となり、荘園開発は地域の山野河海の領有に移った（領域支配型荘園制）。これにより民衆は生活基盤の共同利用地（「無主の地」）の山野河海を奪われ、そこでの生業は殺生罪に加え極悪の神仏叛逆罪・神物仏物偸盗罪（荘園は神仏領故）とされ、この矛盾は災害激甚の常陸圏では一層激化した。在地領主は領家等への貢納や幕府命令の鹿島社護持等の負担に追われ民衆収奪と山野河海からの民衆排除を強め、民衆は生きるために抵抗＝〈悪行〉を余儀なくされ、特に飢饉時には頂点に達した（飢饉時に山で飢えを凌ぐ様は『沙石集』巻六ノ八からも窺える）。その中では、「悪人、最も往生の正因なり」、「念仏は無碍の一道」（『歎異鈔』三、七）と説く親鸞の専修念仏論は、彼がいかに恣意的造悪を批判しても、門弟が造悪無碍論に傾斜するのは不可避だった。造悪無碍論が特に横行した奥郡は山間貧困地帯、南の庄は山の牧、北の郡・行方郡が海民の生活基盤の霞ケ浦周辺で鹿島社膝元だったのはそれを示している。

　第二に、造悪無碍論阻止で共通しながら有力門弟と善鸞の対立は教義面からいえば、有力門弟は専修念仏を専ら悪人往生に限定し、現世安穏応答を念仏信心から分離して「この世の祈り」として正統派の神祇信仰・道徳・呪術を肯定する〈欺瞞〉と善鸞が見た点にある。前述の如く有力門弟の中心の順信・性信は鹿島社神官・一族でその実態は真言念仏聖であり、真仏・顕智は善光寺念仏聖であった。この〈欺瞞〉は民衆の信仰の要の念仏往生で悪人肯定に導く故に、彼らを造悪無碍論の扇動者と見たのである。これに対し善鸞は親鸞の称名念仏による七難消滅（『現世利益和讃』）と善行の勧め（「転悪成善の益」：『教行信証』信巻）を掲げた。

（3）真言律宗の新たな展開と専修念仏批判

第三に注目すべきは善鸞のこの立場の強調は、同じ頃常陸入りした忍性の真言律宗展開と深く関係していたことである。

忍性は世の乱れ・災悪の解決のために戒律復興を掲げて、筑波山麓の民衆の抵抗・造悪無碍に悩む領主・小田時知の招聘・外護の下で、三村寺と鹿島神宮寺を拠点に殺生禁断結界を新設して強力に民衆に善行を勧めた。その忍性にとって悪人往生を説く浄土教は世を乱すものであり、浄土教寺院を次々と真言律院に変えていった。三村寺は元々は時知の曽祖父・八田知家（新善光寺殿）が創建した極楽寺だったのを忍性が律院に変えたのが象徴的で、同様に鹿島社神宮寺も真言浄土教から真言律宗に変った。まして常陸の造悪無碍横行は許しがたい事態であり、戒律無用の悪人往生を説く親鸞専修念仏は造悪無碍の元凶であった。忍性が筑波山麓で展開した律院が親鸞門徒の拠点と対峙していたのが象徴的である。[34] さらに言えば、当初は笠間領主によるローカルな専修念仏弾圧が関東一円に拡大する幕府喚問に発展した背後には、忍性の関与があったと考えられる。何故なら忍性は後年鎌倉入り後、法然系鎮西派の良忠と共同で排他的偏執の日蓮の排除を幕府に提訴したので[35]、同様の事は偏執の親鸞門徒に対してもあったと言えよう（良忠も、天台浄土教と一体を強調しつつ多念往生論を展開し親鸞専修念仏を偏執の一念義＝造悪無碍論と批判していた）。

だが忍性の真言律宗の常陸浸透は単にこうした強圧的布教だけでなく、何より現世安穏願望への実践的応答で民衆が圧倒的に支持したからであった。忍性は後年鎌倉入り後、一方で除災招福の有能な祈祷僧として幕府に重用され、他方で高度な技術者集団を率いて、癩病等の病者治療や飢民等の救貧活動を展開し、また和賀江島など港湾を整備した。常陸でも同様で、三村山で雨乞い祈祷を行い、海上交通の要の鹿島社大船津を改修するなど各地で農民や河海の民の現世利益に成果を上げた[36]。

（4）戒律・善行重視の流れと親鸞門徒

善鸞はこうした忍性の善行の勧めと現世利益セットの専修念仏批判の圧倒的浸透力に危機感を持つと共に刺激を受けた。そこで念仏による現世利益・善行の勧めが親鸞教学の核心（『教行信証』の「現生十益」）と捉えて専修念仏の正面に掲げ、若き日に学んだ天台修験の医療技術等を生かして実践したと思われる（甥の覚如は、出会った後年の善鸞の姿を親鸞流の念仏者で治療する修験者と証言している。『最須敬重絵詞』一七）。

忍性の専修念仏撲滅の狙いは親鸞門徒の巧妙な対応で実現しなかったが、その後の幕府外護により戒律復興でめざす理念（本来の仏教＝煩悩悪の克服）は、中世前期末から中世後期（室町時代）の宗教状況に一つの流れを形成した。全体としては神仏習合体制の下で、武士中心に新しい禅宗の流れが登場したのが象徴する。忍性の直接の流れは常陸でも、忍性同門の定舜や実道房（無住も師事）の常陸止住や[37]、何より無住の常陸往来と民衆布教に継承された。

そうした中で、常陸圏の親鸞門徒は善鸞追放後もなお、一念義対多念義、造悪無碍対賢善精進などで対立を続けていた（『歎異鈔』一二～一八）。だが次第に、高田門徒を中心に専修念仏と世間の善（神祇信仰・道徳）の二元的両立方向が主流になり、造悪無碍論は影を潜めた。

五、無住の常陸宗教世界への立ち位置

以上、無住の生きた時代の常陸（圏）の宗教世界の様相を概観してきた。最後に、これへの無住の関わりと立ち位置を確認したい。

（1）無住の求道経過と常陸の宗教動向

無住は討伐された有力御家人・梶原景時の孫で嘉禄二年（一二二六）生まれの孤児であり「親しき人」に養われ、十三歳で鎌倉寿福寺に住み、その後十五歳で下野の伯母（宇都宮頼綱室）の下に行き、十六歳で常陸に移り「親しき人」に養われた。そして十八歳で出家し東城寺で円幸教王房に師事し二十歳頃住坊を譲られた。同じ頃に法身房の『倶舎論頌疏』を聴講し、二十七歳の時真言律に詳しい朗誉から『釈摩訶衍論』を受講し、さらに同年常陸入りした真言律宗の忍性に師事し、住坊を天台浄土寺院から真言律院に変えた。その後間もなく二十八歳で常陸を離れ、本格的律学の遊学生活に入った[38]。

このような経歴は無住が若年にして十三世紀前半の常陸の宗教動向を一身に体現していることを示している。前述の如く東城寺は常陸天台の拠点であり、無住も出家当初は天台伝統の顕密兼修を学んだようである。前記下線部と共に、師の教王房は台密完成の円珍本流の三井寺の僧で五穀豊穣の密教修法を誇る「顕密の勤行怠りなき上人」[39]と言うのがそれを示す（『沙石集』五本ノ七）。だが無住はその後源信流念仏の道に転じた。二十三歳頃、住坊に「不断念仏堂」を建て「念仏が絶えない」ようにし、念仏聖の「供料」にしたと言う（『雑

談集』巻四ノ二)。なお無住は、法然系専修念仏の存在も伯母の夫・宇都宮蓮生の証空流専修念仏を通して知っており、また親鸞帰洛後の常陸圏親鸞門徒の専修念仏も知っていたが、源信流念仏聖と同一視したと思われる。[40] しかし念仏にも飽き足らず上野世良田まで赴き関東では最新の律宗に接し、そこで朗譽から、『沙石集』(巻六ノ九)が伝える師の「律師」栄朝の、僧の堕落や破戒の遁世僧・念仏聖の貪欲の痛烈な批判と戒律復興の重要さを説いた説法を知り(ないし朗譽自身の同様の説法を聞いて)強く共感したのが転機となり、忍性の常陸入りで真言律宗に転じた。

かかる若き無住の求道経過は、孤児の彼を養育した「祖母尼公」(上記「親しき人」)の導き、幼少よりの仏道薫育(十三歳の寿福寺入り)から、特に二十三歳頃の仏道精進の励ましと「律」行の教唆によると思われる(後年祖母尼公を「善知識」と述懐‥『雑談集』巻四ノ二)[41]。

(2) 無住の常陸〈災害社会〉観

以上を踏まえて以下、『沙石集』(以下、巻数と説話番号のみ記す)が示す〈成熟〉した無住の仏教観[42]を常陸の宗教世界と関わらせ、そこへの立ち位置を概観したい。

第一に、『沙石集』は民衆布教書であり、仏法衰退を憂えつつ民衆を愛欲煩悩脱却の仏道(「出世解脱の道」巻十本)へ導くことを目標としている。だがそれは、出家の勧めや現世離脱の勧めでなく、〈災害社会〉の苦の脱出を目指して生活世界を生きる道を勧める現生主義であった。災難は人為とし仏法衰退故とする(巻十本ノ八)のが無住の基本視点であり、それは常陸の〈災害社会〉の現実凝視により確立したと言えよう。東国武士を例にこう悲嘆するのが証左である。

「末代は、父子・兄弟・親類・骨肉あだを結び、盾を突き門柱対決し境を論じ処分を諍うこと、年々に従いて世に多く聞こゆ。…父子兄弟等の不和なる時は、天神地祇も人を助け守り給わず。さるままに飢饉・疾疫・兵乱の災難しばしば来る。心憂き末世の習いなり」(巻九ノ四)

ここには祖父・景時の非業死と、それで没落した家に生まれた孤児故に飢饉苦に遇った幼少期の思いが重なっていると思われる[43]。無住の災難観・在家目線の現生主義は先述の親鸞のそれとピッタリ重なっている(幼少期体験も)[44]。

(3) 正統派僧・無住の二面性

第二に、無住は灌頂を受け「東寺末流金剛仏子道暁」と自署する正式の真言僧であり[45]、大きくは正統派仏教の枠内で〈災害社会〉の民衆の現世安穏・後生善処の願望に正面から応答しつつ、民衆布教を行っていた。『沙石集』において巻一では神仏習合論の下で伊勢神宮始め神祇帰依の勧めを、巻二では諸仏諸菩薩の現世利益の強調を、巻四・七では往生の勧めと因果応報論による造悪の戒めと善行の勧めを、巻三では世間道徳の勧めを主題として、民衆に分かり易い説話を集めている。

しかし無住の布教は重要な点で正統派と異なっている。

即ち、天台・真言の正統派主流への、「仏法効験なく」「災難も多」き「末代」を招いたのは諸寺・僧の劣化と「名聞利養の為仏法を玩ぶ」故だとの激しい批判である（巻十本ノ八）。それは僧の「放逸」・妻帯・破戒無戒批判（巻四ノ二）だけでなく、何より中世荘園制社会の下での仏法の名による寺社や領主の民衆収奪に向けられていた。寺院・僧に対して「仏法を名利の値」とし「顕密の正法を渡世の計り事」とし、「供料・供米・布施」の強要は「法を売る」ことと激しく批判している。そして在地領主など「在家俗士の堂塔を建立」も「名聞の為」で「これにより利を得」、「人倫を悩まし非分の公役・天竺米等押し当て奪い取り」、そのため「貧しき民は妻子を売り」「憂悲苦悩」甚大を生み、領主の「孝養の仏事」も「我が所領の民を責む」と痛罵するのが象徴する（巻八ノ二三）。

さらに無住は、民衆世界の聖・説教師など遁世僧に対しても同じ論理で「貪世」僧と痛罵して（巻三ノ八）様々な事例を挙げるが、これも俗化批判だけでなく荘園秩序への民衆囲い込み仲立ちへの批判の面を持つと言えよう。

（4）無住の民衆生活への視線

関連して第三に、正統派と決定的に異なるのは民衆の生活・生業の位置づけである。

前述の如く正統派はこれを堕地獄の罪悪として荘園囲い込みのテコとしたが、無住は仏法を志す者の「世間の治生産業」は「仏法の助け」とする（巻四ノ三）。無住も殺生罪の堕地獄を説くが、恣意的で我執貪欲の殺生の罪悪であり生業自体ではない（巻七）。生業の中で「恩愛のつぶね」となる「執心」が十悪の因だとして（巻四ノ九）その脱却・善行の勧めを民衆布教の基本としつつ、しかもそれを民衆世界の「オコ」を通し（巻八）「欲の鈎を以て仏道に」誘引する（巻十末ノ三）。まことに民衆の現実の生に寄り添う〈優しい眼差し〉の民衆布教であった。これは正統派主流だけでなく、上から目線で戒律復興を掲げ殺生禁断地を新設して民衆を〈脅す〉師・忍性とも決定的に異なる立ち位置である[46]。

ちなみに正統派が民衆の現世安穏願望応答の看板とする除災招福呪術に関しても、無住は両義的である。一方では、民衆世界での験なき修験者、無知や偽りの真言呪者の批判的描写（拾遺一、巻七ノ二〇、巻二ノ六等）に加え、旧師の東城寺教王房が田への施肥（「田肥」）より仁王経修法の生産効果を言うのを「世間無沙汰」と嗤う（巻五ノ七）。他方で、真言秘法の功徳（疫病など万病治癒等）を言う（巻七ノ二四、二三、二二等）が、それは執心融解が焦点で依頼者の瞋恚の除去で効果ありと言う（巻七ノ二一、拾遺七）。この〈合理性〉は彼が医師でもあったことによると思われる。[47]

（5）常陸の専修念仏批判と念仏の評価

第四に注目されるのは専修念仏への厳しい批判であり、随所で繰り返されている。批判の焦点は、諸行往生の否定、余仏余菩薩や神祇崇拝の軽視・否定、善行の否定など「偏執」の勧進で、それは反仏教で阿弥陀仏「誹謗」と言う（巻一ノ一〇、巻六ノ一〇等）。これらは法然教団弾圧の『興福寺奏状』と重なっており、南都にいた無住もこれを知っており（巻一ノ一〇）、その起草者・貞慶を尊敬していた（巻一ノ二）。

批判は何よりも、十三世紀後半の常陸圏の親鸞門徒内の造悪無碍横行に向けられていた。

こう言うのが証左である。

「愚痴の道俗は偏執我慢の心を以て、持戒修善の人をば悪人なり、雑行なり、往生すまじき者と謗り軽しめ、造悪不善の者をば善人なり、摂取の光明に照らさるべしと打ちかたむる邪見、大きなる咎なるべし。…辺地の在俗の中にかかる風情、まま聞こえ侍り」（巻一ノ一〇）

さらに無住の批判は親鸞門弟が語る親鸞の教えに精通していることを示す。例えば、

「当世の人云わく、他力本願と云はわが心の善し悪し・我が善根のありなしを言わず、頼みをかけぬれば、仏、横ざまに具しておはしますべし、と言えり」

（巻十本ノ二）

と言うのは、親鸞門徒が日常的に唱和する親鸞『正信偈』の「獲信見敬大慶喜、即横超截五悪趣」にピッタリ対応している。他にも、親鸞のキーワード「正定業」「一定往生」に言及し、『正信偈』の「不断煩悩得涅槃」「生死即涅槃」を意識した煩悩即菩提論や、親鸞依拠の世親・曇鸞の菩提心論（巻十本ノ一）[48]、三心と念仏論（拾遺八）など突っ込んだ批判がある。さらに、「萎める花」の価値を論じるのは（拾遺一九）、前述の念仏＝「萎める花」をめぐる善鸞と有力門弟の対立を意識したかのようである。

他方で無住は正統派に対しても、「真言法華を弘通する人は念仏を賤しく思へり」と批判し、双方共にさらには諸宗の間でも互いに「偏執我相」して仏法衰退を招くと痛烈に批判する（巻四ノ一）。その上で、「念仏宗は濁世相応の法門、凡夫出離の直路なり」と高く評価し（巻一ノ一〇）、さらに専修

念仏の六字称名より阿一字を称える真言念仏こそ最易行で民衆救済の本道と強調する（巻二ノ八）。

以上のように『沙石集』の無住は十三世紀後半の常陸宗教圏において、特に鹿島神宮寺圏・真言念仏圏と重なりつつも、正統派仏教による寺院・領主の民衆支配の貪欲を批判し（民衆脅迫の律宗をも超え）、最も民衆目線で彼らの現世安穏・後生善処に応答する立ち位置（「恩愛のつぶね」離脱を説きつつ）にあったと言えよう。それは専修念仏と念仏・諸行並立の違いはあるが、前述の親鸞の立ち位置と驚くほど重なっている。そしてそれは、幼年以来の敗者の生い立ちの屈折[49]、それ故の飢餓経験等の生の困難や青年期の禅修行の挫折[50]からの、弱者や仏道困難な「在家の愚俗」への共感[51]と、何より〈災害社会〉激甚の常陸民衆の悲惨とギリギリの生（≠恣意的貪欲の生）を凝視し続けたことによると思われる。

注

（1）土屋有里子『『沙石集』の世界』（あるむ、二〇二二年）。
（2）宮元健治『神社の系譜』（光文社、二〇〇六年）。
（3）茨城県史編集委員会『茨城県史　中世編』（茨城県、一九八六年）、長谷川伸三・糸賀茂男・今井雅晴・秋山高志・佐々木寛司『茨城県の歴史』（山川出版社、一九九七年）。
（4）今井雅晴『茨城と親鸞』（茨城新聞社、二〇〇八年）。
（5）網野善彦『海と列島の中世』（日本エディタースクール出版部、一九九二年）。
（6）内山純子『東国における仏教諸派の展開』（そしえて、一九九〇年）。
（7）笠間郡稲田大社（明神）が稲田氏の氏神となったのが典型例である。今井前掲書（二〇〇八年）。
（8）前掲『茨城県史　中世編』。
（9）速水侑『日本仏教史　古代』（吉川弘文館、一九八六年）。
（10）茨城県歴史館『中世茨城の仏教と文化』（茨城県歴史館、一九七五年）。
（11）内山前掲書（一九九〇年）。
（12）内山前掲書（一九九〇年）。
（13）速水侑『観音・地蔵・不動』（講談社、一九九六年）。
（14）牛山佳幸『善光寺の歴史と信仰』（法藏館、二〇一六年）、前掲『茨城県史　中世編』。
（15）内山純子『東国における浄土真宗の展開』（東京堂出版、一九九七年）。
（16）内山前掲書（一九九〇年）、前掲『茨城県の歴史』。
（17）井上光貞『日本浄土教成立史の研究』（山川出版社、一九五六年）。
（18）以下本節の記述は下記による。亀山純生「日本仏教における食の思想の基本視座――中世における不殺生戒の日本的展開を介して」（『季報　唯物論研究』第一五五号、二〇二一年）七二―八三頁。
（19）速水前掲書（一九九六年）。
（20）豊島修『死の国・熊野』（講談社、一九九二年）。
（21）牛山前掲書（二〇一六年）、中尾堯編『旅の勧進聖　重源』（吉川弘文館、二〇〇四年）。
（22）鑁阿と号した上野の足利義兼や重阿と号した下野の宇都宮

朝綱等である。中尾堯編前掲書、五來重『増補　高野聖』（角川書店、一九七五年）、梶村昇編『宇都宮一族　法然上人をめぐる関東武者2』（東方出版、一九九二年）。

（23）　亀山純生「親鸞にとっての承久の乱の思想的意義と後高倉和讃の意味」（『武蔵野大学仏教文化研究所　紀要』三九号、二〇二三年）一二六―一四四頁。

（24）　五來前掲書（一九七五年）。

（25）　今井前掲書（二〇〇八年）、今井雅晴『親鸞と東国』（吉川弘文館、二〇一三年）。

（26）　武蔵の谷保天神社神官で谷保荘領主の津戸三郎や尼将軍・北条政子が典型で、彼らの疑問にこう応答した。亀山純生『中世民衆思想と法然浄土教――〈歴史に埋め込まれた親鸞〉像への視座』（大月書店、二〇〇三年）。

（27）　前掲亀山論文（二〇二三年）。

（28）　今井前掲書（二〇〇八年）。

（29）　亀山純生「親鸞における〈浄土の倫理〉の位置づけ――親鸞浄土教における反戦原理と共生社会運動連帯の内在的可能」（『唯物論と現代』六三号、二〇二一年）六七―八三頁。

（30）　覚如『親鸞伝絵』（下ノ三）が記載する山伏弁円の親鸞襲撃が象徴している。弁円は播磨公と称した八溝山系の天台宗聖護院流修験道の常陸の大先達とされる。今井前掲書（二〇〇八）他。

（31）　内山前掲書（一九九七年）。

（32）　今井前掲書（二〇〇八年）。

（33）　これに関する以下の記述の詳細は亀山前掲書（二〇一二年）、第四、五章参照。

（34）　原田信男『中世の村のかたちと暮らし』（角川書店、二〇〇八年）。

（35）　石井進『中世のかたち』（中央公論社、二〇〇二年）。

（36）　細川涼一「忍性の生涯」（松尾剛次編『持戒の聖者　叡尊・忍性』吉川弘文館、二〇〇二年）一一一―一四一頁

（37）　前掲細川論文（二〇〇二年）。

（38）　土屋前掲書（二〇二二年）第一章。

（39）　遠水前掲書（一九八六年）。

（40）　宇都宮一族の当主・頼綱は一二〇八年法然に入門し一二一二年法然没後は法然後継者と目された証空に師事し、蓮生と号して京と下野を往来しつつ、下野始め常陸の宇都宮領内（笠間郡など）にも証空経由の法然専修念仏を弘めていた。それ故無住が十五歳の下野滞在中にこれを知っただけでなく、常陸でもこれに接していた。宇都宮歌壇との関係で無住の下野から常陸への移住は、宇都宮歌壇と離れるのでなく、むしろその中心（笠間郡）に飛び込むことを意味したと言われるのがそれを示す（土屋有里子「無住と宇都宮歌壇」『古代中世文学論考』第五集、二〇〇〇年、一九四―二一二頁）。すると笠間から遠くない新治郡東城寺近辺に住んでいた若き無住は、笠間と往来していたと考えられる。とすれば、そこで証空流の法然専修念仏や親鸞門徒の専修念仏を知っていた（笠間郡稲田は親鸞の拠点であり、親鸞帰洛後も「笠間の念仏者」集団がいた。「末灯鈔」二）。だが、証空の専修念仏論は即諸行論であり（それ故、蓮生始め宇都宮一族は念仏と氏神宇都宮社信仰と両立できた）、前述の如く親鸞の有力門弟は神祇信仰など諸行を世間道として実行していた。かかる法然系の専修念仏は実態としては諸行を専修念仏の助業とする天台源信流念仏と同じであり、若き無住が同一視するのは当然であった。

（41）　この「祖母尼公」が、『沙石集』（巻八ノ二三）が言及する、梶原景時の「女房鹿野尼」なら、なおいっそう若き無住の求道

歴と重なる。鹿野尼は景時討伐で世・人を恨んでいたが栄西の教化で怨みを捨て「持斎（戒）真言の行」に励んで「所領」を与えられたという。彼女なら、孤児の彼を養う（財力をもった）ことも、孤児の境涯を恨まぬ仏道を諭し十三歳で栄西建立の寿福寺に寺入りさせたことも、十五歳で梶原娘（彼の伯母）に預けたことも、二十三歳時の仏道精進の勧めも、「律」行の示唆も、それにより無住が栄西の孫弟子・郎譽の下に赴き律学の重要さを学んだことも、〈合理的に〉理解できる。だが惜しむらくは「伝未詳」の由である（岩波版『沙石集』頭注）。

(42) 亀山前掲書（二〇〇三年）、「第2章　正統派浄土教の民衆展開の方法と論理――『沙石集』の歴史的位置と思想構造」参照。

(43) 無住は六歳から七歳にかけて関東一円の二年続きの悲惨な寛喜大飢饉に遭遇している。飢饉の被害は生産地以上に消費地の貧者が深刻であり、家が没落し祖母に養われていた孤児の彼も飢餓経験をしたと思われる。さらに〈災害社会〉では女性の弱小領主の荘園経営は不安定で、十三歳での寿福寺入りやその後の伯母預けは祖母が養えなくなった故とも考えられる。無住が晩年に、武家とならず「自ずと貧賤の身となる」（『雑談集』巻一）と言うのは比喩でなく文字通りであり、幼少より「棄子の如く」だったが八十歳まで「飢えず寒からず」を「随分の果報」と述懐する（『雑談集』巻五）のは逆に幼少期の飢餓経験の鮮烈な思いを示しているとも言えよう。ちなみに寿福寺二年弱での退出は、「子童部」（『雑談集』巻八）として奉仕した時の師の〈僧らしからぬ行為〉（松尾剛次『破戒と男色の仏教史』平凡社、二〇〇八年）に絶望した故とも考えられ、それが後年の激しい僧界の堕落批判・律宗接近の原体験をなしたのかもしれない。

(44) 親鸞も平家討伐失敗に連座した父が出奔したために家が没落し孤児となり伯父に養われたが、養和大飢饉により九歳で寺に預けられ、そこでの「童子」体験が既存仏教界と絶縁する遠因ともなった。

(45) 土屋前掲書（二〇二一年）。

(46) 無住が忍性師事後すぐに常陸を離れ律学遊学に転じたのは、律宗に帰依しつつも忍性の高圧的布教に疑問を持った故とも考えられる。後年、尾張長母寺と関わる頃にも無住は「常陸国三村寺僧道篋」と呼ばれていたので（土屋前掲書二〇二一年）、主観的には律の意義を説いた忍性師事の念は変わらなかっただろうが、民衆に対する仏道の具体的勧め方、民衆向けの戒のあり方、特に後述の念仏の位置づけでは全く異なっている。

(47) 土屋前掲書（二〇二一年）。

(48) 無住がここで引用する世親『浄土論』と曇鸞『浄土論註』は、親鸞の名乗りが示すように偏依善導の法然の専修念仏論を深化させた彼の教学的依拠の根本である。無住がこれを引いて往生には菩提心が不可欠と示し、その欠如故に造悪無碍に傾斜すると専修念仏論を批判するのは、法然『選択本願念仏集』の教学的批判として当時知られた真言宗の明恵『摧邪輪』と軌を一にするが、明恵は世親・曇鸞に全く触れていない。また、この引用の直前に引く源信『往生要集』でも全く同じである。一般にも当時の浄土教において曇鸞はほとんど注目されず、『浄土論註』は親鸞が〈発掘〉したとされる。その意味で、遊学で真言密教・真言浄土教を学んだ無住がなぜこの二著に注目しえたかは、今後検討されるべき重要課題である。その点で最も考えやすいのは、無住がこの二著を引いて強調する往生者の「菩提心」＝「度衆生心」は、親鸞門徒が唱和する『高僧和讃』で親鸞が世親・曇鸞に拠って力説しているので、無住がそれを知っていてこれを手掛かりに世親・曇鸞の二著を参照したということである。とすると、無住が『沙石集』で展開する専修念仏批判は、親鸞批判でなく、親鸞を誤解して専修念仏を専ら悪人往生とのみ説く性信ら常陸圏の親鸞門弟への批判となり、無住の専修念仏観を改めて見直す必要があるかもしれない。

(49) 土屋有里子「無住の内なる梶原」(『仏教文学』第三九号、二〇一四年)七四―八五頁。

(50) 土屋前掲書(二〇二二年)。

(51) 敢えて付言すると、無住の民衆＝「在家の愚俗」への共感は、上から目線の憐憫でなく、自身も愚かとの自覚に立つ民衆と同じ立ち位置からの文字通りの共感と言えよう。無住は晩年、自らの生来の雑談好き(狂言綺語癖)が止まないと述懐し、酒も嗜む「酒脱な人間」だったという(渡辺綱也、岩波版『沙石集』「解説」)。このことは、禅修行の挫折だけでなく、その後学修した真言仏道の真実を確信しながらそれに徹しえない自己の愚かさの自覚とも言えよう。とすれば「愚老」の自称(『雑談集』)も儀礼的謙遜でなく、文字通りのそれであり、その点でも、弥陀の本願の真実に照らして自己を〈愚悪〉と自覚し「愚禿」と自称した親鸞と同じ立ち位置からの民衆共感とも言えよう。

付記 本稿で法然・親鸞関連、及び〈災害社会〉の記述は、特に断らない限り、亀山純生『〈災害社会〉・東国農民と親鸞浄土教――夢から解読する〈歴史に埋め込まれた親鸞〉と思想史的意義』(農林統計出版、二〇一二年)による。また『沙石集』の引用や参照説話の巻・番号は岩波日本古典文学大系版(渡辺綱也校注、一九六六年)に拠り、筆者の責任で適宜漢字仮名交じり文にしている。

無住と法身房

土屋有里子

つちや・ゆりこ——学習院女子大学国際文化交流学部教授。専門は日本中世文学、説話文学。主な著書に『内閣文庫蔵『沙石集』翻刻と研究』（笠間書院、二〇〇三年）、『『沙石集』諸本の成立と展開』（笠間書院、二〇一一年）、『『沙石集』の世界』（あるむ、二〇二二年）などがある。

無住と常陸時代の師である法身房との明らかな接点は一年ほどしかない。しかし無住は法身房を、「生まれ変わっても忘れられないほどの恩恵を受けた師匠」という。その理由は、無住が自分の修学体験を振り返る時、法身房こそが、無住を上野国長楽寺へ、円爾へと導いてくれた師匠だったからではないだろうか。

はじめに

無住は若い頃、比較的長い時間を常陸国で過ごした。きっかけは「親シキ人ニ養ハレ」(1)たことであり、その親しき人とはおそらく祖母のことであると想像される。仁治二年（一二四一）から建長五年（一二五三）、つまり十六歳から二十八歳までは確実に常陸国を拠点にしており、遁世した後も、常陸国との地縁は長く継続していた。約十三年間に及ぶ常陸国在住時代は、無住にとって、その後の人生基盤となる様々な出来事を経験した時期だった。十八歳で出家し、二十歳で師から住房を譲り受け、二十七歳には、常陸国を訪れた西大寺流律の忍性の影響でその住房を律院化した。同時に上野国世良田長楽寺に行き、蔵叟朗誉（一一九四～一二七七）に『釈摩訶衍論』の講義を受けるなど、徐々に常陸国以外へも修行の地を求め始めていた。二十八歳で遁世後も、「律学六、七年」(2)とあり、西大寺流律の影響下で修行を続けていたと思われるが、一方で、忍性が常陸国を訪れる以前、つまり出家した十八歳から二十六歳までの間、無住がどのような修行をしていたのかを探る手立てはほぼ残されていない。しかしその乏しい情報の中でも、注視すべき師僧がいる。法身性西[3]（以下、法身房）である。本稿は法身房の事績を時系列を意識してたどることにより、無住にとって法身房はいかなる存在であったのか、無住の修学経験の中に位置づけていきたい[4]。

一、常陸国での師僧――円幸教王房と法身房

まず、無住は若年時に教えを受けた恩義ある師匠について、次のように述べている。

> 師匠ノ恩徳生ヲ経テモ忘レ難シ。幼年ニ三井寺ノ円幸教王坊ノ法橋ニ、倶舎頌疏処々之ヲ聞ク。二十歳ノ時、法身坊ノ上人ニ玄義之ヲ聞ク[5]。

このうち三井寺の円幸教王坊については、『沙石集』に逸話があり、「常州の東城寺に、教王房の法橋円幸と云ひて、寺法師にて学生ありけり。他事なく正教に眼をさらして、顕密の勤行怠りなき上人にて、世間の事、無下に無沙汰なり」と紹介されている。園城寺（三井寺）で学んだ円幸という僧が東城寺にいて、ひたすら仏の教えにうちこみ顕密の勤行に励んでいたが、世間一般のことには一向に無頓着だった、とのことである。東城寺は茨城県土浦市にある真言宗寺院であるが、もとは延暦十五年（七九六）に最澄の弟子最仙上人によって創建された天台宗寺院であり、文治三年（一一八五）に領主八田氏（小田氏）の祈願所となり真言宗に改宗した。忍性来訪後は、拠点とした三村山極楽寺や般若寺とともに結界石が置かれ、聖と俗の境界を守る主要寺院とされたようである。『雑談集』にはこのあたりの事情を次のように記す。

> 常州三村山ハ、坂東ノ律院ノ根本トシテ本寺也。故良観上人、結界シ、コトニ殺生禁断昔ヨリモキビシク侍シ事、東條ト云所ノ狐ネ共具シテ、聞及テ来ルヨシ、人ニ託シテカケリ[6]。

三村山極楽寺に残る結界石三基には、いずれも「不殺生界」と陰刻されており、忍性が殺生禁断を厳しく徹底したことを証している。ここに書かれている「東條」について、『雑談集』（中世の文学）の注では「安房国長狭郡にあった東条郷か[7]」としているが、これは漢字は異なるが東城寺一帯のことで、東城寺の結界石五基は「大界外相（聖俗を分ける結界）」ではあるが「不殺生界」ではないので、殺生禁断が徹底されている三村山極楽寺周辺に、東城寺周辺から狐たちがいっせいに逃げてきた、ということであろう。

無住はここで円幸には『倶舎頌疏』を、法身房には『玄義』を聞いたと書いている。『玄義』は『法華玄義（妙法蓮華経玄義）』のことで、天台大師智顗の講説を書き記した天

台三大部の一である。この『倶舎頌疏』と『法華玄義』は、『梁塵秘抄』に「天台宗の畏さは　般若や華厳摩訶止観　玄義や釈籤倶舎頌疏　法華経八巻がその論議」[8]とあるように、天台宗の根本教理を学ぶ経典である。無住は出家後、天台宗の教えを中心に修学に励んでいたのである。[9]

二、法身房の軌跡

さて、ここからは本稿の主眼である法身房の事績についてであるが、『沙石集』の他に、『天台由緒記』[10]、『元亨釈書』(一三二二年)、『扶桑禅林僧宝伝』(一六七五年)、『延宝伝燈録』(一六七八年)、『龍山三開祖伝』(一六九六年)、『本朝高僧伝』(一七〇二年)などに詳しい。中には伝説的な内容もあるものの、それらを大まかにまとめていくと次のようになる。

法身房は文治五年(一一八九)、常陸国真壁郡猫島村(現茨城県筑西市猫島)の高松氏に生まれ、俗名は平四郎であった。長じて真壁郡領主真壁友幹、時幹父子に仕えたが、真冬に主人時幹の草履を懐で暖めておいたのを尻にひいていたと誤解され、下駄で蹴られたことをきっかけに出家した。時に四十二歳とされている。その後宋に渡り、興聖万寿禅寺の無準師範の下で修行をした。与えられた公案(円相に丁字)によって悟りを得るまで九、十年、無準禅師に認められ帰国した後、まもなくして松島に行き、天台宗延福寺近くの洞窟で修行を続け、そこでお忍びで松島に来ていた北条時頼と語らったという話もある。この真偽については不明だが、その後幕府によって松島の信仰が天台宗から臨済宗円福寺(後の瑞巌寺)へと改められたことは確かであり、正元元年(一二五九)、法身房は円福寺の開山となったのである。六年後の七十七歳の時、法身房は松島を去り、洞内《ほらない》領主である洞内由之進の帰依を受けて円福寺(現青森県十和田市、法蓮寺)開山となった。文永四年(一二六七)、真壁郡の光明寺(現、廃寺)で蘭渓道隆と対面し、この頃、かつてつらい仕打ちを受け、出家の機縁ともなった真壁時幹の帰依を受けて、照明寺(現茨城県桜川市、伝正寺)の開山となった。文永十年(一二七三)八十五歳で遷化、場所は真壁とも青森の洞内ともいわれている。

現在、法身房の伝承が各々の場所にどのように息づいているかを見ていくと、まず法身房が生まれたとされる高松家は、現在もその地に居を構えている。高松家は法身房の生家とされる以外に、陰陽師安倍晴明の生誕地とされている(『簠簋抄』による)。高松家には宝永八年(一七一一)頃の作とされる『清明伝記』の版木も所蔵されており、長らく清明伝説の地としても注目されてきたようである。一方法身房については、「天目山平四郎像」と書かれた頂相(**図1**)を蔵しており、鎌倉建長寺管長により昭和四十九年（一九七四）に建立された「真壁平四郎生誕之地」の石碑（図2）もある。昭和二十八年（一九五三）には「法身国師七百年忌」を催行し、現在まで法身房生家としての伝統を脈々と受け継いできている。

図1　「天目山平四郎像」（高松家蔵）

図2　「真壁平四郎生誕の地」石碑（高松家蔵）

松島の瑞巌寺には、室町時代の頂相、天正八年（一五八〇）、実道宗中筆の「法身位牌」、承応三年（一六五四）の「法身性西像」、同年頃の、雲居希膺筆の「法身性西位牌」などが残されており、法身房が隠棲し、北条時頼と対面したとされる洞窟「法身窟」がある。[1] 瑞巌寺では、法身房の忌日が文永十年（一二七三）二月であることはわかっていたが何日であるのかわからなかったため、円福寺二世の蘭渓道隆の忌日（弘安元年七月二十四日遷化）と同日に定め、現在もその慣習に従い毎月二十四日を「法身忌」としているそうである。

青森における法身房の事跡は、十和田市の法蓮寺を中心に残されている。法蓮寺には十五世紀後半の作である木像の「法心和尚像」があり、主人に下駄で蹴られた傷が頭に生々しく表現されている。その傷を与えた側も「道無和尚像」として残されているが、青森では法身房のかつての主君が「真壁時幹」ではなく「真壁経明」と伝わっており、「道無」は経明の僧名であるが、真壁氏系図に該当する人物は確認できない。法蓮寺周辺には、法身房手植えとされる「大銀南木《おおいちょうのき》」や、法身房に弟子入りした道無と従者三名が法身房と並んで庵を結んだとされる「五庵川原《ごあんがわら》」、法身房が弟子と共に田を耕す時、袈裟を掛けておいたされる「袈裟掛けの松」、そして「法身塚」などが残されている。

三、『沙石集』にみる法身房

以上のような法身房の人生を確認したうえで、無住が『沙石集』(12)に記した話を検討していきたい。『沙石集』の伝本によって伝わる話は二種類あるため、ここでは古本系、流布本系ともに収録されている話（A）を米沢本と長享本で、流布本系にのみ残る話（B）を長享本で代表させて次に引用する。

□米沢本『沙石集』巻十末「法心房の上人の事」

（A）奥州松嶋の長老、法心房は、晩出家の人にて、一文不通なりけれども、渡宋して、径山の無準の下にて、仏法の心地ある上人と聞こえき。公案を得て、坐禅する事多年、居敷に瘡出て、膿み腐り、虫出来るほどなりけれども、退せざりけり。

臨終の事、「七日ありて終るべし」と侍者に告げるに、殊なる労りなき故に信ぜず。その日になりて、椅子に坐して、侍者に頌を書かす。

来る時も明々たり。去る時も明々たり。此即何物ぞ

と書けと云ふに、侍者、「今一句足り候はず」と云へば、喝する事一喝して、やがて入滅す。臨終作法、誠にありがたく聞こえき。

無準、円相の中に「丁」の字を預けられたりけるに、如法の道心の志ありて、工夫の間、行住坐臥に公案を持つ。後は万の物の中に「丁」の字見えけり。「その字を見失ひて、心地を得たり」と物語せしと、ある人申しき。…（中略）…法心房の上人の、仏法の心を得し、文字によらず。偏に志の深きにあり。かの跡、尤も慕ふべきをや。愚鈍によりて退せず、ただ志を堅くすべし。

□長享本『沙石集』巻十「臨終目出キ僧ノ事」

（A）奥州松嶋ノ長老法心房ハ、晩出家ノ人ニテ、一文不通也ケレドモ、渡宋シテ、径山ノ無準和尚ノ下ニテ、円相ノ中ノ丁ノ字公案ヲ得テ、坐禅スル事多年、尻ニ瘡出テウミクサリ、虫ナド出ル程也ケレドモ、九年マデ常坐シケリ。公案ノ丁ノ字、万ノ物ノ中ニ見ヘケルヲモ打ヤブリテ、心チハ有リト云ヒケル。

其後ニ帰朝シテ、松嶋ニテヲコナハレケリ。臨終ノ事、「七日有リテヲワルベシ」ト侍者ニ告ルニ、殊トナル労ハリナキ故ニ信ゼズ。其ノ日ニ成テ斎ノ了リニ倚座ニ坐シテ、侍者ニ辞世ノ頌ヲカヽス。

来シ時モ明々タリ。去ル時モ明々タリ。此即何物ゾ

トカケト云フニ、侍者、「今一句タリ候ハズ」ト云ヘバ、喝スル事一喝シテ、軈テ入滅ス。

サレバ、真実ノ悟入ノ処ハ、文字ヲ知ラヌニモヨラザルベシ。末代也トモ憑ミ有ルハ、大乗ノ修行也。只、道ニ志シ有リテ、多聞広学ノ暇ヲヤメテ、真ノ善知識ノ辺ニテ、信心誠有テ身命ヲ捨テ、寝食ヲ忘テ、行住坐臥ニヲコタラズ、大事ヲ発明セン事、疑ヒ有ルベカラズ。

……（中略）……

（B）法心房ノ上人ノ仏法ノ心地ヲ得シ、文字ニヨラズ、偏ニ志ノ深キニアリ。彼ノ跡尤モシタフベシ。愚鈍ノ身也トカヘリミテ、大乗ノ修行ヲ退スベカラズ。東福寺ノ開山、一眼ナリキ労ニヨリテ、盲ヲハシマシケル時、松嶋ヨリ、法心房ノ上人、一首ヲ送リ進ス。

本来ノ面目得タラバ水母殿蝦ノ眼ハ用意ナカリケリヤナ

是ヲ世間ノ人ヲカシク思ヘリ。開山ハホメラレケリ。心地アル哥也。古人ノ云ク、水母、食ヲ求ルニ、海蝦ヲ借リテ眼トスト云リ。クラゲ目ナキマヽニ、蝦トツレテ彼ノ目ヲ借テ食ヲ求ル事也。本来ノ面目アラバ此ノ四大和合ノ仮ノ眼ナニカセン。仮ノ物也トヨメルニヤ。実ニ心アル和歌也。

又、或時ノ哥ニハ、

足ナクテ雲ノ走ルモアヤシキニ何ヲフマヘテ霞立ツラン是モイミジキ哥也。万法ノ其レ実ナクシテ運為スル心ナルヲヤ。

無住の語る法身房の姿は、前述の経歴と大筋で符合する。まず（A）において、一文不通（傍線部）とは、読み書きのできないことをいうが、入宋経験があり、無住に『法華玄義』を教えた法身房がまったく読み書きができなかったとは考えにくい。法身房の出家は四十二歳頃とされており、無住も晩出家の人（傍線部）と書いている。当時の僧侶が幼年時から修学に励むのが通常であったことに比べれば、法身房の学問のスタートはあまりにも遅い。修学の面では明らかにおくれを取っていたわけで、そのあたりの事情を一文不通と表現したのだとここでは理解しておきたい。[13] 法身房が無準に与えられた公案に答えを見出したのも、文字によらず、ひとえに志の深さによったのであり（波線部）、そこに無住は自らの悟りの可能性を重ねたといえるだろう。無住の法身房への憧憬はこの点からゆらぐことなく、それは（B）でも強調されている。

（B）に話を転じていくと、こちらは東福寺にいる円爾（一二〇二〜一二八〇）が眼病を患ったときに、法身房が和歌を送り、一見珍妙な和歌に周囲の者は笑ったが、円爾は誉めたという話である。『聖一国師年譜』によれば、円爾が眼病を患ったのは建長四年（一二五二）のことであり、翌五年には右目を失明したとある。法身房は正元元年（一二五九）に松島円福寺の開山となるが、建長五年頃には既に松島にいて、円爾の病を聞き文を送ったということになる。法身房の和歌は、郭璞の『文選』「江賦」にある「水母目蝦（すいぼかをめとす）」の故事に則ったものである。くらげは耳目がないが、えびを随えて自らの目とする、という意味であり、本来の面目、つまり本来の自己を悟ったあなた（円爾）ならば、四大和合（地水火風の集まり）である仮の体の眼など不用でしょう、ということである。円爾は法身房の歌を「心地ある歌（仏性の本質を見極めたすばらしい歌）」と即座に了解し、何よりの心遣いと思ったのである。

四、法身房と円爾

法身房と円爾の関係について考えるとき、二人は明らかに密接な交流がある。両者の入宋に注目すると、円爾は嘉禎元年（一二三五）に入宋し、仁治二年（一二四一）に帰朝、法身房の入宋がいつであったかは確定できないが、無住が二十歳の時に法身房から『法華玄義』を聞いているので、寛元三年（一二四五）には帰国していたことになる。そこから長享本（A）にあるように修行期間の九、十年[14]ほどを逆算すると、入宋はちょうど嘉禎元年頃となり、円爾の入宋時期と重なってくる。一眼の光を失った円爾に和歌を送った法身房の逸話からは両者の昵懇な仲もうかがわれ、それはかつて径山の無準の下で同時期に学んでいた法兄弟ゆえの親しさなのである。

さらに、両者の関係性を考えるための資料を提示しておきたい。「示性心師（性心師に示す）」という法語である。

> 予、仁治年中、海に汎《う》かびて帰郷す。性心師、高野山より来たる。此の段を以て咨扣《しこう》して請益す。其の道に志すことの群ならざることを喜し、之れを示す。
>
> ……（中略）……
>
> 而今、径山の法席を敬慕すれども、去去《きょきょ》迢迢《ちょうちょう》一万里。因って為に重語す。径山云く、「日本国裏と大宋国裏と、相ひ去ること多少の路ぞ」と。此こに乞ふらくは、自己分上、狐迥危峭《こけいきしょう》にして、本分の鉗鎚《けんつい》を用ひ、作家の炉鞴《ろはい》を啓《ひら》かば、直截《じきせつ》にして覆蔵せず。当陽に承当せば、則ち日本にて渠《かれ》に逢ひ、辰旦にて渠に逢ふ。一向に去ること莫れ、已後、却って我が辺に来たれ」と。慇懃を重ねて第二鎚《つい》を下す。
>
> 且た、作麼生《そもさん》か是れ、諦当の処。普賢、文殊、特地に参

ぜば、十字竪横《しゅおう》、千字歴落《れきらく》たり。

寛元四年三月日、東福住円爾[15]

寛元四年（一二四六）三月に、円爾が高野山から訪ねてきた性心師に向けて示した法語である。性心師とは誰か明らかではないが、伝来と内容から、法身房のことと考えられている。内容のあらかたを説明すると、仁治年中に円爾は日本へ帰ってきた。法身房が高野山から訪ねてきて、仏教で最も大切なことは何かと尋ねたが、自分たちは尊敬する無準禅師のいる径山から遥か遠く離れた場所にいるので、円爾は禅師の言葉を重ねて述べた。その言葉とは、「もとから具わっている仏性を自覚し、本来の自己に気づくことが大切であり、難しいことではあるが、優れた師のもとで一心に修行に励めばそれを明らかすることができる。それは日本にいても宋に行っても可能であるから、むやみに日本を離れようとすることはない。ただ困ったときはいつでも自分のところへ来るように」というものであった。この法語からは、帰国後も二人の交流は続き、法身房が円爾をとても頼りにしていた様子が伝わり、円爾が法身房に伝えた無準禅師の言葉の意味は、先述の法身房が円爾に送った和歌の意図するところと重なってくる。あの和歌は、かつて円爾が自分に伝えて励ましてくれた無準禅師の言葉を意識したもの、と考えることもできる。

この法語は年代的にも、無住が法身房から『法華玄義』を聞いた翌年のことであり、法身房は帰国後まずは常陸国に居住しており、その後高野山に行き、東福寺の円爾を訪ねた後、ほどなくして奥州松島へ向かったと思われる。法身房と高野山との関連については確証はないが、高野山で出家したとの説[16]もあり、何かしらの縁をもっていたと考えられる。

五、法身房がもたらしたもの

ここまで述べてきた、法身房と無住の関係を**表1**[17]にまとめてみた。法身房は文永年中に松島の円福寺、陸奥国の円福寺、常陸国の光明寺、照明寺などに事績を残して遷化しているが、無住の方は、弘長二年（一二六二）尾張国長母寺の住持となった後、文永年中に特に目立った動きは見せていない。ただ『沙石集』に収録される話には「文永年中のこと」とするものがある。常陸国中郡や尾張国熱田神宮の薬師如来の霊験譚（巻二の二）、文永七年に尾張国折戸宿で双六をしていた僧に雷が落ちたが袈裟のおかげで無事だった話（巻六の一三）、奥州の山寺の僧が長年の夢であった本尊造立のための資金を上洛の途中、宿に置き忘れたが、正直者の女性のおかげで資金を取り戻し念願をとげ、その女性は僧にともなわれて奥州に行き幸せに暮らしたという話（巻七の一）などである。当

表1　法身房・無住関係年表

元号	西暦	法身房	無住
寛元三	一二四五	57　常陸国で法身房から無住が『法華玄義』を聴く　20	
四	一二四六	高野山から来て東福寺の円爾を訪ねる 58	
建長四	一二五二	眼病を煩った円爾に松島から和歌を送る 64	長楽寺に行き、朗誉に『釈論』を聴く 27
正元元	一二五九	松島の臨済宗円福寺（現、瑞巌寺）開山となる 71	＊寿福寺で朗誉から『釈論』『円覚経』を聴聞（一二六〇）。正暦寺、東福寺へ行き修学（一二六一）。長母寺住持となる（一二六二）。
文永二	一二六五	この頃、青森に行き円福寺（現法蓮寺）の開山となる 77	
四	一二六七	真壁の光明寺で蘭渓道隆と会う 79	
五	一二六八	真壁の照明寺（現、伝正寺）開山となる 80	
十	一二七三	遷化 85	

時無住が拠点としていた尾張国以外では、常陸国中郡（真壁荘と隣接）や奥州の僧の話などであり、法身房の行動圏を想起させるものがある。特に奥州の僧の話は「文永年中の事なれば、無下に近き事なり。慥かに聞き伝へて、ある人語り侍りしが」と確かな状況提供者がいたことを強調している。無住と奥州との直接的なつながりがなかなか見えてこない一方で、奥州の話はそれなりに収録数があり、この奥州の僧の話をはじめとして、法身房周辺の人脈から漏れ聞こえてきた話も含まれているのかもしれない。

さて繰り返しになるが、法身房と無住の確たる交流が認められるのは、無住が二十歳の時に『法華玄義』を聴聞した、ということのみである。「示性心師」の「性心師」が法身房であることを前提として考えるならば、法身房はそれからまもなく高野山に、そして奥州に向かっており、無住とのつながりはそれほど強いものではないと推測される。ただわずか一年にも満たないような関係性であるならば、無住が「師匠ノ恩徳生ヲ経テモ忘レ難シ」と言うほど法身房に恩義と愛着を覚えるであろうか。この疑問を解く鍵となりそうなのが、上野国世良田長楽寺の存在である。

無住は表にもあるように、建長四年、二十七歳の時に上野国世良田長楽寺に赴き、朗誉から『釈論』を聴いている。長楽寺は承久三年（一二二一）、世良田義季が開基、栄西の高弟である栄朝（一一六五～一二四七）が開山となり創建された禅密兼修の大寺である。無住が長楽寺を訪ねた時、すでに栄朝は亡くなっており、朗誉が住職であった。長楽寺の栄朝には三人の高名な弟子がいる。朗誉、円爾、院豪である。このうち朗誉は栄朝の跡を継ぎ、一二四七年から一二五八年、長楽寺の住職を務め、一二五九年鎌倉の寿福寺住職となり、晩年また長楽寺に戻った。表にもあるように、無住は一二六〇年に鎌倉の寿福寺へ行き朗誉から再び講義を受けており、無住の行動は朗誉の動静をしっかりつかんだものとなっている。朗誉の後に長楽寺住持となったのは一翁院豪（一二一〇〜一二八一）である。院豪は寛元二年（一二四四）入宋し、法身房や円爾と同じく径山の無準禅師に学び、帰国後、朗誉の後を継いで長楽寺住職となった。また円爾も栄朝に学んでいるので、長楽寺を拠点とした朗誉、円爾、院豪の交流が、そのまま無住の修学環境へとつながっていくと考えられる。ちなみに『沙石集』における朗誉の入滅記事に、「建長寺の先の長老、兀庵の申されけるは、『日本国には過分の智者なり。智恵も道心もある上人』と云れ侍りき」とある。兀庵とは兀庵普寧（一一九八〜一二七六）のことであり、径山の無準禅師に印可を受け、円爾や蘭渓道隆の招請で来日した。北条時頼に印可し、建長寺住持ともなったが、文永二年（一二六五）に中国へ帰国した。その普寧の語録である『兀庵和尚語録』「法語」には八つの法語が収録されているが、その中に「示松島円海長老」と「示院豪長老」がある。円海について詳細はわからないが、松島円福寺の長老とすれば、法身房にも近い僧侶であったと考えられる。かつて径山の無準禅師のもとで修学したという縁が、その後日本の京、鎌倉、松島の寺院と人々を結ぶ一大交流圏、修学ルートにつながっていったのである。無住自身もまたその中にあり、『沙石集』巻十末「臨終目出き人々の事」には、栄西、栄朝、朗誉、法身房、蘭渓道隆、円爾、院豪の順番で入滅記事が続いており、無住の修学において、この系譜がいかに大きな意味を持っていたかを示している。

まだ無住が常陸国にいた頃、建長四年以前に無住の師として判明しているのは教王房円幸、実道房源海、そして法身房である。忍性はちょうどこの年に常陸国に来ているので、この頃はまだその影響を受けていない。ではこの時点で、無住が長楽寺を訪れるきっかけを作ったのは誰なのか。それが法身房ではないかと思うのである。無住が法身房に『法華玄義』を聴いたのは、法身房の帰国直後であり、宋での修学の興奮冷めやらぬときであったと思われる。無準禅師をはじめ、彼の地で出会った人々、経験の数々を語れば、当然日本から来ていた円爾の話が出てくるだろう。長楽寺は朗誉の次の住持である院豪がやはり径山を目指したように、入宋経験に基づく最新の中国仏教の情報に溢れた場所であったと想像される。常陸国からさして遠くもない上野国にそのような魅力的な場所があり、法身房が敬愛する円爾もそこで学んだのだと聞けば、無住としてもいつかは訪れてみたい、と願っても不思議はない。ただ法身房がその後常陸国を離れたことなどもあり、無住としては直接的な手引きを得ることは難しかったのか、実際に長楽寺を訪れるまでには七年ほどの時間を要しているものの、無住にとって法身房は、修学環境や人脈の点において、径山の無準禅師からの臨済禅の流れに導き入れてくれた恩義ある師匠であった、ということである。法身房は京や高野山、松島や青森の洞内など、各地を転々としており、最晩年には常陸国との関連が深まっている。無住も最初に教えを受けた二十歳以降、どこかで再会する機会があったかもしれないが、後の臨済禅の修学、東福寺の円爾への導き手として、そして何よりも文字や学問によらず己の仏性を悟った尊敬する師匠として、無住に大きな恵みと希望を与え続けた人物だったのである。

おわりに

無住と法身房の関係については、これまで触れられることはあっても断片的であり、各々の人生がいつどのようにかみ合っていたのか、具体的に想像するのが難しかった。それゆえ時系列を誤った解釈や主観的な考察がなされているものもあり、かえってそれが法身房の軌跡を曖昧にしてしまったところもあった。本稿においても謎は謎のまま、といった感を拭うことはできないが、現時点で知り得る法身房の事跡と無住をひきつけて再考した点では、今後の研究に幾分かの示唆を与えることができたと思う。いずれにせよ筑波山麓に展開した数々の寺院が、当時の仏教世界の重要な一翼をにない、多くの篤実な僧侶を生んだ[18]ことは確かであり、無住もその只中にいて大きな影響を受けたのである。鎌倉時代後期の仏教界の様相や人の流れを考えるにあたり、常陸国の宗教事情は、今後も注視していくべきと考えている。

注

（1）『雑談集』巻三「愚老述懐」。以下、『雑談集』の引用は、山田昭全・三木紀人校注、中世の文学『雑談集』（三弥井書店、第三刷、一九八〇年）に拠る。

（2）『雑談集』巻三「愚老述懐」。

（3）法身性西の表記については揺れがあり、法心性才、性西法身、性才法心などとも書かれる。無住も『沙石集』では法心房、『雑談集』では法身坊と記している。ここでは奥州松島瑞巌寺に祀られている、承応三年（一六五四）造立の法身性西像と同時期の制作と推測される位牌に「開山法身性西禅師大和尚」とあることにならい、法身性西を用いることとする。

(4) 法身房に関する主な参考文献は、鈴木常光『法身覚了無一物』（新読書社、一九六九年）、同氏『真壁平四郎』（筑波書林、一九七七年）、堀野真澄訳注『圓福寺開山法身性西和尚集』（瑞巌寺、二〇二二年）である。また無住と法身房関連では、堤禎子「常陸における無住の師について」（『茨城史林』九号、一九八〇年六月）、同氏「無住と常陸『北ノ郡』」（『日本仏教史学』一七号、一九八一年十一月）、同氏「常陸・北下総における律宗教国の痕跡」（『鎌倉』六六号、一九九一年五月）、同氏「若き日の無住道暁と常陸国」（『月刊百科』三六七号、一九九三年五月）、真壁町歴史民俗資料館『筑波山麓の仏教――その中世的世界』（一九九三年）、土浦市立博物館『中世の霞ヶ浦と律宗』（一九九七年）などを参照した。

(5) 『雑談集』巻三「愚老述懐」。

(6) 『雑談集』巻九「万物精霊事」。

(7) 注1『雑談集』二八八頁注八。

(8) 『梁塵秘抄』巻二「雑法文歌」二一三番歌。引用は新編日本古典文学全集『梁塵秘抄』（小学館、二〇〇〇年）二三九頁。

(9) 『摩訶止観』については、『雑談集』に、「三十九歳、実道坊上人ニ止観之ヲ聞ク」とあり、別箇所に「常州ニ実道房ノ上人と申シ天台ノ学生ノ、止観ノ講ノ時、源海ガ止観講ジ侍ル……」という話も収録されている。実道房源海については、『授菩薩戒弟子交名』に「常陸国人源海実道房」と名前があり、叡尊から菩薩戒を受けた天台僧であり、忍性による結界石が残る常陸国宍塚般若寺の長老であった。

(10) 永延二年（九八八）から弘長三年（一二六三）まで段階的に成立。原本は失われたが、文明二年（一四七〇）の写本が伝わる。

(11) このあたり、『圓福寺開山法身性西和尚集』（瑞巌寺、二〇二二年）に口絵カラー写真が収録されている。

(12) 『沙石集』について、米沢本は小島孝之校注・訳、新編日本古典文学全集『沙石集』（小学館、二〇〇一年）に拠り、長享本は京都大学貴重資料デジタルアーカイブで公開されている長享三年書写本をもとに、私に翻刻した。

(13) 堀尾真澄氏のご教示による。詳しくは注11書二四四頁。

(14) 『元亨釈書』、『龍山三開祖伝』では十年となっている。

(15) 資料は注11書からの引用による。原資料は漢文であるが、堀尾真澄氏の訓読文に私に手を加えた。なお「示性心師」は田山方南『禅林墨跡拾遺 日本篇』（禅林墨跡刊行会、一九七七年）、大阪市立美術館・五島美術館『書の国宝 墨蹟』（読売新聞社、二〇〇六年）にも収録されている。

(16) 『法身覚了無一物』では、「南山で出家してのち建仁に足を留む」とあり、『真壁平四郎』では、「高野山金剛三昧院の退耕行勇上人の門を叩いたと考えられる」とあるが、根拠は示されていない。ただ行勇を師としたのであれば、無住の修学圏と重なってくることになる。

(17) 法身房と無住との確実な接点が認められる寛元三年から、法身房が亡くなった文永十年までの両者の事績をまとめた。中の算用数字は各人の年齢である。

(18) 『沙石集』に「常州に、真壁の敬仏房は、明遍僧都の弟子にて道心者と聞こえしが」とある敬仏房は、鎌倉時代後期成立の『一言芳談』に最も多く法語が採録されている遁世僧であり、またその『一言芳談』には、「東城寺の阿耨房」や「椎尾四郎太郎」など、無住と関係する寺や筑波山麓の地に関連する人々が登場する。

付記 令和四年（二〇二二）は法身禅師没後七五〇年遠忌にあた

り、瑞巌寺を中心として企画展や書籍の出版が行われた。その中心的役割を果たされた瑞巌寺宝物館主任研究員の堀野真澄氏には、本稿をなすにあたり、大変多くのご教示をいただいた。ご学恩に心より感謝申し上げます。

茨城県真壁市の調査においては、添野俊男氏に関連地をご案内いただき、大変なご尽力をいただいた。また茨城県筑西市猫島の高松家には、貴重な資料の閲覧と掲載をお許しいただき、桜川市教育委員会文化財課の寺崎大貴氏にも多くのご教示をいただいた。あわせて心より御礼申し上げます。

本稿はJSPS科研費（18H00645）の研究成果の一部である。

無住と鎌倉――鎌倉の仏教関係説話を中心に

追塩千尋

おいしお・ちひろ――北海学園大学名誉教授。専門は日本古代中世仏教史。主な著書に『中世の南都仏教』（吉川弘文館、一九九五年）、『中世説話の宗教世界』（和泉書院、二〇一三年）などがある。

無住の著作には鎌倉を舞台とした説話は少なくない。それらの中から仏教関係説話を選び、当時の鎌倉における仏教信仰の様相を探り、鎌倉仏教論構築の一助としたい。また、そうした作業を行うことにより、無住伝の空白部を埋める手掛かりも見えてきたので、併せて論じてみたい。

はじめに

無住（一二二六～一三一二）についての伝記史料は『雑談集』巻三の二「愚老述懐」が主となるが、空白部や不明な点が少なくない。しかしながら、鎌倉で誕生したことや梶原景時の後裔であることは大方の承認を得ている。十三歳で鎌倉の寿福寺の僧房に童役として住み、三十五歳の時寿福寺で坐禅の修行に励むが脚気のため一年ほどで断念する。なお、後でも触れるが坐禅の断念は禅における様々な修行法のうちの一つを断念したものであり、禅そのものから離脱したことを意味しない。

無住の鎌倉在住期間は、誕生から十五歳で下野の伯母のもとに下るまでの十五年間と、寿福寺での一年間ほどの修行期間の合計十六年間となる。三十七歳で尾張長母寺に止住して以降は生涯そこを離れることはなかったが、後述のように長母寺に止住後も各地を訪問し鎌倉との往来も複数回あったようである。その時の滞在日数などは、合計しても数ケ月を越えることはないであろう。

なお、鎌倉期には『海道記』をはじめとするいくつかの紀行文や、叡尊の鎌倉教化記録である『関東往還記』などがあるため、尾張経由での京~鎌倉間及び奈良~鎌倉間の往来に要する日数などを知ることができる。それらによると若干の差異はあるが、長母寺~鎌倉間は片道九日前後、長母寺~京都間は片道四~五日、長母寺~奈良間は片道六日程となる。したがって、長母寺~鎌倉間の往来にかかる日数は二十日間ほどになり、それに滞在日数を加えると少なくとも一ケ月ほどの期間がかかると推測される。

以上、十六年間強の鎌倉在住経験を踏まえた鎌倉関係話が無住の著作には一定数収められており、合計四十話ほどになる[1]。さらに、鎌倉将軍・執権・御家人らをめぐる話は、鎌倉という地名が出てこなくとも鎌倉関係話として扱うことができるため、それらを加えると関係話数はもっと増えることになろう。それらは政治史の一面を語る史料として、また幕府法の機能や運用の実態などがうかがえる史料としても注目されており、これまでも一定程度言及されてきた[2]。無住と政治との関わりについては筆者も触れたことがあるので[3]、本稿ではそうした課題には立ち入らず、副題に掲げたように鎌倉に関する仏教関係説話に注目したいと思う。

無住と鎌倉に関する問題を表題に掲げた研究は、意外に少ない[4]。「鎌倉」という場で展開した鎌倉期の仏教については、これまで宗派の展開、将軍・執権らの仏教政策の観点から論じられてきた[5]。ただ、それらには無住の著作はほとんど使用されていないようである。無住の著作（本稿では『沙石集』『雑談集』を使用）に見られる「鎌倉」の仏教について論じることにより、無住の「鎌倉」観の特質やその意義について考え、鎌倉という場における基層信仰を探ってみたい。また、それらの検討を通じて、副産物的ではあるが、無住の行動圏の一端も明らかにできればと思う。

一、無住の著作の特徴と行動圏

本論を論ずるに際して必要と思われる無住の著作の特徴と行動圏について、これまで指摘されてきたことも含めていくつかのことを確認しておきたい。

(1) 無住の著作と行動圏

第一は、「此物語ハ、多クハ当世ノ事ヲ記ス故ニ、其所ソノ名ヲ隠ス事アリ。不定ノ故ニハ非ズ。慥ノ事共也」（『沙石集』巻七の二）という一節に端的に示されているように、無住の著作は無住の時期の事実談を書き記したものである、ということである[6]。その事実性を強調するため「近代・近比」とか、鎌倉期の年号を示すことにより当代性を示し、「慥ノ事」といった真実性を強調する表現を使用する。かつ、自身が体験したことである事やそうでない場合でも、直接体験した人から聞いたという表現を加えたりする。

また、話の内容がまだ生存中の当事者や関係者に関わるため憚りがある場合は、場所や名を伏せたりする。名前を聞いたが忘れたという言い方もよくするが、それも当事者・関係者への配慮のため忘れたふりをしている可能性が高く、実際には覚えていたと思われる。

一例として、『沙石集』巻六の二「或禅尼説教師讃タル事」を紹介しておく。信州の尼公が鎌倉で幼馴染であった寿福寺僧に仏事を営ませた。その僧の説法に満足した尼公が信州に帰った後、卑猥な言葉で僧のことを誉めた、という話である。このことは鎌倉でも評判になったが、「尼公ノ名モ、（説法をした）僧ノ名モ忘侍リ」と結ばれる。この話は無住の寿福寺在住期に聞いたことなのかもしれない。また、信州〜鎌倉間の往来があったことがうかがえる話でもある。鎌倉〜善光寺間の往来があったことをうかがわせる話（『沙石集』巻七の二「妄執ニヨリテ女蛇ト成ル事」）や、無住自身の善光寺参詣のことを考える際に参考になる話といえる。

第二は、取材源（情報源）に関する事である。鎌倉の話の取材源として、少年・青年期に修行した寺院である寿福寺の存在が大きい。(7) 寿福寺在住時の体験や見聞したことを語った話として『沙石集』巻二の二、巻七の二、巻九の十三、『雑談集』第八の三などがあり、前述の『沙石集』巻六の二も該当しよう。鎌倉を離れた後も寿福寺との関係は継続していたようで、寿福寺関係と思われる僧が無住の同法として登場したりしている（『沙石集』巻二の八）。また、鎌倉と長母寺間を往来していたと思われる同法からの話もみられる（『雑談集』第九の三）。

第三は、無住の行動圏に関する事である。無住は長母寺止住以前も以後もあちこちの寺社を訪れていた。『雑談集』「愚老述懐」には、訪れた霊所・霊場として延暦寺・南都七大寺・熊野・善光寺・高野山・四天王寺・橘寺・法隆寺・太子廟が挙げられている。善光寺を除くと畿内とその周辺の寺社であること、列挙された寺社から重複分を除いた十四寺社の内、五ケ寺（善光寺・四天王寺・橘寺・法隆寺・太子廟）が聖徳太子関係であること、などが目に付く。

これらの寺社で善光寺が畿内から見れば遠隔地となるが、善光寺と四天王寺および高野山・太子廟、さらには法隆寺・橘寺を結ぶ善光寺聖の活動が活発化する中で善光寺信仰と太子信仰の融合が促進され善光寺は全国的霊場になっていった。(8) 無住において霊場たる基準の一つとして、聖徳太子信仰が関わっていたことがうかがえよう。

表1　無住の諸寺院参詣表

	時期、年齢	参詣場所など	典拠	備考
①	常陸在住期か（16歳から寿福寺入寺までの20年ほどの間）	常陸北郡所在の不断念仏堂（善光寺一光三尊像模造）を参詣	『沙石集』（内閣文庫本第2の3）	この時期に善光寺参詣を行ったか
②	宝治2年（1248）23歳	興福寺維摩会の際の延年舞見物	沙石集（米沢本巻5末2）	建長6年（1254）の時か
③	弘長年間（1261～64）	伊勢神宮参詣	沙石集巻1-1	弘長3年（1263）ないし4年（1264）か
④	文永元年（1264）または8年（1271）か	円爾に随行し寿福寺滞在	a沙石集巻3-8 b沙石集巻5末7所収の一話も関係するか	『聖一国師年譜』建長6年条参照（冬に到着）
⑤	13世紀半ばから後半	片岡山達磨廟参籠	沙石集（米沢本巻5末7）	
⑥	13世紀後半か	鎌倉「光触寺」訪問	沙石集巻2-3	
⑦	13世紀末頃か	法隆寺参籠、ついでに中宮寺参詣	雑談集第10-4	中宮寺長老信如（1211～?）と面謁

(2) 無住の諸寺院参詣

無住は脚気の持病があり、幼い時から病弱でもあった(『雑談集』第三の五、同第六の三)。

そのことに偽りはないのであろうが、それにもかかわらず精力的と思えるほどあちこちを往来し、八十七歳という長寿を全うしている。病弱・脚気であれば歩行に支障があったと思われるが、そうした兆候はうかがわれない。病気の程度が疑われもするが、医術にも通じていたので、身体の自己管理ができていたのかもしれない。そのことはともかく、参詣時期はほとんどが不明であるが、わずかながら時期が推定できるものを整理したのが**表1**である。

表1の①については鎌倉往来とは直接かかわらないが、関連性も含めたことは三節で述べることとし、他の項目について少々説明しておきたい。②は宝治二年とされているが、その年は祖母のもとで教訓を受けたとする「愚老述懐」の記述と合わない。したがって、近世の無住伝ではあるが『無住国師道跡考』に見える建長六年（一二五四）の奈良遊学時のことと推定した。この話の時期は「そのかみ（当初）」のこととある。無住は著作執筆時点を基準にして近い出来事の場合「先年」あるいは「去年」という語を使用するが、「そのかみ（当初）」は自身の生涯においてはかなり昔（若いころ）の出来

事の場合に使用する。そのことに着目するなら、少なくとも長母寺入寺以前の事と考えられる。

③は弘長年間と少々幅をもたせたが、無住は弘長二年に長母寺に入寺しているので、その後の弘長三年か四年のこととした。そうであれば、伊勢神宮参拝は長母寺入寺直後であったことになる。

④の無住が円爾の鎌倉下向に随行したことは同表の典拠欄aでうかがえるが、『聖一国師年譜』（以下『年譜』）では建長六年条に見え、その時無住は既に長母寺僧として登場している。それでは矛盾が生ずるため、三木紀人氏は『年譜』に見える円爾の文永元年及び八年の二回の鎌倉下向のうち、文永八年の可能性が高いとする。[9] 同じく④の典拠欄に記載したbの『沙石集』巻五末の七は、弟子と思われる小法師を随行し東海道を往来している時に富士山のふもとで小法師が詠んだ歌に無住が下の句を付けたという話である。弟子と思われる僧を伴っているので長母寺入寺以後と推定したが、円爾に随行した時のことかどうか、および鎌倉からの往路・帰路の何れであるかは判断しがたい。

⑤については拙稿、[10] ⑦については細川涼一氏の論考[11]を参照願いたいが、いずれも聖徳太子信仰が絡んでいることを付記しておきたい。ここでは④⑥のことにより、長母寺止住後も無住は鎌倉～長母寺間をたびたび往来していたことを確認し、⑥については次節で触れたい。

二、鎌倉の霊場・霊所

(1) 鎌倉の寺社の存在形態

前節で無住が参詣した霊場・霊所として、畿内とその周辺の寺社や善光寺などが挙げられていることを述べた。いずれも歴史と由緒のある寺社である。しかしながら、伊勢神宮や地元の熱田社などをはじめとする霊験社や、鎌倉の寺社などは挙げられていない。鎌倉の場合はまだ歴史が浅かったことが大きな要因かもしれない。また、神社は重要性は認めながらも、本地垂迹下のもとでは神は仏菩薩に対して従の位置にあり、かつ神の独自性は無住の著作では説かれているとは言い難いことを鑑みると、[12] 列挙される対象にはなりがたかったと思われる。

ここで無住の著作に見える鎌倉の寺社を挙げるなら、梵舜本以外の『沙石集』の諸本を含めても、寿福寺・建長寺・極楽寺・無量寿院・東林寺・鶴岡八幡宮（若宮を含む）位である。これに最明寺を加えてもよいが、北条時頼の異称として出てきているだけで寺院としての最明寺については述べられてはいない。

無住の時期に存在した鎌倉の寺社数について一つの目安を記すなら、平安末には十四寺社程あったとされる。[13] 鎌倉期に入ると『鎌倉市史』社寺編（吉川弘文館、一九五九年）によると寺五十二、神社十二となる。これに不確定要素はあるが『鎌倉廃寺事典』（有隣堂、一九八〇年）掲載の鎌倉期の廃寺一一四、廃社二を加えた一六六ケ寺、十四社が開府以降に創建された寺社数ということになる。鎌倉期を通じて寺社が造営され、鎌倉末までには少なくとも二〇〇近い寺社が存在していたことになる。それらの多くは無名の堂・祠レベルのもので、中には消滅していったものもあろうが、それらが寺観を整え寺号が定まり認知されていくには一定の時間がかかっただろうと思われる。無住の時代には名のある鎌倉寺社はほんのわずかで、まして全国的な霊場はまだなかったといってよい。無住の著作に鎌倉の寺社が少なく、かつ無住参詣の霊場に鎌倉の寺社がないことの理由の一つは、この辺にも求められよう。

（2）鎌倉の寺院霊験譚——その一

そうであるなら、無住は鎌倉にも少ないながらも霊場・霊所が存在する事を鎌倉関係説話を通じて喧伝していこうとしたのではないかと思われる。そのことをうかがわせる話が、前表⑥の『沙石集』巻二の三「阿弥陀利益事」である。本話は頬焼阿弥陀として著名な話である。

鎌倉の町の局という富裕な家の召使である女童が正月に念仏を唱えた行為を縁起が悪いと怒った主人が、罰として赤く焼いた銭を女童の頬に当てた。頬に痛みもなく傷もつかなかったが、持仏堂の本尊の阿弥陀如来の頬に銭の形がついていた。阿弥陀が女童の身代わりになったことを知った主人は仏に罪を謝し、仏師を呼び頬の疵に金箔を何枚も貼ったが疵は消えなかった。最後は「当時モ彼仏オワシマス。金焼仏ト申アヒタル、委ク拝テ侍シ。当時彼疵三角ニ見ヘ侍ル。慥ノ事也」と結ばれる。

本話について述べるべきことは少なくないが、町の局は『頬焼阿弥陀縁起絵巻』（鎌倉後期の成立か）には「すくるの氏女町のつぼね」とあり、建長三年（一二五一）に七十三歳で没したとされる。また、本尊はこの話以後は霊験仏として人々の信仰を集めていたことなどが知られる。また、最後の文言の「委ク拝テ侍シ。当時彼疵三角ニ見ヘ侍ル」とあるのは、無住は初めは鎌倉で見てきた人から聞いて書いたものを、後に無住自身が実地に見てきて末尾を改めたと考えられる。[14] 本話は『沙石集』執筆時の十三世紀後半までの状況を語っており、無住は長母寺止住後も鎌倉に下向していたことを示す話といえる。

この本尊安置の寺は縁起では岩蔵寺（後の光触寺）となっているが、本話では単に持仏堂とあり寺名は見えない。室町期頃のものとされる「光触寺境内図裏書」には「後宇多院弘安元戊寅年元祖一遍上人藤触山建立元住作阿弥陀仏」とあり、[15]弘安元年（一二七八）一遍により開創され作阿という僧が住持したとされている。一遍が小袋坂より鎌倉に入ろうとした際に、乞食集団と思われたためか武士に阻まれたのは弘安五年（一二八二）三月一日とされているので（『一遍聖絵』第五巻第五段）、一遍を開基とするのは年代的には合わない。おそらく、時衆教団が形成される中であとから付加された伝承と思われる。

幕府がしばしば念仏者の所行を問題視し取り締まり関係の法令を出していたことから、[16]専修念仏者を含め、鎌倉には様々な系統の念仏者が活動していたことは間違いない。[17]本話で語られている町の局の阿弥陀信仰は、鎌倉の住民が営んでいた信仰の一形態を示すものであり、法然系・親鸞系といった区分にはなじまない。様々な系統の念仏者が教団としてまとまり始め宗派色を強めていく中で、このように在地で営まれていた信仰を宗派の中に取り込み寺号を定め開基伝承などを付加していったものと思われる。弘安元年という光触寺の創建年次も、そうした状況を想定して受け止めていかねばならないであろう。

本話での阿弥陀への信仰は、正月に念仏を唱えたことが縁起でもないとされているところから来世信仰と、女童への罰の身代わり（代受苦）となっている点で現世利益の二つの側面がある事が知られる。現当二世の利益のうち、現世利益が霊験として強調されている。

いずれにせよ、本話はまだ寺号も定まっていなかった鎌倉の寺院の霊験性を高め、かつ広めるための宣伝話になっているといえよう。

（3）鎌倉の寺院霊験譚――その二

鎌倉の寺院の霊験譚に属する話が、『雑談集』第九の三「読経徳之事」である。「先年の鎌倉の地震」の際に無量寿院という寺の山が崩れ、僧堂が押しつぶされるが中にいた四人の僧のうち一人だけが助かる。それはその僧が大般若経を真読していた功徳であり、「彼僧現在ノ人也。同法也。慥ニ物語聞侍シ」と結ばれる。

「先年の鎌倉の地震」とは永仁元年（一二九三）四月十二・十三日の鎌倉の大地震で、この時将軍邸や鶴岡若宮が破損し、建長寺・大慈寺以下の寺院が顛倒焼失した。無量寿院は無量寿寺・無量寺とも呼ばれ現在は廃寺である。当初は阿弥陀堂（安達義景の持仏堂）であったが、やがて東密の拠点となったとされる。[18] ただ、『東大寺円照上人行状』中・下巻に浄因円悟やその弟子法爾らが住持したことが見えており、近世までに泉涌寺の末寺になっていたこと（『新編鎌倉志』巻四）を鑑みるなら、無量寿院は東大寺戒壇院流や泉涌寺流北京律の関東における一つの拠点寺院であったことが知られる。

本話は読経の功徳話で、大般若経の災害除けの機能や功徳る霊験が鎌倉でも見られること、およびその場が無量寿院という寺であったという点で、付随的ながらも同寺の霊験性を（『雑談集』第六の四など）がうかがえるが、そうした功徳によ語っていることになろう。

また、助かった僧は無住の同法で現存しているとあることから、素性は定かではないが無量寿院所属でありながら長母寺と関係を有していた僧であったことが注目される。無住はこの話に続けて、修行を上品（坐禅・観法など）・中品（読誦）・下品（香華などの供養）の三段階に分類し、読誦は中品の行ではあるが観念を添えると甚深の行になるとする。そして、坐禅などが叶わず老齢の自分にとっては読誦は適当な行であるから法華経の読誦を怠らず、般若経も信じていることを述べている。脚気のため坐禅は断念したが、他の行は行っているというわけである。このことは、自分は上品の行の一つを断念しただけで禅そのものから離れたわけではない、ということを主張することにつながっていくものと思われる。奥義に到達するためには行の上下などは問わない、という立場が表明されているといえよう。

無住が修行した寿福寺は、開山の栄西を始め当寺に止住した退耕行勇・蔵叟朗誉（無住の直接の師でもある）などの経歴からして、寿福寺は禅密兼修的な雰囲気をもっていたとされる。[19] そういう点で、行の選択肢の幅があった寺院といえるのである。

話を元に戻すなら、読誦の修行にいそしんでいたという点でこの僧は同法であったのであろう。鎌倉だけの話に限らないが、本話から無住の宗教的立場や長母寺を取り巻く説話の情報源がいかなるものであったのかがうかがわれる。

鎌倉にも霊場・霊所が存在することの喧伝と思われる話を紹介したが、それはとりもなおさず鎌倉という場は仏法相応の地であることを示すことになろう。そのことを補強する形になる賞賛すべき話も語られる。

鎌倉での「無下ニチカキ事」であるが、鶴岡若宮の供僧のもとに押し入った強盗が僧と問答するが、僧の問答の姿勢に感服して布施を残して去る、という話である（『沙石集』巻六の十一「強盗ノ法門問タルコト」）。強盗の仏法を愛でる態度を「ワリナシ（殊勝である）」とし、僧侶も「マメヤカノ仏法ノ器」と双方が賞賛されている。末代のすさんだ世のなかであってもこうした美談的な話があちこちにあることを無住は述べるが、鎌倉という地も例外ではないことが語られているといえよう。

三、「鎌倉」の仏教の一面

(1)鎌倉の地蔵信仰——その一

前節でも「鎌倉」という場で営まれていた仏教信仰の一端に触れたが、本節では鎌倉における土着の信仰の様相を示していると思われる話を取り上げたい。その一つが、『沙石集』巻二の六「地蔵菩薩種々利益事」に収められている七話のうちの最初の話である。

鎌倉の浜の古い地蔵堂の丈六の地蔵は、日ごろ浦人の信仰を集めていた。ある日浦人たちの夢に地蔵が現れ、自分が売られたための名残を告げる。この像を東寺大勧進憲静(一二一五又は一二二六～一二九五)が買い取り二階堂あたりに移そうとするが、人夫が足りない。

そこに大柄な法師が現れ、やすやすと運んだ。その像のうなじが貧相なので修理をしようとするが、仏師は霊像であるので手を出せないと断る。しかし、その仏師の夢に若い僧が現れ修理を促したため、無事修理をすることができた。

大柄な法師は地蔵の化身であったと思われるが、話では「権化」とされ「同法ノ僧、慥ニ見テ語侍リキ」という一文が添えられている。そして、最後は「仏ノ相モ人ノ相ニ違ズトイへリ。当代ノ不思義也。彼上人ノ弟子ノ説也。世間又カクレナシ。サテ彼夢ニ見奉リシ浦人、信ヲ致シ、歩ヲ運テ詣デ、ヨソノ人モ聞及テ、貴ビ崇奉ルトナン」と結ばれる。同法の僧が見たことや憲静の弟子が語ったこととして真実性が強調されている。なお、「同法云々」は米沢本にはないが、無住・憲静いずれの同法なのか判然としないし、文節の位置としても少々不自然ではある。しかしながら、霊験性を強調する効果はあったといえよう。

この話についてもいろいろ指摘はなされているが、大勧進の憲静や移された先の二階堂の寺院などについて議論がなされている。憲静の在鎌期間については諸説があるが[20]、十三世紀半ば以降としてよいであろう。また、二階堂の寺院は覚園寺[21]とも理智光院[22]ともされている。そして前節で紹介した巻二の三「阿弥陀利益事」にも登場する仏師のことも注目されており、三山氏は史料上で鎌倉地方仏所が確認できるのは十六世紀であるが、これらの話から十三世紀初頭あるいは半ば過ぎにはすでに鎌倉地方仏師が相当程度の規模で存在していたことがうかがえるとしている[23]。この像は「霊像」とされており、話の中でもその霊験性が示されているように、霊験あらたかな仏として浦人らの信仰を集めていたことが知られる。

この話からうかがえる鎌倉における地蔵信仰の様相について着目したい。第一はこの地蔵堂の起源は定かではないが、少なくとも開府頃には存在していたと思われる。鎌倉の寺院は無から出発したのではなく、在地での信仰を踏まえて建立されていったことが知られる。

第二は、本話の浦人は漁民であったと思われるが、地蔵は漁業に際しての航海の安全祈願の対象とされていたのであろう。後世の話になるが、『地蔵菩薩三国霊験記』巻五の十五「救漂流民」では越中国宇治津の漁師が遭難した折、救済を地蔵に願っている様子が描かれている。その話の最後には『地蔵本願経』が引かれているが、地蔵には水難からの救済機能があったことが知られる。

第三は、漁民にとっての地蔵は航海の安全ばかりではなく、殺生戒を犯すことによる堕地獄から救済してくれる仏であったと思われる。『沙石集』巻二の六の七話の地蔵説話の中の第三話は、殺生を生業としていた駿河国富士川のほとりに住む男の話で弘安年中（一二七八〜八八）のこととされる。この男の生業については『沙石集』では明記されていないが、後の『地蔵菩薩感応伝』下の四十三に「度脱漁者」と題して継承され、そこではこの男は漁夫であったとされている。この男は殺生を生業としていたため地獄に連れていかれそうになるたびに日頃信仰していた地蔵に救済され、最後は獄卒に殺されるが蘇生し、出家して修行に励んだ、という話である。

第四に、「仏ノ相モ人ノ相ニ違ズトイヘリ」という記述にうかがえるように、人間と姿形が変わらない仏が救済してくれる、という考えである。この地蔵は人間味を帯びた像容であったのであろう。前述の頬焼阿弥陀は頬に疵跡があることが霊験仏たる所以であったように、仏像信仰においてはその像容が重視されていたことが知られる。

（2）鎌倉の地蔵信仰──その二

以上、漁民の地蔵信仰の様相が知られる話として紹介したが、次に『沙石集』の同じ巻二の六の六番目の話を見てみたい。鎌倉に住む友人同士の二人の武士は、それぞれ地蔵を信仰していた。片方は裕福でもう一人は貧しかったが、裕福な方が若くして死に至った際に友人に自分の立派な地蔵を譲った。譲られた友人はそれまでのみすぼらしかった地蔵をないがしろにし、新しく手に入れた地蔵ばかり供養した。ある時、ないがしろにされていた地蔵が夢に現れ、「世ヲ救フ心ハ誰モ在者ヲ、仮ノ姿ハサモアラバアレ」という恨み言をこめた歌を詠んだ。男は慌ててその後一つの厨子にその像を一緒に安置し供養した、という話である。

ここでは、人を救済することは同じであるのに、仕様の壮麗さに捕らわれた態度が批判されている。無住は巻二の六の最後に、

木石ノ思ヒヲナセバ、仏体モ只木石ノ分ナリ。木石モ仏ノ想ヲナセバ、仏ノ利益アリ。恭敬ノ心モ、信仰ノ思モ、実ニ深ク、マメヤカニ懇ナレバ、生身ノ利益ニ、スコシモ違ベカラズ。愚ナル心ニテ、軽慢ノ振舞ナレバ、利益ノ用モアラハレ難シ。

と述べている。仏の形像に捕らわれず信心が大事であることを説いている。裏を返せば当時は、鎌倉武士のような仏像の仕様に捕らわれるような行為が目立っていたことを物語っていよう。

地蔵がないがしろにされたことを示す鎌倉での話をもう一話紹介したい。『沙石集』巻八の十四「人ノ下人ノヲコガマシキ事」である。三河の国の人が鎌倉で客人を得たので、もてなすために大口袴を下人に持たせ酒の肴（鳥肉）を求めさせた。下人は乞食法師が持っていた小地蔵とその大口袴を交換した。地蔵を持ち帰った下人を主人は勘当することはせず、その地蔵を肴に地蔵の頭をかじりながら酒盛りをした。三河の国の人に対しては「ナニガシトカヤ、名ハ忘レ侍リ」とし、最後は「彼男（＝下人）ヲモ見タリシ人ノ語シカバ、慥ノ事也」と結ばれる。

幕府の取り締まりの対象に含まれていたであろうと思われる乞食法師の活動などが知られ、興味深い話である。下人の愚かさが本話の主題であろうが、地蔵に対しては前述の貧乏武士以上の罰当たりな態度がとられているにもかかわらず、批判めいた言辞はなされていない。こうした扱いに近い行為がとられていたことを示す話が『沙石集』巻一の十にみられる。専修念仏者が批判されている段で鎌倉の話ではないが、地蔵が蓼すり用に使用され、目のところまですり減ったさまが語られている。おそらく木像の小地蔵が頭を下にしてすりこぎ代わりに使用されていたのであろう。さすがにこうした行為は「浅間シカリケルシワザニコソ」と批判はされている。

一方では漁民たちの篤い信仰を受けながら、こうしたぞんざいな扱いを受けている様子を見ると、民間においては、地蔵（他の仏菩薩も含めて）に対する理解は十分ではなかったのではないかと思われる。(24)

（3）鎌倉をめぐる宗教環境――善光寺信仰に関して

最後に当時の鎌倉を取り巻く宗教環境に関して、少々述べておきたい。それは善光寺信仰に関する事である。鎌倉と信濃および善光寺との間に往来があったことを示す話に関して

は、既に指摘だけはしておいた。そのうち、『沙石集』巻七の二「妄執ニヨリテ女蛇ト成ル事」について少し補足しておきたい。

鎌倉のある人の娘が鶴岡若宮の僧房の稚児に恋したが叶わず、娘は焦がれ死にした。両親は娘の骨を善光寺に送るため、箱に入れしばらく保管していた。そのうち稚児も死んだので棺に入れ山に葬った際に、大きな蛇が棺の中の稚児に巻き付いていた。その後娘の遺骨を分骨して鎌倉の寺に置こうと思い中を見ると、娘の骨は小蛇に変じたり変じかけたりしていた。最後は「同法ノ僧、慥ニ聞テ語リキ。僅ニ二十年ガ中ノ事也。名モ承シカドモ憚リテ注サズ」という決まり文句で結ばれる。

遺骨を善光寺に送ろうとしているので、媒介者が存在していたことになる。それが善光寺聖と呼ばれる僧たちではなかったかと思われる。そうであるなら、当時鎌倉には善光寺聖が一定程度入り込んでいたことになる。この話は『沙石集』執筆時（一二七九年ころ～八三年）の二十年ほど前ということなので、無住が寿福寺での修行中の時期に当たる。ここでの同法の僧とは、寿福寺僧であったのであろう。

鎌倉に善光寺信仰が浸透し、新善光寺と呼ばれる寺院が建立されたりしている様相については既に明らかにされているので[25]、ここでは繰り返さない。鎌倉・善光寺間の行程に関しても、『信生法師日記』[26]や明空の『宴曲抄』（続群書類従十九輯下）などにより、一定のルートが形成されていたことが知られる[27]。

無住は十六歳から寿福寺入寺に至る二十年間ほどは常陸を中心にして活動していたが、その時に善光寺信仰に接していたらしいことがうかがえる。前表①で示した内閣文庫本『沙石集』第二の三では無住が常陸北郡所在の不断念仏堂を参詣した際に寺僧から、この堂の旦那は善光寺の一光三尊を模造して安置し、念仏・律を信仰していたことを聞いている[28]。二十三歳の時に教訓を受けた祖母の尼公も不断念仏堂を建立し、熱心に供養をしていたとある（『雑談集』巻四の二「瞋恚重障タル事」）。この祖母の不断念仏堂が善光寺と関係があったかどうかは祖母の居住地と共に不明であるが、念仏信仰としては善光寺の念仏と通底するものがあったと考えてよいであろう。

若いころから善光寺信仰と接していた、というよりそうした宗教環境の中にいた無住が善光寺参詣に赴くのも当然である。善光寺への参詣時期は不明ながらも、常陸在住時代であった可能性も選択肢の一つとして想定しておいてよいであろう。親鸞が赦免後建保二年（一二一四）に越後から信濃経由で常陸に向かったことから、常陸・信濃間のルートも定まったものではなかったにせよあったのであろう[29]。ただ、長母寺入寺以後であっても、鎌倉下向のついでに鎌倉から善光寺に向かった可能性も否定はできない。

むすびにかえて

鎌倉関係の説話についてまだ取り上げるべきことは多いが、本稿で述べたことを整理すると次の通りである。

第一は、鎌倉には無住の時期には知名度がある寺社は少なく、大半は名もない堂・祠レベルのものであった。

第二に、それ故に鎌倉所在の寺社を全国的霊場にするための宣伝を説話を通じて行おうとした。

第三に、鎌倉関係説話を通じて年次は特定できないまでも、無住の伝記の空白部分を一定程度埋める手掛かりが得られそうであることが知られた。ただ、これは鎌倉関係説話のみに限らないと思われるので、今後も視野を広げて他の説話を検討すべきであろう。

本稿は無住の著作を通じて鎌倉という場で展開していた仏教の様相を探ることを目的にしたが、これまで論じられてきた通説的な鎌倉仏教論に照らしてみると隔たりが大きいことが知られる。無住の著作における栄西・蘭渓道隆らの臨済僧関係の説話については別に論ずる必要はあるが、それらを除くと鎌倉で活動した僧侶たちがほとんど描かれていない。

無住の時代の鎌倉における仏教史上の顕著な動向に注目するなら、第一に法然・親鸞らの流れをくむ専修念仏者らが鎌倉で活動していたことは間違いないが、彼らの偏執や余行否定の態度について一般的批判はするが鎌倉に即した言及は見られない。第二に、道元は宝治元年（一二四七）に北条時頼に招かれ時頼に菩薩戒を授けるが、そのことには触れていない。それでも、道元についてはわずかながら京都の深草時代に坐禅を始行したことが述べられてはいる（『雑談集』第八の五「持律坐禅事」）。

日蓮に対しても同様で、無住が寿福寺で修行をしていた文応元年（一二六〇）は日蓮が北条時頼に『立正安国論』を呈し、鎌倉の僧徒が日蓮の松葉谷庵を襲撃した年である。その後の佐渡流罪に至る日蓮の動向は鎌倉においては大きな出来事であったはずで、無住も直接・間接に体験していたはずである。ただ、日蓮門徒が法華経のみを信じている偏執の態度への批判は（『雑談集』第十の七「法華衣坐室法門大意事」）、鎌倉での無住の体験の反映なのかもしれない。

いわゆる鎌倉新仏教は教科書などで記述されているほど当時は主流ではなかったことは、今日ではほぼ常識化されている。祖師の没後、教団の形成過程で祖師が顕彰されていく中で祖師らの名も社会的に広まっていったはずである。無住にとって同時代の日蓮はことさら取り上げるほどの存在ではなく、没後の教団形成の中でその存在を認識していったものと思われる。

また、西大寺流との関係では、叡尊の関東下向の際に無住は叡尊と直接接触したと思われるが(30)、叡尊の鎌倉教化に関わる記述は著作にはまったく見られず、直接交流があったと思われる忍性についても鎌倉での活動に関する記述は顕著とは言い難い(31)。これらのことは無住が西大寺流から離脱していったこととかかわる事であるので改めて検討すべきであろう。

いずれにせよ、通説的鎌倉仏教論と無住の著作における鎌倉の仏教関係説話との隔たりをどのように総合的にとらえるべきか、今後の鎌倉仏教論の深化のためにも必要と思われる。

注

(1) 筆者の調査では、梵舜本『沙石集』三十話、『雑談集』七話、『沙石集』の他本の計六話、を合計した四十三話となる。ただし、この中には鎌倉の地名は出てくるが鎌倉関係説話とは言い難いものもある。本稿では『沙石集』は日本古典文学大系本(岩波書店、一九六六年)、『雑談集』は三弥井書店本(一九七三年)を使用し、『沙石集』の他本はその都度示すことにした。

(2) 佐藤進一「法史料としての沙石集」(『日本古典文学大系月報』第二期第二十五回配本、一九六六年)、下村周太郎「『沙石集』にみる鎌倉時代の法・裁判・幕府権力」(樋口州男[ほか]編著『歴史と文学:文学作品はどこまで史料たりうるか』所収、小径社、二〇一四年)など。

(3) 拙稿「無住と政治的諸事件――その意義付けなどをめぐって」(北海学園大学『人文論集』六二、二〇一七年)。

(4) 熊原政男「沙石集と鎌倉」(『金沢文庫研究紀要』1所収、一九六一年、初出は一九五七年)、三山進「『沙石集』から見た鎌倉地方仏師」(『金沢文庫研究』一六三、一九六九年)など。

(5) 宗派の視点からは納冨常天『鎌倉の仏教』(かまくら春秋社、一九八七年)、石井進、貫達人編『鎌倉の仏教』(有隣堂、一九九二年)。将軍・執権らの仏教政策の視点からは今井雅晴『仏都鎌倉の一五〇年』(吉川弘文館、二〇二〇年)がある。為政者との関係の視点を掘り下げた研究として、佐々木馨「鎌倉幕府の宗教政策とその基調」(同『中世仏教と鎌倉幕府』所収、吉川弘文館、一九九七年、初出は一九九五年)や平雅行氏のものがある。平氏の研究はまだ完結していないので、最近の研究として「東国鎌倉の密教」(『智山学報』六九輯、二〇二〇年)を挙げておく。菊地大樹『吾妻鏡と鎌倉の仏教』(吉川弘文館、二〇二三年)は『吾妻鏡』における宗教記事を中心とした仏教の様相を描いているが、鎌倉という地に特化はしていない。

(6) 『沙石集』の場合、全四百話ほどのうちの五~六割が無住と同時代の話であると考えられる(拙稿「『沙石集』の説話圏について」、同『日本中世の説話と仏教』所収、和泉書院、一九九九年)。

(7) 情報源としての寿福寺の意義などについては、土屋有里子「無住著作における法燈国師話――鎌倉寿福寺と高野山金剛三昧院」(『国語と国文学』七九―三、二〇〇二年)参照。

（8）この辺の動向については嶋口儀秋「聖徳太子信仰と善光寺」（蒲池勢至編『太子信仰〈民衆宗教史叢書三十二〉』所収、雄山閣出版、一九九九年、初出は一九七四年）、牛山佳幸『善光寺の歴史と信仰』第二章の三「善光寺信仰と聖徳太子信仰の融合」参照（法蔵館、二〇一六年）。

（9）三木紀人「古典大系本沙石集管見」（静岡女子大学国文研究三、一九七〇年）。

（10）拙稿「片岡山飢人説話と大和達磨寺」（拙著『中世説話の宗教世界』所収、和泉書院、二〇一三年、初出は二〇一二年）。

（11）細川涼一『中世の律宗寺院と民衆』第四章（吉川弘文館、一九八七年）。

（12）この点に関しては拙稿「無住の本地垂迹説と神」参照（注10の拙著所収、初出は二〇一〇年）。

（13）野口実「頼朝以前の鎌倉」（『古代文化』四五—九、一九九三年）。

（14）加美甲多氏は後世の享受の過程における改編者が実際に見に行ったことによる見聞強調表現への変更の可能性を指摘し、梵舜本は後世の加筆が含まれる可能性があるとされる（同「『頼焼阿弥陀縁起』と『沙石集』」（『同志社国文学』九二、二〇二〇年）。

（15）日本歴史地名大系『神奈川県の地名』「光触寺」の項（平凡社、一九八四年）。

（16）『中世法制史料』第一巻「鎌倉幕府法」第二部追加法の七十五・九十・二三六・三八六条など。

（17）叡尊が鎌倉教化を行った際に、専修念仏者と思われる僧が叡尊に帰依している（拙稿「叡尊における密教の意義」、拙著『中世の南都仏教』所収、吉川弘文館、一九九五年、初出は一九七六年）。

（18）納富常天注5の書一一一頁、同「称名寺結界図について」（同『金沢文庫資料の研究』所収、法藏館、一九八二年、初出は一九六八年）。

（19）日本歴史地名大系『神奈川県の地名』「寿福寺」の項（平凡社、一九八四年）。

（20）大森順雄、百瀬今朝雄氏らは建長四年（一二五二）以降とし、（大森順雄「願行上人伝」同『覚園寺と鎌倉律宗の研究』所収、有隣堂、一九九一年、初出は一九八七年）、百瀬今朝雄「願行房憲静の「二階堂寺」」（立正大学文学部論叢九〇、一九八九年）、高橋秀栄氏は弘長三年（一二六三）からとする（同「鎌倉下向僧の研究——願行房憲静の事跡」、『印度学仏教学研究』三二—二、一九八四年）。なお、憲静が大勧進に就いたのは弘安二年（一二七九）からであるが、説話に登場する人物は最終肩書で示されることが多いので、本話の出来事を弘安二年以降とする必要は必ずしも無い。

（21）大森順雄注20の論考、橋本初子「願行上人憲静について」（同『中世東寺と弘法大師信仰』所収、思文閣出版、一九九〇年、初出は一九八六年）。

（22）百瀬今朝雄注20の論考。

（23）三山進注4の論考。

（24）田中久夫氏は、地蔵は当時はさほど著名な仏ではなく、個人信仰にとどまっていたが、この頃ある特定の集団がこの信仰を急に布教し始めたかと推定している（同「地蔵信仰の伝播者の問題——『沙石集』『今昔物語集』の世界」、桜井徳太郎編『地蔵信仰〈民衆宗教史叢書十〉』所収、雄山閣出版、一九八三年、初出は一九七二年）。

（25）牛山佳幸注8の書第二章の一「鎌倉幕府と善光寺」参照。

（26）新編日本古典文学全集四八『中世日記紀行集』所収、小学館、一九九四年。

（27） 五味文彦氏は、鎌倉↓武蔵府中↓上野国↓碓氷峠↓善光寺、というルートが主要幹線の一つであったとする（同『大系日本の歴史』五「鎌倉と京」小学館、一九八八年、二三三―二四四頁）。

（28） この説話をめぐる詳細は、堤禎子「無住と常陸「北ノ郡」」（『日本仏教史学』十七、一九八一年）参照。

（29） 論者により細部に異同があり、もとより確定はできない。ここでは古典的な中沢見明氏の見解を示しておく。氏は、越後↓信濃北方↓上野国吾妻郡↓武蔵の北端↓下総の猿島・結城↓常陸笠間稲荷、という順路を推定している（同『史上の親鸞』一三九頁、文献書院、一九二二年）。

（30） 『関東往還記』に登場する叡尊を長母寺に迎えた僧である常陸三村寺道篋は無住その人である可能性については従来から指摘されていたが、近年真福寺から発見された『逸題灌頂秘訣』奥書識語によりその可能性がより高まったとされる（土屋有里子「無住直筆『置文』・『夢想事』再考」『説話文学研究』五十二、二〇一七年）。そうであった場合、その時（一二六二年時点）の無住の所属が三村寺僧となっていることや、長母寺入寺時期がいつになるのか、といった課題は残る。

（31） 叡尊は『沙石集』に二度登場するが（巻七の十七、巻十本の二）、いずれも大和におけることである。また、忍性は『沙石集』では極楽寺在住時と思われる話（内閣文庫本第二の五、神宮文庫本巻二の六）と『雑談集』には常陸三村寺時の話が見られる（巻九の九「万物精霊事」）。忍性は神宮文庫本『沙石集』巻二の六によると、無住と直接交流があったことを思わせる。

尾張長母寺住持無住と地域の人々

山田邦明

やまだ・くにあき――愛知大学文学部教授。専門は日本中世史。主な著書に『戦国のコミュニケーション』（吉川弘文館、二〇〇二年）、『戦国の活力』（小学館、二〇〇八年）、『室町の平和』（吉川弘文館、二〇〇九年）などがある。

要旨　無住は尾張長母寺の住持を長年つとめ、ここで『沙石集』を執筆した。長母寺は地域の領主山田重忠が開いた寺である。『沙石集』には山田重忠とその関係者、地域の人々に関わる逸話がいくつかみえる。『沙石集』の記事をもとに地域の人々の活動や無住とのつながりをとらえ、あわせて山田重忠やその子孫のことにも言及した。

はじめに

常陸の寺を拠点にしながら、鎌倉や奈良で真言や律などを学んでいた無住が、尾張木賀崎の長母寺に入ったのは弘長二年（一二六二）、三十七歳の時だった。無住はここで『沙石集』を著わしたが、執筆を開始したのは弘安二年（一二七九）で、長母寺住持になって十七年が経過していた。翌年までに五巻を書いていったんまとめ、弘安六年に再び筆を起して巻十までを書き上げ、そのあとも改稿を繰り返した。『沙石集』の執筆を続けていた時には、長母寺に来てからかなりたっていたわけで、その間に地域の人々から聞いた話などを、無住はいくらか書き留めている。また、長母寺を開創した地域の領主、山田重忠にまつわる逸話なども『沙石集』には収められている。こうした記事を読みながら、地域の人々の活動や無住とのつながりをとらえ、あわせて長母寺の檀越である山田一門のことにもふれてみたい。

一、叡尊一行の長母寺来訪

（1）関東往還記という史料

無住が入寺した当時の長母寺のありさまをよく伝えてくれるのは、西大寺の叡尊とその一行の旅のようすを記録した『関東往還記』である。弘長二年（一二六二）二月、鎌倉に向かって旅をしていた一行は、途中で長母寺に立ち寄り、しばらくここに滞在して、僧侶や地域の人々と交流している。とりあえず関係する記事を紹介したい。

【史料一】『関東往還記』(1)

七日朝、常陸国三村寺僧道篋比丘進状、尾張国長母寺新発意僧卅余人、始欲行律法、両三日有逗留、可被遂結界之由載之、（中略）

九日、於同国株河東岸笠縫今宿中食、於尾張国洲跨河西岸儲茶、長母寺僧両人来向、而儲渡船、其後渡阿字加河浮橋、着同国黒田宿、

十日、於同国折戸宿中食、従長母寺送伝馬数疋、然而無強窮崛人之間、各不足騎用、仍返遣之畢、自此不経大道入北、赴長母寺、於途中雖雨降不及強煩、入夜着長母寺、々僧儲湯浴、初夜以前、仰盛遍比丘令作処分浄之作法、常住僧等先謁定舜、今暫有逗留、可被教導初発心之衆等之由懇切所望、定舜以此趣啓長老、幷伝説卅余人発心之由来、当寺院主良円者山田次郎息、号侍従阿闍梨、相伝師跡管領当寺之間、領地数多、財産不乏、而当寺住侶一両輩宿縁相催歟之間、一夏之程止住西大寺、見僧侶之修行、聞仏法之正理、還当寺、対良円粗語西大寺修行之様、良円遙伝聞此由、忽成発露之思、欲趣如説之道、即以寺院擬十方僧之依所、以資財宛十方僧之通食、如此令結構之間、年来止住之僧侶卅余人、不慮同心、捨資財、離所愛、着法衣、行長斎云々、長老聞事之次第、太以感気、

十一日朝、常住僧卅余人、列参奉礼長老、々々数剋被教導、従今日至十五日、可講梵網十重之由被約諾、哺時於当寺釈迦堂講経、道俗之聴衆拭随喜之涙、

十二日、哺時講経、男女貴賤随聞及来集之間、釈迦堂不堪容受、仍自今日於本堂被講之、

十三日、哺時講経、聴衆坊多、戌剋、於宿房持仏堂結界、長老羊石、道篋答法、性如唱相、

十四日朝、於本堂行四分布薩、説戒盛遍、其後諸僧面々勧戒、哺時講経、入夜、常住僧卅三人、在家衆百九十七人受菩薩戒、

十五日朝、於持仏堂解結幷結通結浄地、中食之後、於本堂行涅槃講、聴衆雲集、充満寺中、本堂猶難容受之間、於露地行梵網布薩、説戒長老、弁事衆四十九人、結縁衆三

千七十七人、入夜、於本堂行舎利講、又山田次郎入道良円父進小袖一領、然而（以下欠）

（2）記事の内容

記事は詳細なので、とりあえず順を追って、その内容を列記してみたい。

・二月七日、常陸国三村寺の道篋の書状が届いた。「尾張国長母寺の僧侶たちが、律を学びたいので二三日逗留して結界の儀をしてほしいと要望している」というものだった。

・二月九日、一行が「洲跨河」（墨俣川）の西岸にいたところ、長母寺の僧二人が来て、渡船を用意してくれた。一行は「阿字加河」（足近川）の浮橋を渡り、黒田宿に着いた。

・二月十日、尾張国の「折戸宿」で中食をしていたところ、長母寺から伝馬数疋が送られてきた。疲れている人もなく、馬に乗る必要はなかったので、この伝馬は返した。一行はここから「大道」には進まず、「北の道」に入り、夜には長母寺に着いた。

・長母寺の「常住僧」三十余人が定舜に謁し、「しばらくここに逗留し、初発心の衆などを教導してほしい」と懇望した。定舜はこれを長老（叡尊）に伝えた。

・長母寺の院主良円は、「山田次郎」の子息で、侍従阿闍梨といった。師の跡を相伝し、寺を管領していたので、領地も多く、財産も乏しくはなかった。

・十一日から講経が始まった。会場は釈迦堂だったが、人々が来集して手狭になったので、十二日からは本堂で行った。十三日には持仏堂で結界の儀があり、叡尊と道篋・性如が役をつとめた。十四日の夜、常住僧三十三人、在家衆一九七人が菩薩戒を受けた。

・十五日、露地で梵網布薩をとり行い、結縁衆は三〇七七人にのぼった。

・この日、「山田次郎入道」（良円の父）が、小袖一領を献上した。

（3）叡尊一行の旅

叡尊一行が鎌倉に下向することを、長母寺の人たちはすでに知っており、前もって迎えに出向いていた。一行は墨俣川の西岸で休憩していたが、ここに長母寺の僧が来て渡船の用意をしてくれた。翌日（二月十日）、尾張の「折戸宿」で中食をしていると、長母寺の関係者が馬を連れてきた。馬は必要ないので返したあと、一行は「大道」には進まず、「北の道」を通って、夜に長母寺に着いた。この「大道」は折戸（折津、下津）から萱津・熱田を経て三河に続いていたが、一行はこの幹線道路を通らず、折戸から脇道（はじめは北に向かう）に入り、徒歩で進んで長母寺に到着したのである。

長母寺の常住僧たちが定舜に「しばらくここに逗留して新発心の衆を教導してほしい」と頼み、叡尊も了承して、翌日（十一日）から十五日まで、ここで講経が続けられた。寺の僧だけでなく地域の人々も参集して混雑し、会場も釈迦堂から本堂に変更となり、十四日には常住僧三十三人と在家衆一九七人が戒を授けられた。十五日の梵網布薩の際は、人が多かったので、露地で儀式を行い、結縁衆は三〇七七人に及んだ。叡尊一行を迎えたことは大事件で、講経の場には多くの人たちが参集して教えに接したのである。

（4）住持良円と「道篋」

この記録には、当時の長母寺住持である良円に関わる記事もみえ、彼は「山田次郎」の子息で、「師の跡を継いでこの寺を管領しているので、領地も多く、財産も乏しくはない」と記されている。この「山田次郎」は二月十五日の条には「山田次郎入道」の名であらわれ、叡尊に小袖一領を進上している。

ところでこの記事の二月七日条に、「常陸国三村寺僧道篋比丘」が叡尊にあてて書状を出し、長母寺の僧侶たちの要望を伝えたことが記されているが、この「道篋」は二月十三日の結界の儀に参加しており、このとき長母寺にいたことが判明する。無住は「道暁」と号しており、「道暁」（どうぎょう）と「道篋《どうきょう》」は音が近いので、この史料にみえる「道篋」は無住その人にあたると推測されている。嘉元三年（一三〇五）に無住が無翁にあてて書いた置文に「住持及四十四年」とみえ、[2] 逆算すると弘長二年（一二六二）に入寺したことになる。叡尊が長母寺に来たのは弘長二年二月なので、その年のうちに無住は長母寺の住持になったわけで、叡尊らの講経に参加した「道篋」すなわち無住（道暁）はそのまま長母寺に留まり、良円のあとを継いで住持になったと考えられるのである。

二、長母寺と山田氏

（1）長母寺を開いた山田重忠

『関東往還記』に、当時の住持良円は「山田次郎」（山田次郎入道）の子息であるとあり、山田次郎入道は存命していたこともわかるが、この長母寺を開いたのは「山田次郎重忠」という人物である。『無住国師道跡考』に「此寺（長母寺）ハ元尾張ノ守護山田ノ次郎源ノ重忠ト云者、母堂ノ菩提ノ為ニ建立セラレシ所ナリ」という記事がみえ、[3] 山田次郎重忠が母親の菩提を弔うため、木賀崎の地に長母寺を建立したと伝えられていたことがわかる。山田重忠は尾張源氏の中心人物で、承久三年（一二二一）に起きた後鳥羽上皇と北条義時の戦い（承久の乱）の際に、上皇方として戦い討死した。叡尊が長母寺に来た弘長二年（一二六二）は承久の乱の四十一年後にあたるが、住持良円の父である「山田次郎入道」と、この「山田次郎重忠」の関係はどのようなものなのだろうか。

(2) 山田重親とその子孫

山田重忠と子息の重継は承久の乱の際に討死しているが、重継の子孫は生き残り、地域の領主としてその活動を続けた。『尊卑分脈』（南北朝期成立の系図集）によると、重継の子の重親は「山田左近大夫」、重親の子の重泰は「山田二郎」を称しており、重親の子の一人に「良円」の名がみえる[4]。また重親の兄兼継の項には「承久乱之時十四歳、配流越後国」という注記がある。山田重忠・重継が死去した承久三年当時、重親が何歳だったかはわからないが、十四歳の兄がいるので、仮に十歳とすると、叡尊が来た弘長二年には五十一歳になり、この時点で存命なのもうなずける。『尊卑分脈』の重親の項には「号山田左近大夫」とあるだけだが、祖父重忠と子の重泰が「山田二郎」を称しているので、重親も「山田次郎」を名乗り、のち左近大夫を称した可能性が高い。確証はないが、良円の父の「山田次郎入道」は、山田重忠の孫である山田重親にあたるとみていいだろう。

『尊卑分脈』の山田重親の項には「号八事」という注記があり、彼が尾張の八事（名古屋市天白区）を本拠としていたことがうかがえる。建治元年（一二七五）、京都六条八幡宮造営の費用を負担すべき人々を列記した注文に「山田左近大夫入道」の名がみえ[5]、これは重親にあたるとみられる。また、暦応二年（一三三九）に作成された尾張良継の申状に、彼の所領当知行を存知している者として「八事迫地頭」である「山田次郎入道」の名がみえ[6]、この時代にも山田氏が八事（八事迫）の地頭として続いていたことが確認できる。

山田重忠・重継父子は承久の乱で敗死したが、子孫が断絶したわけではなく、山田重親（重継の子）は尾張の八事を本拠としながら地域を治めた。そして重忠によって開創された長母寺は、檀越山田氏との関係を保ちながら、財力を有する寺院として栄えたのである。

三、『沙石集』にみえる山田重忠の逸話

(1) 重忠の逸話の本文

無住の先代の長母寺住持である良円は、山田重親の子で、重親の祖父にあたる山田次郎重忠は、長母寺を開いた人物だった。そして無住の『沙石集』の中に、この山田重忠にまつわる面白い逸話がみえる。諸本によって異同があるが、と

りあえず最も古態を残すと思われる「俊海本」（久曾神昇氏所蔵志香須賀文庫本）の記事を紹介したい。

【史料二】『沙石集』（俊海本）巻第七(7)

尾州山田次郎重忠愛八重躑躅事付、奈良八重桜事

尾張源氏ニ山田次郎源重貞ト云ケルハ、承久ノミタレノ時、君ノ御方ニテウタレシ人ナリ。弓箭ノ道ニユルサレ、心モタケク、器量モ人ニスクレタリケルモノカラ、心ヤサシクテ、民ノハツラヒヲ思ヒシリ、ヨロツ優ナル人ナリケリ。所領ノ内ニ山寺法師アリケリ。八重躑躅ヲモチタリケルヲ、ホシク思テ、「コハヽヤ」トハ思ヒナカラ、ワカ心ヲモチテ思フニ、「カレモ愛シ思ランヲ、イカヽナサケナクコフヘキ」ト思カヘシテ、日コロスクルニ、或時カノ僧大ナルトカアリテ、マトフヘキ事アリケルニ、藤兵衛尉ナニカシト云テ検非違所シケル侍ニ仰セツケテ、「過料ニ、七疋四丈ノ絹ヲヤマイラスル。ヤエツヽジヲヤタテマツル」ト云テ、トカニヲコナヘ」ト下知ス。サテ藤兵衛尉行キムカヒテ、「シカ〳〵ノ仰ナリ」トイヘハ、コノ僧、「七疋四丈ヲコソマイラセ候ハメ。コノツヽシヲモチテ心ヲナクサメ候ヘハ」ト申ケルヲ、主ノ心ヲシリテ、「絹ヲマイラセテハ、ナヲ〳〵モ御不審ノコル事モヤアランスラン。タヽツヽシヲマイラセ給ヘ」ト云ケレハ、チカラナクテ、ホリテ奉ル。「検断ノ職ハ半分ノ得分ナリ。三疋四丈ノトコロニ、ツヽシノヲロシ枝一トルヘシ」トテ、トリテケリ。トモニヤサシクコソ。カノツヽシ、藤兵衛尉ノ子息ノモトニイマニアリ。マサシクミ侍シナリ。近代ハカヽル心アル人アリカタクコソ。

(2) 逸話の内容

「尾州の山田次郎重忠、八重躑躅を愛する事」という標題を持ち、話の内容は以下のようなものである。

・尾張源氏の「山田次郎重貞」は、承久の乱の時、君（後鳥羽上皇）の味方となって討たれた人である。彼は「弓箭の道」に長け、心も勇猛で、器量も人に勝れていた。また、心優しく、民の煩いにも思いをはせ、万事に「優なる人」であった。

・所領の中に「山寺法師」がいて、八重躑躅を持っていた。山田次郎は、この八重躑躅が欲しくなったが、法師の気持ちをおもんばかり、そのまま日を送っていた。

・ある時、この僧が大きな罪を犯した。山田次郎は、「検非違所」をつとめている「藤兵衛尉」という侍に、僧のところに行って、「この罪をあがなう過料として、七疋四丈の絹を出すか、八重躑躅を出すか」と迫るようにと

命じた。

・藤兵衛尉が僧のところに行き、山田次郎の仰せを伝えると、僧は「七疋四丈の絹を進上します」と返答した。藤兵衛尉は、主人の気持ちをおしはかって、「とにかく躑躅を進上するように」と迫り、僧もあきらめて、躑躅を掘り起して献上した。

・藤兵衛尉は山田次郎に結果を報告し、「検断職の得分は半分なので、三疋四丈の絹に相当しますが、躑躅のおろし枝を一つ頂戴したい」と言って、躑躅の枝を手に入れた。

・山田次郎も藤兵衛尉も、ともに「やさしい」ことだ。

・この躑躅は、藤兵衛尉の子息のところに今でもある。まさしく見たことがある。

・最近では、こうした「心のある人」はいなくなってしまった。

(3) 山田次郎と藤兵衛尉

冒頭に山田次郎という人物についての評価が記され、「弓箭ノ道ニユルサレ、心モタケク、器量モ人ニスクレタリケルモノカラ、心ヤサシクテ、民ノハツラヒヲ思ヒシリ、ヨロツ優ナル人ナリケリ」とまとめられている。逸話の内容は、所領の中にいる山寺法師が所有していた八重躑躅を気に入った山田次郎が、この僧が罪を犯したのを好機とみて躑躅を手に入れたという話で、現代の価値観からみるとほめられた行為ではないが、八重躑躅を愛してこうした行動を起したことを「やさしきもの」として無住は認識し、『沙石集』の中に書き加えたのである。また、山田次郎に仕える侍である「藤兵衛尉」は、主人の気持ちをおしはかって、みごとに八重躑躅を手に入れながら、実をいうと自分もこれを欲しくてたまらず、「検断職の得分は半分」という根拠に基づいて「躑躅のおろし枝」を要求し、望みを叶えている。八重躑躅を愛していたのは山田次郎だけではなく、藤兵衛尉も同じだったという、なんとも面白い話だが、藤兵衛尉の行動も無住にとっては「やさしきもの」と見えたようで、逸話の末尾で「トモニヤサシクコソ」と二人のことを評価し、「近代ハカヽル心アル人アリカタクコソ」と述べてこの話を終えている。

(4) 山田次郎の実名表記

ところでこの「俊海本」では、標題には「尾州山田次郎重忠愛八重躑躅事」とあるが、本文冒頭では「尾張源氏ニ山田次郎源重貞ト云ケルハ」と書かれていて、山田次郎の実名の表記が異なっている。「米沢本」(市立米沢図書館蔵本、興譲館旧蔵)には「山田二郎源重忠」、「梵舜本」(お茶の水図書館蔵本、成簣堂旧蔵)には「山田二郎源ノ重忠」とあり[8]、「俊海本」の本文のみが「山田次郎重貞」と表記している。後述するように、『承久記』の諸本においても山田次郎の実名は異同がみられ、「慈光寺本」では「重定」、「古活字本」や「前田本」では「重忠」と表記されている。おそらく彼は「山田次郎」の名で人々に知られており、実名については確かな情報がなかったものと思われる。はじめは「しげさだ」と読むと思われて「重定」「重貞」と表記され、後に実名は「重忠」であるという認識が広がって、諸本に「重忠」と記載されるようになったということではないだろうか。

(5)諸本の異同

この逸話は「米沢本」や「梵舜本」にもみえるが、「俊海本」の記事とは異なるところもある。「俊海本」には、「カノツヽシ、藤兵衛尉ノ子息ノモトニイマニアリ。マサシクミ侍シナリ」と記されているが、「米沢本」や「梵舜本」には「かの躑躅今にあり」とあるだけで「藤兵衛尉の子息」のことはみえない。また、「俊海本」では、この藤兵衛尉を「検非違所シケル侍」としているが、「米沢本」「梵舜本」では「検断シケル侍」と表記している。さらに、藤兵衛尉が山田次郎に「躑躅のおろし枝が欲しい」と要求した時、山田次郎が「絹ヲ進ベシ」と言って、いったん抵抗したという記事は、「米沢本」や「梵舜本」にはあるが、「俊海本」にはみえない。

この逸話は「俊海本」「米沢本」では巻七、「梵舜本」では巻九に収められており、無住が『沙石集』の執筆を再び行った弘安六年（一二八三）に書かれたものと考えられる。おそらく当初の記事は「俊海本」に近いもので、「藤兵衛尉の子息のところに躑躅が今でもある」という記載があったが、その後の改訂の中でこの記事は削除された、ということではないだろうか。この「藤兵衛尉」は後述するように『承久記』にも登場し、山田重忠とともに戦っているから、ここで討死したのかもしれないが、子息は生きながらえて父の屋敷を継承していた。こうした重要なことを、「俊海本」の記載は今に伝えてくれているのである。

四、『沙石集』にみえる「右馬允某甲」の逸話

(1)右馬允某甲の逸話の本文

『沙石集』の中には山田重忠につながる人物に関わる面白い逸話もみえる。承久の乱の時に重忠に従って戦った「右馬允」という人にまつわる逸話である。とりあえず「藤井本」（藤井隆氏所蔵本）にみえる記事を紹介したい。

【史料三】『沙石集』（藤井本）巻第二[9]

尾張国ニ、右馬允某甲ト云俗アリケリ。承久ノ乱ノ時、京方ニテ、クキセ河ノタ、カヒニ、手アマタ負ヒテケリ。

既ニ止メ差シテ打棄テキ。武士トモ京ヘ馳上リヌ。トモタチノ二人落チテ、其辺ニ忍ヒテアリケルカ、夜ニ入テ、カハネヲトテ孝養セントテ、軍ノ庭ヲミケレハ、手ハアマタ負ヒナカラ、命ハ未タタヘサリケリ。サテ肩ニヒキカケテ、青墓ノ北ノ山ヘ具シ行キヌ。アマタ負ヒタル手ノ中ニ、カラフエヲツキトヲシテ、土チニツキ付ケタリケル疵ス、ムネトノ大事ノ手ニテアリケレハ、「ナニサマニモタスカルヘカラス。首ヲトテユケ」ト云ケレトモ、其レモサスカカワユケレハ、若ヤタスカルト見ル程ニ、落人ト尋ヌトテ、武士打カヽリテノヽシリケレハ、夜モアケ方ニ成ヌ。叶ヘクモ無カリケレハ、大ナル木ノウツロニ、手負ヲハ引隠シテ、二人ハマタ忍ヌ。武士血ヲトメテ、其ノアタリアナクリ求メケリ。木ノウツロヨリミケレハ、人ノ足ナムトハミヘサリケリ。サレトモ求メカネテ去リヌ。

其後、黒衣モ着タル僧一人、「横蔵ヨリ来タレリ」トテ、草ノ葉ヲモミテタヒケレハ、此ヲ服シテ、腹ノ中ノ血アル程下シテ、身モ軽ク、心地チトタスカリテソ覚ヘケル。サテ此ノ僧ハ不見ヘ、三人又来リテ、「何ニヤ」トテ、木ノ中ヨリイタキ出タシテ見ケレハ、カヽル事ノアリテ身軽ク覚エ、歩ミテ行カントテ、本国ヘ下ル程トニ、折津河ノ水マサリテカナハスシテ、ヤスラウ程ニ、関東ヘ下ル武士見合テ、アヤシミテ搦メ取リヌ。一度ニ死ヌヘカリツル身ノ、恥ヲサラサン事口惜ク覚ヘ、河ニ身ヲ投ケントテ、河ノハタヘ歩ミ寄リケレハ、若キ僧一人、「龍山寺ヨリ来レリ。死ヌマシキヲ、自害シテセソ」ト仰セラレケリ。夢カト思ヘハ覚也。サレトモ疵モイタク、日モアツシ。タエカタク覚ヘケレハ、尚ヲ身ヲ投ケントテ歩ミ寄リケルヲ、又此ノ僧、ナワヲヒカヘテ、「死ヌマシキソ。アルヘカラス」ト制シケレハ思留リヌ。

熱田ノ宮ノ講衆・神官ナント皆ナ知リタレハ、「申預ルヘシ。社頭ニ講行ナント勤メテ、奉公ノ仁ニテ候。シカ〱ト申物ノ也」ト申ケレ共、「名人也」トテユルサスシテ、具シテ鎌倉ヘ参テ、義時ノ見参ニ入タリケレハ、「トク〱首ヘヲハヌヘシ」トテ、ユイノ浜ヘ具シ行ヌ。例ノ僧出来テ、「ナ歎ソ。死ヌマシキソ」トノ給ケレトモ、命ハ最後ト思テ、一心ニ念仏シケリ。

ミタレ橋ト云橋ノ本ヲ出テ行キケルニ、年来ロノ知音行キ合テ、「アレハ何カニ」トテ、馬ヲヒカヘテ問ケレハ、「クキセ河ニテ死ヌヘカリシ身ノ、ナヲモ恥ヲサラサントテ、カヽルヤウニテ、只今コソ」トテ、涙ヲ流ス。此人申ケルハ、「年来ノ知音ニテ候、大夫殿ニ参テ、申預ルヘシ。旦ク待セ給ヘ」トテ、馬ヲハヤメテ参テ申ケレハ、「預ルヘシ」ト云御文ミヲ給テ、ヤカテ馳セ返テ、相ヒ具シテ、サマ〳〵ニ労ハリテ、命チタスカリテ、遥ニ年タツルマテ、本国ニアリケリ。

カラフエノ疵ス故ニ、声ハシワカレタリケリ。孫ナント今ニアリ。其ノ養子ニテアル〔リ〕シ入道ノ語リシカハ、慥カナル事ニコソ。上代ハカヽルタメシモアレトモ、末代ハ難有コソ覚ユレ。夢ニタニモ不思議ナルニ、ウツヽニ現シテ助ケ給ケル利益ノ目出サ、貴ク忝ナシ。

美乃国横蔵ノ薬師ハ、中堂ノ薬師ノ御衣木ノ切レニテ造リ奉リタリト申伝ヘテ、霊験新タニ聞ユ。年来常ニ参詣シケリ。尾張ノ国龍山寺ハ、昔シ龍王ノ一夜ノ中ニ造、供養シタリケルカ、夜ノアケシカハ、塹ホリサシタルトテ、当時モ其ノ跡トミヘ侍ヘリ。馬頭観音ニテ、霊仏ニテ御坐ヲハ、年来月詣テシ、十八日コトニ卅三巻ヨミテ奉ケル。カヽル因縁ヲモツテ御助アリケルニコソ、返々忝クコソ。

(2) 逸話の内容

「薬師・観音ノ利益ニヨリテ命ヲ全スル事」という標題の中にある逸話の冒頭に置かれたもので、話の筋は以下の通りである。

- 尾張国に「右馬允某甲」という人がいた。承久の乱の時、京方に加わり、杭瀬川の戦いで負傷した。二人の友人とともに落ち延び、青墓の北の山に行った時、武士たちが迫ってきたので、大きな木の「うつろ」に隠れた。その後、黒衣を着た僧が現れ、「横蔵から来た」と言って、薬草を与えてくれた。まもなくこの僧は姿を消した。
- 三人は尾張に下ったが、「折津川」の水が増していたので前に進めず、ここで休んでいたところ、関東に下る武士たちに捕えられてしまった。右馬允は川に身を投げようとするが、このとき若い僧が現れ、「龍山寺から来た。死んではならぬ」と制止した。
- 熱田の講衆や神官などは、みな右馬允の知り合いだったので、右馬允を預かりたいと申し出たが、許可してもらえず、右馬允は鎌倉に連れていかれた。
- 右馬允は由比の浜で処刑されることになった。ここでまた「例の僧」が現れ、「悲しむな。死ぬことはない」と言った。乱橋の下を通った時、年来の知音に会った。この知人が北条義時に、自分が右馬允を預かりたいと頼み、許可を得た。
- 右馬允は命拾いをし、疵も治った。長い間、本国の尾張国で生活していた。

・右馬允の孫が今も生存している。この人の養子の入道が語ってくれた話なので、たしかにあったことなのだろう。
・美濃国横蔵の薬師は霊験新ただと聞いている。右馬允は年来、常にここに参詣していた。
・尾張国の龍山寺にある馬頭観音は霊仏である。右馬允は年来、毎月ここに参詣し、十八日ごとに三十三巻の経（観音経）を読んで奉納していた。
・このような因縁があったので、薬師や観音が右馬允を助けてくれたのだろう。

（3）右馬允とは何者か

杭瀬川の戦いで負傷した「右馬允某甲」が、薬師と観音の霊験によって救われたという逸話である。ここでみた「藤井本」や「米沢本」[10]には「右馬允某甲」とみえるが、「梵舜本」には「尾張国山田郡ニ、右馬允明長トイフ者有ケリ」と記され[11]、彼は「明長」という名で、「尾張国山田郡」の人だったとされている。

この「右馬允」はどういう人か、確言はできないが、後述するように、『承久記』（慈光寺本）の杭瀬川の戦いの場面に、山田重忠の配下として「小波田右馬允」の名がみえるので、『沙石集』に登場する「右馬允某甲」はこの「小波田右馬允」にあたるとみていいだろう。『承久記』には「小波田右馬允は十九騎で懸け出し、敵を多く討ち取ったが、十五騎が討死し、四騎だけ残って山田次郎のもとに参上した」と記されているが、こうした事態と、右馬允は杭瀬川で負傷したという『沙石集』の記事はうまく符合する。

（4）小波田右馬允の活動

『沙石集』にみえる逸話は、右馬允（小波田右馬允）が薬師と観音の霊験によって救われたというものだが、一連の記事の中には、右馬允という人物の個性を伝える箇所がいくらか見える。「美濃の横蔵」は、岐阜県揖斐郡揖斐川町谷汲神原にある横蔵寺で、本尊は薬師如来だが、右馬允はこの寺に欠かさず参詣していた。また「尾張の龍山寺」は名古屋市守山区竜泉寺にある龍泉寺（本尊は馬頭観音）で、右馬允は毎月ここに参詣し、観音の縁日とされる十八日には観音経を三十三回読誦していた。右馬允は尾張熱田宮の講衆や神官とも知り合いで、彼らは「社頭ニ講行ナント勤メテ、奉公ノ仁ニテ候。シカ〳〵ト申物ノ也」と右馬允のことを語り、これを預かりたいと申請している。右馬允は熱田宮にしばしば赴いて講行などを勤め、奉公を重ねていたと、ここには記されている。

「小波田右馬允」はどこの人なのか、確言はできないが、名古屋市守山区に「小幡」という地名があり、「小波田」と「小幡」は音が通じるので、尾張の小幡を拠点とする武士だったのではないかと思われる（『承久記』の「前田本」には「小畑右馬允」とみえ、[12]「小波田」の読みは「おばた」と考えられる）。小幡と竜泉寺は至近距離にあるので、彼が毎月龍山寺に参詣し、観音経を読誦していたというのも話があう。『沙石集』に登場する「右馬允」は、長母寺にも近い小幡を本拠とする武士で、近くの龍山寺に毎月参詣していたが、それだけでなく、熱田宮にもしばしば訪れて講行に加わり、やや離れた美濃の横蔵寺にもよく参詣していた。『沙石集』にみえる右馬允の逸話は、山田次郎の配下にいた武士たちが、日常的に信仰世界に身を置き、豊かな活動を繰り広げていたことを伝えてくれる。

五、『承久記』が描く山田重忠

（1）積極的な作戦を提示

長母寺を開創した山田次郎重忠は、承久の乱に際して京方に加わり討死した人物として知られているが、同時代の関係史料は少ない。ただ、承久の乱を素材とする戦記である『承久記』の諸本には、山田次郎が登場する記事がかなりみえ、この人物のことを後世の人がどうとらえていたか、具体的にうかがうことができる。まず紹介したいのは、藤原秀澄とともに墨俣の守備についた時の山田次郎の発言を伝える記事である。

【史料四】『承久記』下（慈光寺本[13]）

山道遠江井助ハ、尾張国府ニゾ着ニケル。其時、洲俣ニオハシケル山田殿、此由聞付テ、河内判官請ジテ宣給フ様、「相模守・山道遠江井助ガ尾張ノ国府ニ着ナルハ。我等、山道・海道一万二千騎ヲ十二ノ木戸ヘ散シタルコソ詮ナケレ。此勢一ニマロゲテ、洲俣ヲ打渡テ、尾張国府ニ押寄テ、遠江井介討取、三河国高瀬（高師）・宮道・本野原・音和原ヲ打過テ、橋下ノ宿ニ押寄テ、武蔵幷相模守ヲ討取テ、鎌倉ヘ押寄、義時討取テ、谷七郷ニ火ヲ懸テ、空ノ霞ト焼上、北陸道ニ打廻リ、式部丞朝時討取、都ニ登テ、院ノ御見参ニ入ラン、河内判官殿」トゾ申サレケル。

幕府方に加わった遠江の井介（井伊介か）が尾張の国府に着いたことを知った「山田次郎」は、河内判官（藤原秀澄）にこう進言する。「相模守（北条時房）や井介が尾張国府に着いたようだ。こちらの軍勢をまとめて洲俣を出発し、尾張国府に押し寄せて井介を討ち取り、さらに三河・遠江を進んで鎌倉に押し寄せ、北条義時を討ち、そのあと北陸道に廻って敵を討ち、京都に入って院（後鳥羽上皇）の見参に入る、ということにしよう」。

敵が攻めてこないうちに、こちらから戦いを挑み、鎌倉まで攻め入ろうという、壮大な積極策だが、河内判官はこれを却下した。山田次郎はあきらめず、井綱権八・下藤五という二人の郎等を呼んで、尾張に行って敵の様子を見てくるよう指示し、尾張に入った郎等たちは、偵察に出ていた井介の郎等を捕えるという功績を挙げた。話の展開はこのようなものだが、山田次郎は積極的な作戦を提示し、それが容れられないとわかると、郎等を敵のいる尾張に赴かせている。「強い意志を持ち、積極的に行動する人物」として描かれているのである。

（2）杭瀬川の戦い

このあと幕府方の大軍が迫り、京方は各地の戦いで敗れる。墨俣を守っていた山田重忠も敗れて退却するが、諸将がみな逃走する中、重忠は杭瀬川で踏み留まり、幕府軍と戦いを交えた。このことについては『承久記』（慈光寺本）に詳しく描かれている。

【史料五】『承久記』下（慈光寺本）(14)

去ドモ、山田殿ハ火出ス計ノ戦シテ、多ノ敵ヲ討取ト見給ヘバ、上ニモ下ニモ人モナシ、心細ゾ思ハレケル。「重定ハ是ニテ討死セントハ思ドモ、我身一人ニ成テ討死シテイカヾセン、杭瀬河コソ山道・海道ノタバネナレバ、其へ向ハン」トテ、三百余騎ヲタナビキテオハシケリ。

杭瀬河ニ打立テオハスレバ、小玉党三千騎ニテ寄タリケリ。小玉党ガ申ヤウ、「此ナル武者ハ、イカナル者ゾ。敵カ味方カ」ト云ケレバ、安藤兵衛申ケルハ、「アレヨナ、洲俣ニテ手ノ際ノ戦シツル山田次郎ト見タンナリ。誠ニ、ソニテ有ナラバ、手取ニセヨ」トゾ申ケル。小玉党押寄々々戦ケリ。

山田殿申サレケルハ、「殿原、聞給ヘ。我ヲバ誰トカ御覧ズル。美濃ト尾張トノ堺ニ、六孫王ノ末葉、山田次郎重定トハ我事ナリ」トテ、散々ニ切テ出、火出ル程ニ戦レケレバ、小玉党ガ勢百余騎ハ、ヤニハニ討レニケリ。山田殿方ニモ四十八騎ハ討レニケリ。

小玉党、山田殿ニ余ニキブク攻ラレテ引ケレバ、山田殿申サレケルハ、「人白マバ我モ白ミ、人カケバ我モカケヨ、殿原。命ヲ惜マズシテ励メ、殿原」トテ、手ノ者ヲ汰ヘ給フ。「一番ニハ諸輪左近将監、二番ニハ小波田右馬允、三番ニハ大加太郎、四番ニハ国夫太郎、五番ニハ山口源多、六番ニハ弥源次兵衛、七番ニハ刑部房、八番ニハ水尾左近将監、九番ニハ榎殿、十番ニハ小五郎兵衛カケヨ」トゾ申サレケル、小玉与一、三百余騎ニテ押寄タリ。山田殿是ヲ見テ、「諸輪左近将監、懸ヨ」トゾ云ハレケル。左近将監是ヲ聞、懸様ニテ小金山ヘゾ落ニケル。小波田右馬允、十九騎ニテ懸出テ戦ケリ。向敵三十五騎討取、我勢十五騎討死シ、四騎ハシラミテ、山田殿ヘゾ参リケル。北山左衛門、三百余騎ニテ押寄タリ。大加太郎カケ出テ戦ケリ。分捕シテ、山田殿ヘゾ参ケル。

「山田次郎重定」は墨俣で奮戦し、「ここで討死してもいいが、一人で死んでも意味がない」と考え、杭瀬川に布陣し、ここに「小玉党」(児玉党)の兵士たちが押し寄せてきた。山田次郎は、「美濃と尾張の境にいる、六孫王の末葉、山田次郎重定とは私のことだ」と叫び、切って出た。戦いのあと山田次郎は、諸輪左近将監・小波田右馬允ら十名の配下に、「命を惜しまず懸けよ」と指示した。諸輪左近将監が出撃して敵と戦い、小金山に向かって落ちていった。続いて小波田右馬允が十九騎で懸け出し、敵三十五騎を討ち取ったが、十五騎が討死し、残った四騎で山田次郎のもとに戻った。記事の内容はこのようなものである。

各地で敗れた京方の武将のほとんどは逃走したが、山田次郎重忠だけは杭瀬川で踏み留まり、幕府軍と一戦交えたのである。この話の中で重忠は敵に向かい「美濃と尾張の境を治めている、六孫王(源経基)の末葉の、山田次郎重定である」と叫んでいるが、清和源氏につながる名門で、地域の領主として確固たる地位を築いていること示した、自信に満ちた発言といえるだろう。なお、ここで山田次郎の郎等の一人としてみえる「小波田右馬允」は、先に述べたように、『沙石集』に登場する「右馬允某甲」と同一人物と考えられる。

(3)伊佐との闘いと藤兵衛尉

『承久記』の「古活字本」には、杭瀬川の戦いに敗れたあと、山田次郎が伊佐三郎行政と闘った記事があり、ここに『沙石集』に登場する「藤兵衛尉」がその名を見せる。(15) 山田次郎が「堀の底」に隠れていた時、伊佐三郎行政がこれを見つけ、二人が闘いを始める。山田の郎従である「藤兵衛尉」も落ちのびていたが、主人のことが気にかかり引き返し、山田次郎が闘っているのを見つける。藤兵衛尉は馬から飛び降りて、主人の山田次郎を馬に乗せて走り去った。山田次郎は京都に向かい落ち延びたが、その途中美濃の小関で、高い梢に旗を結びつけた。これはここに敵がいると思わせる仕掛けだった。話の内容はこのようなものであるが、『沙石集』にみえる「藤兵衛尉」が登場し、決闘をしている山田次郎を救うという重要な役割を果たしている。

（4）山田重忠の最期

官軍は勢多でも防戦したが敗れ、山田重忠は三浦胤義らとともに京都に入って、後鳥羽上皇に報告する。しかし上皇の態度は冷たく、「どこでもいいから逃れるように」というものだった。このあと重忠は嵯峨の奥に逃れ、ここで幕府方の軍勢と遭遇して落命するが、このときことも、『承久記』の「古活字本」に以下のように描かれている。

【史料六】『承久記』下（古活字本）[16]

山田二郎ハ嵯峨ノ奥ナル山へ落行ケルガ、或河ノ端ニテ、子息伊豆守・伊預房下居テ、水ヲスクヒ飲デ、疲レニ臨ミタル気ニテ休居タリ。山田二郎、「アハレ世ニ有時、功徳善根ヲセザルケル事ヲ」ト云ケレバ、伊預房、「大乗経書写供養セラル。如法経ヲコナハセテ御座ス。是ニ過タル功徳ハ候ハジ」ト申セバ、山田二郎、「サレ共」ト云所ニ、天野左衛門ガ手ノ者共、猛勢ニテ押寄タリ。伊豆守、「暫ク打ハラヒ候ハン。御自害候へ」トテ、太刀ヲ抜テ立揚リ打ハラフ。其間ニ山田二郎自害ス。伊豆守、右ノ股ヲ射サセテ、生取ニ成テ被切ニケリ。

嵯峨の奥の山まで落ち延びた山田次郎は、子息の伊豆守（重継）や伊予房らとともに、川の端で休んでいた。ここで山田次郎は、「生きている間に、たいしたいいこと（功徳善根）をしなかったなあ」と述懐する。伊予房が「大乗経の書写供養をしたし、如法経の供養も行ったではないですか。これに過ぎた功徳はありません」と答えたが、次郎は「だけれども」と言った。この時、天野左衛門の手勢が押し寄せ、伊豆守が防戦している間に、山田次郎が自害し、伊豆守も生け捕られてのちに斬られた。記事の内容はこのようなものだが、「さしたる功徳善根を積まなかったのが悔やまれる」という山田次郎の発言は、彼の心性を伝えるものとして注目できる。「弓箭の道」に通じる武家の宿命として、多くの殺生を行わざるを得ず、そうした行為をつぐなうために、経典の書写や供養などを積み重ねてきた。にもかかわらず、最期の場面で「それでも足りなかった」と述懐したのである。これまでみてきた『承久記』諸本において、山田次郎は智恵と勇猛さをあわせもつ存在として描かれているが、この場面では彼の信仰心や「心根のやさしさ」が表現されているのである。

前にみた『沙石集』の記事の冒頭に「山田次郎は勇猛で器量も勝れていたが、心根が優しく、民の苦しみも理解していた」と、彼の特質がまとめて記されているが、『承久記』の各場面で描かれている彼のイメージも、これと重なり合うものといえるだろう。決断力があり勇猛でいながら、信仰心が厚く優しい心性を持つ理想的な人物として、山田次郎重忠のイメージは造形されていったのである。

六、『沙石集』が語る地域の情報

(1) 尾張の折津

無住の『沙石集』には、山田次郎重忠とその郎等「右馬允」にまつわる逸話があるが、これだけでなく、長母寺からあまり遠くない地域で起きたことがらや、人々から聞いた話などが、『沙石集』の中にいくらかみえる。

叡尊が長母寺を訪れた時、一行は尾張の「折津宿」から「北の道」に入り、徒歩で進んで長母寺に到着している。折津（折戸、下津）と長母寺の間は道でつながっており、街道上の宿場として栄えていた折津は、長母寺からいちばん近い宿といえる。そしてこの折津宿で起きた事件を伝える面白い記事が、『沙石集』の中にみえる。

【史料七】『沙石集』（梵舜本）巻第六[17]

去文永七年七月十七日、尾張国折津ノ宿ニ雷神落テ、道ユク馬三疋ケ損シテ、小家ニ走入テ、帷ニ袈裟懸テ、双六打テ居タル法師ノ背ニカキアガリテ、帷ヲバ散々ニカキサキテ、ケサヲバスコシモ損ゼズ。法師モツ、ガナカリケリ。次日、事ノ縁アリテ、其近辺ニテ慥ニ聞キ侍リキ。不可思議ノ事ニテ、月日モ慥ニ覚ヘ侍ルナリ。

文永七年（一二七〇）の七月十七日に折津宿で起きた、ある事件を伝える話である。宿場に雷が落ちたが、道を進んでいた馬が驚いて、近くの小家に走り入った。そこには法師がいて、帷に袈裟を懸けて双六を打っていた。馬は法師の背にかき上がり、帷は散々に裂けたが、袈裟は破られず、法師もけがをしなかった。次の日に所用があってその近辺に行った時、この話を聞いた。不思議なことなので、月日もたしかに覚えている。記事の内容はこんなもので、「袈裟徳事」という標題の中に収められた逸話の一つである。宿場の中に道があり、馬が通っていたこともわかるが、注目すべきなのは、「次の日に所用があって近くに行った時、この話をたしかに聞いた」という記載である。前に述べたように長母寺と折津宿との間は道がつながっており、無住もひんぱんに折津に赴いていたものと思われる。

折津に関わる逸話はほかにもある。尾張のある「山寺法師」が「下津の市」に行く途中で馬を買い替えたという話である[18]。この「山寺法師」は駄（雌馬）を持っていたが、雄馬に替えたいと思い、「下津ノ市ニ行ケル道」で、自分の馬より見劣りしたけれども、雄馬だと思って買い替えた。帰る途中の道で出会った弟子が馬を見てみると、これは雌馬だった。なんとも間の抜けた話だが、「下津の市に行く途中の道で買い替えた」という記述は注目に価する。下津の宿で「市」が開かれていたことがこの記事から確認できるのである。

(2) 中島・味鋺・甚目寺

前にみた折津宿の逸話と同じく、「袈裟徳事」に含まれる話の中に、尾張の中島と味鋺(味鏡)に関わる、次のような逸話がみえる。

【史料八】『沙石集』(梵舜本)巻六[19]

尾張国ニ中島ト云所ニ、遁世ノ上人、寺ヲ建立シテ、僧五六人住シテ、如法ノ衣鉢ナンド帯シテ侍リケル。其所ニ古木ノ大ナルヲ造営ノ為切ケリ。寺近キ在家人ニ神付テ、ヤウヽヽニ申ケルハ、「我等ハ此木ヲコソ家トモナニトモ憑ンデ栖ツルニ、情ナク僧ノ切給ヘル、浅猿キ事ナリ。制シマイラセテタベ」ト云フ。「サラバ僧ニコソ付モ祟モセメ。外ノ物ヲ可責ヤウヤアル」ト云ヘバ、「我等ハ僧ノ袈裟衣ノ風ニアタリ、陀羅尼ノ声ヲ聞テコソ、苦患モタスカル事ナレバ、僧ヲバ争カ悩マシ奉ラム。只カク申テタベ」ト云ケレバ、僧共聞テ、少々ハ切残テケリ。此事ハ十余年ノ事ナリ。慥ナル僧語リキ。

同国味鏡ト云所ニテ、スコシモ違ズ、或僧木ヲ切テ寺ノ堂ノ修理ニスルニ、両度マデ人ニ付テ、樹神歎キケリ。「僧ハヲソロシケレバ申サヌナリ。制シ申セ」ト云ケリ。

此ハ文永年中ノ事ナレバ、猶近キホドナリ。

二つは類似の話で、いずれも寺や堂の建立のため木を切ろうとした時、木の霊が人に憑依して、「お願いだから切らないでくれ」と言ったという内容のものである。中島の逸話の末尾には「此事ハ十余年ノ事ナリ。慥ナル僧語リキ」、味鋺の逸話の末尾には「此ハ文永年中ノ事ナレバ、猶近キホドナリ」とあり、いずれもそう遠くない時期に、無住が人から聞いた話をもとに構成したものと考えられる。「中島」は一宮市萩原町中島(下津や国府宮の北西)、「味鋺」(味鏡)は名古屋市北区の味鋺(東味鋺・中味鋺・西味鋺)にあたるが、味鋺は長母寺のすぐ近くにあり(距離は四キロメートルほど)、中島もそう遠くはない。中島の逸話は「慥かなる僧が語ったものだ」と無住は記しているが、長母寺には近隣の僧侶などがよく来て、無住は彼らからこうした話を聞いていたものと思われる。

折津(下津)の南に位置する甚目寺は、観音を本尊とする著名な寺院だが、この近辺にいた女童にまつわる逸話が、『沙石集』の中にみえる。[20] 尾張の神目寺(甚目寺)の近辺で、十二三歳の女童が倒れでいたのを、農夫が見つけ、近づいてみると、四五尺ばかりの蛇がまとわりつこうとしていたので、鍬を取って殺そうとしたところ、蛇は退散した。男が女童に聞いてみると、「美しい青年が現れ、ここに伏しているように言われたので、そうしていたところ、突然逃げてしまったのです」と答えた。男が「守りなどは持っていないか」と捜したところ、尊勝陀羅尼を書いた紙を引き裂いて元結にしていた。話の内容はこのようなもので、尊勝陀羅尼の功徳を伝えているが、記事の末尾に「此事文永年中ノ比也ケリ」と書かれており、無住が長母寺に入ったあと、こうした話を聞いていたことがわかる。

(3)熱田の人々

前にみた「右馬允某甲」をめぐる逸話の中に、「熱田ノ宮ノ講衆・神官」が登場するが、『沙石集』の中には熱田宮(熱田社)に関わる記事はかなりあり、熱田社のそばに住んでいる人にまつわる次のような面白い逸話もみえる。

【史料九】『沙石集』(藤井本)巻第二(21)

又、尾張国熱田ノ社頭ニ、若キ下手男、今年十一月十五日成ニ、両目トモニ盲シキテケリ。心ウク覚ケレハ、神宮寺ニ参籠シテ、薬師如来ニ祈念シケル程ニ、次ノ三月十五日ノ夜ノユメニ、二人ノ僧来テ、「汝オキテ目ミアケヨ〱」ト仰ラル。「目ハ盲テ候」ト申セハ、「タヽ見アケヨ」ト思テ、見アケントスルホトニ、ヤカテアキニケリ。盲目ニナリテ後、主人ヲイステタリケルヲ、目アキテ後、又ツカハントシケルヲ、僻事也ケレハ、社司聞テ、ユルシテケリ。親リミル人ノ説也。此モ文永年中ノ事也。

「薬師ノ利益ノ事」という標題のもとに収められた逸話の一つである。熱田の社頭にいた「若き下手男」が十一月十五日に盲目となり、神宮寺に参籠し、薬師如来に祈念したところ、翌年の三月十五日に目が見えるようになったという奇譚で、「薬師如来の御利益」を伝える逸話といえる。面白いのはそのあとの記事で、「この下人は盲目になったので、主人に捨てられたが、目が明いたあと、この主人がまた彼を下人として使おうとした。これは僻事なので、熱田宮の社司が聞いて、この下人を解放した」と書かれており、主人と下人の関係をめぐるもめごとの一端を明らかにしてくれる。ちなみにこの逸話の末尾にも、「まのあたり見る人の説なり。これも文永年中の事なり」と書かれていて、遠くない時期に起きた(あるいは、起きたと伝えられていた)話であることが判明する。

熱田は尾張の中でも屈指の都会で、東海道の宿でもあった。長母寺ともそう離れていないので、熱田やその近辺で起きたことは、無住の耳にも届いていたと思われる。熱田宮には無住の知り合いもいて、「陰嚢の病をする人がいるようだ」と無住が言うと、「それはたいへんだが、そもそもその人は女ですか」と答えたという。[22]

（4）尾張の人をめぐる逸話

場所は特定していないが、尾張国にいる人に関わる逸話もいくつかある。まず、「鶏の子」（卵のことか）を子どもに与えていた女がいたが、殺生をした酬いを受けて怪しい夢を見、子どもたちも死んでしまったという、なんとも恐ろしい話がある。[23]「当時アル人トテ、名ヲハカリシテ、或人カタリキ」と末尾に記されているので、これも人から聞いた話で、酬いを受けた当人はまだ存命だったことがうかがえる。

また、尾張にいた円浄房という僧が「貧窮殿」を追い出したという逸話もみえる。[24]あまりに貧しいので、大晦日の日に呪文を唱えて「貧窮殿」を追い出した。その後、この僧の夢に痩せた法師が現れ、「ながいことここにおりましたが、出て行けと言われたので退出しました」と言って泣き出し、円浄房も「かわいそうなことをした」と歎いた。こんな内容の逸話で、「このあと不足なく生活できるようになったようだ」と記されているが、これも人から聞いた話のようで、「此事慥ニ聞タル人ノ説也」と無住は書きのこしている。

（5）三河の矢作

熱田から東海道を東に進むと、三河国に入り、三河の中心的な宿である矢作に至るが、この矢作宿にまつわる逸話も『沙石集』の中にみえる。美濃や尾張の飢饉に関わる、なかなか重苦しい話である。

【史料十】『沙石集』（俊海本）巻第七[25]

為母賣身事

去文永九年、炎旱日ヒサシクシテ、国々ノ飢饉ヲヒタヽシクキコエシ。ナカニモ美濃・尾張コトニ餓死セシカハ、多ク他国ヘソヲチユキケル。美濃国ニマツシキ母子アリケリ。モトヨリタヨリナキウヘ、カヽル世ニアヒテ、ウヱシヌヘカリケレハ、タチマチニ心ウキ事ヲミント口惜テ、身ヲウリテ母ヲタスケント思テ、母ニコノヤウヲイヒケレハ、タヽ一人モチタル子也ケルウエ、孝養ノ心サシモアリケレハ、ヽナレンコトカナシクテ、「シヌトモヲナシ所ニテ、手ヲトラヘテフシ、カシラヲモナラヘテ、ヒトツ枕ニコソフサメ。イクホトアルマシキ世ニ、イキナカラハナレンモ口惜キコトナリ」トテ、母ユルサヽリケレトモ、若シ命アラハ、オノツカラメクリアフコトモアリナン。タチマチニウヘシナン事モサスカナレハ、母ハ制シケレトモ、身ヲウリテ、カハリヲ母ニアタヘテ、ナク〳〵ワカレテ、アツマノカタヘクタリケル。

三河国矢作ノ宿ニアヒシリタルモノカタ〔リ〕シハ、

「人商人ノ、人アマタ具シテ下ケル中ニ、ワカキ男ノ、人目モツヽマス、声ヲタテ、ナク〳〵ユキケリ。人アヤシミテ、「ナニユヘニサシモナクゾ」ト問ケレハ、「美濃国ノモノニテ侍ルカ、母ヲタスケンカタメニ、身ヲウリテ、イツクニトマルヘシトモナク、アツマノカタヘ下リ侍ナリ。母ノアマリニワカルヽ事ヲカナシミテ、モタヘコカレ侍リツルカ、日ヲカソヘテコソ思ヒヲコスラメ。命アラハ又メクリアフコトモアリナント、コシラヘヲキツレトモ、又フタタヒ母ノスカタヲミスシテ、アツマノヲクノ、イカナル山ノスヘ、野ノスヘニカサスラヒユキテ、夕ノ煙トノホリ、朝ノ露トキヘテ、又母ヲミスシテヤミナン」ト、クトキタテ、事ノ子細クワシクカタリテ、声ヲモオシマスナキケレハ、ミキクタヒ人モ、宿ノモノモ、ソテヲウルホシケル」ト、カタリシコソ。孝行ノ志マメヤカニ、昔ニハチス、アリカタク覚テ、返々モアハレニ侍レ。

文永九年（一二七二）に起きた炎干と、これによる飢饉に関わる記事である。「美濃や尾張はとくに飢饉が深刻で餓死者が多く、他国に落ちた人もたくさんいた」と概略を述べたあと、美濃国の貧しい母子のことに話が及ぶ。これは「三河国矢作宿ニアヒシリタルモノ」、つまり三河の矢作宿にいる知人が語った内容を記したものだが、無住が聞いた話は次のようなものだった。「人商人が多くの人を連れて東国に下っていったが、その中にいた若い男が、声を立てて泣いているので、そばにいた人が怪しんで、事情を聞いたところ、「私は美濃国の者だが、母を助けるために身を売って、東国に下る途中なのです」と語って泣いたので、見聞きした旅人も宿の者たちも、みなもらい泣きした」。話を聞いた無住は、この若者の「孝行の志」に感じ入って『沙石集』の中に書き加えたようだが、鎌倉時代の飢饉のありさまと人身売買、「人商人」の動きなどを具体的に伝える証言といえるだろう。人身売買は基本的に禁止されていたが、飢饉の時には身売りも多くなされ、買い取った人々を引き連れた「人商人」の一行は、堂々と道を進み、矢作宿を通っていたのである。

（6）三河の下人をめぐる逸話

最後に三河国に住んでいたある下人の逸話を紹介したい。

【史料十二】『沙石集』（梵舜本）巻第五末[26]

一　三河国ノ或人ノ下人、中間、モシハ雑色ホドノ、シナノ物ナガラ、歌ヲヨミケリ。或時、彼ノ主、「汝ガ先祖ハ、皆歌ヲヨミシニ、汝ハイカニ」ト問レテ、「親、祖父ホドハ候ワネドモ、如形仕候」ト申セバ、前ニ飯モリト云山ノアルヲ、カレヲ題ニテ、歌仕レト云ワレテ、

飯モリヤヲロシノ風ノサムケレバ　アワセノ小袖キルベカリケリ

サテ感ジテ、アハセノ小袖ノアリケルヲ、タビテケリ。

この下人は歌を詠むことがあった。ある時、主人から「おまえの先祖はみな歌を詠んだそうだが、おまえはどうなのか」と問われ、「親や祖父ほどではありませんが、それなりに」と答えた。目の前に「飯もり」という山があり、「これを題にして歌を詠め」と主人が言うので、「飯もりやおろしの風の寒ければあわせの小袖着るべかりけり」と一首を詠むと、主人は感心して、「あわせの小袖」を彼に与えた。歌を詠む下人の話だが、彼だけでなく、祖父も父も和歌を詠んでいた。「下人」というと、何の素養もない貧しい人を想像してしまいがちだが、こうした風雅な才能を持つ下人もいたことを、この逸話は伝えてくれる。

〔沙石集と無住の視点〕『沙石集』にみえる尾張や三河の人々にまつわる逸話をみてきたが、そのほとんどが無住が長母寺に来てから起きた事件に関わるもので、いろいろな人が無住にこうした情報を伝え、無住がこれを書き留めた結果、『沙石集』の中に残されたものと考えられる。そしてこうした逸話の内容を見てみると、その多くが下人をはじめとする「身分が低く、貧しい人たち」の話であることに気づく。こうした人たちのありようは、当時の古文書や日記などにはほとんど書かれず、具体的に知るのは難しいが、無住が書き残してくれた逸話から、彼らの生活の一端がうかがえる。そして無住という僧侶の視点の低さ（こうした人々に注目する心性）も、同時にうかがい知ることができるのである。

注

（1）「関東往還記」（『愛知県史　資料編8　中世1』〈以下『愛知県史』〉三七八号史料）。
（2）「長母寺文書」無住道暁置文（『愛知県史』六三一号史料）。
（3）「無住国師道跡考」（『愛知県史』三八三号史料）。
（4）「尊卑分脈」（『新訂増補国史大系　第六十巻上　尊卑分脈第三篇』六七―六八頁）。
（5）「田中穣氏旧蔵典籍古文書」六条八幡宮造営注文（『愛知県史』四二六号史料）。
（6）「粟田家文書」尾張良継申状案（『愛知県史』一一一一号史料）。
（7）『沙石集（一）』（古典研究会叢書、汲古書院）一〇一―一〇四頁。
（8）『沙石集』（新編日本古典文学全集、小学館）三六三頁。『沙石集』（日本古典文学大系、岩波書店）三七六頁。
（9）『沙石集（二）』（古典研究叢書、汲古書院）七八―八二頁。
（10）『沙石集』（新編日本古典文学全集、小学館）七九頁。
（11）『沙石集』（日本古典文学大系、岩波書店）九六頁。
（12）『保元物語　平治物語　承久記』（新日本古典文学大系、岩波書店）三四九頁の注二一。

（13）『保元物語　平治物語　承久記』三三七―三四〇頁。
（14）『保元物語　平治物語　承久記』三四八―三四九頁。
（15）『保元物語　平治物語　承久記』三八七―三八八頁。
（16）『保元物語　平治物語　承久記』三九八頁。
（17）『沙石集』（日本古典文学大系、岩波書店）二八七―二八八頁。
（18）『沙石集』（日本古典文学大系、岩波書店）三四〇頁（梵舜本）。
（19）『沙石集』（日本古典文学大系、岩波書店）二九〇―二九一頁。
（20）『沙石集（二）』（古典研究叢書、汲古書院）二四三―二四五頁（藤井本）。
（21）『沙石集（二）』（古典研究叢書、汲古書院）七五―七六頁。
（22）『沙石集』（日本古典文学大系、岩波書店）三四三頁（梵舜本）。
（23）『沙石集（二）』（古典研究叢書、汲古書院）二三四頁（藤井本）。
（24）『沙石集（二）』（古典研究叢書、汲古書院）二五一―二五二頁（藤井本）。
（25）『沙石集（一）』（古典研究叢書、汲古書院）一二三―一二六頁。
（26）『沙石集』（日本古典文学大系、岩波書店）二三二―二三三頁。

無住にとっての尾張――地方在住僧の帰属意識

三好俊徳

みよし・としのり――佛教大学仏教学部准教授。専門は日本中世仏教文学・思想史。主な論文に「アーカイヴとしての『扶桑略記』」（近本謙介編『ことば・ほとけ・図像の交響　法会・儀礼とアーカイヴ』勉誠出版、二〇二二年）、「院政期の仏教史叙述における仏典利用――『仏法伝来次第』を中心として」（『仏教学部論集』一〇七号、二〇二三年）などがある。

無住は各地で修行した後に長母寺に入り、尾張地域の多くの寺院や僧と交流を持っていたと考えられる。そのなかで、尾張という地域に対してどのような意識を持っていたのだろうか。無住の著作である『沙石集』『雑談集』に記される尾張の寺院や僧についての説話を検討することから、地方在住の僧がどのような意識で活動をしているのかを検討したい。

はじめに

中世には、京や南都あるいは鎌倉という仏教の中心地で修学をした学僧が、地方に移って活動をすることがあった。そのような僧は、その地方の寺院や僧とも交流をもったと想定できるが、そのなかで、自らの立ち位置をどのように認識したのであろうか。その地方の僧と考えていたのであろうか。それとも、別の場に帰属意識をもっていたのであろうか。そのことを、無住の著作から考えてみたい。

無住は嘉禄二年（一二二六）に関東で生まれ、十三歳で鎌倉寿福寺に赴き、その後、下野や常陸へ移り十八歳で出家した。二十八歳で遁世するが、それまでの間に西大寺流真言律宗に接触し、また上野国世良田長楽寺で蔵叟朗誉から学んでいる。長楽寺は栄西の弟子であった栄朝が開いた禅密兼修の寺院であり、その教えに触れたということになる。遁世した後は、南都で真言律を学び、三十五歳で朗誉がいた鎌倉寿福寺に向かい、密教とともに禅の修行に勤しんだ。翌年に南都に戻り菩提山正暦寺で密教を学び、そのなかで三宝院流の法流を承けた。そして、弘長二年（一二六二）三十七歳のときに、無住は良円から譲られて尾張国の長母寺に止住することになった。無住の修学活動はそれで終わることはなく、長母寺を拠点とした前後から、京の東福寺の円爾のもとに向う。円爾は栄朝の弟子であり、ここで無住は東密と台密および禅を学んだ。また日本各地の寺社にも参詣していたと考えられている。(1)

このように無住は、鎌倉・南都・京という鎌倉時代における仏教の中心地で仏道修行を行う一方で、弘長二年以降は尾張にある長母寺を拠点に活動を行っていた。その間、聖俗に関わる出来事を多く見聞きし、それらを『沙石集』『雑談集』『聖財集』などの著作に書きとめている。

無住の経歴からは、尾張で活躍していることから、当地の僧という認識を持っていたことが想定される。また、無住は円爾からの影響を強く受けていたことは知られているが、そのことを踏まえると、円爾門下すなわち聖一派の僧として活動していたと考えることもできる。もちろん、その両者は共存していた可能性もあるし、それ以外の帰属意識を持っていた可能性もある。そのことを前提としながらも、本稿では、『沙石集』および『雑談集』における尾張周辺の寺社や僧に関する説話を検討することを中心に、無住が尾張という地域をどのようにとらえていたのかを検討する。その後、聖一派僧としての意識を検討していきたい。そのことから、無住の帰属意識の一端を明らかにしたい。

一、尾張国周辺の寺社に関する説話

『沙石集』や『雑談集』には、尾張周辺を舞台とする説話が多く収められている。追塩千尋氏の調査によれば、『沙石集』には四十カ国の国名や地域名が記されるが、畿内、関東、尾張周辺で全体の六割近くになり、尾張の十六話という数は京・南都、鎌倉に次ぐ多さであるということである。(2)その尾張国を舞台とする説話については、土屋有里子氏が『沙石集』を中心として検討し、無住と尾張周辺地域とのつながりを具体的に示している。(3)その成果を参照しつつ、改めて無住は、どの寺社に関する、どのような内容の説話を記しているのかを整理する。その際、無住の交流関係を明らかにするために、その情報源についても検討したい。

まず注目されるのは、熱田社に関わる説話が複数あることである。『沙石集』で最初に出てくるのは、巻第一第四話「神明は慈悲を貴び給ひて物を忌み給はぬ事」(4)である。説話の内容は、次のとおりである。

性蓮房が母の遺骨を持って高野山に参ったときに、熱田社の付近に宿泊しようとする。しかし、遺骨を持っていることを憚り、宿を貸す者はいなかった。そのため、南の門の脇に参籠した。その夜、大宮司の夢に太神宮の使者として神官が一人来て、「今夜大事な客人が来ているので、よくよくもてなせ」との伝言を伝えた。目覚めた大宮司は該当者を探させ、性蓮房を見つけ出し招いた。大宮司は、熱田大明神のお告げであるため、「私には忌み奉るに及ばず」と言い、旅道具などを調えて、高野山へ送った。

亡母を供養する僧に対して熱田明神が慈悲の心を示したという話である。「尾張国熱田の神官語りしは」として始まることから、無住が熱田社の神官から直接聞いた話と考えられる。

これに続けて、「また去し承久の乱の時、当国の住人、恐れをなして社壇に集まりつ」として、次のような説話が記される。「当国」とは尾張国、「社壇」とは熱田社のことである。

承久の乱の戦乱を避けて熱田社に逃げてきた人々のなかには、聖域である熱田社の築垣の内側にまで、俗世間の家財などを持ってきた者もいた。そのなかには、親を亡くした者やお産が始まる者もおり、穢れを聖域に持ち込む恐れがあった。神官たちは神意を確かめようと御神楽を奏して祈ったところ、筆頭の禰宜に神が憑き、「私がこの国に下ったのは、万人を育み助けるためである。時宜によるため、忌むべきではない」とおっしゃった。人々は喜び感涙した。

戦乱で逃げ惑う人々に対して熱田明神が慈悲をかけたという話である。この話は「その時の人、今にありて侍り」と締めくくられる。無住が当事者から聞いた話であろう。逃げてきた近隣住人の可能性もあるが、神の託宣についての情報は神官からしか得られない。やはり、熱田社の神官から聞いた話であろう。

この熱田社に関する二話は並んで記されるが、そこで示されるのは、全国的な霊地としての熱田社ではない[5]。熱田明神は、名も無き市井の人々を救う慈悲の神として描かれる。同じような内容のものとして、『沙石集』巻第二第二話「薬師の利益の事」に、「また、尾張国熱田の社頭に」とはじまる、熱田明神による失明した下人の救済を主題とする霊験譚が記される。

熱田社において、若い下人が、この年の十一月十五日に突然両目とも失明した。つらく思い、神宮寺に参籠して薬師如来に祈念したところ、翌年の三月十五日の夜、夢に一人の僧が来て「目を開けて見てみなさい」と言うので、それに従ったところ、見えるようになった。

これに続けて、この下人は盲目になったために主人に捨てられたが、見えるようになったために戻されそうになり、それを憐れんだ神官に救われたという後日談がついている。そして、「親り見る人の説なり。これも文永年中の事なり」と付される。確定はできないが、熱田社での出来事であることから、やはり熱田社の神官を通して聞いた話である可能性が高いだろう。

『雑談集』には、それらとは異なる内容の熱田社を舞台とする説話も収められている。巻第九「仏法二世ノ益并逆修ノ事」(6)には、仏教信仰の利益や逆修を説明したあと、元興寺の護命が、低い身分の生まれながら、すぐれた学生で「一階僧正」となったとする話がある。それを承けて、熱田社で下郎でありながら学問をしていた後に恒慶となる学生が、その身分故に同学の者たちから蔑まれていたが、比叡山西塔での学問の末に名声が高まり、律師となって熱田社に下向して、時の大宮司より上座に座った、という話が記される。この説話は、身分差を乗り越えた痛快な話だが熱田社への信仰につながる話ではない。むしろ、熱田社における身分格差に対する批判性が認められる。この話を誰から聞いたのか。恒慶が熱田社で大宮司と対面したときに、それを「ミタル人、物語侍シ」とあることから、熱田の神官からの伝聞である可能性が高い。

以上、『沙石集』『雑談集』の熱田社に関わる説話をみてきたが、『雑談集』説話を除いて、人々を救済する霊験譚であることがわかる。また、熱田社の神官を情報源とすると考えられることから、無住と熱田社との関わりが認められる。なお、『沙石集』巻第一第四話は、無住が熱田社神官から直接聞いた話とされるが、それで想起されるのは、『沙石集』巻第一第一話「太神宮の御事」であろう。伊勢神宮の神官から聞いたとする、日本国開闢に際しての天照大神と第六天魔王との約諾についての説話は夙に知られるが、この伝承を無住が聞くことができた背景に、南都の律僧や三輪流・聖一派・法燈派との交流が指摘されている(7)。熱田社と長母寺は近隣ではあるが、単に物理的な距離の近さではなく、僧や神官を含むネットワークがあり、それに基づいた関係性から聞き得た可能性もあるだろう。

次に、熱田社以外の寺社はどのように描かれているのだろうか。明確に寺院名が記されるものとして、『沙石集』巻第二第四話「薬師・観音の利益によりて命を全くする事」を挙げることができる。無住が住持を務めた長母寺の檀越であった、当地を治める山田一族に関する説話である。承久の乱で敗れた「右馬允某甲」が重傷を負い、さらに関東の武士に捕縛されるが、「横蔵より来れり」という僧、あるいは「竜山寺より来れり」と言う僧や熱田社の人々による救済もあり、命を長らえることができたという話である。末尾に、「その養子にてありし入道の語りしかば、慥かなる事にこそ」とある。土屋氏の検討により、「右馬允某甲」は山田明長であることが指摘されている。(8) この話は、山田一族出身の僧から聞いたということになる。(9)

この話に出てくる寺社は、それぞれ、現在の岐阜県揖斐郡揖斐川町にある横蔵寺、愛知県名古屋市守山区にある竜泉寺、そして熱田神宮のことである。この説話の直後に、横倉寺には比叡山根本中堂の薬師仏と同じ用材で作った仏が収められており、そこに山田明長が参詣したという話が記される。そのことから、その薬師仏をはじめとする仏の霊験譚として採られている話であると考えられる。

他に寺院名が記されるものとして、『沙石集』巻第九第十八話「愚痴の僧の牛に成りたる事」の一話もあげられる。ここでは「尾州の神目寺」の名前がみえる。現在も甚目寺観音で知られている愛知県あま市の甚目寺のことと考えられるが、甚目寺周辺の出来事とされるだけで、この説話から甚目寺に対する無住の特別な関心を明らかにすることはできない。内容は、尊勝陀羅尼の功徳によって女子が蛇の難から逃れるという奇瑞を伝える話である。末尾に「この事、文永年中の比なりけり」とあるのみで、無住が誰から聞いた話であるかはわからない。

実は、尾張周辺の寺社で名前が明記されるのは、これだけである。その数は少ないと言えよう。この点のみから考えると、無住は尾張周辺の寺院と関わりが薄かったようにもみえる。しかし、実際にはそのようなことはなかった。

鎌倉時代における長母寺の位置づけについては、『関東往還記』の記述から叡尊をはじめとする律宗との関わりが指摘されてきたが、近年、寺院の蔵書調査が進み、その研究成果が公開されたことで、無住の属する長母寺は尾張や三河の寺院とつながっていたことも明らかとなってきている。血縁があるとされる常円が住持を務める万徳寺はもちろんのこと、その近隣にある性海寺とのつながりも指摘されている。(10) また、無住没後のことになるが、万徳寺や阿弥陀寺を介して大須観音真福寺とも関わっていることが明らかになっている。(11) 尾張国中島郡に所在する寺院とのネットワークが想定され、そのなかに長母寺も含まれていたと考えられるのであるが、それは尾張に限定されるものではなかった。たとえば、文永八年

（一二七二）に円爾を開山として創建された聖一派の寺院である三河実相寺との交流が指摘されている[12]。そのような状況を踏まえると、『沙石集』などに万徳寺や実相寺といった寺院名が記される記事がないことには注目すべきであろう。

ここまでに明らかになったことをまとめる。『沙石集』や『雑談集』には尾張近辺の寺社に関する説話の数は特別に多いとは言えない。さらに、そのなかに万徳寺など無住とのつながりが想定できる寺院を舞台とするものはない。しかし、熱田社に関するものが複数あり、その神官と無住との関わりも想定できる。その熱田社の説話に顕著なように、尾張近辺の寺社に関する説話は、神仏あるいは陀羅尼の霊験譚が多い。

さて、『沙石集』や『雑談集』には、尾張周辺で活躍する僧に関する説話もみられる。次節では、それらを検討したい。

二、尾張周辺の僧の説話

『沙石集』巻第九「二十二　貧窮追ひたる事」には、次のような話がある。尾州の円浄房は、貧しい暮らしで五十歳になっていたが、弟子の小法師に「貧乏を追い払おうと思う」と言って、十二月の大晦日に呪文を唱え、家の中から追い出すように桃の木の枝で叩き、門を閉めた。その後、夢に痩せた僧が別れを告げながら、雨に降られて泣いているのを見ると、円浄房は「この貧窮は、どれほどつらいだろうか」とさめざめ泣いた。この話の後、円浄房は暮らしに不自由しなかったと記される。それに対して、「貧乏も前世からの業によるので、神仏も助けられないのに、不思議なことである」と無住自身の評語が続く。円浄房については不詳であり、この話の情報源も記されない。次節で述べるが、長母寺も困窮した経済状況であったことから、無住がこの話に関心を寄せたとも考えられる。

実は名前が明らかな尾張周辺の僧の説話も、これのみである。しかし、具体的な名前は不明ながら、尾張周辺の山寺の僧の話がいくつかある[13]。それらを順にみていきたい。

『沙石集』巻第八第二話「嗚呼がましき人の事」では、愚かな人の話が続く。そのなかで、馬に関する話が並ぶが、その一説話として、「尾州」にある山寺法師が、牝馬は飼いにくいので雄馬に替えようとして、牝馬に笈を載せ替えた、という短い笑話が収められる。法師の具体的な名前は不明である。タイトルにあるように「嗚呼」に関する話として採録していると考えられる。なお、梵舜本巻第八第五話「馬カヘエタル事」では、馬を買う場所を「下津ノ市」として、さらに事の経緯が詳細に記される[14]。下津は万徳寺や性海寺の近隣であり、無住がそれらの寺院にも行き来していたと考えられることから、その僧から伝え聞いた話であったのだろう⒂。

　次に、三河のことであるが、『沙石集』巻第九「十八　愚痴の僧の牛に成りたる事」に、修行も学問もせずに布施だけもらっていた僧が牛になってしまったが、尊勝陀羅尼の功徳で救われたというが記される。この話に続いて、無住による尊勝陀羅尼の功徳についての解説があることから、尊勝陀羅尼に対する関心から採られた説話であることがわかる。情報源は不明であるが、三河の山寺の僧との関わりをうかがわせる。『雑談集』巻第六「霊之事」にも、山寺の僧が陀羅尼の功徳で、呪詛された知人の妻を救うという話がある。「タシカナル同法ノ云タル事也」とあり、僧から聞いた話であると考えられる。このように尾張周辺の山寺の僧に関する説話は、ヲコに関する話と陀羅尼の霊験譚である。それらは当地の僧から聞いた話と考えられることから、無住と山寺の僧との交流が透けて見える。

　他にも、尾張国周辺の僧の説話がある。『沙石集』巻第六第十三話「袈裟の徳の事」には、「尾張国中嶋と云ふ所」の遁世僧の話が記される。僧五人ほどで持戒生活をしていた上人が、寺の造営のために古い大木を切ろうとしたところ、在家の人に神が憑いて制止させ、また、なぜ直接僧に憑かないのかと問われて、「僧の袈裟を通る風に触れ、陀羅尼を聞きて苦を和らげるのだから、僧を苦しめるわけにはいかない」と述べたというものである。この説話は「この事は、十年計りの事なり。慥かなる僧の申しき」と締めくくられている。中島郡には万徳寺や性海寺があり、やはり当地の僧との交流から聞き得た話であるとも考えられる。しかし、この話の力点は、神を救うためには袈裟も重要であるということにある。「尾張国中嶋」という場所が重要であったために採用された話ではないと考えられる⒃。

　同じく「袈裟の徳の事」には、文永七年（一二七〇）七月十七日に尾張国の折戸の宿に雷神が落ち、近くを通る馬や近隣の家屋に被害を与えたが、僧の袈裟は少しも破れず、僧自身も無事であった、という短い話もある。末尾には、「次の日、事の縁ありて、その近き辺に罷り越して、慥かに承りし事なり。不思議の事にて、月日も慥かに覚え侍るなり」とある。無住が近隣寺院へ足を運んだときに聞いた話であろう。

　なお、南都を離れて尾張までやってきた僧の話が、『雑談集』巻第十「仏法ノ結縁不《ル》ㇾ空《シカラ》事」に記される。学僧の「官途・福禄」の道として、南都三会と北嶺の二会をあげ、特に興福寺維摩会の講師について説明をする。そのうえで、南都僧の「一阿」が維摩会講師に選ばれないことを恨み、東国に向かうと、熱田社で来年度の講師に決まっているとの神託があり、南都に帰るという話を記す。この説話の後には、「南都ニハ白拍子ニ作《ツクリ》テ、ウタヒ侍ルヲ、チトソノカミ聞テ侍シ。思イデ、記《シルス》レ之《ヲ》」とあり、無住が南都で聞いた白拍子をもとにした話であることがわかる。(17) これもまた、尾張という地に注目して採択された説話ではないと考えられる。

本節では、尾張周辺の僧に関わる話、あるいはそのような僧が語ったであろう説話を検討してきた。全体として、無住はこの地域でおこった話を多く用いているが、霊験やヲコなどの話の内容に関心をもっていることがわかる。また、そのような話を地域の僧との交流のなかで得ていたと考えることができる。無住と遁世相との交流があったとの指摘もあるが(18)、今回の分析からも無住の広い交流関係をうかがい知ることができる。しかし、その僧たちの名前を記しておらず、また具体的な所属寺院を示していない。

三、長母寺に対する認識

ここまで尾張周辺の寺社や僧に関する説話を検討してきたが、無住が住持を務めていた長母寺に関する記述も検討しておきたい。『雑談集』巻三「古老述懐」では、無住の自伝的記述があるが、そのなかで長母寺についても言及している。なお、その「古老述懐」のなかでも、長母寺以外の尾張の寺院については触れていない。

『雑談集』は、無住七十九歳の嘉元二年（一三〇四）から三年にかけて執筆している。巻八の巻末に「此雑談集、或る同法ノ所望ニヨリテ、手にマカセテ記《ス》レ之《ヲ》」とあり、僧に向けて書かれた書物であることがわかる。その「古老述懐」の長母寺についての記述を取り上げてみたい。

まず、無住が各地での修学を経て、入寺したところの記述である。

相通《フ》事四十三年、無縁ノ寺常《ニ》絶《ヘ》レ煙、衣鉢・道具之外無《シ》二資財《ノ》蓄一。世間ノ心ハ、非人ノ如ク思合ヘリ。大果報ノ夢、以外ニタガヒテ覚エ侍リ。

住持を務めての四十三年間を振り返り、無縁の寺で食事さえも困難なこと、法衣や法具以外には財産もないことが記される。なお、その記事の前に無住が生まれたときのこととして、父が夢で「今夜此里ニ生タル者ハ、大果報ノ者也」と人が言うのを聞いたということが記される。「大果報ノ夢、以外ニタガヒテ覚エ侍リ」は、それに対応している。長母寺が貧しい寺であるという描写は、他の箇所にも見ることができる。

殊ニ朝夕無《キ》二用心一無縁ノ寺、一物モ不レ蓄《ヘ》。盗賊ノ恐《レ》ナシ。先年強盗《ガウダウ》寺ニ入テ、土蔵打破テ、「物有」ト聞タレバ、「犬屎《イヌノクソ》ダニモナカリケル」トテ、腹立テ去了《サリヲハンヌ》。其後ウトミテ入事ナシ。

あまりにも財産がないため、盗難への備えをする必要すらないということである。また、食事の貧しさについて、次のようにも記されている。

当寺ノ作法、常ニ絶レ煙、夏ハ麦飯・粥ナドニテ、命ヲツギ侍リ。愚老病躰、万事不階ノ中ニ、老子ノ云ヘル、禍ノ中福ニテ、麦飯ト粥ヲ愛シ侍ル故、分ノ果報也。述懐。

サラズトモ、愛スルヨシニ、イヒナシテ、世ヲワタルベキ粥ト麦飯

麦飯ノ、ムマレカヽリテ、コノマルヽカナ

食事は麦飯と粥ばかりであったが、それらは無住の好物であるため、「分ノ果報」であると皮肉を述べている。

長母寺についての記述は以上である。長母寺が貧しいことを述べるばかりで、無住自身の長母寺での事跡や修学の様子は記されていない。その一方で、同じ「古老述懐」において、鎌倉や南都での修学、東福寺での学問については具体的に記している。そのことと比較すると、長母寺についての描写は特徴的である。

また、無住が晩年行き来したことで知られる伊勢国の蓮華寺とも対比的に描かれている。『雑談集』巻第四の末尾辺りに無住の歌が多数収められているが、長母寺と蓮花寺についての歌が並べられている。

当寺《タウジ》ニ四十余年経廻《ヘメグリ》、因縁尽《インエンツキ》タルニヤ、万事《バンジ》心不レ留《ルトマラ》事ヲ詠《ズ》レ之

人ハ不和《フワ》、寺《テラ》ハ無縁《ムエン》ニ薪《タキ》ナシ、木ガサキニコソ、コリハテニケレ

蓮華《レンゲ》寺ニ常ニ栖《スム》心ヲ

世ノ中ノ、濁《ニゴ》リニシマヌ、心モテ、蓮《ハチス》ノ華《ハナ》ノ、寺ニスムカナ沙門無住八十歳

「当寺」とは長母寺のことであるが、その貧しさを詠み込んでいるのに対して、蓮華寺は清浄な地であることを強調する。無住がどちらに心を寄せていたかは明白であろう。

「古老述懐」において、無住は自らの人生を「相州ノ禅門」すなわち北条時頼と対比し、貧しい故に自由であるということから、「貧ナル事可《シ》レ悦《ブ》」とも述べている。そもそも、弘長二年（一二六二）に叡尊が長母寺に立ち寄った時には、僧三十人がおり、土地や財産も少なくなかったということが『関東往還記』に記されている。そのことから、「貧ナル事可《シ》レ悦《ブ》」という論理を肯定するための記述であるとの見解もある。[19] さらに、前述のように『雑談集』は、僧に読ませること

を前提としていることを前提とすれば、謙遜のために事実よりも厳しい経済状況として誇張して描いたと解釈すべきとも考えられる。

　しかし、敢えて徹底して困窮した寺院として描く必要はあるだろうか。同じ「古老述懐」において、各地での修学の過程については具体的に記す。そこでは「何レノ宗モ不レ得二其ノ旨ヲ一。只肝要経ルレ耳ニ許也」との自らを卑下するような記述も見られるが、全体的には、自らの経歴に関する誇らしさを感じる。それと対比すると、長母寺での生活に対する不満がにじみ出ている。このような無住の思いは無住の『置文』からも認められる。

　無住は、『雑談集』を書き終えたと考えられる嘉元三年（一三〇五）に長母寺を順一房に譲るが、その際の自筆の『置文』が残されている。長母寺入寺の契機となった夢を記した『夢想事』とあわせて、八十歳という老境における無住の著述と考えられている。[20]その『置文』では、次のような記述がある。長母寺は慶法橋上人の跡を、故静観坊上人すなわち良円が継いで律院としたが、良円は遁世したために無住が継いだ。その後、火災のため堂舎が失われたが、道円房を中興檀那として再建し、無住が開山となった、ということである。

　その後のこととして、次のように記される。

仍雖レ為二不肖身一、当二開山之仁一、依二資縁如レ無、度々或譲二他人一、或自辞レ之、世以無二其隠一。然ニ依レ有二夢想事一、当寺ニ因縁不レ絶、住持及二四十四年一、顕密行学于レ今無二退転一。人法衰微末代運也。

　当寺の「開山の仁」となったが、やはり財産がなく、そのために度々住持職を辞することも考えたが、夢想で示されたような因縁があり、四十四年にわたり「顕密行学」の寺院として維持してきたという内容である。この文章も自謙が含まれていることを前提に読むべきであろうが、「資縁」がないことで苦境におかれていた様子をうかがい知ることができる。加えて、長年、行学を続けてきたことを誇示するが、ここでもその具体的な内容は記されない。後継に対する置文であることを考えると、長母寺での生活は、日常的な活動であるため特筆すべきことではなかったのであろうか。しかし、その直後に「故東福寺開山」すなわち円爾のもとで「顕密禅教大綱」を学び、さらに「伝燈之志挿二心中一」と記されることを踏まえると、聖一派として修学を行っていることの方が重要であったと読むことができるのではないだろうか。

　ここまでの本論の議論を一旦まとめておきたい。『沙石集』や『雑談集』では尾張の寺院や僧に関わる説話を多く採録している。基本的には、それらは関係する僧や神官から聞いたり、あるいは自ら直接見聞きしていると考えられる。実際に、無住は尾張でしっかりと活動し、そのうえで構築したネットワークがあるからこそ、多くの話を聞き出すことができているのであろう。しかし、それらの話を自らの著作に用いるときには、霊験譚を中心に採録している。一方で、無住の尾張での修学の様子は記されない。また、具体的な寺名や僧名も記されておらず、総じて尾張の寺や僧に対する関心が薄いように感じられる。以上のことから、無住は、尾張を学僧としての自らが所属する地域としてとらえていないと考えられるのではないだろうか。その意識が長母寺の描写に象徴的に表されているのだろう。

それでは、無住の関心はどこを向いているのか。そのことを考えるために、円爾との関わりを中心に、無住が修学した寺院の描かれ方を検討したい。

四、無住が修学した寺院に関する説話

無住は円爾から多大な影響を受けている。長母寺の住持を務めて以降、たびたび東福寺に赴き修学していたが、『沙石集』や『雑談集』にも東福寺の名前はみえる。それらは、基本的には円爾に関わるものである。

『沙石集』巻第七第十三話「師に礼有る事」には師弟関係のあり得べき姿が記される。そのなかに九条道家が中国で禅を学んだ随乗坊湛恵を招請し禅の法門を尋ねた際のエピソードがある。その後に、湛恵が自分よりも優れた僧として円爾の名をあげたことで、九条道家が円爾を呼び寄せ、東福寺を建立して師弟の関係を結び、禅宗が繁栄したとする。これに続けて、「凡そ法を信ぜんには、先づ、弘通の人を崇むべきものなり」との無住の評語がつく。師弟関係を主題とするが、円爾が高僧であることを示しつつ、東福寺をその円爾を中心とした禅院として位置づけている。

巻第十末第十三話「臨終目出き人々の事」のなかにも、円爾のことが記される。弘長三年（一二六三）の夏頃から体調を崩し、東福寺塔頭に移り、門弟に自らの入滅を予告して端座して亡くなったという内容である。栄西や栄朝らと並んでその入滅が記されており、仏教者として理想的な最後を迎えた場として東福寺を描いている。(21)

東福寺に関する話は『雑談集』にも多く見える。やはり、特に円爾に関わるものが多い。巻第三「愚老述懐」では、無住が円爾のもとで「顕密禅教ノ大綱」を学んだと記される。巻第五「上人事」では、円爾が夜中に仏前で礼拝していることが記される。巻第六「菩薩戒ノ徳ノ事」では、験力のある僧や真言僧も見放した霊病にかかった女人に、円爾が菩薩戒

を授けたところ病が癒えたという話が記される。「和尚ノ行徳、大戒ノ威力、誠ニ貴ブベシ」とまとめられており、円爾を讃える説話となっている。巻第八「見性悟道ノ人退スヤ不事」には、ある僧が、同法の僧が得法したと言っているのを聞き、東福寺に入り円爾のもとで法を受けたが、得法はできなかったので、同法の僧を問い詰め虚偽であったことを自白させるという説話がある。円爾の事跡についての説話というわけではないが、円爾の教えに対する強い信頼がうかがえる。

　このように、東福寺に関わる話は、円爾とその修学を中心とするものが多い(22)。なお、東福寺からは離れるが、無住と円爾との直接的な関わりに関する話も記されている。『沙石集』巻第四第十二話「道人の戒めの事」には、円爾が関東に下向するとき、三河の八橋（現在の愛知県知立市）で、「ある門弟の僧」が食事の用意を行ったところ、円爾は「このようなことは無益なことです。『仏道に入って日の浅い修行者は、心が揺動しやすいので、仏への道の芽をつむことになる』と言いますのに」と言ったと記される

　諸本では、この話は巻第四になく、ほぼ同内容の話が巻第三「栂尾上人物語事」の最後に記される(23)。それらの本文では、食事を用意する主語が省略されているが、無住自身と読むことができる(24)。円爾の年譜である『聖一国師年譜』(25)でもその出来事は記されているが、建長六年（一二五四）のこととして、食事の用意は「弟子一円在㆓尾州木賀崎㆒」が行ったこととする。「一円」は無住のことと考えられる。しかし、無住が円爾のもとに参じた時期は、長母寺に入寺した弘長二年（一二六二）の直前と考えられており、齟齬が生じる。整合性をとるため、この出来事を弘長三年とする説(26)や文永八年（一二七一）のこととする説(27)がある。いずれにしても、無住自身の経験をもとにしているか、あるいは三河の実相寺など近しい聖一派僧から聞いた話であると考えられる。

　東福寺に関する話のなかには、円爾と関わりがないものもある。巻二「妄語得失ノ事」では、奥州より東福寺に来た僧が、典座に任ぜられたときに、雑務をする行者人力を、方便で脅したという話が記される。「智恵ノ用ハ、諸法ニ無㆓定相㆒妄語・実語利益ヲ自在ニスベシ」とあり、無住はその行為を肯定的にとらえている。東福寺にいる聖一派僧の智恵の高さを示す説話ということになるだろう。

　このように、東福寺を舞台とする話は多くある。そのなかでも、円爾についての話が多く、その事跡を僧名や寺名を含めて具体的に、そして肯定的に記している。その内容も坐禅や事相の位置づけに関するものが多く、霊験譚は少ない。また、基本的には、無住自身が見聞きしたもの、あるいは円爾の門

弟から聞いた話がもとになっていると考えられ、関係性の近さもうかがえる。円爾のもとでの修学の結果が、これらの話に反映していると考えられる。

無住が関わった寺院として、寿福寺、長楽寺、正暦寺の話も確認しておきたい。『沙石集』巻第六第二話「ある禅尼の説経師を讃めたる事」は、信州の尼が鎌倉で行った仏事での説教を褒めるという話であるが、その説法を行ったのは寿福寺の僧だとされる。「是は鎌倉にて沙汰せし事なり」とあり、無住自身が聞いた話だったのだろう。巻第七第十三話「師に礼有る事」には、栄西門下で寿福寺二世となった行勇退耕と源頼朝との師弟関係を示す話がある。巻第十末第十三話「臨終目出き人々の事」には、真言と禅を学んだ「寿福寺の老僧」や栄朝の跡を継いだ朗誉の臨終の様子が記される。そのうえで、「坐禅観法の真実の相応の処、真言も禅門も隔てなくや」という理解を導き出す。また、『雑談集』巻第八「有無ノ二見ノ事」には、無住が幼少の頃の修学の場として寿福寺の名前が記され、その頃は律僧・禅僧を知らなかったとする話も収められている。

長楽寺に関わるものは二つある。『沙石集』巻第六第六話「説戒に悪口して利益せる事」では、世良田長楽寺の本願であり、栄西の門弟である栄朝が説法するなかで、山伏のことを悪く言い、強く批判したが、「真実に心中に悪口の心には非ず」ということで、山伏の心にも響き、彼らは遁世したということが記される。巻第十末第十三話「臨終目出き人々の事」では、上野国山上の行仙房の対話相手として長楽寺の明仙長老の名があげられる。また、栄朝の臨終の様子や院豪の辞世の頌が記される。

正暦寺に関わるものもある。『沙石集』巻第五末第二話「人の感有る和歌の事」に、正暦寺で行われた舎利講が結構した後に行われた舞楽のことが記される。その日にちについて「菩提山寺の本願の御命日、六月十九日と覚え侍る」とあることから、無住自身が体験したことであったと考えられる。また、巻第八第一話「眠り正信房の事」は、正暦寺の僧で居眠りばかりする粗忽者の正信房のヲコなる話である。『雑談集』巻第三「乗戒緩急事」では、無住が正暦寺にいたときに聞いた、明恵が自分のことを「犬侍者」と言っていた事を記し、それを踏まえて自分自身の律僧としての行いを反省している。

このように、寿福寺、長楽寺、正暦寺に関わる話は、笑話なども含まれるが、行勇や栄朝などの先師に関わるものが多い。東福寺の話と同じように、それぞれの場での修学を踏まえた話となっていると言えよう。これは、尾張の寺院や僧に関わる説話と大きく異なるものである。

おわりに

本稿では、無住の帰属意識を明らかにするために、『沙石集』と『雑談集』を中心に検討を行ってきた。まず尾張周辺の寺社や僧についての説話を検討した結果、関連する説話は多くあり、交流のある僧から無住が聞いたであろう話が多いことが明らかとなった。しかし、その内容は霊験譚が中心となっており、修学の様子は描かれていない。また、熱田社を除けば、具体的な寺院名や僧名は記されない。無住は長く長母寺を拠点として活動しており、近隣の学僧とも交流があったと考えられるが、それがこれらの著作には反映されていないのである。

また、無住が修行した東福寺・寿福寺・長楽寺・正暦寺の記事についても検討を行った。それらの説話の数も多くあり、やはり無住自身が見聞きしたり、寺僧から聞いたと考えられる。その内容は修学に関する話が多く、また僧名や寺名が具体的に描かれている。尾張に関する話と比較すると、こちらの方が各エピソードを丁寧に扱っていると言えるのではないだろうか。

以上のことから、無住は自らが住む尾張に対して、少なくとも強い思い入れを持っていなかったと考えられる。そのような意識が象徴的に表れたのが長母寺への評価であろう。それに対して、無住は、円爾門下を中心とする禅僧や律僧の方を強く意識していたと言えるのではないだろうか。すなわち、無住の目線は、尾張地域に向けられていたのではない。宗あるいは門派とのつながりを介して、日本仏教の中心地を眼差しており、そのなかで『沙石集』や『雑談集』を執筆したと考えられるのである。

もちろん、帰属意識は必ずしも一つに限ることはなく、重層的になっているとも考えられる。さらに多面的に検討する必要があるだろう。また、今回は尾張に関する説話を分析対象としたが、それ以外の地域をどのように描いているのかについても検討する必要があるだろう。今後の課題としたい。

注

（1） 無住の事跡については、小島孝之「無住略伝」（同監修『無住　研究と資料』あるむ、二〇一一年）を参照した。

（2） 追塩千尋「付論二　『沙石集』の説話圏について」（同著『日本中世の説話と仏教』和泉書院、一九九九年）。

（3） 土屋有里子「無住と山田一族――『沙石集』巻二「薬師観音利益事」を中心として」（『早稲田大学教育学部学術研究（国語・国文学編）』第五〇号、二〇〇二年）、同「第八章　尾張・三河の宗教世界」（同著『『沙石集』の世界』あるむ、二〇二三年)。

(4) 本稿では、特に指示のない限り、『沙石集』の本文は古本米沢市立図書館本を底本とする新編日本古典文学全集『沙石集』を用いた。

(5) 阿部泰郎「中世熱田宮の宗教テクスト空間」(同著『中世日本の宗教テクスト体系』名古屋大学出版会、二〇一三年)には、熱田社は尾張に留まらず広く信仰を集め、多様な宗教テクストを生みだしていることが描き出されている。また、星優也「熱田神と魔界廻向——真福寺蔵『熱田講式』をめぐって」(同著『中世神祇講式の文化史』法藏館、二〇二三年)では、講式を中心に中世熱田信仰が展開している様相が示される。

(6) 本稿では、『雑談集』の本文は、山田昭全・三木紀人校注『雑談集(中世の文学)』(三弥井書店、一九七三年)を用いた。

(7) 伊藤聡「無住と中世神道説——『沙石集』巻一第一話「太神宮御事」をめぐって」(同著『中世天照大神信仰の研究』法藏館、二〇一一年)、同「中世神道の形成と無住」(小島孝之監修『無住　研究と資料』あるむ、二〇一一年)。

(8) 詳細は前掲注3土屋有里子「無住と山田一族——『沙石集』巻二「薬師観音利益事」を中心として」参照のこと。

(9) 『沙石集』巻第七第四話「芳心ある人の事」には、山田明長の兄である山田重忠の話が収められる。躑躅の所有を求める騒動を描くもので、巻第二第四話とは打って変わって風雅な内容である。情報源は記されないが、やはり檀越である山田一族から聞いた話と考えられる。

(10) 尾張の寺院間のつながりについては、伊藤聡「猿投神社所蔵無住撰述書をめぐって——三河・尾張の中世寺院」(『愛知県史研究』第七号、二〇〇三年)、同「無住先述三昧耶作法解題」(『豊田史料叢書　猿投神社聖教典籍目録』豊田市、二〇〇五年)、阿部泰郎「『無住集』総説」(『中世禅籍叢刊　無住集』臨川書店、二〇一四年)、三好俊徳「真福寺と尾張地域の寺院——大須文庫所蔵無住関連聖教の伝来について」(中世禅籍叢刊編集委員会編『中世禅への新視角　『中世禅籍叢刊』が開く世界』臨川書店、二〇一九年)参照のこと。性海寺を軸とするネットワークについては、牧野和夫「中世文学史の一隅——遁世僧の営為の痕跡を辿る〈旧稿の補遺を兼ねて〉」(『実践国文学』八九号、二〇一六年)参照のこと。

(11) 前掲注10三好論文参照のこと。

(12) 土屋有里子「無住と天台密教——『阿娑婆抄』と三河実相寺」(『日本文学』五五—一二、二〇〇六年)。

(13) 『沙石集』に描かれる山寺の全体像については、上川通夫「山寺史料としての『沙石集』」(『愛知県立大学日本文化学部論集』一〇号、二〇一八年)参照のこと。

(14) 本稿で用いた梵舜本は日本古典文学大系本に依る。

(15) 折津は折戸ともよばれていたようで、その渡河地点に折戸宿があった。弘長二年(一二六二)には叡尊が長母寺に向かう途中で折戸宿で中食をとっている。万徳寺や性海寺の近隣でもあり、無住の日常的な移動範囲であったと指摘される。前掲注3土屋「第八章　尾張・三河の宗教世界」参照のこと。

(16) なお、梵舜本には、この話に続いて、「同国味鏡」のこととして、同じように僧が堂舎修理のために木を切ろうとすると、神が人に憑き、僧に止めるよう伝えることを依頼したということが記される。味鏡は味鋺の誤記と考えられ、現在の名古屋市北区北東部の地域を指す。無住が万徳寺などへ向かう経路と考えられ、やはり周辺の僧との交流をうかがわせる。前掲注3土屋「第八章　尾張・三河の宗教世界」参照のこと。

(17) この話と類似した説話が『撰集抄』巻第二第一話「一和

僧都之事」（広本系のみ）、『春日権現験記絵』巻八にある。なお、本話は、南都の芸能との関わりで注目されている。阿部泰郎「第四章　中世寺社の宗教と芸能」南都篇『聖者の推参　中世の声とヲコなるもの』（名古屋大学出版会、二〇〇一年）、近本謙介「論義についてかたる南都の伝承――維摩会と『春日権現験記絵』との相関」（楠淳證・野呂靖・亀山隆彦編『日本仏教と論義』法藏館、二〇二〇年）参照のこと。

(18)　小林直樹「無住と遁世僧説話――ネットワークと伝承の視点」（神戸説話研究会編『論集　中世・近世説話と説話集』和泉書院、二〇一四年）。

(19)　小島孝之「解説」『新編日本古典文学全集　沙石集』（小学館、二〇〇一年）。

(20)　『置文』と『夢想事』は『六祖偈』とともに長母寺所蔵となっており、『無住道暁筆文書』として国重要文化財に指定されている。同資料については土屋有里子「無住直筆『置文』・『夢想事』再考」（『説話文学研究』五二号、二〇一七年）で検討されている。なお、後掲の本文は同論文の翻刻文に依るが、句読点は私に付した。

(21)　なお、巻第十末第十三話には「発心房の上人の事」も記されるが、略本系には、円爾に宛てて送った発心房の歌も記されている。

(22)　なお、東福寺とは関わらないが、円爾に関しては、同じ巻第八「持律坐禅ノ事」で、禅の歴史が語られるなかで、円爾が渡宋して径山無準のもとで「坐禅等ノ作法」を学んだと記される。巻第九では、円爾の弟子から聞いた話が二つ記される。「事理ノ行事」には、円爾は咒や陀羅尼を唱えるなどの事相も重んじていたとあり、「仏法ノ盛衰事」には、平頼盛の子孫であることや、若い頃の修行の様子が記される。

(23)　新編日本古典文学全集の頭注に指摘あり。なお、配置が異なる理由については、土屋有里子「終論『沙石集』伝本研究の総括――課題と展望」（同著『『沙石集』諸本の成立と展開』笠間書院、二〇一一年）参照のこと。

(24)　梵舜本の該当箇所は、「関東下向ノ時、海道一宿の雑事営テ侍リシニ、（以下省略）」となっている。

(25)　円爾の命で、その弟子の鉄牛円心が円爾の事跡を集めた書物である。

(26)　日本古典文学大系本の頭注を参照した。

(27)　前掲注19参照のこと。

無住と伊勢神宮
――『沙石集』巻第一第一話「太神宮御事」をめぐって

伊藤 聡

『沙石集』巻第一の冒頭話「太神宮御事」は、大日印文、第六天魔王神話、高天原＝都率天説、内外宮＝両界曼荼羅説など、秘説性の濃い伊勢神宮をめぐる神道説の内容を、はじめて外の世界に知らしめた説話である。そのため、数多くの説話集や唱導文献は同話を典拠としている。本論文ではその享受の拡がりを通して、『沙石集』というテキストの影響の大きさを、神道思想史の見地から確認したい。

はじめに――「或神官」との対話

『沙石集』巻第一の第一話及び第二話は、伊勢神宮をめぐる話である。そこに記された説話・言説は、著者の無住が弘長年中（一二六一～六四）に伊勢神宮に参詣した折りに聴いた、「或神官」の語りということになっている。第一話「太神宮御事」は伊勢神宮にまつわるさまざまな習合説を列挙したもの、第二話「笠置解脱上人太神宮参詣事」は解脱上人貞慶の伊勢参宮をめぐる夢想譚である。

私は以前から複数の論文において、この二話について論じ、それらのなかで、「或神官」とは、当時内宮の五禰宜だった荒木田氏忠ではないかと推定した[1]。氏忠は一禰宜（長官）荒木田延季の子である。延季・氏忠父子は南都の僧と関係が深い。この父子は西大寺の叡尊、東大寺戒壇院の円照、同真言院の聖守などの伊勢参宮に便宜を図り、彼らを丁重に迎え入れていた。無住はこれら南都僧たちと交流があり、その縁により、氏忠から神宮と仏教との関わりを示す秘説を聴くこと

いとう・さとし――茨城大学人文社会科学部教授。専門は日本思想史、中世神道論。主な著書に『中世天照大神信仰の研究』（法藏館、二〇一一年）、『神道の中世――伊勢神宮・吉田神道・中世日本紀』（中公選書、二〇二〇年）、『日本像の起源――つくられる〈日本的なるもの〉』（角川選書、二〇二一年）、『中世神道入門――カミとホトケの織りなす世界』（監修、勉誠社、二〇二二年）、論文に「胎内五位説と日本中世の心身論」（小峯和明編『日本と東アジアの〈環境文学〉』勉誠社、二〇二三年）などがある。

ができたのではないかとしたのである。

これまでの拙論においては、無住の人脈についての考察のほか、第二話の夢想譚について検討を行った。すなわち、貞慶が夢見た「外宮ノ南ノ山」が高倉山という外宮の南にある小山で、中世においてはそこが高天原・天岩戸であるとともに都率浄土であり、高野山奥院とも重ね合わせて観念されていたこと、そしてアマテラスは弥勒や空海と一体と考えられていたことを論じた(2)。いっぽう第一話については、第六天魔王神話をめぐって専ら言及したのみで、『沙石集』というテキストの問題としてまだ十分に検討していなかった。そこで本稿では、第一話「太神宮御事」について、そこに展開する神宮をめぐる秘説世界を中心に据えて論じたい。

一、第一話「太神宮御事」の内容

最初に、第一話の内容を解説しておこう。便宜のため通し番号を付す（本文は省略した）。

①弘長年中に、作者（無住）が伊勢神宮に参詣したとき、或る神官から、「当社」（神宮）で「三宝」（仏教）に関する言葉を避け、僧尼を社殿に近づくことを許さない由縁について、以下のような話を聴かされる。

②日本国ができる以前、大海の底に大日の印文を見出した「大神宮」（アマテラス）は、鉾を指し下ろして探った。鉾から落ちた滴りが霧のようになるのを、第六天魔王が見つけ、滴りが国土となると、ここが仏法流布の地となり、衆生たちは覚りの境地に達してしまう（自分の支配下〔欲界〕から離脱する）ことを恐れ、予め亡きものとしようとした。「太神宮」は魔王と会って、自分は「三宝」の名も言わないし僧尼も近づけないと説得して帰らせた。

③魔王との約束を守るため、神宮では僧を御殿に近づけず、また仏教に関する語が忌詞となっている。これは仏法を疎んずると見せかけて、実は守護しているのである。

④伊勢神宮は、日本の全ての神の父母である。

⑤素戔烏尊が「天津罪」を犯したため、「太神宮」は天岩戸に閉じこもった。諸神は神楽を行って「太神宮」の気を引き、最後に手力雄尊に抱きかかえられて岩戸から出て、日月として天下を照らした。だから、皆が日月の光に当たれるのは、当社の恩徳である。

⑥全ては「大日ノ印文」より始まり、内外両宮は両部大日である。

⑦天岩戸は都率天（欲界第四天、弥勒浄土でもある）、あるいは高天原である。都率天を密教では「内証ノ法界宮」（大日如来の住処）、「密厳国」（大日の浄土）とする。

⑧内宮は胎蔵界大日であり、本殿を囲む玉垣・瑞垣・荒垣の重々の垣は「四重曼陀羅」（胎蔵界曼荼羅の構成）を象る。また、殿舎の屋根の上の「鰹木」が九つなのは胎蔵界の九尊（胎蔵界曼荼羅中台八葉院の尊格）を象っている。

⑨外宮は金剛界大日で、或いは阿弥陀とされる。金剛界の五智を象る。また月輪も五つである。

⑩胎金両部は陰陽に象るときは、陰は女、陽は男であるので、胎蔵中台八葉に象って八乙女、金剛界五智に当てて五人の神楽男（八乙女・神楽男は神事・神楽に奉仕して舞い演奏する男女）となる。

⑪太神宮の社殿が茅葺きであり、御供の米は三回だけついた黒米であるのは、人民の労苦や国の費えを慮ってのことである。

⑫（殿舎の）鰹木や垂木が曲がらず真っ直ぐなのは、人の心が直であれと思し召すからである。

⑬当社の神官は、梵網菩薩戒を自然に持している。人を殺して放氏されるのは十重戒、打擲・刃傷沙汰に及んで解官されるのは四十八軽戒を犯すようなものである。

⑭物忌みについても他の神社と少し違い、出産のために産屋を立てることを「生気」、死ぬことを「死気」といって、何れも五十日の忌みである。これは死は生より来たり、生は死の始めであるから、双方とも同じように忌むべしと伝えられているからである。

⑮不生不滅である毘盧遮那（大日）が、「愚癡顛倒ノ四生ノ群類」（衆生）を助けるために（「太神宮（＝アマテラス）」として）垂迹することの真意は、生死流転を止めて、常住の仏の世界に導くためである。

⑯だから、生も死も忌むというのは、仏法を修行して浄土菩提を願うように促すためである。仏道を信行することこそ「太神宮」の御心に叶うのであり、現世利益のみを願って道心を持たないのは神慮に叶わない。

⑰本地（仏）と垂迹（神）とは、形は変わってもその真意は変わらない。

⑱中国でも、三人の菩薩が孔子・老子・顔回となって派遣されてまず「外典」（儒教・道教）を以て人民の心を和らげた上で仏法を流布させたので、人は皆信じた。「我朝」（日本）では、和光の神明として垂迹して荒れた人心を和らげて、仏法を信ずる方便としたのである。

⑲だから「本地」（仏）の利益を仰ぎ、「和光」（神）の方便を信ずれば、現世には息災安穏、来世には常住の覚りを開くことができる。

⑳我が国に生まれた者は、この意味を弁えるべきである

（神仏ともに信仰しなくてはならない）。

以上、二十に分けて説明したが、どこまでが「或神官」の語りの内容であり、どこからが無住の叙述なのかが判然としない。ただ、神宮にまつわる習合説的記述は⑭までで、⑮以降は、仏が神として垂迹することの意義を論じた内容なので、⑭までが神官の語りなのだろう。⑭の末尾が「……忌ベシトコソ申伝へ侍レト云キ」と結ばれているのもこのことを裏付ける。ここの叙述全体が、神宮神官（氏忠）より実際に聞き取ったものなのかは確言できないが、少なくともそのように本話自体が構成されていると認められよう。

二、『沙石集』「太神宮御事」の享受

右に述べた『沙石集』第一話「太神宮御事」の記事は、その全体あるいは一部が、諸書に依用されていることが知られる。それを以下に示す。

『類聚既験抄』は、全国の神祇をめぐる由緒や説話を諸書から抄出、類聚した著作である。従来、後半部を欠いた『続群書類従』本が専ら使われていたが、近年その親本である真福寺大須文庫本の影印と翻刻が紹介されたことによって全貌が明らかになり、その成立が鎌倉後期にまでさかのぼることも分かった。(3) 全八一話から成るが、うち一二話が『沙石集』巻第一に拠っている。ただし、出典として明記されない。この中で、1「天照大神御事〈伊勢大神也〉」が、『沙石集』第一話「太神宮御事」に当たり、「或記云」として引かれている。文体は変体漢文に改められているが、ほぼ忠実な記述である。先の通し番号でいうと、②③④⑤、⑧⑨⑩⑪⑫、⑭に相当する部分で構成されている。ただし、記述の順序が②③④⑧⑨⑩⑤⑪⑫⑭となっている。一部『沙石集』には見えない記述もある。特に⑤と⑪の間に「日本記云」として伊勢神宮鎮座の一文が挿入されている。また⑧に「国云㆓大日本国㆒」という文が見える。

『神道雑々集』は、神祇説話を類聚した著作で、上巻五二条、下巻三八条より成る。『類聚既験抄』同様、諸書からの抄出となっている。『沙石集』からの抄出は少なくとも五箇所に上り、(4)「太神宮御事」は下巻28「太神宮御事」から①②③⑥⑦⑧⑨⑩⑪⑫⑬⑭⑮⑯が引かれる。そのほか上巻42「八人ノ八人女、五人神楽人事」の後半は⑩に拠る。なお、その前半は天岩戸に関する説話だが「太神宮御事」の⑤には拠っていない。

『元亨釈書』は虎関師錬（一二七八～一三四六）が撰述した日本最初の本格的僧伝であるが、そのなかに伊勢皇大神宮・白山明神・丹生明神・新羅明神・北野天満天神といった神々

の由緒・伝記が集録されている。このうち「伊勢皇大神宮」（アマテラス）の条に第六天魔王説話が記されている。ここに、該当するくだりの全文を掲げ、『沙石集』の文章と対照してみよう（**表1**）。対応する文を上下に配した。その際、互に対応するものがない箇所については傍線を付した。(5)

『元亨釈書』は正格漢文で書かれたものなので、語彙・表現を全く異にしているし、漢文脈に似つかわしくない部分を意図的に省略している。しかし、それらを除くと、筋立てと内容と構成が酷似している。『釈書』独自で『沙石集』と対応しない箇所もあるから、他の文献も見ていると思われるが、主たる典拠は『沙石集』の当該のくだりである。『元亨釈書』の述作に当たって、虎関が『沙石集』を参照していたことは、同書巻一二「三輪山常観」伝が、『沙石集』巻第一第四話「神明慈悲ヲ貴給事」の「和州三輪ノ上人常観坊ト申セシハ……」のくだりを元にしていることからも明らかであり、(6) 彼はここも『沙石集』を見て作ったのであろう。

『釈書』で興味深いのは、虎関はこの説話を、自分が伊勢参宮したとき、社殿に近づこうとしたところ、「一覡」（神官）から叱られたことに対する反論としてこの話を語ったという筋立てにしていることである。想像するに、彼は『沙

表1　対照表

『元亨釈書』巻一八「伊勢皇大神宮」	『沙石集』巻第一「太神宮御事」
昔此日域地未レ成。大海渺瀰タリ。於時神宮在二天上一、下見二海底一、有二大日如来印文一。神宮怪レ之、下レ鉾捜二印文一。	昔此国イマタ無リケル時、大海ノ底ニ大日ノ印文有ケルニヨリテ、大神宮御鉾《ミホコ》ヲ指入テサクリ給ケル。
其鉾滴如レ露迸散。於レ是魔王波旬遥見曰、此滴露成レ地。来世必興二仏法一。我欲レ壊レ此。乃自レ天而降。	其鉾ノ滴、露ノコトクナリケル時、第六天ノ魔王ハルカニ見テ、此滴国《シタヽリクニ》ト成テ、仏法流布シ、人倫生死ヲイツヘキ相アリトテ、ウシナハン為ニ下リケルヲ、
神宮逆二波旬一語曰、此地我之有也。我忌二三宝一、不二敢崇敬一。願大天莫レ慮也。波旬便還。	大神宮、魔王ニ行ムカヒアヒタマヒテ、ワレ三宝ノ名ヲモイハシ、我身ニモ近ツケシ、トク〳〵帰リ上給ヘト、コシラヘ給ケレハ帰ニケリ。
依レ茲神宮。内帰二仏乗一外拒二釈衆一。蓋于波旬也。殊不知。我国仏法繁伝者、神宮之内助也。	其御約束ヲタカヘシトテ、僧ナント御殿近クマイラス、社壇ニシテハ、経ヲモアラハニハモタス、三宝ノ名ヲモタヽシクイハス、仏ヲハ立スクミ、経ヲハ染紙、僧ヲハ髪長、堂ヲハコリタキナトイヒテ、外ニハ仏法ヲウトキ事ニシ、内ニハ深ク三宝ヲ守給フ事ニテ御坐ユヘニ、我国ノ仏法、ヒトヘニ大神宮ノ御守護ニヨレリ。

石集』「太神宮御事」の第六天魔王説話が神宮神官の語りとなっていることを踏まえ、社殿への接近を同じ神宮神官に阻まれたこと（おそらく自分の実体験）への反駁に仕立てたのではないだろうか。

『金玉要集』は、唱導説法のために類聚された全十章から成る説話集で、安居院流と関係が深いとされる。室町末期の写本が内閣文庫（国立公文書館）にある（全四冊）[7]。『沙石集』と類話関係にある説話が多く、同書が参照されているのは確実だが、ただ忠実に引くのではなく、文章を改変し付記を加えている。

「太神宮御事」に拠っていると思しいのが、第九の第十話に当たる「天照太神宮御事」である。その冒頭は「抑、天照大神ト申ハ、日本ノ根本開闢ノ元神、白山妙理権現御子也。日神ト云レ給。今ノ伊勢神宮ノ事也。地神五代ノ始也。此御本地ノ御託宣文云、往昔勤修成仏道、垂跡専護王法位、為衆生天照大神、円満大願遍照尊云々内外宮共両部ノ大日ト者、此文明也」という、天照大神について懇切な紹介のあと、「太神宮御事」に基づく大日印文と第六天魔王の話が始まる。①の「弘長年中」云々の箇所は省略され、『沙石集』に依拠することも示されない。内容はおよそ②から⑫に相当するが、ここで興味深いのは『沙石集』にはない、修辞的あるいは解説・補足的表現が加えられている箇所が多く見えることである。たとえば、大日印文について「光明ヲ放ケル」という『沙石集』にはない描写が加えられている。また⑤の天の岩戸のところは、原文では、

素盞嗚尊天津罪ヲヲカシ給フ事ヲニクマセ給テ、天ノ巌戸ヲ閉テ、隠シ給シカハ、天下常闇ニ成ニケリ。八万（マヽ）ノ諸ノ神達カナシミ給テ、大神宮ヲスカシイタシ奉ランタメニ、庭火ヲタキテ神楽ヲシ給ケレハ、御子ノ神達ノ御遊ユカシク思食テ、巌戸ヲ少シ開キテ御覧シケル時、世間アキラカニシテ、人ノ面ミエケレハ、アラ面白トイフ事ハ、其時イヒ始タリ。サテ太刀《タ》雄ヲノ尊ト申神、抱キ奉テ、巌戸ニ木綿ヲ引テ、此中エハ入セ給フヘカラストテ、ヤカテ抱出シ奉リテケリ。遂ニ日月ト成リテ、天下ヲテラシ給フ、日月ノ光ニアタルモ、当社ノ恩徳也。

とあるのに対し、『金玉要集』では、

素盞烏ノ尊、天津ツ罪ヲ犯シ給シ事ヲ悪ミ給テ、天岩戸ヲ閉隠レ給シカハ、天下常闇ト成。八百万ノ神達悲給テ、大神宮ヲスカシ出シ奉カ為ニ、天安河籠山ト云処ニ集会シテ、サカキ御手クラヲ立荘リ、庭火ヲタキ、始テ神楽ト名ク。糸竹管弦ノ曲調テ、舞遊ヒ給。大神宮ハ御子ノ神達ノ御遊ヒ玉フヲ、感ニ不シテ堪一ヘ、御戸ヲ少開テ御覧シケレハ、暗闇朧ロ月夜ニ似タリ。

互ニ御面共見ヘケレハ、アラ面白ヤト云ヒアヒ給ヘリ。次第ニ広ク開ケケレハ、十五夜ノ月ノ光ノ如ク也。其時大力雄ノ尊ト申ス神、飛上テ大神宮ヲ抱キ奉テ、天岩戸ヲ引立テ木綿引キツヽ、永ク此内ヘ不可入給トテ、忽抱出シ奉ケレハ、遂成日月ト、照天下ヲ給ヘリ。

とある。傍線を引いたところは、字句や表記の異同や、表現上の改変を除いた、付加が明白な部分である。素材として『沙石集』の本文を使いながら、詳しい説明を施したり（神楽について）、比喩表現を加えたり（「朧月夜に似たり」「十五夜の光に似たり」）して、説法の現場において聴衆を引きつけるための文飾が為されていることが分かる。

『金玉要集』「天照太神宮御事」は、『沙石集』「太神宮御事」に拠った部分は前半のみである。この後には山王の託宣や伊勢神宮鎮座等についての記述があるが、後半のほとんどは、同じく『沙石集』巻一の第三話「出離ヲ神明ニ祈ル事」を引き写したものである。そしてここもまた、同話の枠組である公顕の逸話については省かれているのである。こういうところに『金玉要集』の『沙石集』に対する態度が現れている。つまり、あくまで素材源としての使用であって、典拠として尊重することはないのである。

続いて『神道集』巻一「神道由来之事」である。『神道集』は神祇をめぐる教理的部分と神社の縁起譚とが混成としているが、冒頭の「神道由来之事」は、「神道」＝日本の神明の由来とその本質は何かを説いた章である。まず冒頭では天地開闢より始めて天神七代、一女三男誕生、地神五代を経て神武天皇に至る系譜を辿る。次いであらためて一女三男（素盞烏尊・日神・月神・蛭子）の詳細を述べている。その日神（伊勢太神宮）について説くくだりに、『沙石集』「太神宮御事」に基づくと思われる文章がある。およそ②から⑯までに相当する。②のみ簡略化された記述になっているが（印文のことが割愛されている）[8]、③以下は『沙石集』原文にきわめて忠実な内容である。

最後に『西行物語』である。古本とされる伝阿仏尼本には、「さても、大神宮にまふではんべりぬ。みもすそがわのほとり、杉のむらだちの中にわけいり、一のとりゐの御まへにさぶらひて、はるかに御てんをはひしたてまつりき」と、僧尼の参宮を忌むしきたりにより一鳥居から遙拝したことを述べたあと、その由来を説くのだが、そこは「太神宮御事」の②〜⑤を圧縮した内容になっている。同書の別の伝本、久保家本『西行物語絵巻』や正保三年版本ではさらに⑥〜⑮の各くだりを摂取しつつ構成されている[9]。

以上、『沙石集』「太神宮御事」に依拠した記述を持つ六つの書物を挙げた。何れも出典として明記されず、本文自体も改変・増補・省略が施されているが、伊勢神宮をめぐる神仏習合説として、同話が広く享受されていたことを示す格好な実例となっている。

三、『沙石集』「太神宮御事」享受の背景

では、『沙石集』「太神宮御事」が、伊勢神宮の習合説の典拠として多く参照されていたのはなぜだろうか。鎌倉時代には、伊勢神宮の周辺では両部神道や伊勢神道などの神の教理化＝「神道」が起こる。先人に仮託した幾多の神道書が述作された。この動きは、無住が伊勢参宮を遂げた弘長年中当時に始まっており、彼が「或神官」から聞いた諸説も、そのような神道説から来ていると考えられる。たとえば、冒頭の第六天魔王のくだり（②③）と類縁性が認められるのが、最初期の両部神道書とされる『中臣祓訓解』の冒頭の一節である。

嘗天地開闢之初《ムカシアメツチヒラケハシメシメ》、神宝日出之時、法界法身心王大日、為《メニ》レ度《セン》二無縁悪業衆生《ノ》一、以二普門方便之智恵《ヲ》一、入二蓮花三昧之道場《ニ》一、発《シ》二大清浄願《ヲ》一、垂《レ》二愛愍《ノ》慈悲《ヲ》一、現二権化之姿《ヲ》一、垂二跡閻浮提《ヲ》一、請《テ》二府璽於魔王一、施《シテ》二降伏之神力一、神光神使驛《シ》二於八荒《ニ》一、慈悲慈檄領《アツカリシヨリ》二於十方《ニ》一以降《タ》、忝《ク》大神《オホンカミ》、外《ニハ》顕《シ》下異二仏教《ニ》一之儀式《ヲ》上、内《ニハ》為下護二仏法一之神兵上。雖《トモ》二内外詞異《ナルト》一、同《ク》二化度方便《ノ》一、神則《ハ》諸仏《ノ》魂、仏則《ハ》諸神《ノ》性也。

ここでは、法身大日如来が「権化之姿」＝天照大神となって地上世界（閻浮提）に垂跡し、魔王に「府璽」（神璽）を請うたことになっている。『沙石集』とは齟齬するところがいくつかあるが、注目すべきは傍線を引いた箇所で、ここは『沙石集』の「外ニハ仏法ヲウトキ事ニシ、内ニハ深ク三宝ヲ守給フ事ニテ御坐」という表現との偶然とはいえない類似性が認められる。(10)

また、『沙石集』「太神宮御事」は、伊勢神宮における忌詞について「仏ヲハ立スクミ、經ヲハ染紙、僧ヲハ髪長、堂ヲハコリタキ」とするが、これは『皇太神宮儀式帳』や『延喜式』斎宮式にある古代からの忌詞と一部違っている（それらでは仏を「中子」と呼んでいる）。むしろ一致するのが『中臣祓訓解』と同じく初期の両部神道書とされる『天照大神儀軌』で、そこには「誓文云、仏ヲハ名二立強一。法ハ名二染紙一。僧名二髪長一。亦云、塔ヲハ名二維瀧ト一」と全く重なるのである。

さらに「天ノ巌戸ト云ハ都率天也、タカマノ原トモ云ヘリ」とするくだりについては、かつて別稿で考察したように、(11) 外宮の背後にある高倉山の山上の石窟が天岩戸であり高天原であるとともに、地上に出現した都率天（弥勒菩薩の浄土）であ

るとの説が存在しており、一連の秘説をまとめた『高庫蔵等秘抄』というテキストも存在する。本話につづく第二話「笠置上人太神宮参詣事」は、高倉山＝都率浄土説をモチーフにした説話であることは、冒頭で述べた通りである。

内宮の社殿を囲む玉垣・瑞垣・荒垣の重々の構造を四重曼荼羅（胎蔵界曼荼羅）と見立てる説については、真福寺蔵『天下皇太神本縁』に収載された、胎蔵界曼荼羅図を内宮と重ねた図像では、遍智院・五大院を荒垣、虚空蔵院・文殊院を玉垣、外金剛院を瑞垣に配当している。(12)

以上のように、『沙石集』「太神宮御事」の伊勢神宮をめぐる神仏習合的説明の原拠として、両部神道書があったと想定できる。しかしながら、無住自身はこれらのテキストを直接参看しているわけではなく、あくまで「或神官」の語りに基づく伝聞情報であったと考えられる。そのことは、内宮の鰹木の数を九とする基本的な錯誤（正しくは十本）を犯していることからも伺われる。

ではなぜ、神道書に直接基づかず、不正確な情報も含む『沙石集』の記事が広範に受容されたのであろうか。おそらく、両部神道・伊勢神道などの神道書が、少なくとも鎌倉時代段階においては、秘説性・秘書性が高く、伝授を許された者（伊勢神道の場合は度会氏一門、両部神道の場合は密教の一部の法流）以外が容易に披覧できるものではなかった点が大きいと考えられる。

これらの説が拡がり出すのは、度会家行から伝授を受けた北畠親房が『元々集』や『神皇正統記』を著した南北朝時代以後のことである。それ以前では、『沙石集』「太神宮御事」こそが、特別な道統・法脈に属さなくても入手可能な「真実性」のある（なぜなら、神宮神官からの説とされているのだから）、伊勢神宮をめぐる習合説だったのだ。(13)

おわりに

以上、『沙石集』巻一第一話「太神宮御事」が、伊勢神宮の習合説を説く多くのテキストの典拠になった理由について考察をめぐらせてきた。

無住が「或神官」（おそらく荒木田氏忠）から聞き取った内容は、神宮をめぐる秘説そのものを正確に伝えるものではなかったが、彼が参宮を遂げた弘長年中（一二六一〜六四）に形成しつつあった神道説の状況を生々しい形で知らせてくれているのである。鎌倉時代の神道書の多くは、その成立年次がなかなか確定できない。そのなかにあって弘長という時期が特定できることの意味は大きい。

さらに今回述べたように、伊勢神宮の習合説が流布していくに当たって、「太神宮御事」に載せられた内容こそが、最も知られたものとなっていったのである。これはとりもなおさず『沙石集』というテキストそのものの享受の広範な拡がりを示すものとなっている。ただ、『沙石集』の記述に依拠した諸書の多くはその名を明記しない。このような所に、『沙石集』の同時代における位置づけが露呈しているのである。

注

（1）伊藤聡「無住と中世神道説――『沙石集』巻一第一話「太神宮御事」をめぐって」（『中世天照大信仰の研究』法藏館、二〇一一年）、同「中世神道の形成と無住」（『神道の成立と中世神話』吉川弘文館、二〇一六年）。

（2）伊藤聡「外宮高倉山浄土考」（『中世天照大神信仰の研究』前掲）。

（3）真福寺善本叢刊〈第二期〉4『中世唱導資料集 二』（臨川書店）。翻刻・解題は阿部泰郎による。

（4）落合博志「『神道雑々集』の基礎的問題」（伊藤聡編『中世文学と隣接諸学3　中世神話と神祇・神道世界』竹林舎、二〇一一年）。

（5）『元亨釈書』は新訂増補国史大系、『沙石集』は慶長十年古活字版に拠った。

（6）『元亨釈書』では、「常観」が三輪上人慶円（一一四九～一二二三）と同一人物であることを気づかずに、慶円伝（巻一二）とは別に常観伝を立てるという錯誤を犯しているが、これは『沙石集』を見ていなければ起こらない誤認である。

（7）広田哲通・近本謙介「金玉要集（内閣文庫蔵）」解題（伊藤正義編『磯馴帖　村雨篇』和泉書院、二〇〇二年）。

（8）「印文」のことを敢えて削除したとも考えられるが、⑥に当たる部分を「凡ソ大海ノ底大日ノ自二印文一事化テ、内外宮、両部大日ナリ」と、原文の内容をそのまま引いているので、意図的なものではないらしい。

（9）『沙石集』「太神宮御事」と『西行物語』の関係について詳しくは、片岡了『沙石集の構造』（法藏館、二〇〇一年）第四部第一「『西行物語』伊勢参宮記事」を参照のこと。

（10）なお、『中臣祓訓解』と極めて類似する本文を持つのが『神祇講式』の以下のくだりである。

凡ソ自《ヨリ》下鉾《ホコ》ノ滴《シタヽリ》成シ島一ト、当初《ソノカミ》、吾国《ワカ》ニ大海ノ之底ニ有大日如来ノ印《イン》文一、仏法流布ノ之瑞相也。第六天ノ魔王為ニ障《シヤウ》碍センカ仏法ヲ、欲《セシ》令《メント》無ラ国土一之時、天照太神請テ神璽《コウシ》ヲ於魔王ニ、天地開闢《アメツチキハシメシ》記文上取意タリ以降タ、八百万神達《ヤヲヨロツノカミタチ》、外《ホカ》ニ顕《アラシ》下異《コトナル》仏教一之儀式上ヲ、内ニ為下護ル仏法一ヲ之神兵上。構《カマヘ》二善巧《カウ》於内外一ニ、救《スクウ》二黎民ヲ於我国一ニ也。

（真福寺本〔真福寺善本叢刊〈第三期〉神道篇1『神道古典』臨川書店、二〇一九年〕）

『神祇講式』は、貞慶撰として伝えられているが、実際には彼の真撰ではなく、後世の仮託とされてきた。従って、このくだりも『訓解』に依拠していると見なされていた。しかし、近年文永五年の本奥書を持つ写本の存在が報告された結果、貞慶の真撰である可能性が浮上してきた。真撰だとすれば『訓解』の文章は反対に『神祇講式』に依拠してしているとも考えられる。『神祇講式』をめぐる以上の議論の詳細については、岡田莊司「『神祇講式』の基礎的考察」『大倉山論集』四八、二〇〇一年）、佐藤眞人「貞慶『神祇講式』と中世神道説」『東洋の思想と宗教』一八、二〇〇一年）、ニールス・グュルベルク「講式の歴史の中の神祇講式と三段『神祇講式』の成立」（『早稲田大学法学会百周年記念論文集』第五巻・人文編、二〇二二年）、星優也『中世神祇講式の文化史』（法藏館、二〇二三年）参照のこと。

（11）注2前掲論文。

（12）真福寺善本叢刊〈第一期〉『両部神道集』七六頁。

（13）同時代でこれと匹敵するのは、弘安年中に大中臣氏出身で、醍醐三宝院流の密教僧だった通海によって撰述された『大神宮参詣記』である。伊勢神宮に参詣した僧侶と伊勢神官との対話形式で構成される同書は、伊勢神宮をめぐる神仏習合説を平易な文体で紹介した書で、『沙石集』と同様に広く享受された。

付記 本稿は、JSPS科学研究費基盤研究（B）「両部神道の伝播と継承に関する総合的研究」課題番号23K20425による研究成果の一部である。

円爾述『逸題無住聞書』と無住

和田有希子

わだ・うきこ——早稲田大学日本宗教文化研究所招聘研究員、武蔵大学・中央大学非常勤講師。専門は日本禅思想史。主な論文に「無住道暁と鎌倉期臨済禅」（『文芸研究』一五三、二〇〇二年）、「円爾の到達点と日本中世禅の特色——『逸題無住聞書』とその周辺」（『禅学研究』第一〇〇号、二〇二二年）などがある。

近年、無住が京都東福寺開山の円爾（一二〇一～八〇）の講義を聞書した仮題『逸題無住聞書』が発見された。本書の発見により、無住が円爾から受容した思想の具体相がうかがえるようになってきた。そこでは、禅か密教か教宗かという自明の宗派観を超えた思想が、宋の禅思想を背景に展開されている。

はじめに

無住が円爾（一二〇一～八〇）と出会ったのは、関東から南都に修学の場を移した弘長元年（一二六一）、三十六歳以降のことと考えられる。彼の著作からは、円爾の存在が大きかったことがうかがわれ、無住の思想は円爾抜きには考えられない。

円爾は、駿河国の出身で、三井寺で得度、東大寺で受戒し、天台や諸教を学ぶ。栄西の弟子筋にあたる栄朝や大耕行勇らに学び、大歇了心から、禅で多用される『首楞厳経』を学ぶも不十分さを感じ、嘉禎元年（一二三五）入宋、杭州径山万寿寺の無準師範に師事、印可を与えられ帰国した。彼の生涯を記した『聖一国師年譜』を見ると、帰国の寛元元年（一二四三年代）以降、有力者との関わりから禅を徐々に広めて行ったことが分かり(1)、寛元元年（一二四六）、九条道家の招きで東福寺開山となってからは、藤原兼経の命で『宗鏡録』を講じ、南都の学僧たちが聴講するなど、宗派を超えて人々に影響を与えたことが分かる。また後嵯峨天皇に『宗鏡録』を、北条時頼に『大明録』を講じている。一方で円爾は、栄西や栄朝らを経由した台密の系譜も持っている。[2]

そのような円爾の思想が伺える典籍のほとんどは、彼の講義を弟子が聞書した形で残っている。現存のものは、文永七年（一二七〇）『大日経義釈見聞』、同八年（一二七一）『逸題無住聞書』、同九年（一二七二）『大日経見聞』、文永一一年（一二七四）『秘経決』（『瑜祇経見聞』）で、密教典籍に関する彼の解釈を講義したものである。[3]ほかに円爾の弟子の鉄牛円心が編纂し、遠孫の岐陽方秀が校訂した『聖一国師年譜』と、円爾の孫弟子に当たる虎関師錬が編纂した『聖一国師語録』と、円爾の著作と考えられている『十宗要道記』がある。[4]上述の複数の円爾の講義録は、密教典籍に関する円爾の解釈を中心的な内容としているが、従来の密教解釈を踏襲する目的ではなく、彼がもたらした宋由来の禅の思想を下地に諸宗の関係を論じながら、新たな密教解釈を通じて円爾の独自の思想を展開したものということができる。そのため、従来いわれてきたような密教との兼修に止まるという低い評価（「兼修禅」）のなかで円爾を捉えるのでは、円爾が禅をもたらし、日本思想上にどのような思想を展開したのかを知ることはできないのである。

このような中で、本稿で取り上げる『逸題無住聞書』は、無住が円爾の講義を聞書したもので、無住が聞いた円爾の講義の実態を示すものであるとともに、「常主之常物語也」というような言い方に現れる、円爾が常に語っていた言葉・思想を具体的に知ることができる意味で非常に貴重な史料である。[5]この講義は、文永八年（一二七一）、無住が四十六歳の時に聞いたものである。[6]平成十八年（二〇〇六）、名古屋市の真言宗智山派の真福寺から、本書の最初の断簡が発見され、現時点で二〇丁ほどが復元されるに至った。この復元作業を中心となって担った阿部泰朗氏の解題によると、現時点でⅠ～Ⅳと補遺の五つのまとまりに復元できたが、それぞれのまとまりごとの内容的連関は不明で、それぞれの前後関係も不明、未発見の断簡もあり、全体の復元は今後の課題であるという。[7]

無住は、その著作『雑談集』において、円爾から学んだ書物として『大日経義釈』『菩提心論』『永嘉集』を挙げており、[8]『逸題無住聞書』にはたしかにこの三書が登場する。『雑談集』のこの記事は『逸題無住聞書』の円爾の講義を語ったものかもしれない。

以下本稿では、この『逸題無住聞書』を中心に、無住が円爾からどのような教えを聞いていたのか、またそれが無住の思想とどう関わるのかについて検討したい。

一、円爾述『逸題無住聞書』の思想

（1）言葉の次元と言葉を超えた次元――「字相」と「字義」

『逸題無住聞書』は、円爾の他の講義録と重なる議論もあるが、円爾の主張する思想の構造を表した図が掲載されていることは重要である（図1）。

図1は、最上段が最も奥深い境地で、そこから下方へと徐々に衆生に近い世界への救済思想の構造を表している。最上段とその下の段を確認すると、最上段には、「𑖀字義」「無相菩提」「元旨非真言教」という語が、次の段には、「𑖀字相」「自證菩提真言教根本」「無相」「布教発実相真言教」という語が見える。円爾は、密教の真理を表す「𑖀」の「字義」なるものを本質としており、次の段に見える「字相」の上に置いていることが分かり、「字義」は、言葉など現象を超えた「無相菩提」であり、その本質的な意味（元旨）は、真言教ではないと考えていることが分かる。それに対して、次の段では、「字義」ではなく「字相」、また、教えを現象世界に向けて発する（布教発実相）ので、この段階は「真言教」であるとしている。つまり、言葉として教えが発生する以前と以後とで、最上段と次の段との区別が成されている、これが『逸題無住聞書』の思想の基本構造であり、この図を見ながら円爾の言葉を読むと分かりやすい。以下、円爾のこの基本的な思想構造をめぐってなされる様々な議論から、彼が何を主張したかったのかを考察してみよう。

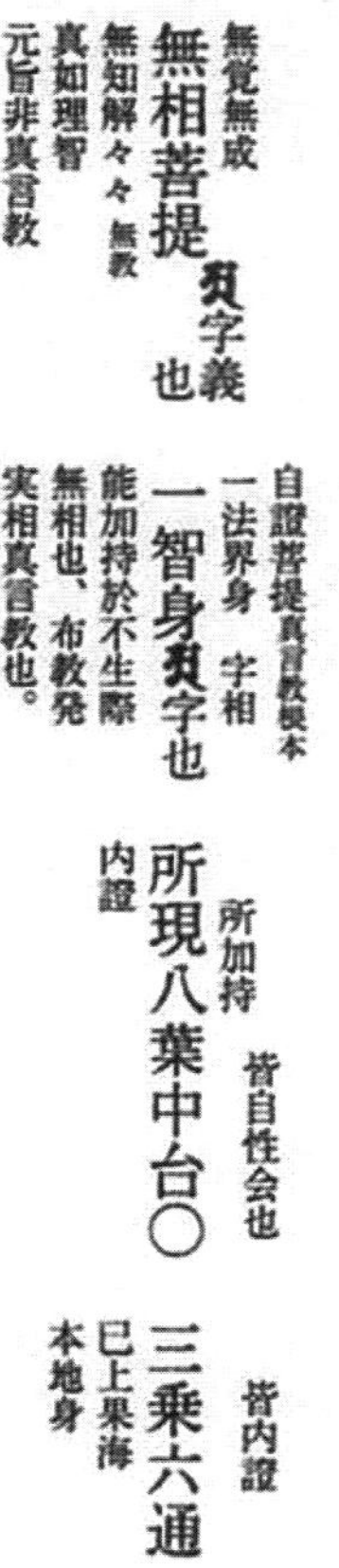

図1　今経重々次第図

此𑖀無相《ナレトモ》縁起《ノ》不生故、猶属有相。凝然《ノ》無相《ハ》不縁起方也。𑖀字未起《ノ》□□也。此義《ニハ》不立真言教。此教《ノ》起《ハ》𑖀《ヨリ》立也。　　（I、1オ）

密教の真理である「𑖀」は、無相ではあるが一方で縁起、つまり現象世界と交通する次元での絶対性（縁起ノ不生）なので、有相に属す。それに対して「凝然の無相」という言葉を出して、それは現象世界との交通すらない絶対性（不縁起）であると説く。これを「𑖀字未起」、つまり「𑖀」という文字が生じる以前の次元と説き、「𑖀」という密教の真理を表す言葉すら生じる以前の段階と位置づける。「此教」つまり密教とは、「𑖀」が方便として現象世界に現れ出て、言葉や行などの形で表すところから始まる教えだという。

以𑖀字義一、奪字相。𑖀字相ハ宗教也。因果分故、入レハ𑖀字義一無宗教也。於此分別一、不可乱。師常言也。真言教ハ、離𑖀字方便、真悟為門一ヲ、直ニ不立文字之処、摂機事未見其文、宗門不如此一也。直示也。（I、8オ～ウ）

円爾は、ここにある「字義を以て字相を奪う」という言葉を本書で度々用いる。最も奥深い段階である「字義」によって、現象に現れ出た「字相」を「字相」のままに置かないというような意味と考えられる。それほど円爾は「字義」を重要視している。その上で、「因果」のような、分析概念が生じる現象の次元である「字相」に相当するものを「宗教」、それに対して「字義」に当たるものを「無宗教」という言葉で表した上で、両者の違いをしっかりと区別するようにというのが円爾の常の教えだったと無住は書き記している。

その上で円爾は、密教は現象の次元に方便を表して行くが、あるべき密教のあり方は、𑖀字の方便すらも離れて真実の悟りに入るものと捉えている(9)。それは様々な智慧や能力を含み込みつつ、それを言葉で表さない「不立文字の処」、つまり禅の境地を想定しているようだが、真言教ではその根拠が見出せないとして、真理をそのまま示す禅の「直示」の重要性を挙げる。禅とあるべき密教との関わりについては、「宗門ハ無相ノ菩提、不下一筆一ヲ処ニシテ摂持一也。不立𑖀字不生等義一也。当今教ノ而実、無覚無成之処ニシテ摂之一。（I、3ウ）」ともいうように、分析や言語化の手段を放下せず包摂する「宗門」（禅）の境地に今教（密教）が含みこまれるとあることから、円爾は、言葉を超えた禅を根本に据えて、密教をここに引き上げようとしているようである。

(2) なぜ「字相」ではいけないのか

このように円爾は、密教説に対する解釈を論じてはいるが、それは従来どおりの解釈をするものではなく、文字を超えた次元にまで密教を引き上げるものだった。このような言辞の背景には、当時の真言僧たちのあり方への批判があった。

当時真言師ノ多ク、執内証加持縁起相。為如来自徳ノ証ノ為ニ、起常見、世間染縁起ノ妄心妄業ヲ為本有舎那徳（I、2オ）

円爾は、当時の真言僧たちの多くが、根源的な真理から現れ出た縁起の相を真理だと思い込んでいると見ていた。先述の円爾の立場からすると、「字相」に執着して「字義」が見えていない密教の現状への批判ということになる。

ではなぜ「字相」ではいけないのだろうか。

若猶住ハ一尊、自一門也、未成仏也。必入𑖀字成仏也。一尊ハ字相也。入実義一𑖀也。普門也。亦入此普門、即行者無相法身也。…不生即𑖀也。不置字ヲ於心。心即字也、字即心也。師主之常物語也。（Ⅰ、1ウ）

これは、自身と仏尊（一尊）とを一体化する一般的な密教の行を想定しているものと思われるが、円爾はそれでは「未成仏」だという。それは、一尊は目に見える形に現れ出た「字相」であるからであり、行者が目指すのは𑖀の「実義」、つまりある仏尊という、個別的な対象との一体化に満足せず、そのことが意味する真理の段階、「普門」に入ることで、形や概念を超えた「無相法身」となることが最終目的であるからだ。続けて、外に形を現し出さない「不生」こそが「𑖀」であり、形に表された字を心に置くのではなく、本質的な心と字とが一体相即の関係でなければならないと円爾が常に語っていたと無住は書き留めている。

円爾は、一仏との一体化という一宗の終着点に満足せず、そのことの持つ普遍的な意義の獲得を目ざすことが仏者の使命であると考えていたようである。

（3）なぜ「字義」を重視するのか

言葉を超えた境地と、それが表れ出た次元との関係について、円爾は次のようにいう。

法ハ無迷悟、無次第、無事理。何立教立義乎。教者皆従機一起。機ハ必断、次勝進ハ義アリ。迷悟殊アリ。此迷機ナカラ法如此ナレハ、無修行者、何以云教益乎。教所立□然ナリ。但、此知内証功徳一益ト云者…生死自在不自在別義、以此等挍スルニ只堕邪見外道之頂、可二云三種外道一。此、最下外道也。師常言ヲ以テ云了。（Ⅰ、2オ）

「字義」「字相」と同様の構造が、ここでは「法」と「教」という語で説かれる。「法」は迷悟、次第、事理といった、区別がない状態であるのに対して、「教」は人々の能力によって様々に準備されてきた教えや行という。そして、方便の次元を必ず断ずれば、本質を得ることができるとし、そのためには修行をしなければならないと説く。修行をすることでこそ、「教」の益を知ることができると考えており、円爾は、「字相」同様、教の存在を認めていることが確認できる。ではなぜ「教」を超えた「法」が重視されるのか。それは、本質的な所を見ることができるようになることで、迷—悟、次第、事—理、あるいは生—死といった人為的に作られた二元論に陥る苦しみから抜け出すことができるからだという。円爾は、区別の次元でしか物を見られない者（分別）を「最下外道」として常に批判したと無住は述べている。

ここでいう「機は必ず断ず」という考え方、つまり「字相」の段階を断ち切ることの重要性は、円爾の禅思想によるものと考えられる。円爾の語録『聖一国師語録』藤丞相（藤原実経）への偈頌には、「理致を超え機関を去れ。兮、窠臼を没し、水は是れ水、兮、山は是れ山なり」[10]という円爾の言葉が確認できる。「理致」・「機関」というのは、円爾が多用する宋代禅僧の圜悟克勤の語録に見える言葉で[11]、一気に悟りを得ることができない人々に対する方便のことであり、無住も円爾の言葉としてしばしば自らの著作に引用する。「理致」は、言葉で指し示す方法、「機関」は棒喝などで理解させる方法をいう。円爾は、そうした方便自体は認めているが、方便に止まらず、それを超えなければならないと説く。その上で、方便を超えた先では、水や山が存在するという当たり前のことを、分別の目を持たずに見る事が出来るという。つまり、一歩引いた視点から存在を見ると、その優劣や上下関係などの分別の目をもたず、存在をそのまま認められるようになるというのである。これを圜悟のような宋代禅においても、またそれを受容した円爾も目的とするのである[12]。円爾がこのような形で禅思想を受容したことは、別の部分にも確認できる。

万法入𑖀字門時、真言教也。元旨之時ハ無相自性得、此不起𑖀字、〇之処ハ今教不摂機也。…湿性時ハ不論一味、何川何露モ天然トシテ有也。此無相之処ニハ不立教。不シテ立教摂機事、但宗風ナリ。（I、6オ）

全ての法門が𑖀字に入る時、それは真言教である。それを超えた「元旨」の次元では、無相の自心を得ている状態なので、ここには𑖀という文字は立たない。この次元では、「今教」つまり密教ははたらきを生じないものと、「元旨」の次元について説く。その上で「元旨」の次元を「湿性」、つまり水という物体になる以前の湿り気のある状態と譬え、そこには何の味もなく、まだ水という物体にさえなっていないのだから、いずれの川もいずれの露も、価値判断（分別）なく、そのままそこにあるという状態であると説く。先述の『聖一国師語録』の「山は是れ山」と同じ状態が、「元旨」の状態なのである。この無相の次元には、教えを分類する、つまり言葉の次元の教（分別）は立てない。教は立てないがしかし、それをも含み込んでいる。これが円爾が求めている境地であり、禅の「宗風」だという。

（4）仏教諸宗の見方

『逸題無住聞書』II・IIIの部分では、教宗諸宗の概念を用いながら諸宗の関係についての議論が多く展開されている。

「第六心ハ始終教道也。第七ハ地上証道辺也。教門ノ浅深ハ地前ノ分也。証入時、無優劣ナリ。第七住心ノ心王者、天台ノ中実理心也」（Ⅱ、４ウ）のような天台教学による説明、また「師云、法相廃詮、天台実成、花厳果海、皆真言ノ内証也。但、法相ハ凝然ノ理廃詮之処、不摂機。」（Ⅲ、１オ）のように、諸宗の究極の境地を表す語が皆真言の内証と同じであることを、相違する点も吟味しながら説くなどである。このような中で『宗鏡録』からの引用も見える。

　師云、宗鏡録云。又円覚意、法相モ真如縁起可有。謂円成生ト云諸法也。若八識縁起者、八識壊時、又不可生諸法。（Ⅱ、４オ）

『宗鏡録』該当箇所が明確ではないが、円爾の立場に合った法相の解釈を挙げている。円爾は顕密について、「今教如此、以字義奪字相一、不用別方便法一。顕教非如此一。以別方便入真実一也。（Ⅱ、１オ）」として、密教は自らの教えの根源である「字義」によって「字相」の次元を回収するが、顕教は、他の方便により悟りに至るという違いを指摘し、方便を削いだ所を悟りの境地とする顕教を、「顕ノ究極ノ処ヲ為機入門一。但、顕ノ理ハ無相帰大虚也。（Ⅱ、１ウ）」と円融で完全なものと見なさず、密教に入る入り口に置いた上で、「顕密之別処、真実無異一。只ハ𑖀字得菩提心也」（Ⅱ、４ウ）というように、最終的には顕密の差も無くなるのが本質だと考えている。これも先述した禅の「宗風」による考え方によるものと考えられる。

　このように諸宗の異同とともに、顕密など諸宗の一致を述べることができた背景には、「法花ヲ同真言一、五大院尺意也。東寺人、此文ハ不判住心次第一、理秘密門辺究竟真言ノ師、所見之法花方也。」（Ⅳ、１オp）と、東密ではなく台密の立場に立つことが関係していることを円爾が記している。東密は、十住心のようにそれぞれの心の段階と諸宗の教えとを下から段階的に積んでいくのに対し、安然など台密の立場では、天台と真言とを横並びに置いた上で、理秘密から見れば同じと位置づけることを指すと思われる。これまで円爾の密教と禅との関係については不明な点が多かったが、この円爾の言から考えると、円爾が台密の素養を持ちながら、『宗鏡録』など宋代の諸典籍に共感し、諸宗の関係を並列的に見て、究極的な一致を論じることができたのは、台密と『宗鏡録』の論法の方向性に親和的なところがあると円爾が見たためとも考えられる。

　以上のように、円爾の思想は、実体のあるものの選択を嫌い、言葉（分別・執着）を超えた所を重視する特徴を有していた。そのため、顕教のように、言葉を超えた所を重視するとしても、方便をそのまま受け入れず、方便を削ぎ落とした上での無相であるならば、それも分別・執着になるという見方を持っていた。密教においても、有相を絶対視してしまう見方や、一仏との合一を究極の目的とみる同時代の真言僧の方法とは距離を取るもので、徹底して分別を無くした禅が提示する無相菩提、つまり、それぞれがそのまま分別なく存在することを認める境地を目指すものとして位置づけられたのである。そうした意味で、言葉（分別・執着）の次元に堕ちてしまうことへの懸念が円爾にはあった。本書補遺とⅣには、宋代禅僧の圜悟克勤の『圜悟仏果禅師語録』の一節や、それを下敷きにした一節が書き記されている。

万機不到、千聖不携。裁断葛藤、翻路布。若也従苗弁地、因語識入、猶落第二機在。若論第一機上、実如是事。且道第一機上、還著得計校麼、著得向上向下一麼、着得仏祖麼。到這裏、直須恁麼超然地、把断要津、不通凡聖。若未薦得、不免放一線道ヲ。向第二義門、無言処演言、無相中現相、直下似十五夜月、澄湛弧円、一室千（補遺、4ウ）

〈以下欠〉

これは『圜悟仏果禅師語録』の一節で、円爾の『聖一国師語録』にも記された円爾の好んだ『圜悟仏果禅師語録』の一節の中の一つである。[13] 言葉の次元に堕ちてしまえば「第二機」となる。「第一機」は向上・向下という手段の利用や、仏祖を目指すといった実体のある行為をせず、境地そのものを受け入れる次元であることが書かれている。また、この圜悟の一節と関わるものと思われる、「師云、真言教ハ向第二義門、経文分明也。…宗門月輪示現黒漫々処ニ摂機、教外別伝、是謂也」（Ⅳ、四オ）という円爾の発言が記されており、円爾は圜悟の思想を受容しながら、密教との関係を論じたことが分かる。また、圜悟の「無言処演言、無相中現相」という言い方は、「無相菩提」や「相無相也」（Ⅰ、2ウ）の概念として円爾に受容されたと考えられる。こうした「無相菩提」の境地は、顕教のような虚空ではなく、全てを含み込んだ上で見える世界であり、円爾はこれをしばしば、「李長者〔花厳長者〕云。無辺刹境、自他不障於豪端。十世古今、始終不離於当念云々。東福開山、常付□令誦給キ。宗鏡録、此文不見、不審也」（Ⅳ、5ウ）という唐代の華厳僧李通玄の言葉を用いて説いていたことを無住が書き記している。

『逸題無住聞書』の中に、荘子と仏教の「自然」の違いに言及したところがあるが、荘子の「自然」は、「虚空大道」をもとにした「虚無自然」であるとする一方、仏教の「自然」は、「縁起」の上における「差別ノ形」、つまり様々な要素を含みこんだ上での「自然」であるとして虚無と区別し（Ⅳ、2オ）、また孔子・老子の思想について、「孔子孝ハ人心也、五戒之故。老子道ハ如天心作シテ無息。無ハ此二心ハ悪趣心也。」（Ⅱ、3ウ）と、孔子の「人心」と老子の「天心」双方を持たなければならないと述べることも、現象を欠落させた境地はないという円爾の思想による解釈といえ、興味深い。

二、『逸題無住聞書』と無住

⑴「仏体の源」とは

円爾の言を踏まえ、本章では無住について考察する。無住が、ある一宗の宗教的立場に立つ主張をしないことは、彼の重要な思想的特色である。『沙石集』巻第一でも、念仏門に熱狂する信者たちが、地蔵の頭で蓼を摺り、法華経を川に流すなどの行いをしているという説話を収録し、「仏体の源を知らず、差別の執心深き故なり」[14]と、「仏体の源」の重視による批判の加え方には注意する必要がある。無住の思想の特徴である偏執批判を支える「仏体の源」はどのような思惟によるものだったのか。以下、無住の思想を体系的にまとめた『聖財集』を考察する。

古徳云、諸徳《ノ》根本《ノ》師《ハ》釈迦、経《ハ》仏《ノ》語、禅《ハ》仏《ノ》心也、…昔《ハ》講者《ノ》謗《レ》禅《ヲ》、禅者《ノ》教《ヲ》誹《ル》事《ナカリケリ》、三院《ニ》分《タル》事《ハ》、僧《ノ》諍論《ノ》故、中古《ヨリ》其儀《アリト》云《ヘリ》、（下一オ）[15]

昔は、禅宗と教宗との間でそれぞれを誹ることはなかったが、教院・禅院・律院の三院に分かれて以来、僧侶の諍論が盛んになり、それぞれを誹るようになり、無住の時代に至るといい、三院が分かれる前の状況を理想と見る。そして、そもそも様々な教説の根本は釈迦の説なのだから、諸々の経典は皆仏の言葉、禅は仏の心を表すものであるとして、禅宗と教宗との間で誹謗しあうことの愚かさを説く。これは、無住が多用する圭峰宗密の『禅源諸詮集都序』や、永明延寿の『宗鏡録』に見える言葉であり、彼は圭峰から延寿に連なる思想を受容することで、「仏体の源」に結びつく見方を提示し得たと考えられる。禅を仏の心、教宗を仏の言葉と位置づけることは、心という本体と、それに対する作用との関係性で両者を説く方法でもあり、また禅と教宗という個別の宗派を、釈迦の説の下、同等に見る方法でもある。

この見方を前提に無住は、禅宗と教宗の修行方法の違いに触れる。禅宗については円爾がしばしば説く前出の「理致・機関」という方便を挙げるが、円爾は「理致機関《トモニ》直示也」（『聖財集』下三オ）とし、方便を、悟り―方便という二元論に陥らない位置に据え、悟りの境地の「直示」と位置づけたと述べる。対して教宗の方便は、「先《ッ》分別《ノ》中《ニ》義理《ヲ》意得、機情《ツクル》時、自然《ニ》無《ノ》理《ヲ》達《セン》」として、手段と悟りという二元論を段階的に悟りへ上っていくものであり、両者に違いはあるが「実証《ノ》所《ハ》同《カルヘシ》」（下三ウ）とする。そしてこの文脈の中で、「法相廃詮談旨、三論ノ独空畢竟、天台ノ言語道断、華厳ノ法界唯心等ハ皆実証ノ処ヲ云ル其意同シカルベシ」（下三ウ）という、諸宗の根源が同じであるという考え方も出てくる。これは先述のとおり『逸題無住聞書』にも見えるもので、やはり無住の偏執批判は、円爾の枠組みを受容していることが伺えるのである。

（2）諸宗の融和

無住の偏執批判の態度には、前節でみた「仏体の源」を置くことによって、諸宗の違いをそのまま認めていく方向と、また諸宗を並列的に置きながらそれぞれを融和していく方向性とがある。本節では後者について考察する。

まず、天台と真言とを同一のものとすることについてである。『逸題無住聞書』には「従地涌出品事　久遠実成者、内証自此一向群機、如内証可現。而、法花ハ大悲万行ヨリ下ヲ現ス。此ハ猶、顕教ノ伝授也。真言ナラハ四重備可現云。梵本ニハ可有。密師可伝也。（I、4ウ）」とあり、無住はこれを「故東福寺ノ開山、涌出品時ハ四重曼荼羅ノ眷属龍天八部十界ノ眷属定テ、皆出現シ給ツラム、梵本ニハ有覧歟、羅什ノ伝来略本ノ故ニ、流布ノ経文ニ無歟トモ申レシ、尤モ可然事ナリ。（『聖財集』下二五オ）」のように忠実に引用し、円爾が『法華経』の迹門に対する本門の従地涌出品以降を真言と同一と捉える所を受容している。このような『法華経』迹門に対する、本門と真言の一致の説き方も「字義」「字相」の区分から納得のいくところであり、無住もこの枠組みを受け入れているのである。そしてこの見方によって無住は『雑談集』でも、「楞厳・円覚・法華ノ寿量品ハ、真言経也。故東福開山ノ義也。顕家ノ人ハ、其ノ意ヲ得ル事スクナシ」（巻十）、法華経の「第六ノ巻ヨリ、専ラ真言経也トイヘリ。禅師又愛レ之」（巻七）のように多用し、禅で重視される『首楞厳経』『円覚経』と『法華経』本門の如来寿量品を真言教と同じ範疇に捉えていく。このような見方から、「唯真言師ノ中ニハ顕教ヲ浅ク思ヘリ、始終不レ可二隔終一歟、」（『聖財集』下二三オ）と、真言師による顕教への偏見を批判するのである。

そして無住が円爾から聞いたと説く『永嘉集』についても、円爾が「観心成就シテモ相応次第重ノ故、依報国土等未相応位アリ。如永嘉集。（I、4オ）」のように述べるところを、「永嘉云、無明ノ実性即仏性、幻化ノ空身即法身云々」（『聖財集』下十七ウ）のように、無相が周囲と断絶した上に位置づけられるものでないことを示す論拠として、円爾も無住も本書を重要視したのである。

（3）行の融通と「大乗」のあり方

諸宗を、それぞれの手段として認める無住の立場からは、その選択も個人に委ねられるものとなる。

末世《ノ》機根自力実《ニ》浅劣也、有縁《ノ》一仏一菩薩《ヲ》憑《ミ》、一宗一行《ヲ》専《ニ》薫重《スベシ》、（下五十六ウ）

無住はこのように、末世の人間は能力が低いので、自らに縁のあった仏、行を選びそれに専らに励むことを説く。これは円爾にも認められる方向性である。(16) しかし、無住は、単に縁のあった方法で修行すれば良いとは考えない。

大乗《ノ》法門、通達《シナハ》、アナカチニ悪業怖《ルベカラズ》、此解《ヲナス》人、代《ニ》マ、コレアリ、是只学解也、通達解了《ニ》非《ス》、縦《ヒ》名字《ノ》解、実《アリトモ》、観行薫練《シ》、観心成就《ノ》位《ヲ》経《ザレハ》、只外凡也、（下五十七ウ）

これは、「大乗」、つまり仏教の根源に達しているならば、どんな悪行をしても許されるという考えを持つ人への批判である。これを無住は、ただ学解、つまり頭で「大乗」に通じている、つまり悟っていると思っているだけで、本当に「大乗」に通じ達しているわけではないと断ずる。そのため無住は次のようにいう。

但《シ》何《ノ》尊《ヲ》信《シ》、何《ノ》行《ヲ》修《ストモ》、通《シテ》除《クベキハ》、我相、人相、貪瞋、邪見、名利、恭敬、驕慢、嫉妬、懈怠、放逸、犯戒等、障道《ノ》因縁《ナリ》、通《レ》可《キ》有事《ハ》、聖財《タル》、信心、慚愧、持戒、精進、勇猛、堅固、長久不退、無染汗《ノ》心也、コレナクハ、道行成《ズベカラズ》、（下五十七オ）

このように、どの仏や行を信じ行じても構わないが、その際一貫して取り除くべきは、我相・人相・貪瞋・邪見・名利・恭敬・驕慢・嫉妬・懈怠・放逸・犯戒であり、有していなければならないのが、信心・慚愧・持戒・精進・勇猛・堅固・長久不退・無染汗の心だと説く。この一例として無住は「或禅師《ノ》云、見性《セザル》先《ノ》行《ハ》一向徒事也、返《テ》迷《トシテ》弟子《ニ》行《ヲ》勧《メズ》、先《ツ》得法《セヨト》云《テ》、行業《ヲ》讃《ス》、此《レ》只頓悟漸修《ヲノミ》執《セル》心地也」（下四ウ）と、徒らに悟りの前の修行は不要だと説く禅師の話を取り上げて、禅の「頓悟漸修」という型に囚われて本質を理解していないことを批判する。これは既に円爾が「猶住一尊、自一門也、未成仏也。必入𑖀字成仏也。一尊《ハ》字相也」（『逸題無住聞書』Ⅰ、1ウ）と述べていたように、ある型に身を置くことで本質を掴んだと安心してしまうという意味で、「字相」への執着と同様の批判といえる。円爾は「字相」で止まっている対象に対して、「字義」に入ることこそ本質であると説いた。それは偏りのない境地であり、これを支えたのは禅（「宗風」）であった。無住は自身の著作でこれを「大乗」という言葉で論じている。言葉を超えた境地を持つ禅は、普遍的な仏法そのものとしても機能したのである。このような論理をもとに無住は、仏への帰依や修行の際には、行の型などにばかり拘るのではなくむしろ、我相などによる偏りによって本質に到達できなくならないようにすることを求めるのである。

(4) 無住の禅宗観

『聖財集』で無住は、仏法を成立させる要素を全て備えていれば上品、片方のみを満たしている場合は中品、どちらも満たしていない場合は下品という原則で、あるべき仏教について論じている。その中で禅と教との関係について、「禅教偏《ニ》学《シテ》悟《リ》行《スル》事《アラムハ》両単中品、倶《ニ》学行《セム》、上品倶《ノ》句《ナリ》」(下五ウ)として、禅教隔てなく行じ、理解できていることに価値を置いている。その際、それを体現するものとして挙げられた例に着目したい。

まず、中国南山律宗の祖道宣が、天台宗の南岳慧思と天台智顗とを「定恵双弘《ル》」祖師としたこと、続けて一一世紀に編まれた禅宗の灯史である『景徳伝灯録』にもこの二師が評価されていることに加え、そこには宝誌・豊干・寒山拾得、傅大士といった「達磨《ノ》門疏《ニアラサル》列」の人々も掲載されていること、最後に宋代禅僧の大慧宗杲が、唐代の南陽慧忠と大珠慧海を「衆体《ヲ》備《タリ》」と称賛していることに注目したい(下六オ)。『景徳伝灯録』巻二七を見ると、「禅門達者雖不出世有名於時者十人」として、南岳慧思と天台智顗の二人の天台僧とともに宝誌らが掲載されており、智顗伝では、智顗の思想が達磨大師の教えと異なりながら異なってはいないという言い方(「同而不同…異而不異」)[17]で評価されている。この他、『景徳伝灯録』には、教禅一致論者や無住が多用する華厳宗の圭峰宗密をも積極的に取り入れる傾向が見られ、『景徳伝灯録』のこうした書きぶりの背景には、編者道原が学んだ天台山において、天台の典籍とともに『禅源諸詮集都序』や『永嘉集』など、華厳や禅の典籍が講じられるような状況があったこと、また彼が『宗鏡録』を編んだ永明延寿と同門の法眼宗の僧侶であったことが挙げられるといわれる[18]。

また南陽慧忠と大珠慧海の評価は、南宋の『大慧普覚禅師語録』に見える[19]。大慧宗杲は、禅宗諸宗の区別を問わず、禅を広く捉える中で、様々な方便を兼ね具えた人物として南陽慧忠らを評価している。無住は、『景徳伝灯録』や『大慧普覚禅師語録』のような北宋から南宋にかけての禅の状況を取り逃さず吸収しているのである。こうした意味でも無住の著作は重要な意味を持っている。

このような禅の特色が論じられる中で、日本の禅僧として「禅教顕密同《ク》達《シ》」た円爾が評価されることになる。その理由に、南都北嶺の禅を知らない教宗の学僧たちが円爾の禅を仰いだのは、円爾が教宗にも通じていたことによって、教との関係を踏まえた禅の意義を解くことができたからだとしている。[20] その後に再び南陽慧忠を挙げて、「忠国師云、縦聖果ヲ得タリトモ了義ノ大乗ニ符合セズハ不レ可レ許ス云々」と、彼が深く「大乗」に通じる禅僧だったことを評価する。禅を理解しているということは、教の要素も含みこんでいるということになる。無住は、宋の禅僧に見える特色を、円爾にも見ているのである。

南陽慧忠を評価した人物としては、道元が有名である。道元は、南陽慧忠以前に存した、修行せずともそのままの行為が悟りの現れであるとして、現れ出た行為の絶対視に陥る危険性を有していた「作用即性禅」を批判した人物として高く評価する。[21] 無住は南陽慧忠を定慧双方を理解した人物として評価し、道元は本体の心と作用とを分けずに一体のものとして有している点を評価している。無住と道元の評価は、意外にも定慧一体を禅の価値として評価する点で一致していたのではないか。当時、禅にどのような価値が見出されていたのかについては、より深く検討する必要がある。

結びにかえて

以上の考察から、無住の思想が円爾の思想の影響を基盤としたものであったことが、具体的に見えてきたのではないだろうか。『逸題無住聞書』の発見により、これまで刊行されていた円爾の講義録に加えて、より具体的に円爾の思想を理解し、無住への影響を考えることができるようになった。円爾の思想の骨格は「字義」と「字相」であり、「字義」が禅で「字相」が密教という単純なものではなく、当時の真言師による密教が、「字相」の次元に終始していることを批判して、「字義」の次元にまで引き上げて理解することを提唱したものといえる。「字義」は、徹底的に分別から脱した境地であるため、諸宗の区別も無くなる普遍的な仏法の提示にもなった。こうした、言葉を超えるものと言語化されるものとの関係性に着目し、言語を超えた境地の重要性を説く思想は、『宗鏡録』や圜悟克勤らによる宋代禅宗の影響を色濃く受けたものということができよう。

「不立文字」を掲げる禅は、教宗を完全に排除するものと見なされがちであるが、圜悟も円爾も完全に排除しているわけではなく、禅の範疇でそれらを位置づけようとしている点はこれまで見逃されてきた点ではないだろうか。そのように禅が、教宗や他教の位置づけに言及する宋代禅の特色は、円爾の台密の立場とも整合し得る側面があった可能性があり、『永嘉集』ほか、『宗鏡録』『圜悟仏果禅師語録』などの宋代禅籍を含めた議論により、仏法そのもののあるべき姿が模索されたように思われる。

こうした円爾の思想をもとに無住は、「字義」の部分を「大乗」と称して、より普遍的な仏法の立場を打ち出して当時の宗派争いの構造を批判し、それ自体を止揚する偏執批判を主張した。ある宗派、一仏の至上に拘るのは、円爾の言い方だと「字相」への執着に当たる。無住はそのように解釈し、偏りのない「大乗」の教えの重要性を著作に展開した。

> 祖師ノ内証ハ心境不二、空有一心ノ中道ニテ、偏立ノ御意アラジカシ、法相ハ唯識無境ト云テ、有ヲ面トシテ法相ヲ細ク談ズ。…李長者云、無辺ノ刹境、自他不隔、…天台云、但信ニ法性一不信其余、華厳経云、…天台云、…維摩経云、…高野大師云、…永嘉ノ証道歌ノ意ト同カルベシ、…此等ノ仏祖ノ言ハ随自意語ノ説也、円頓ノ行者、初心ヨリ信解、円通シヌレハ、全ク同ニ仏知見一、非ニ是分同一、宗鏡録ニ云ヘリ、智覚禅師ノ詞也
>
> （『聖財集』下一七ウ）

無住が一宗の至上を言わなかった背景には、禅を中心とした仏教観が想定される。北宋から南宋に至る禅の特徴を視野に入れることで、禅か教か密教か、というような厳然たる宗派観自体を自明のものとする見方の見直しにもつながる可能性があることを、円爾と無住の営為は示しているように思われる。

注

（1）『聖一国師年譜』仁治二・三年（一二四一・四二）条には、帰国直後の円爾が太宰府にいた湛慧が横嶽山に開いた寺に円爾を招聘、円爾は無準師範から将来した崇福禅寺の額を掲げて開堂説法をしたこと、翌年には博多に承天寺を開いた宋人謝国明の請いにより、第一世となる。このような方法で円爾が開山となり、額を掲げたり説法をすることにより、禅が広まっていく様を読み取ることができる。

（2）武内理三編『鎌倉遺文』一九巻（東京堂出版、二〇〇七年）〈聖一国師印信〉に、東福寺普門院灌頂道場における文永五年・弘安三年の記載のある台密印信が残されている。

（3）これらは『中世禅籍叢刊』第十二巻　稀覯禅籍集　続（臨川書店、二〇一八年）収録。

（4）『聖一国師年譜』『聖一国師語録』（『大日本仏教全書』九五、仏書刊行会、一九一二年）に収録。『十宗要道記』は、初出は『禅宗』、のち『中世禅籍叢刊』第四巻　聖一派、臨川書店、二〇一六年に収録。

（5）本文は『中世禅籍叢刊』第五巻　無住集（臨川書店、二〇一四年）、第十二巻　稀覯禅籍集（同、二〇一八年）に収録されている。以下これを用いる。

（6）「本云。文永八年〔未辛〕二月廿一日、談了…金剛生道暁〔生年四十六〕」とある（『逸題無住聞書』Ⅳ、四ウ）。

（7）阿部泰朗「『逸題無住聞書』解題」（『中世禅籍叢刊』第五巻　無住集）。これまでに本書を取り扱ったものに、末木文美士「『聖一派』総説」（『中世禅籍叢刊』第四巻　聖一派、二〇一六年）、同「中世禅の形成と知の交錯」（末木文美士監修『中国禅の知』臨川書店、二〇二一年）、拙稿「円爾の到達点と日本中世禅の特色――『逸題無住聞書』とその周辺」（『禪學研究』

第一〇〇号、二〇二二年三月)、古瀬珠水「円爾における密教と禅宗の関係」(『興風』三四、二〇二二年十二月)などがある。

(8)「東福寺ノ開山ノ下ニ詣シニ、天台ノ灌頂・谷ノ合行・秘密灌頂、事ノ次ニ伝了。大日 経ノ義釈・永嘉集・菩提心論・肝要ノ録ナド聞了」『雑談集』巻四(三弥井書店、一九七三年、一一〇頁。以下『雑談集』は本書を用いる)。

(9)円爾が「𑖀字ニ有実智権智二種ニ」と、「今教重々次第図」の上から二段目にある「一智身」の𑖀字に二種類の智慧があると述べて「実智ハ一智身、〈欠〉権智者、字相ノ面、備衆徳分五字分、六大等四曼三密等〈欠〉施𑖀ノ徳也、故云権智不思儀也。水ノ湿性字義也。〈欠〉一字ニシテ備ルハ字相也。…字皆一ノ𑖀ヨリ生故、当生ニ不生也。即相無相也。」(I、2ウ)と説明しており、一智身から表れ出た相は、無相とされている。

(10)原文は「高超二理致一、去二機関一。去二機関一兮没二窠臼一。水是水兮山是山」(『聖一国師語録』「示二藤丞相一」『大日本仏教全書』九五、一二五頁)。

(11)「雖自迦葉二十八世。少示機関多顕理致。至於付受之際。靡不直面提持。」(『圜悟仏果　禅師語録』(大正蔵四七、七七六頁c)。

(12)宋代禅のこうした特色については、小川隆『禅思想史講義』(春秋社、二〇一五年)に詳しい。

(13)「上堂云。萬機不到千聖不携。截斷葛藤掀翻路布。若也從苗辨地。因語識人。猶落第二機在。若論第一機上。實無如是事。且道。第一機上還著得計較麼。著得向上向下麼。著得佛祖麼。到這裏直須恁麼超然地。把斷要津不通凡聖。若未薦得。不免放一線道。向第二義門。無言處演言。無相中現相。直下似十五夜月澄湛孤圓。一室千燈交光相照。」(『圜悟仏果禅師語録』大正蔵47巻、七二三頁c)。

(14)『沙石集』巻第一ノ十(六四頁)。

(15)以下『聖財集』は、東北大学図書館狩野文庫蔵本を用いる。

(16)「一大円教ハ譬如一道一。根茎葉等皆備。故、四重境界何門ヨリモ入レハ、則入道ニ一。」(『逸題無住聞書』(Ⅳ、3ウ)。

(17)『景徳伝灯録』(大正蔵五一巻、四三二頁b)。

(18)齋藤智寛「『景徳伝灯録』における禅の構造」(初出『花園大学禅学研究』第七八号、二〇〇〇年、のち同著『中国禅宗史書の研究』(法藏館、二〇二〇年収録)。

(19)「宗杲豈不曉瞥脱一椎。便七穿八穴是性燥。所以集正法眼藏不分門類。不問雲門臨濟曹洞潙仰法眼宗。但有正知正見。可以令人悟入者。皆收之。見忠國師大珠二老宿。禪備衆體。」(『大正蔵』四七、九三七頁b)とあり、大慧宗杲がその著『正法眼蔵』に、禅宗諸宗の違いなどを問わず、広く禅僧を取り上げる方針を持っていたため、その意味で南陽慧忠や大珠慧海を評価することになったという顛末が書かれる。禅を広く捉える傾向は、『景徳伝灯録』のみならず、大慧宗杲にも引き継がれていることに注意したい。無住における『景徳伝灯録』『大慧普覚禅師語録』の受容については、王薈媛(前掲注9)。

(20)「教門ヲ不レ知禅師ヲハ講者モ思アナヅル習也、亦見解モ知ガタシ」(『聖財集』下六オ)。

(21)『正法眼蔵』「弁道話」(『正法眼蔵』岩波文庫、三三頁)。

『沙石集』における解脱房貞慶の役割から聖一国師への道

——無住が捉えた貞慶の伝承像とその文脈——円爾と交錯する中世仏教の展開

阿部泰郎

『沙石集』には、貞慶が重要な役割を果たす説話が、神祇や戒律など、中世仏教展開の核心となる主題に関わって布置されている。それが、直接師事した円爾の存在と役割を重ね合わせている可能性を指摘する。それは無住の円爾に対する敬慕の反映であり、仏法のモデルとして説話化された貞慶像であった。

はじめに——『沙石集』巻一の解脱房貞慶と神祇

『沙石集』巻一の「大神宮の御事」に始まる中世日本独自の神明説話（第六天魔王説話と伊勢神宮の本地垂迹説）の展開は、(1)次に、その第六天魔王説話を説き出した解脱上人貞慶の、(2)夢想に導かれての大神宮参詣説話を導き出すに至る。(3)——しかも、彼を導く神は、春日ならぬ石清水八幡であり、上人が夢でその往生を感得した神官にならい、彼もまた、浄土往生せず人界に再誕するなら神官に転生しようという、驚くべき願を立てる。——この、実際の貞慶であればあり得ないようなシチュエーションと展開は、(4)なぜ生じたのか。

巻一の一連の神明が仏法を喜ぶ神祇説話の配列は、やがて「安居院作」と銘打たれる『神道集』巻一にその幾つかが踏襲されて、中世の宗教世界に宗派を超えて受容されていったことが知られる。(5)そこに登場させられる貞慶の神祇への向き合い方を巡る説話は、ある傾向へのバイアスを感じさせるものである。

再び『沙石集』の中の貞慶に立ち戻れば、その後で、彼へ

あべ・やすろう——龍谷大学教授・名古屋大学高等研究院客員教授。専門は中世文学、日本中世宗教テクスト文化遺産学。主な著書に『中世日本の宗教テクスト体系』（二〇一三年）、『中世日本の世界像』（二〇一八年）、『中世日本の王権神話』（二〇二〇年、以上すべて名古屋大学出版会）、論文に「宗教遺産学の実践としての宗教文化遺産アーカイヴ構築——龍谷大学による「宗教文化遺産アーカイヴズ研究基盤」創設のために」（木俣元一・近本謙介編『宗教遺産テクスト学の創成』勉誠出版、二〇二二年）、「中世日本の唱導におけるほとけとことば——説経師の宗教テクスト・アーカイヴス」（近本謙介編『ことば・ほとけ・図像の交響』勉誠出版、二〇二二年）などがある。

の春日明神の託宣のことが、同じく明恵上人への春日明神の託宣と共に詳しく説かれて、それは、『沙石集』全体の中でも解脱上人貞慶に与えられた大きな役割を想起させるのに充分である。――この、貞慶の説話伝承上の働きを通じて、それを配置し形象した、無住の宗教的な意図を読み直してみたい。

一、『沙石集』における貞慶の役割

巻一の「慈悲と智とある人を神明も貴び給ふ事」は、「春日明神の御託宣には、「明恵房・解脱房は、わが太郎・次郎なり」とこそ仰せられけれ」と、この二人を春日神が格別に愛おしみ、「ある時、二人、春日の御社へ参詣し給ひけるに、春日野の鹿ども膝を折りて皆臥して敬ひ奉りけり」という奇瑞が示される。――『春日権現験記絵』に照らせば、これは明恵のみに示された霊験なのであるが、それを無住は一双の聖に対して示すものとする(6)。

その上で、渡天を志した明恵を制止する春日明神の託宣に言及するが、続いて「解脱上人、笠置に般若台と名付て、閑居の地を卜して明神を請じ奉りければ」と、これも『験記』の「解脱上人事」と重なる、笠置における貞慶への春日明神託宣の記事に連なる。そこでの、貞慶の口を借りて明神が詠歌を二首示すことも共通する。

この春日託宣のことに続く「和光利益の事」は、貞慶の弟子であった璋円が、死後に魔道に堕して、ある女人に憑いて託宣し、春日野の下に明神が構えた地獄に已れを置いて修学させて済度するという、これも『験記』にある説話と同じ話を連関させていく。これらの春日をめぐる託宣と霊験の説話は、『験記』を参照すれば、みな、貞慶を中心として展開し、結びつけられたものである(7)。

『沙石集』の全体を見回すと、その重要なところに貞慶が言及されており、無住の描く当時に至る仏法世界にとって欠かせない存在として認識されていたことがわかる。

巻一の三の「律学者の学と行と相違する事」に説かれる、鑑真以来の戒律の系譜において、その断絶を嘆いた「故笠置の解脱上人、如法律儀興隆の志し深くして」、六人の供僧を選び、戒律を学ばしめたが、持戒の行は皆退転したことを物語る印象的なエピソードが続く(8)。

その中には、六人の後に、覚盛と叡尊が、貞慶の遺志を受け継いで、戒律復興の大事を成し遂げたことも言及され、律僧としては全うできなかった無住が、自身も連なる戒律の学と行の系譜の流れにおいて、貞慶をその要として認識し布置していたことが明らかである。

既に巻一に、「慈悲と智とある人を神明も貴び給ふ事」に、前述した明恵と併せての春日明神の託宣を蒙る事と、笠置に般若台を建てて春日を勧請した事を延べており、それと呼応するように、最後の巻十末の「霊の託して仏法を意得たる事」に、無住の見聞した霊託を通じて仏法の深義を示す。――その中で、慶政と問答した天狗（比良山古人）が、真実の道心を見失い、魔道に堕ちた智者、学匠ばかりのうち、「解脱房・明恵房は、いづちに行きたるやらん、見えぬ」と、二人だけが得脱していることを示唆する。[9]

『沙石集』巻一の中に「和光の方便にて妄念を止めたる事」の主題の許に、熊野詣の僧が見た夢の示しから覚悟に導かれる、長大な説話がある（『類聚既験抄』に引かれ、『金玉要集』にも採り入れられる）。「荘周の胡蝶一睡の夢」の故事から創出された唱導説話と思しいが、その話の結びに『唯識論』の本文を引き、加えて「慈恩大師」の詞「覚知一心、生死永棄」を以て結ぶが、これは貞慶の『愚迷発心集』の詞であり、前後の文脈もそれに拠っている。「心あらむ人、一心の源を覚りて、三有の眠りを覚すべし」という結語も同じ（なお、この「覚知一心、生死永棄」の詞は、『撰集抄』の説話にも登場して、重要な役割を果たしている）。[10]

巻三に説かれる「唯識観」の中に言及される、摂取不捨曼荼羅のことも、典拠は示されないが、やはり貞慶の『興福寺奏状』第二条によるものだろう。

以上のように、『沙石集』では、その全体にわたって貞慶の存在と詞とが重んじられ、大きな意義を担っていることが明らかである。

附　『三国伝記』における貞慶の役割

室町時代の天台談義所を基盤・背景に持つ『三国伝記』は、興味深いことに貞慶の存在が、特別な役割を与えられて登場する。これを『沙石集』の場合と対比できよう。

末尾に近い巻十二の第二十七話「笠置解脱上人事」は、『沙石集』巻一の貞慶参宮説話を、そのままに引用したものと言ってよい（なお、同二十九話「詮明法師事、兜率往生事」は、貞慶が希求し先蹤とした『三宝感応要略録』に拠る詮明の弥勒・釈迦同体の夢中の覚悟を説く）。

巻七、第十九話「鑑真和尚事」は、本朝における戒律伝来を説いた上で、「笠置ノ解脱、興隆ノ志深カリシカ共、時未タ到」も、叡尊や覚盛による自誓受戒による「南都律宗」の興行を説く。

最も重要なのは、本書独自の創作説話と言うべき巻十二、第二十一話「鯉放沙門事」の中で、主人公の聖が、平野の橋勧進に始まり、鞍馬から大原を経て、堅田から渡る湖上で舟に入った鯉を放生した為に、鯉から賀茂の供御にされぬ事を恨まれる。そこから、諏訪明神の鳥獣供犠の例を説くにあたり、「笠置ノ解脱上人、彼ノ明神ノ殺生ヲ好玉フヲ中止ントテ参詣有シ」時にも、神が童と現じて社辺の雉を打殺し、「業尽諸衆生、放不生、故宿人天、同証仏果」の文を唱えるを聞き、「神慮、故有ル事ヲ喜」んで帰った、という故事を示す。それは、『神道集』の長楽寺の寛提僧正に与えられた役割そのものである（『三国伝記』では、巻七、二十一話「隆弁僧正、諏訪明神示夢想事」の隆弁に、その役割は変わっている）。

二、『沙石集』における円爾の記憶

『沙石集』前半では、流布本等では巻三、明恵上人と聖たちとの「アルベキヤウ」の法談の話の後に、米沢本巻四では、遁世者の模範の一人である慶政の、粗食をめぐる逸話に続いて、それぞれの文脈から想起される、「道人」の範を、無住に対して教訓する師匠として、「聖一国師」が登場する。――但し、前者では、無住が自身の回想として、直接に教訓を蒙ったが、後者では、「或る門弟」の事として間接的に伝える形で、大きな差異を示す。しかし共に、理想的な法門と、その実践を体現する存在として円爾があらわされる。――それは、全編にわたり、特に巻五末の主題となる、「教禅一致」の体現者としての円爾の存在を強く印象づけるものである。

『沙石集』後半では、巻七において、円爾最大の檀那であった「法性寺関白」九条道家との邂逅と東福寺の創建による「東福寺開山」としての円爾の重要な転機が語られる。それは、道家が初めに帰依した「猫間の随願房」堪恵の推挙によるのだが、二人が入宋して、共に径山の無準門下であったことに発する。――無住は随願房の口を借りて「仏法伝えて帰朝の僧にて、禅門も教門も明らかに候え、某には十倍勝り、師匠と存ずる」と言う。

――その前提には、無住自身が、『雑談集』に回想するように、弘長年間における東福寺円爾の許での参学と、円爾の東国下向に際して尾張長母寺住持として迎えた時の忘れ難い教訓を蒙った記憶が深く刻み込まれている。[1]

無住は、『沙石集』において、全体の構成中の重要な部分で、「故東福寺開山」円爾の存在に言及し、強く意識している。

まず弘安二年（一二六二）に起筆され、同三年八月の序文をもつ『沙石集』は、その十月に師の円爾が入滅した事を期としたかのように、暫くの休筆を経て、同六年に跋文「述懐事」が書かれて全十巻がまとめられる。――この過程に、無住の生涯の師である聖一国師円爾との関わりが大きく影響していたことは、想像に難くない。[12]

無住最晩年の『雑談集』に取り分け詳しく回想される円爾と無住との関わりは、真福寺大須文庫から発見された無住による円爾の『大日経義釈』講説『逸題無住聞書』を通じて、思想の次元で明らかになった（中世禅籍叢刊『無住集』解説）[13]。

この『聞書』から知られる、無住が受け止めた円爾の教説は、様々な形で『沙石集』の中に反映されていると思われる。――その一端が、巻五末の和歌を通じて仏道に入らしめる論の展開を、最終的に禅教一致の論義で結ぶところであろう。

その「権化の和歌を翫び給ふ事」では、和歌陀羅尼論において、諸宗の悟りとしての「一心」の境地を、「一心を得る浅き方便、和歌に如くはなし」として、「有相の方便によりて、遂に無相の実理に入る、これ諸教の大意、諸宗の軌則なり」と説き、「有念は即ち生死、無念は即ち法印」と結ぶ、そこには濃厚に円爾の影響が見てとれる。

『沙石集』の大尾、巻十末「霊の託して仏法を意得たる事」に、（貞慶に言及する「比良山古人霊託」の事の前に）洛陽の女人に「我は天台山の立始めなし時の者」という霊が憑き、「真実の道心なき故に出離せず、悟りを開かず」天狗となったが、それに「当世の智者」と知られる人々のことを問うと、皆言う甲斐もない者ばかりだが、ただ「法性寺の聖一上人の事を問えば、「其は末代に有難きほどの智者なり。それも未だ三昧は発さず」と云ふ」と、円爾だけが称賛される。――この後、「七聖財」のうち多聞のみは智恵なければ魔道に入ることを述べ、魔道の例として「比良山古人霊託」の事に及ぶのである。その、想起と布置の中で、貞慶と円爾は「魔」を介して繋がりあっている。

巻十末の最後には、「臨終目出たき人々の事」に、行仙、栄西、法心房、蘭渓道隆に続いて「聖一和尚の事」が、その遺偈を含めて、目出度き入滅を記念する。[14]（梵舜本はそれに加えて、晩年の円爾の眼疾と失明をめぐって、「心地修行」の意得と、「真実の道人」の境地を彼が説く逸話を記す。）――こうして、円爾の記憶とその教訓は、『沙石集』全編にわたって深く刻み込まれている。――それは、先に取り上げた解脱上人貞慶の存在と、見事に呼応して連続するものと見える。

おわりに――『沙石集』に無住が籠めた円爾鑽仰と貞慶へのリスペクト

無住は、彼にとって尊敬すべき偉大な先人として、師の聖一国師円爾と重ね、つながるようにして、貞慶を多く取り上げている。それは、いささかならず独特な位相からの、偏差を伴った眼差しから描かれたが、しかしまた、中世の神祇信仰と道心発得を司る主題をはじめ、戒律の再興、教禅一致に至る「一心」覚知の提唱など、彼にとって説くべき重要な課題を先取りした「上人」聖者として敬意をもって描き出した先達であった。

その無住にとって、円爾は、教えを受けた師たちの中で、また、修学時代に見聞したすぐれた仏教者の中でも、抜きん出て屹立する偉大な師範に他ならなかった。直接、円爾から蒙った教訓は終生忘れがたいものであり、それを含めて、全編にこの師からの教えと覚しい言説が満ちている。その教説を導くようにして、貞慶の逸話や伝承と事績が布置されるように、『沙石集』は構成されているのではないかと思われる。

注

(1) 大神宮(伊勢)をめぐる中世の縁起説については、伊藤聡『中世天照大神信仰の研究』(法藏館、二〇一一年)。阿部泰郎『中世日本の世界像』(二〇一八年)、『中世日本の王権神話』(二〇二〇年、共に名古屋大学出版会)参照。

(2) 貞慶撰と伝承される『神祇講式』は、表白段に大日印文説と第六天魔王と天照大神との契約説話を説く。この講式が貞慶撰になることは、岡田荘司「『神祇講式』の基礎的考察」(『大倉山論集』第四十七輯、二〇〇一年)に論証され、貞慶の教学思想上の論理や用語の面からも、その結論は動かない。阿部泰郎・楠淳證編『解脱房貞慶の世界』(法藏館、二〇二四年)終章参照。

(3) 貞慶の大神宮参宮の事蹟は、『東大寺衆徒参詣伊勢大神宮記』の前文に、重源の依頼により神宮に大般若経を供養する導師として、建久六年に参宮したことが知られ、『春日権現験記』巻十六には、参宮して念仏祈願したことが春日明神から蒙った託宣により語られる。

(4) 貞慶の浄土願生を巡る研究からは、彼が「安養・知足」への往生から、晩年に観音の補陀落浄土へ転じたことは知られるが、人界に輪廻して、神明に往生を恃む事はそこから導かれない。楠淳證・新倉和文『貞慶撰『観世音菩薩感応抄』の研究』(法藏館、二〇二一年)。

(5) 『神道集』巻一「神道由来事」の前半。また、『西行物語』の西行参宮のくだりは、流布本は『沙石集』を参照する。また西行、仮託の『撰集抄』は、参宮ではなく、巻九第一話「大神宮御事」において西行の口を借りて二神約諾神話を説く。

(6) 明恵の春日社参は、『明恵上人現神伝記』等によれば、建仁三年の紀州湯浅における春日明神の託宣によってなされ、その春に笠置の貞慶を訪問して、彼から賜った舎利を再度の社参での示現により春日の神体と感得する。それを『春日権現験記』巻十八は鮮やかに絵巻化する。

(7) 近本謙介「『春日権現験記絵』における貞慶」、山崎淳「『春日権現験記絵』における明恵」(共に神戸説話研究会編『春日権現験記絵註解』和泉書院、二〇〇四年)。

(8) 貞慶の弟子戒如が伝えた貞慶の『戒律興行願書』(興福寺蔵)に、その志願は明らかに示されており、その遺志は、覚盛や叡尊に継承された。

(9) 『比良山古人霊託』によれば、慶政の問いは貞慶と明恵の二人一組でなされており、ただし「古人」天狗の答えは明恵のみであり、貞慶は知らないと無視されていて、落差が大きい。

(10) 『撰集抄』第五巻十三話「宇佐宮事」は、西行の修行の旅の西限であるが、その帰路に昆陽野で逢った「道心深き人」らしきささら摺る乞食僧に法文を問うに、返答はただ「覚知一心、生死永棄」の一言のみという。更に追い求めると『唯識論』の文句を言い捨てて去った。この一話に限らず、『撰集抄』には、随所に貞慶の著作に説かれる論説や文句が鏤められており、それは、この説話集の特色である創作説話に殊に顕著である。この問題に関しては、稿をあらためて論じてみたい。

(11) この出来事は、弘長二年、円爾が鎌倉に下向する際の事とされるが、同年には、西大寺の叡尊がやはり時頼に招かれて鎌倉に下向しており、『関東往還記』によれば、その途上、長母寺の「道篋」が接待している。この道篋が無住である（中世禅籍叢刊『無住集』解説（臨川書店、二〇一六年））。似たような役回りを無住が同時期に勤めていたことは興味深いが、円爾の対応は無住にとって深い省察を喚び起こすものであった。

(12) 小島孝之校注『沙石集』（小学館、二〇〇一年）解説。同、『中世説話集の形成』「無住の生涯と著述活動」（若草書房、一九九九年）。

(13) 阿部泰郎『逸題無住聞書』解題（中世禅籍叢刊『無住集』）。なお、末木文美士氏は、この『聞書』に他の円爾著作には見えない独特の禅を究極の境地として位相化する図式を指摘している。『禅の中世』（臨川書店、二〇二二年）参照。

(14) 東福寺に遺される聖一国師の遺偈は、『沙石集』と一致する。因みに、この遺偈は、入滅直後に版行されて広く流布した（東京国立博物館・京都国立博物館『東福寺展』図録、二〇二三年）。

付記 本文の引用は、『沙石集』は、小島孝之校注、日本古典全集本の米沢本により、梵舜本は古典大系本によった。『三国伝記』は池上洵一校注、中世の文学による。

ふたつの鼓動――『沙石集』と『私聚百因縁集』をつなぐもの

加美甲多

中世の僧侶である無住と住信は現在の茨城県にあたる「常陸国」という場所で結びつく。それぞれの著作である『沙石集』、『私聚百因縁集』にも常陸国に関する言及や両書に共通する説話が認められる。それらに目を向けると、無住と住信の説話における方法論の差異や常陸国に対する距離感の相違が見出せ、ふたりは多くの共通点を有しながらも、独自の説話集を生み出した。

かみ・こうた――跡見学園女子大学准教授、立教大学非常勤講師。専門は日本中世の説話文学、特に『沙石集』の諸本関係。主な論文に「無住と梵舜本『沙石集』の位置」（小島孝之氏監修・長母寺開山無住和尚七百年遠諱記念論集刊行会編『無住――研究と資料』あるむ、二〇一一年）、「『沙石集』から『観音冥応集』へ――中世から近世への架け橋として」（神戸説話研究会編『論集　中世・近世説話と説話集』和泉書院、二〇一四年）、「僧を嗤う『沙石集』『雑談集』」（京都仏教説話研究会編『説話の中の僧たち』新典社、二〇一六年）などがある。

はじめに

『沙石集』が放つ魅力のひとつに独自説話の多さが挙げられる。『沙石集』においては、経典からの引用や他の先行作品との重なりが認められつつも、鎌倉や常陸等の東国、京、尾張といった場において起こった様々な出来事が載っている。これには編者である無住道暁の活動領域の広さというものも切り離せない。無住は自らのネットワークを活用し、また実際に自らの脚を使って見聞して「情報」を収集した結果、個性豊かな説話が多く認められる『沙石集』が誕生したと言える。実際に『沙石集』においては自らが見聞きした、もしくは親しい人から伝え聞いたから確かなことであるという一文が目立ち、ここから無住の価値観を垣間見ることができる。本来は仏教的な譬喩や無住自身の主張をわかりやすく説くために存在していた説話に対して、その事実性が強調され、情報ソースが明示されることで、無住は説話に歴史的記録としての側面も持たせようとしたのである。

そういった中で、無住が生まれ育った東国、特に約十二年間過ごした常陸国は無住にとって思い入れが強く、記録すべき地であったと考えられる。例えば、梵舜本『沙石集』巻第八ノ三「伊予房事」には次のような説話が認められる。(1)

①常州ノ国府中ニ、②伊予房ト云持経者アリケリ。家ヲフキタリケルガ、カヤ屋ノ習ト云乍、③殊ニスベラカニモナキヲ、心地アシク思テ、「毛ヤキセム」ト云ニ、人、④「思ヒカケズ」ト、制シケレバ、⑤人ノアル時ハセズシテ、隣ノ人モナク、家ノ中ノ物モタガヒタルヒマヲ伺テ、毛ヤキノスキ程ニ、俄ニ風吹テ、家焼事二度アリケリ。人サワギテ聚リタリケレバ、「国府ニテハ、是程ノ火ハ大事也。ヨリテアタリ給ヘ」ト、云ケルコソ、⑥ヲカシク侍ケレ。

本話は米沢本『沙石集』にも認められ、無住の収集した説話である可能性は高い。傍線部はその米沢本との主な本文異同であるが、①は米沢本では「常陸国」、⑤は米沢本では「隣ノ人モナキ時」、②、③、④、⑥は梵舜本独自の描写である。(2)現在の茨城県石岡市石岡にあった常陸国の国府で、茅葺き屋根の毛焼きをしようとして、二度も家を焼いてしまった持経者であったが、これほどの火事が国府で見られるのは貴重であるから集まって火に当たりなさいと持経者は言ったという内容である。仏教に携わる者の愚行の後、愚行を逆手に取った言動で返すという展開で、笑話として分類できよう。また、無住自身の加筆修正かは別として、梵舜本では、「伊予房」と人名まで特定され、米沢本と比しても明らかに詳細な本文となっている。本説話は他の説話集には認められず、まさに『沙石集』独自の説話であり、その舞台が常州や常陸国と明記されていることは見逃せない。

一方で、『沙石集』より少し前に愚勧住信によって著された『私聚百因縁集（百因縁集）』にもまた常陸国が登場する。と言っても、『沙石集』とは異なり、跋文に次のように載る形である。(3)

凡ソ百因縁集ハ　束テ為ス二上中下一ト　類二聚スルニ諸ノ因縁ヲ一
一百四十七ナリ　愚勧住信等　四十八ノ之歳
順シテ二弥陀ノ願員ニ一　必ス成ス二浄土ノ業ヲ一　非レ秘ニ非ス二不秘ニ一
但タ為メニレ人ノ演説シテ　令ルレ悟ラ二因縁ヲ一故ナリ　説《ト》ク人及ヒ聞ク者《モノ》
四恩並ヒニ法界　同ク生シテ二安楽国ニ一　共ニ證セン二大菩提ヲ一
時ニ暦正嘉元　丁巳七月中　於テ二常陸ニ一集記ス

『私聚百因縁集』は天竺編、唐土編、和朝編で構成され、巻第七から巻第九までが和朝編に当たるが、常陸国はそれらの説話の舞台としてはほぼ登場しない。この点に関して、播摩光寿氏は「「東国」という地域空間という観点から見た時、果して住信がそこに永住していた者か、たまたまその期間常陸にいたものか、つまり、自己の生活圏が「常陸」であったか否かも、序・跋文には何一つ明らかにしない。他の資料も見当たらない現在、その伝は一切不明と言うしかない。また説話そのものに目を移しても、略歴も語ることのない序・跋文と照応するかのように、「常陸」に限らず、いわゆる「東国」を直接舞台にして語る説話は全くない」と述べる。[4] にもかかわらず、跋文において、わざわざ常陸という地を出した住信からは一定のメッセージ性を看取できる。

『沙石集』と『私聚百因縁集』は伝本の多寡という点では大きく異なる。また、先も述べたように、『沙石集』には個性豊かな独自説話が多いが、『私聚百因縁集』は『発心集』等からそのまま引き継いだ説話も多い。この点は追塩千尋氏が「住信が独自に採集したであろう同時代説話は皆無であるとはいえないが書承説話が大半ということになる。その点で関東出身の無住の『沙石集』と本集は対照的である。常陸という地域において典拠となる資料を住信がどのようにして入手したのかは、本集の成立とも絡む問題で、出典研究の意義はそこにあろう」と述べるとおりである。[5] 同時に、説話において語る、語らないという差こそあれ、そして親鸞も常陸に長く住み、『私聚百因縁集』は浄土宗との関連で語られることも多いが[6]、両書が常陸という地でつながっていることは見逃せず、編者の両者ともに同時代の唱導僧と考えられる点等、共通点もかなり見出せる。

以上のことから本論では常陸国にこだわりつつ、説話を含めて広く『沙石集』と『私聚百因縁集』を比較してみたい。

一、『沙石集』における常陸国と『私聚百因縁集』の地域性

まずは『沙石集』説話において常陸国（あるいは常州）がどのように描かれているのか、について検討していく。『沙石集』と常陸国に関しては、三木紀人氏が（十三歳で鎌倉の寿福寺に入り、十五歳の時に下野の叔母の庇護を受けた無住について）「まもなく常陸に移り、十八歳で出家した。その事について『無住国師道跡考』は「常州法音寺にて剃髪して一円と号す」となるが、その寺名について堤禎子氏「無住と『常陸北ノ郡』」（『日本仏教史学』一七、一九八一年十一月）は、北郡小幡の法薗寺（現存）の誤りかとしている。同寺は西大寺流の律院で、所在地は宇都宮氏と縁続きの（従って、無住を庇護する立場にあった）小田氏の一族小幡氏の拠点で、無住の記す所によると、彼と縁の深い土地・寺社と近接する。二年後に無住は師から寺を譲られるが、そのいわれは、彼の実績など

でなく、梶原氏を出自とする特権的立場にあったのではないかと思われるのである。ともあれ、無住は二十代を通して修行にあけくれ、諸宗を学んだ」と述べる。(7) 常陸国は無住が出家した地であり、かつ師から寺を譲られ、修行に励んだ地であると言え、無住にとって思い出深い場所である。

また、大隅和雄氏は「常陸の寺は、天台宗の三井寺系の寺であったらしく、出家した無住は、法身坊の上人から、天台宗の根本的な経典である『法華玄義』の講義を聞くなどして教学を学びはじめた。僧としての修行と学問によく努めたのであろう、二十歳のときには師匠の僧から、片山(『無住国師道跡考』では法音寺。現在の茨城県新治郡八郷町小幡の宝薗寺という)の院主を譲られることになった。しかし、無住は、自分が世事に疎く、寺の維持管理に向いていないことを自覚していたので再三辞退したが、どうしても断りきれずに院主になった。師匠の僧は寺の維持管理のことについて事細かに教え、どんなことも相談に一つ一つのって助けてくれたと記している。(中略)二十三歳のときのこと、弟が琵琶を嗜んでいたので、自分も少し琵琶を習って弾いていたところ、祖母の尼公から「アノ御房ガ、法師ナガラ、仏法ヲバ学行セデ、琵琶引ク」(雑―四・二)と陰口されたのを聞いて反省し、琵琶はきっぱりとやめてしまい、法華経読誦に励む一方、不断念仏堂を建てて念仏の声が絶えないように配慮をしたりした。この尼公は、堂の庭の草をとるというと「ヤ御房、コノ草トレ。律ノ中ニ堂ノ庭ノ草除ク、五ノ功徳有」(同前)などと説法する。のちになって、律を学んで本文を見ると、本当にそういうことが書いてあった。その話をすると、「ワ御房ハ法師ナリトモ、尼ホドハ物ハシラジ」(同前)と言って、いろいろと教えてくれた、ありがたい人であった記している」と述べる。(8) 師匠や尼公等、常陸国では無住にとってかけがえのない人物との出会いがあったことがわかる。この点に関して、土屋有里子氏も「「祖母尼公は自分の善知識(真に仏道に導いてくれる存在)であった」とも言っているから、二十八歳で遁世するまで、約十二年間常陸国に留まったのは、こうした厳しいながらも血縁のある人が傍にいてくれたことが大きかったと思われる」と述べるように、(9) 常陸国における修行環境は無住にとって悪くなかったのである。同時に、この『雑談集』巻第四ノ二に載る、無住の実体験は、まさに『沙石集』に出てくる愚者や賢者の説話そのものである。こういった経験から、無住が「常陸国」において周囲の僧たちを見つめ直しながら、見聞きした出来事を自戒も込めて心に留めていた可能性はじゅうぶんに考えられる。

さらに大隅氏は、無住が尾張国に移ってからのことについて「長母寺は東海道に近く、京都と鎌倉の間を行き来する人々の噂も伝わってくる場所にあった。また、この寺は、伊勢へ旅する人通りの多い道に近接していた。無住が長母寺に住んでいたころは、伊勢の神官の活動の最盛期であったから、伊勢神宮参詣の人々も増えはじめる時代であった。もう一つ、この地では東海道から信濃国（長野県）へ向かう人々も見られ、善光寺に参詣する人々の噂を聞くことも多かった。無住は、長母寺の仏事に集まる近隣の人々を相手に、説法をするようになった。関東の諸地、ことに鎌倉で学び、さらに南都と京都に遊学した思い出をもつ無住は、新しい情報が行き交う尾張に住みついて、博識の住持になった。豊かな体験に裏づけられた説法は、近隣の庶民を引きつけたにちがいない」と述べる。[10] もちろん常陸国のみが情報の中心地ではなく、晩年の尾張国においても無住が広い情報網を有し、かつ自らも積極的に活動していたことは間違いない。一方で、常陸国は若き日の無住が長い年月を過ごした地であることも事実であり、そこでの経験が『沙石集』という説話集編纂、さらには改稿作業においてまで影響を及ぼし続けた蓋然性は高い。

　そういったこと踏まえ、梵舜本では、最初に挙げた巻第八ノ三前後の説話にも「常州」が登場する。例えば、巻第八ノ八「心ト詞ノタガヒタル事」である。

①常州或山寺ニ、遁世ノ上人アリケリ。②万ノ修行者ノ聚リ、中ニ或僧申ケルハ、「法師ハ生テヨリ此方、スベテ腹立テ候ワズ」ト云。此上人学生ナル故ニ、③仏法ノ道理ヲ以テ是ヲ不レ信。「凡夫、貪瞋癡ノ三毒アリ。聖者ニテ御座サバ申スニ不レ及。凡夫トシテ、都腹タヽヌ人ハナキ事也。タトヒウスキコキコソアレ、争カ三毒ナカラム」ト云ヘバ、「都聊カモ腹立セズ」ト云ヲ、④猶信ゼズシテ、「実トモヲボヘズ。御房ノ虚言ト覚ル」ト云ハレテ、「タヽヌト云ハヾ、タヽヌニテコソアラメ。カクノ給ベキカ」トテ、貌ヲアカメテシカリケリ。⑤

修行者のある僧が生まれてから一度も怒ったことがないというのを学生がこれを信じず、嘘をついているだけだと糾弾すると、修行者の僧は怒ったことがないと言えばないのだと怒りだしたという説話であり、これは後の狂言『腹不立』にもつながるような笑話としての側面を多分に有した仏教説話である。

　米沢本では①②③④の描写がなく、⑤が「クヒヲネチテシカリケレハ、サコソハトテヤミケリ、ヲコカマシク侍リ、凡夫ノナラヒ我カ非ハヲホヘヌトコソ、無言ヒシリニ、タリ」となっている。これらの異同のうち、『沙石集』における「山寺」の意味や、米沢本の話末の「無言ヒシリ」等については、以前に私見を述べたことがあるのでここでは論じない。[11]また、大前提として、『沙石集』伝本という観点から見ると、本話が梵舜本のみならず、米沢本にも認められることの意味合いは大きく、恐らく無住が用いた説話であると考えられる。なお、以前は渡邉綱也氏の考察等により、梵舜本が『沙石集』の古態を示す伝本であるとされてきたが、その後、小島孝之氏や土屋有里子氏の考察によって、むしろ米沢本の方が『沙石集』の初期の形を表す伝本であるという見解が示された。[12]いくつかの根拠により、論者も同じく、米沢本が『沙石集』の初期の形であり、梵舜本は後出本と考える。[13]ただし、特に梵舜本のみに載る説話には注意が必要で、無住ではなく、後世人による加筆修正も視野に入れるべきである。

その上で、改めて本話に注目すると興味深い点が多い。まず、本話の構図が修行者対学生となっており、学生が修行者を道理で凌駕するという点である。学生に関して、日本古典文学大系の注を挙げると「仏道を学習する人。平安朝初期から主として天台学僧を指すようになった」とある。さらに、この学生は梵舜本では③にあるように仏法の道理に従って修行者を打ち負かしている。つまり、天台学僧の優位性を示すことに主眼があると考えられる。次に、それが梵舜本では、常陸国のある山寺で起こったと明記され、多くの修行者が見守る中での出来事であったと伝えている点である。当時の地方の山寺にも仏道を極めようとする多くの仏教関係者が集い、そこにはホンモノ、ニセモノが入り交じっていた。いわば玉石混淆の状態であったが、やはりホンモノは仏道の道理を用いて勝つことを無住は伝えている。本話が米沢本や北野本、梵舜本にも載っていることから、米沢本が先出で、梵舜本が後出という流れ、及び本話の改編①～⑤も無住のものであると考えることを許されるのならば、①のように、これが「常州或山寺」のことであると付加したことに無住の強い拘りが読み取れる。付言するなら、以下のことは米沢本とは配置が異なっているので、全てが無住の手によるものかどうかは検討が必要であり、これは梵舜本の特性と言えるが、梵舜本巻第八の本話前後の説話の舞台を見ると和州、南都、常州、甲斐国、尾州、下総、常州、常州（本話）、尾州、常州国、下総、和州、武蔵国と続く。様々な場で起こった出来事を採りつつも東国、常陸国に対する拘りが認められる。たとえ梵舜本独自説話が後世人によるものであるとしても、それは無住の常陸国に対する想いを後世人が引き継いだ結果であり、尾張国（尾州）等と同様に常陸国（常州）が「無住らしさ」として認知されていた証左でもあろう。

米沢本にも梵舜本にも載る本話は地方における天台学僧の

優位性を示しつつも、あの、極めて難しい教理を説く無住とはまた違う、自らが自らの「地元」で見聞した生々しい出来事を活写するような、そんな無住の姿が浮かび上がる。そういった意味で、梵舜本において、あえて⑤の教理部分を除き、本文中に③④を設定することで、笑話仕立てでありながら仏教説話としての鮮度も保たせようしていることから、これらを無住の改稿時における工夫の痕跡と取ることもできる。

一方で、『私聚百因縁集』はどうであろうか。『私聚百因縁集』における常陸国の意味合いについては、安藤直太朗氏が「住信が親鸞より三十七歳の後進で、親鸞が齢三十歳で同国に下向した健保五年（一二一七）には、彼はわずかに三歳に相当する。その頃から親鸞は同国稲田郷の浄興寺を拠点として布教していた。いま仮りに、住信が十五歳前後で、親鸞を知ったとしても、親鸞が文歴二年（一二三五）に帰洛するまでには、すくなくとも十二年間に亘って接触する機会を持っていたことになる。そして住信が本書を撰述した正嘉元年は、住信四十八歳、親鸞八十五歳であった。わけても親鸞は常陸国錫中に『教行信証』（元仁元年・一二二四）、『浄土三経往生文類』（建長六年・一二二五）、『正像末和讃』、『一念多念証文』（正嘉元年・一二五七）をつぎつぎと執筆している。したがって住信は、こうした親鸞のめざましい宗教活動を身近に見聞したのであろう。そして彼は浄土教の伝統を跡づけるためにも、古来の往生者の伝を説話の形で例示する意図をもって本書を編集したのである。彼が常陸国に住し、関東における法然・親鸞の法系に身を置き、念仏往生を勧進するため本書を執筆するに至ったことは、すこぶる意義深いことである」と述べる。[14] 無住が師匠や祖母尼公と出会ったのと同じく、住信もやはり親鸞という大きな存在に接したのが常陸国であった。彼らにとって、常陸国は特別な空間であり、その執筆活動にも少なからず影響を与えた地なのである。そして、近い時期にふたりが常陸国にいたこともまた興味深い。

住信にとって、そういった思い入れの深かった地であろう常陸国と『私聚百因縁集』を結びつける手がかりは跋文以外にほぼないことは気になるところであるが、先に挙げた播摩光寿氏は「住信が自らの生活地域空間を語っていないことを考慮して、ここでは一応何らかの形で東国「常陸」に生活の基盤を持っていた人であったという前提に立つことにする。なお、小稿では、板東八カ国と陸奥、出羽を含めた範囲の地域を、いわゆる「東国」とする考えをとる。「東国」を直接語る説話を掲載しない中で、説話の主構成には特に必要のない一要素として「東国」にかかわる説話・記事が、巻七6・巻七7二話中の二カ所にだけ見られる」と述べる。[15]

確かに、例えば、『私聚百因縁集』巻第七ノ六「伝教大師事」において徳一の建立した伽藍が多い地として「常（ヒタチ）」や「奥（ムツ）」の国が挙げられ、恵日寺の縁起を語る際に、わずかに「常陸国」の名が認められる程度である。他方で、この点に関して、追塩千尋氏は「住信の素性・経歴は未だ未明ながらも、談義・唱導僧的側面も有していたと考えられる。また、最澄伝の中に取り入れられた徳一伝も、住信が常陸の僧であったがゆえに採集することが容易であった徳一伝承の反映とも考えられる。現存本集の本文には関東との結び付きを証するような部分はどこにも見られない、と言い切れるのかどうかさらなる検討が必要であろう」と述べ[16]、『私聚百因縁集』巻第七ノ六や徳一については細田季男氏の詳細な考察がある[17]。追塩氏が述べるように、徳一伝承は常陸だからこそ収集できたものであると考えられ、単に説話の舞台として常陸が少ないだけで即座に住信と関東の結びつきを否定することはできない。巻第九に注目しても、山城国や近江国、伊勢国、讃岐国、肥後国、大和国等、西日本が中心で常陸国はおろか東国すらも出てこないとは言え、あえて常陸国での話を採用しなかった可能性も含めて一考の余地はある。

共通点を多く有しながらも、自らが見聞した常陸国での話を積極的に記した無住と、ほぼ一切、常陸国での話を記さなかった住信とは対照的であると言える。『私聚百因縁集』において常陸国や東国の地での出来事が記されない以上、さらなる考察は難しいが、この点については最後に改めて述べたい。

二、『沙石集』本文と『私聚百因縁集』本文

先に検討したとおり、常陸国、東国の説話での本文比較が難しい現状において、ここでは常陸国に限らず、『沙石集』と『私聚百因縁集』に共通する説話における本文を比較してみたい。

『沙石集』巻第一ノ七「神明道心ヲ貴ビ給フ事」には次のような説話が認められる。なお、本話は『沙石集』諸本に共通する説話であり、伝本間の異同も少ない。ここでは梵舜本の本文を挙げる。

①桓舜僧都ト申ケル山僧アリ。貧クシテ、日吉ニ参籠シテ祈請シケレドモ、示現モ蒙ラズシテ空ク過ケレバ、山王大師ヲモ恨奉テ、離山シテ、稲荷ニ詣デ申ケル。②幾程モナクシテ、千石トイフ札ヲ額ニヲサセ、給フト見テ、悦ビ思フ程ニ、又夢ニ稲荷ノ仰ラレケルハ、「日吉大明神ノ御制止アレバ、サキノ札ヲ召返スゾ」ト仰ラル。夢中ニ申ケルハ、「我レコソ御計ヒナカラメ、ヨソノ御恵

ヲサヘ御制止アルコソ、心ヱ難ケレ」ト申セバ、重而御返事ニ、「我ハ小神ニテ思ヒ分ズ。カレハ大神ニテマシマスガ、「桓舜」ハ今度生死ハナルベキ者ナリ。若栄花アラバ、障ト成テ出離シガタカルベシ。此故ニ、イカニ申セドモ、聞モ入ザリツルニ、ナシニタブゾ」ト仰ラルレバ、トリ返ス也」ト仰ラレケリ。③サテハ深キ御慈悲ニコソト覚テ、夢ノ中ニモ忝ク覚ヘテ、驚キテ驪而本山ニ帰リ、一筋ニ後世菩提ノ勤ヲノミ営ミテ、往生シタリトナン申侍レバ、④神ニモ仏ニモ申　ス事ハ、示現ナクトモ空シカラジ。イカニモ御計ヒアルベキニコソ。只信ヲイタシ、功ヲ入テ、冥ノ益ヲ頼ベシ。

『私聚百因縁集』巻第九にも同じ説話が載り、それを次に挙げる。

廿四　桓舜僧都依《クワンシュンソウヅヨツ》テ貧《ヒン》ニ往生スル事（付神明大悲）

①中比ノ事ナルニ貧《ヒン》ナル山法師アリケリ世路《セロ》ノ不ルレ叶《カナハ》事ヲ憂《ウレイテ》年来朝夕詣《マウ》テツヽ山王ヘ泣々《ナク〱》祈《イノ》リ申ケレト更ニ無シ二其ノ験《シルシ》一糸口《イト》惜《ヲシ》ク覚ヘテ宿業《シュクゴフ》有ラハレ限《カキリ》不レ叶ハトモ示《シメシ》給ヘカシ不通ニ不二スト聞キ入レ給一ハナメリトウラメシク成テ為《セン》ト二何様《イカ》ニ一思フ程ニ相知ル人籠《コモ》リ二稲荷《イナリ》ニ一ケレハ其レト共《トモナヒ》ツヽ七日詣《マウテ、》籠《コモツテ》又事ヲ無ク二二心《フタ》一祈《イノリ》②申ス加久満《カクミツル》ニ七日ヲ一夜夢《ユメ》ニ見ル様押《ヲ》シ二開キ社《ヤシロ》ノ御戸《ミト》ヲ一唐装束《カラショウソク》シタマヘル女房《ニヨウハウ》気《ケ》高ク目出タキ様ニ出テタマフ引キ二開キ我カ胸《ムネ》ニ一寸計リナル紙切《カミ》レヲ押シ付テ帰《カヘリ》タマヒヌ見レハレ之ヲ千石ト云フ文字アリイミシキ蒙《カウム》リ二神徳ヲ一ヌト思ヒ居ル程ニ鳥井ノ方タヨリ目出タゲナル人ノ多ク仕《ツカ》ヘ人ニ被レテ二囲繞《イネウ》セ一入リタマフ在リ奇《アヤ》シク誰《タレ》カハ加許《カハカリ》ノ粧《ヨソホヒ》ナラント見ル程ニ宮殿《クウテン》ヨリ有ツル女房急《イソ》キ出タマヒテ何事ニ渡《ワタリ》給ヘルニカ糸《イト》不レスト懸《ガケ》レ思ヒ申シタマフ客《キヤク》人ノタマフ様若桓舜《モシクワンシュン》ト申ス法師ノ望《ノソミ》申ス事ヤ侍ヘシト問イ給ヘリ尓サル事ニ侍ヘル七日ノ間タ法ツ施《セ》ナシ給テ懇《ネンコロ》ニ祈リ申ツレハ只今望ミ申シツル事ヲ叶《カナ》ヘ侍《ハン》ヘリヌト申タマフ客《キヤク》人云ク努々《ユメ〱》不ルレ有ラ事也我レニモ年来歎《ナケキ》申侍《シ》ヘリキ其ノ勤《ツトメ》不レ浅《アサカラ》侍レハ賜《タマハ》センニハ何《イカ》ナル事ヲモ可《ヘ》ケレレ与《アタフ》トモ態《ワサ》ト不ル二聞キ入侍ヘラ一也既《ステ》ニ賜《タマ》ハリタラハ速《スミヤカ》ニ召シ返《カヘ》サセトノタマフ女房驚《ヲトロ》キ給テ故ヘ侍ヘリケルヲモ不レ得二知ル事ヲ一謬《アヤマ》リ仕リケリタヽシ其ノ僧《ソウ》ハ未タ此《コヽ》ニ侍ヘル召シ返シ安シナントテ立依リ御座《ヲハシマシテ》胸《ムネ》ノ紙切《カミキレ》ヲ引キ祓キ帰《カヘ》リ給ヌ僧思フ様此ノ客人ハ無クレ疑《ウタガ》ヒ山王ニコソ御座マスメレ年シ来《コロ》奉レリ入レ功《コウ》ヲ我レト愍《メクミ》給ハン事コソ難《カタ》カラメ適《タマ〱》蒙《カウムル》二外ノ徳ヲ一サヘ妨《サマタケ》給フハ不レ可レ然ル事ナリト恨《ウラメシ》サノ余《アマリ》押《ヲサ》ヘレ涙ヲ居《イ》ル程ニ女房サテモ何《イカ》ナル故ニテ態ト渡リ給テ加久妨ケ給ソト客人答テノタマフ様《ヤウ》此ノ僧ハ順次《シュンシ》ニ可キレ厭《イト》フ二生死ヲ一者ノニテ侍《ハン》ヘルヲ若《モ》シ豊《ユタカ》ニシテ世ニ侍ラハ必《カナラ》ス余執《ヨシウ》深《フカ》ク成リ可レキ留《トマル》二穢土《エト》ニ一也依レテ之ニ自《ミツカラ》吉《ヨキ》様ナル事ヲハ都《トカク》覚シテ違遂《チカヘト》ケ二往生ヲ一サセント構《カマ》ヘ侍ヘル也ト言《イフ》ト見テ覚《サメ》テレ夢《ユメ》③哀《アワレ》ニ恭ナク覚ヘケレハ

山ニ帰《カヘ》リ登《ノホリ》テ其ノ後此ノ望《ノソミ》フ不通ニ絶《タヤシ》テレ思ヒヲタ、ヒトヘニ後世ノ
勤《ツトメ》ヲシテ遂《ツイ》ニ往生シニケリ月蔵房《ケツバウ》ノ僧都《ソウツ》ト云フ是也[4]カ、レ
ハ仏神ノ御構《カマヘ》哀《アハレ》ニ恭事也《ナキ》又貧《マツシ》キモ可ニ善知識一ナル有レ心ハ人
強《アナカチ》ニ貧シキヲ不レ可レ歎《ナケ》ク今生ハ夢幻《マホロシ》也今度欣々《ネカヒ〳〵》テ離《ハナ》レン二生
死ヲ一事過《スキ》テ喜《ヨロコ》フ事何事カ亦《マタ》過レン之ニ山王ノ御計《ハカラヒ》目出タキ事
不レ可ニ申シ尽《ツク》一ス云云

両書に異同は存在するが、ここでは『沙石集』の梗概を挙げる。桓舜僧都という貧しい僧が日吉神社に祈願していたが、示現さえ受けられない。それを恨んで京の伏見稲荷神社に参詣し、早速、千石と書かれた札（千石札）を夢に見て喜ぶが、さらに夢の中で稲荷明神が現れ、日吉山王（日吉大明神）が止めたので札は取り返したと話す。そのことを抗議した桓舜に対して、稲荷明神から、山王は大神で、その山王がこの世での栄華が出離の障りとなるからあえて桓舜の祈願を聞き入れなかったと話していたことを知る。そのことに感激した桓舜は後の修行を怠らず、往生したというもので、たとえ示現がなくても祈願による神仏の利益は必ずあることが説かれる。

本話に関しては類話も多いが、時系列的には『沙石集』よりも先に編纂されたのは『私聚百因縁集』であり、『私聚百因縁集』から見た播摩光寿氏の考察をもとに類話をまとめると次のようになる。[18]

［典拠］
異本『発心集』第三第三十二話
［関係説話］
『続本朝往生伝』第十一話
『僧綱補任』天喜五年条
『古今著聞集』巻第一第二十三話
『日吉山王利生記』巻六第七話
『沙石集』第一第七話
『元亨釈書』巻五
『三国伝記』第十第十八話
『五常内義抄』第十五

既に本話に関しては、これまで様々な考察や指摘が存在し、それらを踏まえて播摩氏が詳細に検討している。従って、新たに述べることは多いとは言えないが、本稿では主に『沙石集』と『私聚百因縁集』の本文比較を行いたい。

その前に、そもそも『私聚百因縁集』巻第九については、南里みち子氏が「和朝之篇三巻のうち、高僧の往生伝ともいうべき性格を持つ巻七、八では、先行作品に共通説話があったにしても本文上の影響はほとんど見られず、せいぜい参考とするにとどめたと考えられるのに対して、巻九においてはそのほとんどが先行説話の本文をほぼ忠実に受けついでいる。

このことは出典の明らかな天竺、唐朝両篇の説話についても言えることである」と述べるとおり[19]、住信の叙述態度を『私聚百因縁集』巻第九から見出すのは容易ではない。逆に言えば、そういった中で、異本『発心集』とも異なる点があれば、その異なりは重要である。

『沙石集』本文、『私聚百因縁集』本文ともに対応する箇所を①〜④で示したが、まず明確なことは『私聚百因縁集』の方が圧倒的に詳細な本文になっているということである。②の夢の中での出来事も『私聚百因縁集』では事細かに語られ、『沙石集』では簡略になっている。③では最後に「月蔵房僧都」という桓舜が天台座主である慶円に師事した後の名まで明かされる『私聚百因縁集』に対して、『沙石集』では桓舜が往生したことのみを伝える。両書が別の伝承をもとに説話が構成されているにせよ、『私聚百因縁集』が異本『発心集』を典拠にしているにせよ、両書の本文がこれだけ異なることは興味深い。播磨氏は特に②において、『私聚百因縁集』では異本『発心集』と比して「桓舜の山王への悪感情」を強調する「語り換え」が行われ、「住信は山王と桓舜の対立関係をより鮮明に表出した」とする。その上で、「それによって桓舜の悟りへ向かう心の変化を一層効果的に表出するためであったに違いない。往生に至る過程こそが問題であった」と述べる。播摩氏の指摘は『沙石集』本文と比較した場合においても首肯でき、そういった意味で、②における夢のやりとりから③における桓舜の心の変化は『私聚百因縁集』において、本話の根幹をなすものであると位置づけられる。

一方で、『沙石集』において、②③は話の展開において必要最低限のことが述べられるのみである。ここで、少し視野を広げてみると、『沙石集』巻第一ノ七「神明道心ヲ貴ビ給フ事」は本話のみならず、その前後に複数の説話が配置され、貧、夢、後世菩提といった事柄が様々な例示をもって何度も繰り返されている。両書において本話は往生に至る過程を示すという同じ目的を持ちながらも、ひとりの僧の心の変化によって説くのか、類聚という手法によって説くのか、という点で大きな差異が認められる。付言するなら全てが簡略な『沙石集』本話において、②で稲荷明神が自ら「我ハ小神ニテ思ヒ分ズ。カレハ大神ニテマシマス」と述べ、山王との上下関係を明示している。これは異本『発心集』にも『私聚百因縁集』にも認められない[20]。現世利益よりも往生を優先すべきことを話中で稲荷明神に序列の論理をもって語らせることによって説いている。これが無住の方法なのである。

他にも本話は、例えば『古今著聞集』巻第一第二三話「興福寺の僧八幡に参籠し、夢に春日・八幡両大明神の託宣を得たる事」では、話の骨子はほぼ同様であるが、比叡山の山僧が興福寺僧、参詣する場所が稲荷社ではなく石清水八幡宮、夢で告げるのが春日神、そして上位の神格の山王が八幡大菩薩となっており、最後に延暦寺の桓舜と同様の出来事であると評される。(21) 他の類話も含めて、同じ伝承でもそれぞれの説話集や作品の意図によって、内容にかなり変化が認められることから、やはり『沙石集』と『私聚百因縁集』の差異は見逃せない。

おわりに

ここまで、常陸国や説話本文の比較といった観点から『沙石集』と『私聚百因縁集』の関係性について検討してきたが、最後に改めて両書について述べてみたい。

諸本に共通する『沙石集』巻第二（梵舜本では巻第二ノ六「地蔵菩薩種々利益事」、米沢本では巻第二ノ五「地蔵ノ利益ノ事」）には題目どおり、地蔵菩薩の利益を説く説話郡が並ぶ。そのうちのひとつは「常州」（梵舜本）「常陸国」（米沢本）の筑波山の麓を舞台としている。これは筑波、真壁、新治の三郡の境にあり、無住にとって極めて縁深い土地である。同内容の説話が『地蔵菩薩霊験記』巻第六ノ七「小児井墜夢中救給事」に載る。(22) 興味深いのは、『地蔵菩薩霊験記』では老いた入道の孫が井戸に落ち、地蔵菩薩の夢告と霊験によって、夢の中で地蔵菩薩が井戸の底から幼い子を背負い出したように見えた後、「我子ハ如〻常懐ノ内ニゾアリケル」と孫が蘇生するが、『沙石集』では子は蘇生せず、井戸の底から幼い子を背負って出したように見えたところで終わる。母親の嘆きは少し止んだということで話が締めくくられるが、決して救われたという感はない。当然ながら『地蔵菩薩霊験記』は地蔵菩薩の奇跡的な力を示すことに主眼があり、どうしても孫は生き返ってもらわなければならないと言えるが、『沙石集』巻第二も同様に、実はここでも類聚の方法を採り、本話の前後で『地蔵菩薩霊験記』の説話と連続して重なりながら地蔵菩薩のありがたさを何度も説いている。それは本話の題目を見ても明らかである。にもかかわらず、『沙石集』の本話においては地蔵菩薩の奇跡的な霊験を示さない。ここで重要なのは、母に対する地蔵菩薩の夢での発言「我ヲ恨ル事ナカレ。力及バヌ定業也。後世ヲバ、助ケンズルゾ」（梵舜本、他の伝本も同じ）である。夢の中で地蔵菩薩はこのことを「定業」と説き、後世の救済を誓う。その点で、『沙石集』は『地蔵菩薩霊験記』の説話と連続した重なりを見せながらも、結末は大きく異なる。実際の『地蔵菩薩霊験記』との書承関係の有無は別として、『沙石集』では子どもが蘇生しないことを「定業」という論理の中で見ている。まさにこれは無住が好んだ論理であり、『沙石集』においてもたびたび使われる。同時に、子どもが蘇生せず、奇跡的な描写を控えることで、より事実に近い出来事となり、先の桓舜説話と同様に本当の意味での救済というものについて問いかける説話にもなっている。様々な角度から見ても、本話の舞台が無住の慣れ親しんだ筑波山の麓であることの意味は大きい。

また、『私聚百因縁集』巻第六ノ十八「愚者二人無言事(喩愛欲衆生)」では、一枚の餅のために、無言の賭けをした夫婦が盗人に押し入られても無言を貫いたという説話が載る。餅ひとつに拘り果ては全てを失っても無言を貫こうとした夫婦の愚かしさを描いた説話である。笑話のような譬喩説話と言えるが、これは紛れもなく『百喩経』第六十七「夫婦食餅共為要喩」の内容であり、『私聚百因縁集』においては、譬喩経典『百喩経』をも参照し、用いている。[23] 中世の仏教説話集において、『百喩経』が引用されるのは『沙石集』や『宝物集』を数えるのみであることを考えると、この一致は意外に大きい。説教唱導という観点からも『沙石集』と『私聚百因縁集』のつながりは見出せる。その点とも関連して、渡邉信和氏は、住信について「住信と『百因縁集』の享受者とが同じ様に人に対して、日常的に教説する立場にいたものの意味で説教者と認識することは可能なのだろう。ただ、これを勧化僧という場合には、その定義は、例えば大きな寺院に籠り、論議と経論の研鑽に終始する学問僧、自らの出離を目指して遁世した遁世者たちと対置する概念として、勧化を生業として、衆生の教化に当たった在地の僧侶という事になるだろうか。彼等は彼等なりの学問の場を持っていたものと考えられる」、「彼が採択した説話が全て念仏往生、称名によって往生した事例だけであったかといえば、そうではない。巻第一の第七話などのように来迎往生の事例を取り上げたり、巻第三の第二話のように法華経の利生を説いたり、第十一話に薬師如来による破地獄説話を挙げたりと諸行雑修の様相を呈している。巻第九の第十話などもそうであって、浄土信仰の傾向は強いものの全てをそこに帰するほどの頑強な専修念仏者ではなかったといいえよう」と述べる。[24] 渡邉氏が指摘するような住信の「在地の僧侶」「彼等なりの学問」「諸行雑修の様相」等の傾向からは、ますます無住との類似性、関連性を想起させる。

再び常陸国に目を向けると、播磨光寿氏は「〈生活空間としての東国を書かないこと〉それこそが本『百因縁集』と住信における東国であった。東国は⑴昔、諸国と同じく「只人に非ざる人」が住んでいた、⑵日本諸国とつながって日本全国を形成する、(3)仏法がたしかに行われている地であるとの確信のもとに、〈往生の証し〉という一つの目的のために、身近な制約や束縛から解放された住信がいた。その立場がどうであったにせよ、彼はグローバルな視点で、天竺釈尊から続く、三国の念仏往生の世界を東国から見ていたのである。つまり、〈東国を見る〉のではなく、〈東国から見る〉のが『私聚百因縁集』における東国」の意味だったのだ」と述べる(25)。そうであるとすれば、様々な地域に住み、多くの情報を入手したうえで、それでもなお東国、中でも常陸国をどこまでも見つめたのが無住であり、その表出の場が『沙石集』という作品であった。そういった意味では、両書、そして両者は近似しながらも対照的な部分も有した特殊な関係性にあり、それらがまたそれぞれの距離感で「常陸国」と関わりを有しながら近い時期に新しく生まれたというのは注目に値する。

注

(1) 梵舜本『沙石集』の本文は渡邊綱也校注、日本古典文学大系『沙石集』（岩波書店、一九六六年）を用い、以下の本文引用も同様である。また、以下の全ての引用時における傍線部や丸数字は引用者が施したものである。

(2) 米沢本『沙石集』の本文は渡邊綱也校訂『校訂廣本沙石集』（日本書房、一九四三年）を用い、以下の本文引用も同様である。

(3) 『私聚百因縁集』の本文は吉田幸一編『私聚百因縁集』上中下（古典文庫、一九六九～一九七〇年）に載る吉田幸一所蔵の影印を翻刻した。なお、仏書刊行会編、大日本仏教全書『私聚百因縁集　三国伝記』（仏書刊行会、一九一二年）や加美甲多編『『私聚百因縁集』巻第九注釈』（二〇一一年）も参考にした。以下の本文引用も同様である。

(4) 播摩光寿「『私聚百因縁集』における東国」（『説話文学研究』第三十三号、説話文学会編、一九九八年七月）を参考にし、引用した。

(5) 追塩千尋「現存『私聚百因縁集』の時代意識」（『北海学園大学人文論集』第四六号、二〇一〇年七月）を参考にし、引用した。

(6) 例えば田村晃祐「『私聚百因縁集』の思想」（『二松学舎創立百十周年記念論集』二松学舎、一九八七年）において住信と親鸞、またその関東における教団の動向という視点から『私聚百因縁集』が論じられている。

(7) 三木紀人「沙石集・雑談集」（本田義憲・池上洵一・小峯和明・森正人・阿部泰郎編、説話の講座第五巻『説話集の世界II――中世』（勉誠社、一九九三年）を参考にし、引用した。

(8) 大隅和雄、日本の中世2『信心の世界、遁世者の心』（中央公論新社、二〇〇二年）を参考にし、引用した。

(9) 土屋有里子『『沙石集』の世界』（あるむ、二〇二三年）を参考にし、引用した。

(10) 前掲注8に同じ。

(11) 拙稿「『沙石集』の笑い」（『説話・伝承学』第十七号、説話・伝承学会、二〇〇九年三月）等において、私見を述べた。

(12) 『沙石集』諸本の体系的な研究は渡邊綱也「沙石集諸本のおぼえ書――主として拾帖本と拾二帖本との関係についての推

論」（東京大学国語国文学会編『国語と国文学』十八—十、明治書院、一九四一年十月）や渡邊綱也「解説」（渡邊綱也氏校注、日本古典文学大系『沙石集』、岩波書店、一九六六年）等がある。その後、『沙石集』伝本の新たな可能性について触れたものとして小島孝之「『沙石集』の説話とその社会的背景」（小島孝之校注・訳、新編日本古典文学全集『沙石集』、小学館、二〇〇一年）や土屋有里子「梵舜本『沙石集』考——増補本としての可能性」（『中世文学』第五十号、中世文学会、二〇〇五年六月）等がある。それらを踏まえ論者も、拙稿「梵舜本『沙石集』の性格」（『同志社国文学』第六十五号、同志社大学国文学会、二〇〇六年十二月）等において私見を述べた。

(13) 前掲注12に同じ。

(14) 安藤直太朗「説話の類聚と編者——『私聚百因縁集』と『三国伝記』」（永井義憲・貴志正造編『日本の説話』第三巻中世Ⅰ、東京美術、一九七三年）を参考にし、引用した。

(15) 前掲注4に同じ。

(16) 前掲注5に同じ。

(17) 細田季男「巻七第六話「伝教大師事」」（北海道説話文学研究会編、『私聚百因縁集の研究　本朝篇』下、和泉書院、二〇二三年）を参考にした。

(18) 播摩光寿「巻九第二十四話「恒舜僧都依レ貧往生事付神明大悲」」（北海道説話文学研究会編『私聚百因縁集の研究　本朝篇』上、和泉書院、一九九〇年）を参考にし、引用した。

(19) 南里みち子「真名書説話の表記意識について　私聚百因縁集和朝之篇を題材として」（『語文研究』第三十六号、九州大学国語国文学会、一九七四年二月）を参考にし、引用した。

(20) 異本『発心集』の本文は高尾修・長嶋正久編『発心集本文・自立語索引』（清文堂、一九八五年）を参考にした。

(21) 『古今著聞集』の本文は西尾光一・小林保治校注、新潮日本古典文学集成『古今著聞集』上（新潮社、一九八三年）を用いた。

(22) 『地蔵菩薩霊験記』の本文は大島建彦監修『一四巻本地蔵菩薩霊験記』上（三弥井書店、二〇〇二年）を用いた。

(23) 『百喩経』の本文は棚橋一晃訳『ウパマー・シャタカ　百喩経』（誠信書房、一九六九年）を用いた。

(24) 渡邉信和「私聚百因縁集」（本田義憲・池上洵一・小峯和明・森正人・阿部泰郎編、説話の講座第五巻『説話集の世界Ⅱ——中世』（勉誠社、一九九三年）を参考にし、引用した。

(25) 前掲注4に同じ。

『雑談集』巻五にみえる呪願

高橋悠介

たかはし・ゆうすけ――慶應義塾大学附属研究所斯道文庫教授。専門は日本中世文学・寺院資料研究。主な著書・論文に『禅竹能楽論の世界』（慶應義塾大学出版会、二〇一四年）、「身体生成をめぐる思想と中世仏教――五蔵観・魂魄・胎内説」（『日本宗教史3 宗教の融合と分離・衝突』吉川弘文館、二〇二〇年）、『宗教芸能としての能楽』（編著書、アジア遊学二六五号、勉誠出版、二〇二二年）、「湛睿説草と『発心集』『唐物語』」（『古典文学研究の対象と方法』花鳥社、二〇二四年）などがある。

『雑談集』巻五の呪願説話の中に、沐浴偈や食作法の呪願句がみえる。これらの偈句を検討し、無住が律院において行われていた布薩等に伴う入浴作法や二時食作法における呪願に馴染んでいたことを推測する。『四分律行事鈔資持記』のような律疏に加え、南宋から移入された律の行儀も、無住には身近なものであっただろう。

はじめに

近年、無住の著作とその修学環境については、宋代成立典籍の受容や、三学の重視を含めた宋代仏教の影響を考える視点から、研究が進んでいる。『宗鏡録』の影響も論じられているが、律の関係では、道宣撰『四分律刪繁補闕行事鈔』（以下、『行事鈔』）の元照による注釈書『四分律行事鈔資持記』（以下、『資持記』）の説話的記事が、『沙石集』や『雑談集』に大きな影響を与えていることが、小林直樹氏によって明らかにされた点は重要である[1]。『行事鈔』や『資持記』の影響について、小林氏の研究に付け加えられることは殆どないが、宋代仏教の影響を考える際には、書籍による修学のみならず、南宋から日本にもたらされた僧侶の行儀・規則の面にも注意する必要がある。本稿では、そうした観点から『雑談集』巻五に「呪願ノ事」として記される記事を取りあげ、その呪願そのものについて若干、考えてみたい。

呪願とは「祈りの言葉を唱えて仏・菩薩の加護を願うこと。僧に施された食事や法会において、施主の望むところに応じて法語を唱え、施主の福利を祈願すること」（『岩波仏教辞典』(2)）やその祈願の偈句を指す。決められた定型的な偈句ばかりではないが、本稿では、宋代仏教の影響下に日本中世の律院で用いられた定型句を対象にする。

一、『雑談集』巻五の呪願説話

『雑談集』巻五「呪願ノ事」で、無住はまず次のように言う。

　華厳経・大集経等ニ、物ゴトニ呪願スベシト見ヘタリ。一巻サナガラ呪願ノ文アリ。世間ノ人行ジテナレテ、口ニ呪願ノ文ヲ唱レドモ、其ノ意信解ナケレバ其ノ徳モ薄カルベシ。思ヒ入レテ信心アラバ、其ノ徳大ナルベシ(3)。

呪願の文を唱える際には、信心を込めることが大きな徳につながるという趣旨は、意業の重視でもあり、続く複数の説話と深く関わっている。続くのは、以下のような天竺を舞台にした六つの呪願関係説話と、加茂の斎院の往生譚である。

①寺物を借用し非法の事に用いた三藏法師が、それを償うため他国に赴いた帰途、蛇にかまれて死に、地獄に落ちる際、温室の呪願を唱えたために天に生まれ変わった話。

②母を養っていた慈童女が、海で宝を取ろうとした際、それを許さずに、すがった母の髪を一茎引き抜いて海に行ったが、その帰途、金銀瑠璃の城で数万歳の快楽を得て、その後、地獄に入る。獄率が慈童女に火輪を戴かせるが、慈童女は地獄の衆生の苦を自分一人が代わって受けると願をおこしたため、火輪が地に落ち、都率天に生まれ変わったという話。

③摩伽羅という愚癡の僧が、舎利弗が長者のために「常に今日の如くめでたかるべし」と呪願を述べて悦ばれたことに倣って、ふさわしくない場で長者のために同様の呪願を述べたために、散々な目に遭う話。呪願は時に随うべしという教訓を含む。

④貧女が糞の中から見つけた銭二文を洗い、僧に供養した際、維那ではなく長老の上座が自ら丁寧に呪願をし、そのために大国の王の后になることができた。その後、その上座の僧を多くの宝で供養したが、僧は以前のようには随喜せず、呪願もせず、功徳が大きい以前の供養と違い、今の供養は功徳がない、と述べたという話。

⑤難陀という貧賤の女人が一銭を乞い得て油を買い、その油による一灯を仏に供養した際、「一灯を以って一切衆生の愚癡の闇を照らし、大智光明法界を照らし、、一切衆生と共に菩提の道を成す」と願を発した、その呪願により、他の灯明は消えても、その一灯は消えなかったという、いわゆる貧女一灯の説話。

⑥山中で梵行をしていた梵志に従って給仕をしていた美人の妻を、国王が無理矢理召し上げたところ、これに憤って恨んだ梵志が天下を失わんという強い念を起こし、天から大きな石を下して国王と人民が一度に命を失った話。これは、身口意の三業のうち、身口の所作がない意業による「意罰」とされている。

⑦加茂の斎院（村上天皇皇女・選子内親王）が、道心者ながら斎院の習いにより念仏こそしなかったものの、西に向かって仏を心に念じ、その心を和歌に詠んだために往生した「意念往生」の話。

これらのうち①②③⑤の説話について、『行事鈔』に注した『資持記』の関連が指摘されているように、一連の記事には律疏の影響が大きい。無住が②と③の説話の間に「律ノ呪願、尤モ可シレ行ズレ之ヲ」というように、呪願については律の文脈で考える必要がある。具体的な呪願の文言が示されるのは①③⑤の説話と、②に対する注釈的な記事だが、⑤については『資持記』巻下四の対応記事では「誓願」の語はあってもこれを「呪願」とはしていない。本稿では定型的な呪願句を含む①と、②に対する注釈的な記事を取り上げることにする。

二、温室の呪願と泉涌寺流の沐浴偈

まず、①の説話は次のような内容である。

昔シ三蔵法師、寺物《ジモツ》ヲ借用シ非法ノ事ニ用《モチヒ》了テ為《タメ》二償《ツクノヒ》返サン一、他国へ行《ユイ》テ観化（ママ）、持帰ル路ニテ、七歩蛇《フジヤ》ニ嗽《サ》レテ決定《ケツヂヤウ》命終《ヲハル》ト思テ、以テ二弟子ヲ一借物ヲ返シ了テ路ニテ命《ミヤウ》終《ジウ》ス。寺物ヲ返スト云へドモ、不法ニ用《モチヰ》タル故ニ地獄へ落ツ。温室ニ入ル如クニ覚《ヲボヘ》テ、呪願ニ云、「沐《モク》二浴身《ヨクシ》体ヲ一、当ニレ願ス衆生、身心無クレ垢、内外清浄ナラン」。依テ二呪願ニ一、出テ二地獄ヲ一了テ生ルレ天ニ。律蔵ノ中ニ有リレ之。

小林直樹氏は、この話が『資事記』巻中一下に具体的にみえる記事に拠っていることを確認した上で、呪願の言葉「沐浴身躰、当願衆生、身心無垢、内外清浄ナラン」は『資事記』には見えず、『華厳経』巻六・浄行品の誓願の一つに由来するものであろうと指摘する。『華厳経』浄行品には、智首菩薩と文殊菩薩の問答によって、在家から出家に至る菩薩の利他の願が説かれているが[4]、その中の一つに「澡浴身体、当願衆生、身心無垢、光明無量」とある（六十華厳の場合[5]。なお、八十華厳では初句「洗浴身体」、第四句「内外光潔」）。

無住が呪願の源流にある『華厳経』浄行品を意識しつつ、この説話を引いているのは確かだが、『華厳経』浄行品と一致するのは「当願衆生、身心無垢」の部分のみで、呪願の初句「沐浴身体」と第四句「内外清浄」は『華厳経』浄行品とは異なる。この異同に注意する際、この説話において、『華厳経』浄行品は意識されつつも、無住の周辺で浴室に入る作法として実際に観念され、馴染みがあった呪願の句が挿入された可能性を検討する必要がある。

そこで見ておきたいのが、泉涌寺流の寺院における仏道生活の規定が詳しく記された『南山北義見聞私記』（十四世紀成立）の「浴室章」である。西谷功氏によれば、本書に示された規則は、南宋江南地域の律院・教院の規則に準じて作られ、禅院の規則とも共通するという[6]。同書の識語によれば、本書の撰者は「相州鎌倉大楽寺覚仙長老」（大楽寺は鎌倉の胡桃ヶ谷にあった泉涌寺流の律院）で、落合博志氏は覚仙（実名、忍宗）が泉涌寺流律院の飯山寺（現・厚木市）の出身であると推測し、覚仙が、飯山寺長老の源智のみならず、源智の前に飯山寺長老を務めていた泉涌寺七世長老の覚阿に学んだ内容も反映されていると推測している[7]。

『南山北義見聞私記』の「浴室章」には、泉涌寺流の僧侶が浴室で行う作法が詳しく描かれている。西谷氏は、日本に蒸し風呂でなく湯船に浸かるつかり湯が導入されたのは、鎌倉時代の入宋僧請来の仏道実践が画期となったと指摘しており、泉涌寺流寺院の浴室の構造や、その入口正面に浴室で得悟したという伝承がある跋陀婆羅尊者像が安置されたことなども明らかにしている。同氏による説明に拠れば、同書「浴室章」にみえる作法のうち、入浴までの部分は、次のようなものであった（「問訊」は挨拶の意）。

僧侶は入口で尊者像に問訊し草履をぬぎ、脱衣場の所定の連床で五条袈裟・内外衣を脱いで、浄竿に懸ける。このとき湯帷と脚布を着用し、「内戸」を軽く叩いてから湯船空間に入室する。入れば、他人と肌が触れないように湯帷を脱いで竿に懸けて、臈次で定められた湯船近くの床に着く。まず眼前の桶で湯をすくって手を洗い、合掌して呪願文「洗浴（偈）」を心念する。その後に脚から徐々に洗い、身体を清浄にする。入浴後は「内戸」近くで湯帷を着し、脱衣場の連床で休息する。（後略）[8]

この傍線を付した作法の呪願は、「浴室章」の本文では、

合掌シテ唱呪願文一云心念、「当願衆生。沐浴身体。心身無垢。内外清浄」[9]文。

と記されている。すぐ後に「凡於二浴室一不二言語一也。法談亦禁レ之。」とあるように、浴室内では言葉を発することが禁じられているため、この呪願も「心念」とされている。『雑談集』巻五の説話中の呪願と比べると、「当願衆生」と

「沐浴身体」の語順が逆なのと、「身心」「心身」の表記の違いはあるが、『華厳経』浄行品より近い。

また、万延元年（一八六〇）初夏の奥書を持つ『泉涌寺維那私記』には、泉涌寺の年中儀礼や諸作法が記されているが、同書にみえる「沐浴偈」は「沐浴身体」から始まる『雑談集』と全く同じ形である。[10]「沐浴偈」の部分には訓点・振仮名が付いていないが、同書にみえる他の偈の多くには宋音の振仮名が付いており、沐浴偈も泉涌寺では宋音で心念されたと考えられよう。

『雑談集』巻八「持律坐禅ノ事」では「近比、我禅法師、渡唐シテ、如法律儀伝受。北京ノ中興ノ事也。南都又其後、招提寺、西大寺ニ、如法律儀始行スル事、時至レバカ、コレモ次第ニスグレ、行ズベキ歟」として、律法興隆の先駆となった泉涌寺の我禅房俊芿（一一六六～一二二七）に言及した後、栄西に言及している。土屋有里子氏はこれを、無住が俊芿を律の祖師とし、栄西を禅の祖師として捉えているとした上で、無住の著作には俊芿門下と栄西門下の入宋僧と渡来僧の逸話が多く収録されていることを指摘し、両者は三学の修学という共通の目的を持っていたとしている。[11]泉涌寺流の布薩儀礼や食作法は、俊芿の弟子・定舜が嘉禎三年（一二三七）の夏安居に行った海龍王寺での講義等を通して、叡尊など南都の律僧にも伝わっていった。入浴は、戒本に基き罪過を懺悔する布薩などの前に行われることもあり、無住が『南山北義見聞私記』に描かれるような南宋仏教に準じた律僧の浴室作法に通じていた可能性は大きい。そうした背景のもと、実際に馴染んでいた呪願文が、説話中に挿入されているのではないだろうか。

三、称名寺・湛睿説草にみえる沐浴偈

もう一点、金沢北条氏の菩提寺の律院・称名寺の湛睿（一二七一～一三四六）の説草にみえる呪願も紹介しておきたい。それは、表紙中央に「化《ム》制二教以願為初事 建武□年正月十五土」という湛睿筆の外題を持つ折本で（称名寺聖教三〇七函一号）、表紙右下に「睿之」と書かれている。「化制二教、願を以て初めと為す事」という外題の「化制二教」は、道宣の『行事鈔』に基づく分類で、「化教」は三学のうちの定・慧、「制教」は戒を示す。奥書に「建武四年十二月十五　土ー布ー」とあり、本文中にも年末の仏名会に関わる記事があることから、仏名会に関する説草として納冨常天氏により紹介されたものである。[12]称名寺二世長老・釼阿の入滅が暦応元年（一三三八）のことで、湛睿はその後に三世長老に就くが、建武四年（一三三七）はその少し前の時期になる。

この説草では、始めに誓願について述べる記事があり、「花厳経」に在家の時より出家・受戒の後に至るまでの「一百四十ノ願」が説かれているという（浄行品を前提とした記事とみられる）。そして「在家時ノ願」に続けて「出家時ノ願」を幾つか紹介しているが、その中に、

　浴堂ニシテハ、「沐浴身体、当、、、身心無垢、内外倶浄」ナント唱へ候。

という一節がある。「当願衆生」は『華厳経』浄行品の百四十の四句偈の定型句で、この説草では「在家時ノ願」の最初に挙げる「孝養父母、当願衆生…」の願でも示しているため、「当、、、」と省略して書かれている。第四句の三字目を「倶」とする以外の点は、語順や「身心」表記も含め、『南山北義見聞私記』に示された呪願よりも『雑談集』に近い点、注目される。湛睿は久米田寺や東大寺など南都でも修学を積み、華厳や律に通じた学僧で、称名寺の他に、極楽寺や多宝寺など鎌倉の忍性ゆかりの寺院で過ごした時期もある。東国における律僧のあり方を考える際に、湛睿の説草は格好の資料であり、忍性の影響下にあった常陸の律院における無住の修学環境を考える上でも参考になろう。

　この「化制二教、以《ム》レ願為レ初事」には、『華厳経』浄行品に基盤を持つ、大小便に関わる願「左右便利、当、、、蠲徐汚穢ヲ、無婬怒癡」（右が大便、左が小便）や、剃刀に関わる願「除剃鬚髪、当願、、、断除煩悩、究竟寂滅」なども挙げられており、無住が『雑談集』巻五で「華厳・大集ニハ、大小便・手水・剃刀ニモ皆、呪願ノ文有レ之」と言及する呪願に相当する可能性が高いだろう。その呪願が、鎌倉・南北朝期の東国の律僧によって記された実例として興味深い。

　なお、凝然の『梵網戒本疏日珠鈔』巻第十八[13]や、明恵の『光明真言土砂勧信記』巻上にも、『雑談集』巻五の①と共通する説話が引かれている。そのうち、明恵が言及する例は次のようなものである。

　ムカシ破戒ノ比丘アリテ、三宝物ヲモチキテ、其罪報ヲヲヂテ、タカラヲアツメテ、コレヲツクノフ。イノチヲハリテ無間地獄ニヲツルニ、イマダ其大火ノ中ニイラザルサキニ、アヤマリテ人間ノ温室トヲモヒテ、温室ニイル呪願ノ文ヲ誦ズルニ、此コヱヲキク衆生皆地獄ヲイツ。比丘マタ忉利天ニウマレヌ。此比丘罪業ニヨリテ地獄ニヲツレドモ、又余善ニヨリテ、地獄ヲ人間ノ温室トヲモヒテ、呪願ノ文ヲ誦ス。イハムヤ呪砂ヲ信ジテ、身ニ帯シテ、信心運運ニ相続シテ、臨終マデニイタラバ、スナハチ無間地獄ノ猛炎クビノシタノ土砂ニ映ジテ、カナラズ真言ノ大光明ニ変ズベシ。カノ罪業ノ比丘、余善ニヨ

ルガ故ニ、无間ノケフリヲミテ、人間ノ温室トヲモフガゴトシ[14]。

『資持記』では呪願を唱えた後、三十三天に生まれ変わったとするところを、忉利天に生まれ変わったとし、七歩蛇にかまれたことにふれない、などの違いがあるが、同様の説話とみられる。破戒の比丘が呪願を誦したことについて「余善」によると位置づけている点も、特徴的である。『光明真言土砂勧信記』では、光明真言により加持した土砂を呪砂と呼び、その利益を説く中で、この呪願の説話を引いている。破戒の比丘が地獄を温室と勘違いしたために誦した呪願でさえ功徳があるので、況んや呪砂を信じて身に帯びれば、その功徳は間違いないという文脈である。

『雑談集』巻五「呪願ノ事」を全体としてみると、ただ呪願を唱えるだけでなく、思い入れて信心を持って唱えることを重視している。①の説話自体は、信心というよりも習慣的に唱えた呪願の功徳を示すとみられるが、ただしそれが②以降の説話において、まことの心による（呪）願の功徳を示す前に置かれている点が重要で、『雑談集』の説話排列でも、誤って呪願を唱えた僧でさえ、天に生まれ変わったのだから、ましで況んや、という含意があると読むことができようか。

四、布施の偈（三輪清浄偈）

慈童女の説話の後、無住は次のように続ける。

天台ノ師、此ノ事ヲ釈シ給フニハ、「十界ノ果報身ハ差《シャ》別《ベツ》セリ。十界ノ心ハ無碍《ムゲ》ニシテ仏界ノ心ヲ発《ホツ》セリ」ト釈シ給ヘリ。仏心内ニ生ジ、苦果外ニ滅スル也。コレハ只呪願也。言《コトバ》美ナラネドモ、心有リ二誠呪願一。衆生ノ言ミナ衆生ト共ニ仏法ニ入テ二利円満ノ願ナレバ、イルカセニ思フベカラズ。纔《ワヅカ》ニコノ呪願ノ力、大ナル益アルベシ。心地観経ノ文、常ノ施物《セモツ》ヲ得テハコトニ呪願スベシ。人知レリ之ヲ、必ズ誦レス之ヲ。「能施所施《ノウセショセ》及ビ施物、於テ二三世ノ中ニ一無ケレハ二所得一、我等安ニ住シ最勝心ニ一、供ニ養セン十方一切仏ヲ一」。

小林直樹氏は、この記事の「天台ノ師」が湛然を指し、「十界ノ果報身ハ」以下の記事が『止観輔行伝弘決』巻五之二で慈童女の説話を引用した後の記事に拠っていること、また②の慈童女の説話自体が『資事記』を基本としつつも『弘決』の要素も取り入れながら説話構成をはかっていることを指摘している。そして、「『行事鈔』および『資事記』と『止観輔行伝弘決』に同一の説話が認められる場合、無住はしばしば両者を折衷するような説話構成を試みている[15]」という。

さて、無住はこの記事で、呪願の力に大きな利益があることを説き、施物を得た際の呪願を引く。この「能施所施及施物」以下の呪願について、三弥井書店「中世の文学」の『雑談集』では、巻五の補注二八で、『大乗本生心地観経』巻第一に典拠があることを示し、同経では第四句が「供養一切十方仏」[16]となっている異同を指摘するが、呪願としての用例は示していない。

鎌倉時代における参考例として、明恵が建保三年（一二一五）に著した『三時礼釈』（三時三宝礼釈）を挙げておく。同書には、

臨時所得ノ物ヲ供ゼムニ、イササカナル呪願ノ文アリヤ。答云ク、愚僧ガ自行ニハ、

能施所施及施物　於三世中无所得
我等安住最勝心　供養一切仏法僧

ト誦スル也。是ハ常途ノ供養呪願ノ文也。但、終リノ十方仏ノ三字ヲ改メテ、仏法僧トナセル也。[17]

とあり、この偈が呪願として使われていたことが確認できると共に、一般には第四句が「供養一切十方仏」である所を、明恵が「供養一切仏法僧」に改めて誦していたこともわかる。また、運敞撰『寂照堂谷響集』第五も布施の偈を示す中、「心地観経云」として当該句を引くが、末尾は「供養一切十方仏」である。[18] なお、同書ではこの偈を「三輪清浄偈」と称している。

五、南岳慧思に由来する呪願（大食偈）

『雑談集』では先程の引用部分に続けて、次のような記事がある。

華厳・大集ニハ、大小便・手水《テウズ》・剃刀《カミソリ》ニモ皆、呪願ノ文有レ之。殊ニ粥斎《シユクサイ》ノ呪願、僧衆不レ可レルカラ忘ル者也。南山大師ノ呪願ノ文「此食色香味」、毎レニ人知レル之ヲ。一切ノ食物ニ通ジテ呪願スベシト見タリ。文、コレ彼ノ大師ノ呪願ノ文也。「六通聞香《モンカウ》」ノ句、殊勝也。「念食々香、如栴檀風ノ一時ニ普薫レジ十、於レテ食ニ能ク生ニズ六波羅蜜及以三行一ヲ」。自行共行。衆行也

『沙石集』に『宗鏡録』と共に『摩訶止観』注釈書、特に湛然撰『止観輔行伝弘決』（以下『弘決』の略称も用いる）の影響が強いことは知られているが、[19] この『雑談集』巻五の「南山大師ノ呪願ノ文」以降の記事も、『弘決』巻第四之三の以下の記事に拠ったものであろう。

故南嶽随自意中云、凡所レ得レ食、応レ云、「此[a]食色香味、上供二十方仏一、中奉二諸賢聖一、下及二六道品一、等施無二差別一、随レ感皆飽満、令三諸施主得二無量波羅蜜一」。

又云、「念(b)二食色香一如二栴檀風一、一時普熏二十方世界一、凡聖有レ感各得二上味一、六道聞レ香発二菩提心一、於レ食能生二六波羅蜜及以三行一。」[20]

これによれば、「此食色香味」以下の呪願は、南山大師道宣ではなく、南嶽大師慧思の『随自意三昧』に依拠したもので、無住が誤るとも考えにくいので、『雑談集』の寛永版本に至るどこかの段階で、誤った本文になった可能性があろうか。

『随自意三昧』「食威儀中具足一切諸上味品第五」の冒頭では、

菩薩得二飲食一時。先応二呪願一。両手合掌。心念二一切十方凡聖一。而作二是言一。[21]

とした後、「此食色香味」以下ほぼ同様の呪願が挙げられている（ただし、『随自意三昧』では「上供十方仏」を「上献十方仏」とし、「等施無差別」を「等施無前後」とする）[22]。また、『随自意三昧』では、その少し後に、

念時香気、如二栴檀風一、一時普遍二十方世界一、凡聖随レ感、各得二上味一、（中略）施者受者、色香味觸、空無二生滅一、是名二法施、檀波羅蜜一（後略）」

という記事があり、『止観輔行伝弘決』の（b）「念二食色香一如二栴檀風一」以下の記事は、『随自意三昧』の直接の引用ではなく、取意文と思われる。

いま（中略）とした部分には、「凡夫聞香」「餓鬼聞香」「畜生聞香」「地獄聞香」等の文言があり、いずれも直後もしくは少し後の「発菩提心」の文につながっている。その記事が『弘決』では「六道聞レ香発二菩提心一」に集約されているから、『雑談集』寛永版本の「六通聞香」は、正しくは「六道聞香」とあるべきであろう。その「六〔道〕聞香」の句が、続く「念食々香」以下に相当するが、『弘決』では「念二食色香一」と始まる箇所である。『雑談集』の寛永版本では『弘決』の「凡聖有レ感各得二上味、六道聞レ香発二菩提心一」に相当する部分がないが、その直前の「普薫《ジ》レ十」も「普熏二十方世界一」のような文でなくてはおかしいから、無住が省略したというよりも、寛永版本の記事が乱れていると見た方がいいかもしれない。

北宋の天台僧、遵式（九六四～一〇三二）の『金園集』巻上「受供法儀第五」でも「南嶽禅師偈」を引くが、これも『止観輔行伝弘決』に拠っているようで、（a）の「皆飽満」の「皆」を「各」に作り、「又云」に続く（b）の「念食色香」を「此食色香」とする他は『弘決』と同文である[23]。また、南宋の天台僧、宗暁（一一五一～一二一四）の『施食通覧』には、「受食呪願偈　南嶽思大禅師」として、『随自意三昧』を典

拠に「此食色香味~無量波羅蜜」までの偈を挙げるが、（a）の「諸施主」を「今施主」とする他は『弘決』と同文で、続けて「又云」として「念食色香~及以三行」の偈を挙げるが、これも『弘決』の（b）と同文である。(24) 要するに、慧思の『随自意三昧』を源流としつつも、宋代には『止観輔行伝弘決』における同書の引用（一部は取意）を経由した形の偈が流通し、「受食呪願偈」とも呼ばれていたのである。無住が『止観輔行伝弘決』を深く学んでいたことをふまえるならば、無住は食作法の呪願が『弘決』に引かれていることを意識しつつ、これに言及したのではないだろうか。

「六〔道〕聞香」の句の前に挙げられる（a）の「此食色香味」から始まる句が、律院で食事を朝と昼の二回に限る二時食作法において呪願として用いられたことは、『泉涌寺維那私記』に「大食偈亦日中食偈呪願」として宋音の振仮名を伴って記されていることが参考になる。

此《ス》食《シ》色《セ》香《キヤン》味《ミ》、上《シヤウ》献《ケン》十《シ》方《ハウ》仏《フ》、中《シウ》奉《ホウ》諸《シ》賢《エン》聖《シン》、下《ア》及《キ》六《ロ》道《タウ》品《ヒン》、等《テン》施《シ》無《ブ》差《サ》別《ベ》、随《スイ》感《カン》皆《カイ》飽《ホウ》満《マン》、令《リン》諸《シ》施《シ》主《シユ》得《テ》、無《ブ》量《リヤン》波《ホ》羅《ロ》密《ミ》、

『止観輔行伝弘決』が「上供十方仏」とする箇所を「上献十方仏」とする点は『随自意三昧』に近いが、第五句は「等施無差別」で、異同はあるが、呪願として宋音で誦されていたことがわかる。同書には「粥時偈僧祇文戒衆四上」として「持《シ》戒《カイ》清《シン》浄《シン》人《ジン》所《ス》奉《ホウ》~応《イン》当《タウ》以《イ》粥《シユ》施《シ》衆《シウ》僧《スン》」の八句偈も示されており、無住が「殊ニ粥斎ノ呪願、僧衆不ルㇾ可カラㇾ忘ル者也」とする呪願に相当する可能性があろう。

また、西大寺流の祖、叡尊の『斎別受八戒作法』（興正八斎戒作法）の寛永十一年（一六七一）刊本の「持斎作法」中にも、展鉢偈、受食偈に続けて、「大食偈」あるいは「中食偈」として同様の偈文がみえる。(25)

次大食偈亦曰、中食偈、合掌　取二生《サン》飯《ハ》ヲ七粒遍十方、一切鬼神供一

此食色香味、上献十方仏、中奉諸賢聖、下及六道品、等施无差別、随感皆飽満、令諸施主得、无量波羅蜜、(26)

さらに、浄土宗西山派の仁空（一三〇九~八八）が撰述した『新学菩薩行要鈔』も宋の作法の影響が強いが、同書「時食法第四」では受食偈を挙げた後、呪願文としてやはり「此食色香味~無量波羅蜜」までの句を挙げ（「上献十方仏」とする以外は『弘決』と同文）、さらに以下のように続ける。

南嶽随自意三昧云。菩薩得二飲食一時。先応二呪願一。両手合掌心念二一切十方凡聖一而作二是言一。「此食色香味」云云。故、此呪願文、可ㇾ通二大小食一也。若依二大宋見行一者。別在二粥呪願一。用否随ㇾ意。(27)

大塚紀弘氏は、仁空が三鈷寺を拠点として宋の教院の作法を導入した意義を明らかにし、また『新学菩薩行要鈔』に道

宣の『四分律刪補随機羯磨疏』と類似項目が多く見えることなどから、同書の影響を強く受けた覚盛や叡尊など南都の律家の作法を参照して撰述したものと想定している(28)。その『新学菩薩行要鈔』に「此食色香味」以下の句が、大小食（朝粥の小食と、昼の大食）の呪願としてみえる点にも注意しておきたい。

なお、古く源為憲撰『口遊』内典門では「斎食初拝施頌」として、「上献三宝、中報四恩」以下の句を引いた上で、それを「我朝古食所伝」とし、続けて「大唐上人頌曰」として、

此食色香味、上献十方仏、中報諸賢聖、下及六道品、等施无差別、飢渇皆飽満、飯食已訖十力従、依心十方三界雄、廻向転業不退念、法界衆生護神道、

という句を「斎食後頌」として挙げる(29)。すでに平安中期には、「此食色香味」以下の句が伝わって流布していたとみられるが、後半部分は『弘決』や『泉涌寺維那私記』等にみえる句とは異なっている。無住が親しんでいたのは、『弘決』をもとに宋で呪願とされた形の句であろう。

おわりに

無住は『雑談集』巻三で、「貧道、二十八歳ノ時、遁世ノ門ニ入テ、律学及ブ二六七年一ニ。四十余ノ歳マデ、随分ニ持斎梵行、無ク二退転一侍シガ」という。その後、病により持律が保てなくなったとしているが、こうした持斎生活における作法の中に、食事における呪願も含まれる。また律僧の毎月の布薩などに伴う入浴にも、呪願を含む作法があった。南宋からもたらされた律の行儀に親しむ中、こうした呪願も無住にとって身近であったと考えられ、それが『雑談集』巻五の一連の呪願関連記事にも反映されたのではないだろうか。また、「随分律ヲ学ビ、又止観等学シキ」（同巻三）という無住の修学環境を考える際、南嶽慧思に由来しつつも『止観輔行伝弘決』を経由した形の受食の呪願の本文を引いて、呪願の大いなる利益を説いているのは注意される。無住の著作を読解する際には、宋代仏教の書籍の受容に加えて、こうした宋風の行儀面の背景も、無視し得ないものであろう。

注

（1） 小林直樹「無住と南宋代成立典籍」（『文学史研究』五三、二〇一三年三月）、同「無住と律（一）――『沙石集』と『四分律行事鈔』・『資持記』の説話」（『文学史研究』五六、二〇一六年三月）、同「無住と律（二）――『雑談集』と『四分律行事鈔』・『資持記』の説話」（『文学史研究』五七、二〇一七年三月）、同「無住と三学――律学から『宗鏡録』に及ぶ」（『説話文学研究』五二、二〇一七年九月）など。

（2） 『岩波仏教辞典』第三版、岩波書店、二〇二三年）。なお、

呪願については、候沖（山口弘江訳）「呪願とその展開」（『東アジア仏教研究』九、二〇一一年五月）に詳しい。

（3）『雑談集』の引用は、『雑談集』（「中世の文学」三弥井書店、一九七三年）に拠りつつ、同書の底本の寛永二十一年刊本を参照して、括弧や句読点などを適宜、改めた。

（4）木村清孝『華厳経〈仏教経典選5〉』（筑摩書房、一九八六年）。

（5）大正蔵九巻四三二b。

（6）西谷功『南宋・鎌倉仏教文化史論』（勉誠出版、二〇一八年）。

（7）落合博志「覚城院蔵『安居院憲基式口決聞書』の筆録者忍宗について・再考――『徒然草』第百九十九段の行宣と兼好の関係に及ぶ」（『寺院文献資料学の新展開 第2巻 覚城院資料の調査と研究Ⅱ』臨川書店、二〇二四年一月）に、忍宗についての詳しい考察がある。

（8）西谷功「入宋僧請来の「つかり湯」式浴室」（『日本歴史』八四五、二〇一八年十月）。また、宋式の入浴作法や食作法については、西谷功「大徳寺伝来五百羅漢図から復元される僧院生活」（『大徳寺伝来五百羅漢図の作品誌――地域社会からグローバル世界へ』九州大学大学院人文科学研究院、二〇一九年）に詳しい。

（9）注6前掲、西谷功『南宋・鎌倉仏教文化史論』所載の翻刻に拠る。

（10）『泉涌寺史 資料篇』（法藏館、一九八四年）。

（11）土屋有里子「無住と日中渡航僧――三学の欣慕と宋代仏教」（『国文学研究』一九〇、二〇二〇年三月）。

（12）『金沢文庫蔵 国宝称名寺聖教湛睿説草 研究と翻刻』（勉誠出版、二〇一八年）。以下、説草の引用に関しても本書を参照したが、原本に基づき翻字を修正した箇所がある。

（13）大正蔵六十二巻一〇一bc。

（14）『日本大蔵経 第四十二巻 宗典部 華厳宗章疏 下』（一九一九年）二二三・二二四頁。

（15）注1前掲、小林直樹「無住と律（二）――『雑談集』と『四分律行事鈔』・『資持記』の説話」。

（16）大正蔵三巻二九六b。

（17）『大日本仏教全書』四九巻（鈴木学術財団、一九七一年）七五頁。

（18）『大日本仏教全書』九四巻（鈴木学術財団、一九七二年）三七頁。

（19）小林直樹『中世説話集とその基盤』第一部第一章「『沙石集』と『摩訶止観』注釈書」（和泉書院、二〇〇四年。初出一九九三年）。

（20）大正蔵四十六巻二六四a。なお、河内・延命寺の上田照遍（一八二八〜一九〇七）は、『真言行者二時食法略釈』（一八八四年）の中で、慧思の『随自意三昧』の呪願について、この『弘決』の記事と、同書にも引かれる「浄名疏」の意を以て理解すべしという（『照遍和尚全集』第五輯、照遍和尚全集刊行会、一九三〇年）。

（21）新纂続蔵五十五巻五〇四a。

（22）なお、松浦秀光『禅宗古実偈文の研究』（山喜房仏書林、一九七一年）によれば、慧思の食法は『大乗止観法門』巻第四にもみえ、それは姚秦・鳩摩羅什訳『維摩詰所説経』を拠り処としているという。

（23）新纂続蔵五十七巻七a。

（24）新纂続蔵五十七巻一〇六b。

（25）食作法については、浅井覚超『真言宗食時作法解説』（高

野山出版社、一九九二年)、同『真言宗食時作法解説』補遺」(『密教学会報』三二、一九九三年三月)を参照した。

(26) 架蔵の寛永十一年九月丁子屋源兵衛刊本に拠る。題簽題「興正八齋戒作法」。

(27) 大正蔵七十四巻七八〇c。

(28) 大塚紀弘「三鈷寺流による教院興行の思想」(『中世禅律仏教論』山川出版社、二〇〇九年)。

(29)『続群書類従』第三二輯上。

梶原伝承と尾張万歳

土屋有里子

尾張国羽黒の梶原伝承と、無住が尾張万歳の創始者であるという伝承は、江戸時代以降、尾張国に点在する場所を無住にひきつけて結びつけながら世間に流布していった。そこには無住自身の確かな事跡と重なる部分もあり、今後も郷土的な伝承を注視していくことが必要である。

はじめに

正治二年（一二〇〇）正月二十日、源頼朝を傍近くで支え、頼朝亡き後も幕府の中枢で諸事を差配した梶原景時は、他の御家人らの連判状により鎌倉を追放され、京へと急ぐ中、駿河国狐崎で討ち取られた。俗にいう梶原景時の乱である。源太景季《かげすえ》、次男景高《かげたか》、三男景茂《かげもち》など、一族の主立った者はことごとく景時と運命を共にした。しかし討伐の手は残された一族全ての者に及ぶことはなく、たとえば景高の妻は頼朝の妻政子気に入りの官女であったこともあり、尾張国野間・内海の所領を乱の後も引き続き安堵されている（『吾妻鏡』正治二年六月二十九日条）。また景高の子景継《かげつぐ》は、後に実朝に仕え、承久の乱では朝廷方に与して宇治川の戦いで討ち死にしたが、子孫は残り、南北朝期に足利氏の被官となっている。そして宮城県気仙沼市の早馬《はやま》神社は、景時の兄である景実《かげざね》（専光房《せんこうぼう》良暹《りょうせん》）が、景茂の子である大和守景永《かげなが》を猶子として迎え建立したと伝わり、代々その直系子孫が宮司を務め現在に至っている。他にも武蔵国、尾張国、讃岐国などに梶原氏の子孫は点在し、一族の血は絶えることなく脈々と続いていった。

著者略歴は第I部「無住と法身房」を参照。

さて尾張国長母寺の住持であった無住道暁も、梶原氏の血筋をひく一人である。それは本人が、「先祖鎌倉ノ右大将家ニ、召仕テ寵臣タリト云ヘドモ、運尽テ夭亡シ了ヌ。仍テ其跡継グ事ナシ」（『雑談集』[1]巻三）と述べていること、鎌倉をめぐる政治的問題への関心の高さ、鎌倉時代を代表する医師、梶原性全《しょうぜん》と親戚関係と考えられることなどが傍証になるであろう。[2]無住を梶原氏とすることについて、後世の伝記作者たちは、「梶原景時の三男」、「梶原源太景季の叔父（『無住国師略縁起』）、「景時の甥」（『塩尻』）、「景時の末裔」（『無住国師道跡考』）など様々な説を唱えてきた。嘉禄二年（一二二六）生まれの無住が景時の子や景季の叔父、景時の甥というのはあり得ないが、無住の梶原氏出自説はいま一度整理する必要性があると感じており、本稿では、尾張国における伝承を中心に、無住が創始者と伝わる尾張万歳にも触れながら考えていきたいと思う。

一、『鬽物語実記』における無住の出自

『鬽《やまんば》物語実記』（以下、『実記』）は、『山姥物語実記』という書名でも伝わり、尾張国羽黒（愛知県犬山市羽黒）の伝承を胡盧坊《ころぼう》（臥雲）という僧がまとめ、安永六年（一七七七）に刊行したものである。安藤直太朗[3]によれば、胡盧坊は尾張国春日井郡小牧村大字村中原字横内の人で、学問もあり、文章に秀で俳人としても世に知られていた。『実記』の後半における山姥物語について、主人公の福富新蔵国平の先祖が梶原家臣であることから、前半部に梶原景時の乱の顛末と景高妻子の羽黒村移住を語り、その中で無住の出自についても言及している。犬山市の興禅寺（臨済宗）は梶原景時が光禅寺（真言宗）を創建したことに始まり、羽黒は景時以来、梶原氏と縁の深い場所であった。

かくて平九郎（景高息景親…引用者注）に御子四人あり。二人は男子にて、共に出家させしめ（ママ）、女子二人は近里へ嫁せしめ玉ふ。御兄弟の出家衆の御舎兄は、尾州長野村万徳寺中興開山常円上人なり。知行兼備大徳の名僧、御名世に聞へさせ玉ひて、大伽藍を中興し玉ひ、安永の今の世迄も密法盛に行はる。又御舎弟は、同国木賀崎長母寺開山大円禅師無住国師ト勅号アリ。是又道徳世に響、熱田太神宮も御帰依有て、一株のつゝじを進せられしとぞ。今尚長母寺の殿前に其つつじさかへて、春毎に花咲り。御在世に著し玉ふ書籍余たありて、今以専世に行はる。如是御兄弟共に世間へひゞきし御名の名僧となり玉ふ。有がたき景親御子。御男子御両人共に出家せさしめ、御女子は他家へ嫁さしめ玉ふ事、御思慮至て深き故とぞ。〔中略〕

一説に大円国師、常円上人は梶原平治景高の息。又一の宮地蔵寺開山空円上人は、右両上人俗門の甥にて、折節相会して清談あり。世の諺に尾州の三円と称せりと云々。長母寺にて開山無住国師入滅の支幹を尋問に曰、当寺開山大円国師は人皇九十四代花園院御宇正和元壬子年寿八十七歳にて入定と云々。しかれば八十五代後堀河院嘉禄二丙戌年御誕生也。又万徳寺中興開山常円上人遷化を尋問に、人皇九十三代後二条院御宇徳治元丙午八十三歳にて入滅と云々。しからば八十五代元仁元甲申年の降誕也。東鑑、北条九代記等を閲するに、梶原父子一族駿州狐崎にて滅亡は、人皇八十三代土御門院の御宇正治二庚申年正月廿日と云々。両僧降誕の年には常円上人は廿五年の以前滅亡。大円禅師には廿七年以前の滅也。如是たがいあれば、景高の息にはあらず。景高の孫、景親の息なる事明けし。又地蔵寺開山空円上人は、大円常円の俗門の甥と云説心得がたし。地蔵寺にて空円上人の遷化を尋問に曰、人皇百一代後小松院御宇至徳三年丙寅二月九日行年ハ相知ルモノナシト云々入滅し玉ふ。しからば無住国師の遷化正和元壬子よりは七十五年めの遷化。又常円上人の入滅徳治元丙午よりは八十一年めの遷化なり。如是齟齬各別なれは、信用しがたし。しかし、地蔵寺にて遷化の行年しれるものなければ、御寿算百八九十にても化をうつし玉ふにや。未審《いぶかし》。且大円常円の両師兄弟なる事、幹支も甲申と丙戌にして、二年の違なれば、信用すべし。（『彪物語実記』）

長大な文章であり内容も複雑であるため、次に要点をまとめると、

一、景時の次男、景高の息子である景親は、尾張国羽黒地方に移り住み、四子をもうけた。

二、その四子とは、常円、無住、女子二人である。

三、常円が兄、無住が弟であり、常円は稲沢市の万徳寺中興開山、無住は木賀崎長母寺開山である。

四、一説では、無住と常円は景高の息子、一宮市の地蔵寺開山空円は二人の甥であるとして、世に尾州の三円と呼ぶが、生年からして二人が景高の息子であることはない。

五、空円が没したとされる至徳三年（一三八六）は、無住没後七十五年、常円没後八十一年であるから、空円が二人の甥というのも信用しがたい。

六、常円と無住が二歳差の兄弟であることは信用できる。

ということになる。安藤は、この『実記』に基づき、無住が景親の子である可能性を提示したが[4]、小島孝之[5]が指摘するように、その後の著書には収録せず、「著作目録」からも除い

ている。小島は、「本書の伝説の信憑性に疑問を生じたために一切を割愛されたのではないかと憶測するが、史実としての真偽は別にして、地方の伝説としては見るべきものがあろうと思われる」[6]と述べている。

両氏の見解からもわかるように、無住を景親の子とするのは、資料の信憑性もさることながら、無住側の足跡と合わないところが多い。無住は鎌倉生まれと思われ、十三歳で鎌倉の寿福寺で童役を務めている。十五歳で下野国へ、十六歳で常陸国へ移ってからはしばらく常陸国在住であり、出生から若年時は東国暮らしであった。そこに尾張国との接点は見えてこない。また無住の二歳上の兄が常円だとする説については、胡廬坊は自信をもっているようだが、そこにも訝しげな点が目立つのである。

二、万徳寺中興開山常円

愛知県稲沢市長野の長沼山万徳寺は、真言宗豊山派の寺院であり、神護景雲二年（七六八）、慈賢（一説では慈眼）が創建したと伝わる古刹である。建長六年（一二五四）常円が再興し、中興開山となった。『実記』の他に、常円について触れている無住側の資料は次のようである。

右之沙石、一圓上人抄也。萬徳寺浄圓上人、町屋空圓上人、キガサキ一圓上人、兄弟ニシテ眞言也。但、無住國師ト云シ事ハ、前後不㆑知。書物之趣ハ眞家也。

（俊海本『沙石集』巻七書入）

此沙石集拾帖、古本者拾貳ニ有㆑之。三上人之内、無住成ル人之也。

右沙石集、無住國師制作ト云々。萬徳浄圓、町屋空圓、キガ崎一圓ト、兄弟共ニ號㆓三上人㆒。然者眞家ニ後ニ入給フ歟。最初眞家歟。何篇ニ密宗ノ事、所々數多也。装束禅ニシテ心ハ眞言歟。密家之意持、何事ニモ有㆑之。皆禅ノ様ニ云フ事誤リ也。

（俊海本『沙石集』巻十書入）

師ノ字《アザナ》ヲ一円房ト号ス。于㆑時本州万徳寺中興常円上人モ、世姓梶原氏ニシテ、相州ノ人ナリ。其ノ上足空円上人ハ、俗門ノ甥ニシテ、本州一之宮地蔵寺ノ開山タリ。三人同氏族ニシテ、同ク密教ニ粋ナリ。仍テ三人時時相会シテ清談アリ。世人呼テ、尾州ノ三円ト云ヘリ。

（『無住国師道跡考』）

俊海本[7]は鎌倉末期の書写とされる『沙石集』最古の写本であり、巻一、巻七、巻十上の三巻三冊本である。俊海は書写者ではなく所持者であり、元弘三年（一三三三）に生存が確認される鎌倉の多宝寺長老俊海その人と考えられる[8]。俊海本自体の成立は無住の『沙石集』執筆からそう遠くないものの、常円や空円を無住の兄弟とするのは巻七と巻十の書入である。この書入は同一人物に拠るものと思われるが、「無住国師」と記していることからして、少なくとも、無住が国師号を受けた天文十年（一五四一）以降の書入であることは明らかである。

また名古屋市にある八事山興正寺の僧、諦忍による『無住国師道跡考』（明和六年（一七六九）刊。以下、『道跡考』）の記述は、『実記』の傍線部とほぼ同意である。胡盧坊のいう「一説」とは、『道跡考』のことを指していると思われ、常円、無住、空円兄弟説（一説に空円は甥説）を確認できるのは、江戸期以降の資料ということになる。

加えて常円を無住の兄とする説については、名古屋市の大須観音真福寺に伝来した次の書物(9)の書写奥書を考慮すべきである。

平治元年九月三十日書写了。一交了。□□前少僧都実運之本。勝倶胝院。
正安三年十月、大山下給御本書写之。一交了。常円六十九。
嘉元二年三月十五日、給萬徳寺御本書了。
于時、嘉暦二年九月十八日、給万徳寺御書写了。良勢廿五
貞和五年乙丑三月十日、於尾州仲嶋郡大須庄河東北野書写了。金剛仏子良覚　（『胎蔵幷儀軌等序要文』（五〇合三八））

正安四年二月廿六日交合畢。醍醐前大僧都御本甲申願交合畢。（中略）常円七十歳　（『瑜祇口訣』七〇合一二）

両奥書によれば、常円は正安三年（一三〇一）六十九歳、翌年七十歳とあるので、天福元年（一二三三）生まれということになり、無住より七歳年下となる。書写奥書からわかる年齢は信憑性の高いものであるから、無住と常円の年齢差はここから確定できる。仮に常円と無住が兄弟だとしても、常円は無住の七歳下の弟ということになる。『実記』にいう常円がこの常円を指すとするなら、年齢に不整合がうまれ、兄常円、弟無住という点については、少なくとも根拠を見出しがたいことになる。ただ常円と無住が同時代に、近隣の寺で交流を持っていたことは容易に想像できるので(10)、このことがそのまま、常円と無住、万徳寺と長母寺の関係性を否定するものでは全くない。むしろ関係が実質的にあったからこそ、後の伝承に利用された可能性を考えるべきであろう。

三、『無住国師行状』について

無住の伝記については、『道跡考』が刊行されるより前に、『無住国師行状』（以下、『行状』）、『無住国師略縁起』（以下、『略縁起』）などがある。『略縁起』は宝永四年（一七〇七）

に乾嶺によって著されたものであり、無住研究でもよく用いられる伝記である。一方で『行状』は存在が知られるのみで、筆者自身も未見の資料であるため、同書を紹介した今津洪嶽[11]の説明に則ることにする。今津は仁和寺門跡土宣大僧正の高配によって、高山寺法皷臺《ほうくだい》の聖教披閲の折に、はからずも同書を見る機会を得た。原本は高山寺僧護慧友（諸宗章疏録の著者智山謙順の上足）の手沢本で、表紙に「文政丁亥夏護苗子ヨリ求得了本ナリ。帳中ノ珍トスベシ。之本神護寺ノ蔵ニアリ」云々とあり、奥書には「文政十年丁亥潤六月十五日一校了。願以二此小縁一生々世々奉仕結縁之一助云爾、高山持念沙門慧友護敬于三尊丈室春秋五十又三」とある。つまり神護寺に蔵されていた本を文政十年（一八二七）に慧友が書写したということである。本書の内容について、今津は次のように考察している。

> 巻尾に「天文十年之夏勅諱大円国師」とありて、即ち天文十年以後の作なることは明了であり、又其の事跡は多く雑談集第三巻（十四丁左以下）所載「愚老述懐事」を始め其の著作中に散見する処に依り、殊に異なるは其の文辞多く本朝高僧伝の文と同一である。（中略）此の行状は恐くは無住の諸種の著作及び本朝高僧伝延宝伝燈録等の文に依りて作伝したものなるべしと思はる〵[12]。

今津の判断としては、無住が大円国師号を受けたことが含まれているからには、本書は天文十年（一五四一）以降の作である。内容は特に『本朝高僧伝』（以下、『高僧伝』）と文言の一致が多く見られ、『雑談集』や『延宝伝燈録』なども含めて先行する無住伝に依拠して作られたもの、ということである。『高僧伝』は卍元師蛮の撰述であり、元禄二年（一七〇二）成立、宝永四年（一七〇七）に刊行された。この見立てによれば、『行状』は『高僧伝』より後に書かれたものとなる。しかし今津は割注の形で、次のようにも書いている。

> 洪嶽云、此の稿成りて後、計らず京都妙心寺中春光院所蔵、師蠻の上足師點の筆録に係る本朝禅林諸祖行状に本行状を収録せるを見て、本行状は師蠻の本朝高僧伝撰述以前の作なることを知り、行状又蠻師の所覧なることを知る。蓋し諸祖行状は本朝僧伝撰述の材料なるが故也[13]。

今津は脱稿後に、師蛮の高弟である師點の筆録による『本朝禅林諸祖行状』に『行状』が収録されているのを見て、『行状』が『高僧伝』成立以前の作であり、むしろ『高僧伝』撰述時の資料となったことを知った、としている。この見解に従えば、『行状』は天文十年以降、『高僧伝』成立の元禄二年までの間に書かれた書ということになり、今津としての最終結論もこちらであると理解すべきであろう。

『行状』の成立年代を大体想定できたところで、『行状』の内容を今津の稿から判明する範囲で考えると、『行状』は無住について、「相州鎌倉人也。父梶原氏」とのみ記し、常円の存在には全く触れていない。『高僧伝』も同様である。つまり常円・無住兄弟説については、この時点でまだ確認できない、ということになる。

四、無住の尾張万歳創始者説

ここで少し、無住が尾張万歳の創始者と伝わることに話を転じたい。万歳は正月に家家をまわり、一年の繁栄を祝い賀詞を述べ、歌舞を演ずる門付芸《かどつけ》である。後には太夫と才蔵が二人一組で行う祝福芸となった。万歳の起源は無住にあり、名古屋市東区の長母寺を万歳発祥の地とする伝承は根強くあるのだが、常円・無住兄弟説同様、こちらもまた、江戸期以降の無住の伝記に見られるのみである。

有助といえる者二子あり。兄を有政といい、弟を徳若と名付く。父子ともに庭の掃除なんどして世を渡りけり。弟徳若に、法華経の文字にて、正月の寿を授けられたり。これを万歳楽という。これ万歳の始なり。

（『無住国師略縁起』）

正応年中、万歳楽ト号シテ、正月ノ初、寿ヲ祝スル謡物ヲ作リテ、徳若ト云小者ニ授ケテ、家家ニ至リテ歌ハシム。今ニ至テ増昌《マスマスサカ》ンナリ。其ノ謡ノ詞、多ク法華経ヲ用フ。所謂《イハユ》ル狂言綺語ノ業《ワザ》ヲ以テ、讃仏乗ノ因、転法輪ノ縁ト為ントノ意《ココロ》ナリトカヤ。

（『無住国師道跡考』）

『略縁起』は長母寺の庭掃除などに従事していた有助という者に有政・徳若の二子があり、弟の徳若に無住が『法華経』の文字を使って正月の寿を授けたという。『道跡考』では正応年中（一二八八～九三）のこととし、触れるのは徳若の存在のみだが、万歳に『法華経』の歌詞を用いた点は共通している。なおこの有助と有政・徳若父子については、名古屋市北区味鋺の天永寺護国院[14]を中心として、次のような話も伝わっているようである。

尾張万歳の創始は鎌倉時代に遡る。丹羽郡羽黒（犬山市）梶原氏に仕えていた「安倍有佐（陰陽師か）」は、「天文博士安倍晴明」の子孫と伝え、文永年間（一二六四～七四）羽黒梶原氏が衰退すると、子の有政・徳若兄弟を連れて春日井郡味鋺村に移住し、梶原氏の一族で「長母寺」の寺持ちになっていた「無住一円道暁（無住国師）」を頼り、寺男などをしていた。安倍父子は我流の万歳を演じていて、死期を悟った無住は、安倍父子に法華経を解り易く説いた歌詞を与えて、「これを糧にせよ」と言って寂した。味鋺村に戻った安倍父子は、この歌詞に節を付けた「万歳楽（法華経万歳）」を作って、正月の言祝に長母寺の寺領の知多の西大高・木田・藪・寺本などの村々を舞廻り、「徳若万歳」と呼ばれた。(15)

味鋺は無住自身が日常的に訪れていたと思われ、文永年中に、味鋺の寺の僧が、お堂の修理のために邪魔になる木を切ろうとしたところ、樹神《こだま》が二回も人にのり移り、「僧は怖いので直接言うことができないから、やめるようにお前から言ってくれ」と頼んだ話（梵舜本『沙石集』巻六）がある。また長母寺の寺領として万歳が広まった場所とする寺本は、やはり無住の次の話に確認できるのである。

尾州ノ智多郡《ちたぐん》ニ、阿弋《あくい》・寺本トシテ、相並ビタル所アリ。正地頭ハ伯甥也。阿弋ノ代官、寺本ノ地ヲ打越シテ押領ス。寺本ノ代官、此由ヲ地頭ニ申スニ、ワヅカナ地ナリケル事ヲ聞テ、「親類ノ間也。少事ニ物ノ沙汰然ルベカラズ。沙汰ナセソ」ト下知セラレケリ。常ノ人ハ大小事ヲ云ハズ、恨ミ妬ム習ヒナルニ、地躰賢者ニテ、此ノ如ク下知セラル。此ノ事、阿弋ノ地頭、都テ知ラズシテ、多年ノ後、自然ニ之ヲ聞ク。大キニ恥入リテ、「我ガ身、知リナガラ、此ノ如ク也トヤ思ハル覧、イカヾガセムズル」ト、如法嘆キテ、「阿弋ノ方、地ヲ多ラカニ、寺本ノ方へ打越シテ、無沙汰ナレ」ト、下知セラレケリト承リシ。当時地頭先祖ノ事也。イミジク賢ナル事也。

（『雑談集』巻八「賢者事」）

阿弋（現在の阿久比）と寺本の領地は隣接していて、地頭は伯父と甥の関係だった。阿弋の代官が寺本の土地を押領したという報告を受けた寺本の地頭は、そのまま放置し、何年もたってからそのことに気づいた阿弋の地頭は、それを恥じて自分の土地を多く寺本領にしておいた、という話である。当時の地頭の先祖の話だとしており、寺本や阿弋を治める側の話が無住の耳に届いているということは、そこが長母寺領として所縁のある地であるから、とみて差し支えないだろう。味鋺に伝わる話は、無住の著作からくみ取れる情報とも通底するのである。一方で、味鋺の伝承に羽黒の梶原氏が関わってくるのも興味深い。本稿の前半で述べたように、無住が羽黒の梶原景親息であることは、常円が彼の兄であるという説同様、疑念を抱かざるを得ないものであるが、梶原氏という血族としての縁や親近感が、尾張国の羽黒・味鋺・木賀崎に住む各人を結びつけ、新たな伝承を生んでいったのである。現在長母寺に「安倍朝臣有佐二男、本朝萬歳楽之元祖也。正應元壬申年二月八日寂」と刻した安倍徳若の位牌が伝わり、天永寺護国院に有政らの墓が存在するのも、そのような言説

表1　無住の伝記にみる常円兄弟説と万歳創始者説

書名	著者	成立	常円兄弟説	万歳創始者説
『無住国師行状』	未詳	『本朝高僧伝』より前	なし	なし
『延宝伝燈録』	師蛮	一六七八～一七〇六	なし	なし
『本朝高僧伝』	師蛮	一七〇二～一七〇七	なし	なし
『無住国師略縁起』	乾嶺	一七〇七	なし	あり
『無住国師道跡考』	諦忍	一七六九	あり	あり
『鬽物語実記』	胡盧坊	一七七七	あり	なし
俊海本『沙石集』	書写者未詳。俊海は所持者	鎌倉期書写。書入は近世以降	あり	なし

を背景にもつものと考えられる。

おわりに

無住の出自と尾張万歳創始者説について、無住の伝記を時代順に確認してきたが、まとめると**表1**のようになる。

やはり無住個人の伝記が作成され刊行されたことが大きな影響力をもっているようで、常円兄弟説については『道跡考』が、万歳創始者説については『略縁起』がその役目を果たしたといえるだろう。ただ例えば胡盧坊が、明らかに『道跡考』を参照しながら万歳創始者説は採用しないなど、著者の目的や趣向によって内容の取捨選択が行われていることも確かであり、伝承は時の流れと伝達者の意図によって如何様にも姿を変えていくということである。無住が実際に万歳を創始したのか、常円との関係は実際どのようなものだったのか、現時点で無住の在世時にまで遡ることは難しいが、これまで見てきたように、常円や万徳寺との交流は確実にあり、万歳の創始についても、万歳の伝播地域と『雑談集』の記事などを勘案すれば根拠がないわけでもない。今後の新たな資料発見、研究によってはその空白を埋める余地も残されているだろう。無住が梶原氏の後裔であることは動かないが、近世以降、梶原氏の具体的な人物や尾張万歳の創始に無住の存在が関連付けられ、尾張国の複数箇所を結ぶ新たな伝承が殊に喧伝されていった。そこにはまだ我々が知り得ない、無住が生きた鎌倉時代当時の貴重な何かが秘められている可能性もあり、地域と密着して現代まで継承されてきている人々の想いと営為を尊重し、考究し続けることが求められているのである。

注

（1）『雑談集』の本文は、山田昭全・三木紀人校注、中世の文学『雑談集』（三弥井書店、第三刷、一九八〇年）に拠る。

（2）土屋有里子「第一章「無住道暁ヒストリー」（『沙石集』

の世界』あるむ、二〇二二年）。
（3）安藤直太朗『無住の出自新見——「鬽物語実記」の所伝を中心に』（『郷土文化』二五巻一号、一九七〇年十一月）。
（4）同注3論文。
（5）小島孝之「長母寺本『鬽物語実記』翻刻」（石川透・岡見弘道・西村聡編『徳江元正退職記念　鎌倉室町文學論纂』三弥井書店、二〇〇二年）。なお『鬽物語実記』の引用は本論文に拠る。
（6）同注5論文七一五頁。
（7）俊海本の引用は、久曾神昇解題、古典研究会叢書第二期（国文学）『沙石集（一）』（汲古書院、一九七三年）に拠る。
（8）注7解題、及び土屋有里子「第一章　俊海本概観」（『沙石集』諸本の成立と展開』笠間書院、二〇一一年）。
（9）詳細については三好俊徳「真福寺と尾張地域の寺院——大須文庫所蔵無住関連聖教の伝来について」（中世禅籍叢刊編集委員会編『中世禅籍叢刊』別巻『中世禅への新視覚』臨川書店、二〇一九年）参照。
（10）土屋有里子「第八章　尾張・三河の宗教世界」（『『沙石集』の世界』あるむ、二〇二二年）。
（11）今津洪嶽「尾州長母寺無住國師行状に就て」（『山家学報』六、一九一七年十一月）。
（12）注11論文三六—三七頁。
（13）注11論文三七頁。
（14）天平年間（七二九～四九）、行基の開基と伝わる。天暦二年（九四八）に庄内川の洪水によって荒廃したが、天永二年（一一一一）、西弥上人によって再興され、寺号を天永寺護国院とし、天台宗から真言宗に改宗した。
（15）本内容は、名古屋市北区の郷土史研究家である伊藤喜雄氏が作成された資料「尾張万歳の祖地味鋺村——知多に万歳を伝えた安倍徳若」に拠る。

付記　本稿をなすにあたり、貴重なご教示を賜りました天永寺護国院御住職安倍隆俊氏、郷土史家伊藤喜雄氏、興禅寺御住職林義堂氏に心より御礼申し上げます。
本稿はJSPS科研費（18H00645）の研究成果の一部である。

無住と南宋代成立典籍・補遺

小林直樹

南宋代に成立した仏教類書『大蔵一覧集』が、無住の『景徳伝灯録』参照の際の案内書的ないし索引的役割を果たしていた可能性について指摘するとともに、同じく南宋代成立の『大慧普覚禅師語録』の中でも特に『大慧普覚禅師法語』を無住が愛読していた様相について考察した。

はじめに

かつて無住の著作中の説話的記事に南宋代成立の新来の典籍の投影を探ってみたことがある。(1)その際、『大蔵一覧集』については、出典であるとの決定的な証左には欠けるものの、無住が本書を閲読していた可能性は十分にあろうとの見通しを述べた。本稿では、さらに別の観点から無住の『大蔵一覧集』利用の可能性を考察してみたい。また、あわせて、最近、『沙石集』の出典として注目されている『大慧普覚禅師語録』についても、無住と本書との関係の如何について考察を深めたいと考える。

一、無住の『大蔵一覧集』利用

『大蔵一覧集』は南宋の陳実の手になる仏教類書である。本書については、湯谷祐三氏が『私聚百因縁集』や西誉聖聡の著作への影響を指摘し、(2)さらに上野麻美氏が聖聡『大経直談要註記』や『金言類聚抄』への影響関係を明らかにするなど、(3)浄土系の僧による活用状況を中心に注目されてきた。とはいえ、本書は椎名宏雄氏によれば「禅籍の範疇に入る文献

こばやし・なおき――大阪公立大学文学研究科教授。専門は日本中世文学、説話文学。主な論文に「『沙石集』と『宗鏡録』」（『日本文学研究ジャーナル』一〇、二〇一九年）、「『沙石集』の実朝伝説――鎌倉時代における源実朝像」（『源実朝 虚実を越えて』アジア遊学二四一、二〇一九年）、「『三国伝記』と禅律僧――「行」を志向する説話集」（『室町前期の文化・社会・宗教――『三国伝記』を読みとく』アジア遊学二六三、二〇二一年）などがある。

であ」り、その「底流には、大蔵経の真意を宗眼をもって正伝し、大陸各地に分派流通させたのが禅門である、という主張が流れているのである。いうところの教禅一致思想であり、『宗鏡録』の意図をより明確な構成で示そうとしたダイジェスト版といってもよいであろう」（波線原文のまま）とされる(4)ように、いかにも無住の関心を惹起しそうな書物なのである。現に無住自身、その法系に連なる栄西も『興禅護国論』で本書を引用している事実が知られ(5)、また、無住が学んだ東福寺開山、円爾請来の典籍を核として成る『普門院経論章疏語録儒書等目録』にも「大蔵一覧十巻(6)」とその名が認められることから、無住が本書を繙読できる環境にあったことは間違いない。

前稿(7)では、流布本系『沙石集』巻四の説話と、『雑談集』巻五の説話について、『大蔵一覧集』との関係を考察し、先に触れたような結論を得たが、本稿では、すでに『景徳伝灯録』が出典として指摘されている『沙石集』の三説話をめぐって、『大蔵一覧集』参照の可能性について考えてみたい。

まず、取り上げるのは、米沢本『沙石集』巻三第一「癲狂人ガ利口ノ事(8)」に語られる以下の説話である。

智厳禅師ト云シ人ハ、武徳年中ニ郎将トシテ、合戦ノ道ニ度々勲功在リテ、勧賞ニ預カルベカリケルニ、年四十ニシテ出家シ、山ノ中ニ行テアリケルニ、昔ノ同徒二人、尋行テ、「郎将狂セリヤ。何カニカクテハヲハスルゾ（ママ）」ト云ケレバ、「我ガ狂サメナムトス。汝ガ狂ハ盛ナリニ発コレリ。其レ色ロヲ貪、名ヲ愛シ、栄ニホコリ、寵ヲ楽シムハ、流転生死ノ業也。ナニニヨテカ出ヅベキ」ト云ケレバ、二人感ジ、サリニケリ。

かつて合戦で何度も勲功を上げた武将でありながら、今は出家して山中で修行する智厳禅師の許に元同僚が訪ねて問答を交わす挿話である。本話の出典は『景徳伝灯録』巻四の以下の記事と考えられる(9)。

第二世智巖禅師者、曲阿人也。姓華氏。弱冠智勇過レ人。身長七尺六寸。隋大業中為二郎将一。常以レ弓挂二一濾水嚢一。随レ行所レ至汲用。累従二大将一征討、頻立二戦功一。唐武徳中、年四十、遂乞二出家一。入二舒州皖公山一、従二宝月禅師一為二弟子一。後一日宴坐、覩二異僧身長丈余、神姿爽抜、詞気清朗一。謂レ師曰、「卿八十生出家。宜レ加二精進一」。言訖不レ見。嘗在二谷中一入レ定、山水瀑漲。師怡然不レ動。其水自退。有二猟者一遇レ之。因改レ過修レ善。復有二昔同従軍者二人一。聞二師隠遁一、乃共入レ山尋レ之。既見、因謂レ師曰、「郎将狂耶。何為住レ此」。答曰、「我狂欲レ醒。君狂正発。夫嗜レ色淫レ声貪レ栄冒レ寵、流転生死。何由自出」。二人感悟、歎息而去。師貞観十七年帰二建業一、入二牛頭山一、謁二融禅師一発二明大事一。

（大正新脩大蔵経[10]第五一巻228b）

『沙石集』との対応箇所に傍線および二重傍線を施した。『景徳伝灯録』では、禅師が戦功を上げたのは「隋大業中」のこととされ、「唐武徳中」は出家時の年号とする点が『沙石集』とは異なるものの、概ね両者は対応しているといえる。陸晩霞氏は、禅師の名称「智巖」（『景徳伝灯録』）を無住が「智厳」（『沙石集』）に作っている点にも注意を払った上で、「原文にある、禅師在俗時の容姿品行や山中坐禅の時に起きた霊異譚は削ぎ落とされたが」「無住が和文で簡約版の智巖禅師伝を作った観がある」（傍点原文のまま）と指摘している。[11]

このとき気になるのが、『大蔵一覧集』巻一〇に収められる以下の智巖禅師伝の存在である。

牛頭山智巖禅師。〈見四祖〉少為二郎将一。累レ戦有レ功。棄レ官出家、隠二舒州皖公山一。有二同従軍者二人一。尋訪、謂レ師曰、「郎将狂耶。何為住レ此」。答曰、「我狂欲レ醒。君狂正発。夫嗜レ色淫レ声貪レ栄冒レ寵、流転生死。何由得レ出」。二人感悟、歎息而去。師後謁レ融、発二明大事一。

（昭和法宝総目録第三巻1401b）

こちらも『沙石集』との対応箇所に傍線を施した。一見して明らかなのは、『景徳伝灯録』にある「禅師在俗時の容姿品行や山中坐禅の時に起きた霊異譚は」ここでも同様に「削ぎ落とされ」ており、全体としての説話構成においては、『大蔵一覧集』のほうがはるかに『沙石集』に近似するということである。もっとも、二重傍線で示した「唐武徳中」「年四十」といった要素は『大蔵一覧集』にはなく、無住が『景徳伝灯録』に依拠していることは動かない。だが一方で、「簡約版の智巖禅師伝」のごとき構成を、無住が『大蔵一覧集』に倣った可能性も強ちに否定できないように思われるのである。

次には、『沙石集』巻一第八「生類ヲ神ニ供スル不審之事」に語られる以下の説話を通して、この点を考えてみよう。

漢土ノ或山ノフモトニ霊験新ナル社ロアリケル。世ノ人、コレヲ崇テ、牛羊魚鳥ナムドヲ以テ祭ル。其神ハ只古キ釜ナリケリ。或時、一人ノ禅師、彼釜ヲ打破リテ、「神何ノ所ヨリ来リ、霊何処ニカ在」ト云テ、併打クダキテケリ。其時、青衣着タル俗一人現ジテ、冠ヲ傾テ、「禅師ノ無生ヲ説キ玉フニヨリテ、忽業苦ヲハナレテ天ニ生ズ。其恩難レ報」云テ去リヌ。

中国の霊社の釜の神が、禅師の教えによって得脱を遂げるという逸話。本話も『景徳伝灯録』巻四の以下の記事が出典と思われる。[12]

嵩嶽破竈堕和尚不レ称二名氏一。言行叵レ測、隠二居嵩嶽一。山塢有レ廟、甚霊。殿中唯安二一竈一。遠近祭祠不レ輟、烹二殺物命一甚多。師一日領二侍僧一入レ廟、以レ杖敲レ竈三下云、「咄、此竈。只是泥瓦合成。聖従レ何来、霊従レ何起、恁麼烹二宰物命一」。又打三下、竈乃傾破堕落。〈安国師号為二破竈堕一。〉須臾有二一人青衣一。峨レ冠、忽然設二拝師前一。師曰、「是什麼人」。云、「我本此廟竈神。久受二業報一、今日蒙三師説二無生法一、得レ脱二此処一、生在二天中一。特来致レ謝」。師曰、「是汝本有之性。非二吾彊言一」。神再礼而没。

（大正新脩大蔵経第五一巻232c―233a）

『沙石集』との対応箇所に傍線および二重傍線を付した。

本話について、陸晩霞氏は「廟」を「社」に、「竈」を「釜」に、「師一日領侍僧」を「ある時一人の禅師」に書き換えたのは、日本の生活文化に合わせて施した改編《ママ》であるが、それら以外は、「聖従何来霊従何起」という破竈堕和尚の喝や釜神の姿はほぼ『伝灯録』の内容に従っている。無住が『伝灯録』の一節を抄訳したといってよいほどである」と述べる。[13]本話についても対照すべきは、『大蔵一覧集』巻一○所収の次に引く嵩嶽破竈堕和尚伝である。

嵩嶽破竈堕和尚。〈見五祖下安国師〉嵩嶽有レ廟、甚霊。殿中唯安二一竈一。遠近祭祠。師見、以レ杖敲レ竈三下云、「咄、此竈。只是泥瓦合成。聖従レ何来、霊従レ何起、恁麼烹二宰物命一。又打三下、竈乃破堕。須臾有二一人青衣一。峨レ冠、設レ拝曰、「我本此竈神。久受二業報一、蒙三師説二無生法一、脱レ此生レ天。特来致レ謝」。師曰、「汝是本有之性。非二吾彊言一」。神再拝而没。

（昭和法宝総目録第三巻1402a）

『沙石集』との対応箇所に傍線を付した。本話の場合は、先に引いた『景徳伝灯録』の当該部分も比較的コンパクトな構成のため、『大蔵一覧集』との相違はそれほど目立たない。とはいえ三書間の傍線部の対応箇所を仔細に比較するなら、全体としての説話構成の点では、ここでも『大蔵一覧集』がより『沙石集』に近似していることが看取されるであろう。ただし、二重傍線部については、『沙石集』の「或山ノフモトニ」は、『景徳伝灯録』の「山塢」を受けるものであろう[14]し、同じく『沙石集』の「牛羊魚鳥ナムドヲ以テ祭ル」の表現も、『景徳伝灯録』の「烹二殺物命一甚多」に依ったと考えるのが自然であろう。したがって、無住が『景徳伝灯録』に依拠していること自体はまず動かないと思われる。だが、それでもなお無住が説話構成の点で『大蔵一覧集』を参照した可能性は十分にあると言えるのではなかろうか。

いま一話、『沙石集』巻四第一「無言上人事」所収の以下の説話の場合を見よう。

興善寺惟寛禅師ハ馬祖ノ弟子也。或時、説法ス。白居易、問曰ク、「禅師ト云フハ何ノ法ヲ説ク」。問フ意ハ、法ハ教師ノ談ズル所也。禅ハ不立文字ノ宗ニシテ、心ニアリテ言ハナシト思エリ。禅師、答テ曰ク、「無上菩提ヲ身ニ令レ蒙ヲ戒ト云。口ニ説クヲ法ト曰。心ニ行ズルヲ禅ト云。応用ハ三ツアレドモ、其体ハ一ツ(ママ)也。律ツ即チ法、々ハ禅ヲ離レズ。妄ニ分別ヲ生ゼラレ。江河淮漢ノ在所ニ名ヲ立ル事、殊ナレドモ、水体ハ一ツナルガ如シ」ト云リ。

惟寛禅師と白居易との問答譚である。本話の出典も『景徳伝灯録』巻七の以下の記事であると考えられている。(15)

京兆興善寺惟寛禅師者、衢州信安人也。姓祝氏。年十三見二殺生者一、衋然不レ忍レ食。乃求二出家一。初習二毘尼一修二止観一。後参二大寂一乃得二心要一。唐貞元六年、始行二化於呉越間一、八年至二鄱陽山一、神求レ受二八戒一。十三年止二嵩山少林寺一。僧問、「如何是道」。師云、「大好レ山」。僧云、「学人問レ道、師何言レ好レ山」。師云、「汝只識レ好レ山。何曾達レ道」。問、「狗子還有二仏性一否」。師云、「有」。僧云、「和尚還有否」。師云、「我無」。僧云、「一切衆生皆有二仏性一。和尚因レ何独無」。師云、「我非二一切衆生一」。僧云、「既非二衆生一是仏否」。師云、「不二是仏一」。僧云、「究竟是何物」。師云、「亦不二是物一」。僧云、「可レ見可レ思否」。師云、「思レ之不レ及、議レ之不レ得。故云二不可思議一」。元和四年憲宗詔至二闕下一。白居易嘗詣レ師問曰、「既曰二禅師一、何以説レ法」。師曰、「無上菩提者、被二於身一為レ律、説二於口一為レ法、行二於心一為レ禅。応用者三、其致一也。譬如二江河淮漢在レ処立レ名。名雖レ不レ一水性無二。律即是法、法不レ離レ禅。云何於レ中妄起二分別一」。

（大正新脩大蔵経第五一巻255a）

ここでも『沙石集』との対応箇所に傍線および二重傍線を施した。両書は当該部分については過不足ない対応を示しているといえよう。しかしながら、ここに『大蔵一覧集』巻一〇所収の以下の惟寛禅師伝を対照させるとどうであろうか。

京兆興善寺惟寛禅師〈見馬祖〉白居易問、「既曰二禅師一、何以説レ法」。師曰、「無上菩提者、被二於身一為レ律、説二於口一為レ法、行二於心一為レ禅。応用者三、其致一也。譬如二江河在レ処立レ名。名雖レ不レ一水性無二。律即是心法、法不レ離レ禅。何以分別」。

（昭和法宝総目録第三巻１４０６ｂ）

本話についても『沙石集』との対応箇所に傍線および二重傍線

傍線を付した。すると、『沙石集』の説話構成が『大蔵一覧集』に極めて近似することに気付くであろう。ここでも、二重傍線部、とくに『沙石集』の「妄ニ分別ヲ生ゼラ(ザカ)レ」の部分は、『景徳伝灯録』の「云何於レ中妄起二分別一」に依るほかはなく、『景徳伝灯録』が出典であることは間違いない。しかしながら、本話の説話構成自体は『大蔵一覧集』を参照している可能性が高いと思われるのである。

以上、『沙石集』の三説話について、『景徳伝灯録』と『大蔵一覧集』との関係を探ってきた。三話はいずれも同様な傾向を示しており、必須要素の対応から『景徳伝灯録』が『沙石集』の出典であることは動かないものの、説話構成自体は『大蔵一覧集』に非常に近く、その様子は、無住があたかも『景徳伝灯録』から『大蔵一覧集』の該当記事にあたる部分を切り取って説話構成を図っているように見えるほどである。無住が『景徳伝灯録』とあわせ『大蔵一覧集』をも参照していることはほぼ間違いないのではなかろうか。いや、無住は実際には、むしろまず『大蔵一覧集』所載の僧伝に注目した上で、当該記事に「〈見四祖〉」「〈見五祖下安国師〉」「〈見馬祖〉」として示された出典注記に導かれるかたちで原典の『景徳伝灯録』を参照し、全体の構成を『大蔵一覧集』所載の僧伝に依りながら、適宜『景徳伝灯録』の表現をも補って説話構成を整えたと考えるのが自然なのではなかろうか。さらに同様な事例の検証を重ねるべきではあろうが、『景徳伝灯録』のような大部な典籍に無住を導く案内書ないし索引的役割を仏教類書である『大蔵一覧集』が果たしていた可能性をここでは提示しておきたいと思う(16)。

二、無住と『大慧普覚禅師語録』

本稿で取り上げるもう一つの南宋代成立典籍は、大慧宗杲の語録である『大慧普覚禅師語録』である。本書と無住との関係をめぐっては、最近、宋春暁氏が研究を推し進めた(17)。宋氏は、『沙石集』の巻五本第五「学生ノ怨心ヲ解タル事」所載の道林禅師と白居易の問答譚の出典が『大慧普覚禅師語録』であることを明らかにするとともに、集中三箇所に現れる「大恵禅師」の言葉についても、従来注釈書において一行禅師の言葉に比定されてきたところを、『大慧普覚禅師語録』に依るものであることを指摘した。ここでは、宋氏の驥尾に付し、『沙石集』中のいま一つの説話について『大慧普覚禅師語録』との関係を考えたい。それは、巻三第六「道人ノ仏法問答セル事」所載の以下の説話である。

昔、大珠和尚、馬祖ニ参ジテ仏法ヲ問フ。祖、問テ云ク、「何ノ為ニ来レル」。大珠、答ヘテ、「仏法ヲ求メンガ為」

ト。祖ノ云ク、「汝ガ自家ノ宝蔵ヲモチヒズシテ、外ニ求テナニカセン。此ノ間ニハ仏法無」ト答フ。大珠ノ云ク、「如何是、恵海ガ自家ノ宝蔵」ト。祖ノ云ク、「汝ガ我ニ問フ物、コレ汝ガ宝蔵也」。大珠、言下ニ悟ル。

大珠和尚と馬祖道一との問答譚。本話の出典は従来『景徳伝灯録』巻六の以下の記事と考えられている。[18]

越州大珠慧海禅師者、建州人也。姓朱氏。依二越州大雲寺道智和尚一受レ業。初至二江西一参二馬祖一。祖問曰、「従二何処一来」。曰、「越州大雲寺来」。祖曰、「来レ此擬レ須二何事一」。曰、「来求二仏法一」。祖曰、「自家宝蔵不レ顧、拋レ家散走作二什麼一。我遮裏一物也無。求二什麼仏法一」。師遂礼拝問曰、「阿那箇是、慧海自家宝蔵」。祖曰、「即今問レ我者、是汝宝蔵。一切具足更無二欠少一、使用自在。何仮二向レ外求覓一」。師於二言下一自識二本心不レ由二知覚一、踊躍礼謝。

（大正新脩大蔵経第五一巻246c）

両書の対応箇所に傍線を施した。確かにここだけ見れば、『景徳伝灯録』を出典と考えることも可能だろう。だが、『大慧普覚禅師語録』巻二三の以下の記事と対照するときはどうだろうか。

昔、大珠和尚初参二馬祖一。祖問、「従二何処一来」。曰、「越州大雲寺来」。祖曰、「来レ此擬レ須二何事一」。曰、「来求二仏法一」。祖曰、「自家宝蔵不レ顧、拋レ家散走作二甚麼一。我這裏一物也無。求二甚麼仏法一」。珠遂作レ礼問、「那箇是、慧海自家宝蔵」。祖曰、「即今問レ我者、是汝宝蔵。一切具足更無二欠少一、使用自在。何仮二外求一」。珠於二言下一識二自本心不レ由二知覚一。

（『大慧普覚禅師語録』巻二三、大正新脩大蔵経巻第四七巻910b）

『沙石集』との対応箇所に傍線および二重傍線を付した。二重傍線を施した部分では、『沙石集』の表現は『大慧普覚禅師語録』との同文度がより高い。まず冒頭の「昔、大珠和尚」の一致は、『景徳伝灯録』が「大珠」「禅師」とするだけに、偶然とは思われず、その後の『沙石集』における「大珠」の表現が、『大慧普覚禅師語録』では「珠」、『景徳伝灯録』では「師」と対応する点ともあわせ、『沙石集』の本話の出典を『大慧普覚禅師語録』とするに十分な理由となり得よう。

さらに付言するなら、『大慧普覚禅師語録』全三〇巻のうち、巻一九から巻二四までは『大慧普覚禅師法語』が占めているが、宋氏が指摘した道林禅師と白居易の問答譚や三箇所に引かれる「大恵禅師」の言葉、さらに稿者が指摘した大珠と馬祖の問答譚も、いずれもこの『大慧普覚禅師法語』に相当する部分に含まれているのである。ちなみに『普門院経論章疏語録儒書等目録』には、「大慧語十冊」、「又一部十冊〈但年譜別本也〉」、「大慧普説四冊」、「同語録一冊」、「又普説一冊」、「〈御書〉法語一冊」と見えており、東福寺普門院には「大慧語十冊」とは別に「法語一冊」も蔵されていた。無住は『大慧普覚禅師語録』の中でも、とりわけ『大慧普覚禅師法語』相当部分を熱心に読んでいたものと思われるのである。それは「「法語」の多くの相手は、士大夫の知識階級ではあるが、一般の日常生活者であ[19]った」ことと多分に関わるであろう。俗人への教化が無住にとっての一大関心事であったことは間違いないからである。

おわりに

本稿では、『大蔵一覧集』と『大慧普覚禅師語録』という二つの南宋代成立典籍について無住の使用状況をめぐって考察を行った。仏教類書である『大蔵一覧集』については、無住にとって『景徳伝灯録』のような大部な書物への案内書的な役割を果たしていた可能性を指摘した。また『大慧普覚禅師語録』については、『沙石集』の新たな出典の認定を通して、とりわけ無住が読み込んでいたのは『大慧普覚禅師法語』だったのではないかとの見通しを示した。一方、考察の中で『沙石集』の出典について吟味する際、『大蔵一覧集』と『大慧普覚禅師語録』と対抗関係にあったのはいずれも『景徳伝灯録』であったが、本書については、無住が参照していることは間違いないものの、どれほど使いこなせていたかという段になると、むしろ疑問視されるような傾向が窺えるように思われる。[20]無住にとっては、著作の出典と認定される『景徳伝灯録』よりも、表向きは出典とは認定されにくい『大蔵一覧集』のほうが、はるかに重用される文献であった可能性がある。今後の研究の進展につれて、こうした出典間の軽重の違いも自ずからより明確になっていくであろう。

注

(1) 拙稿「無住と南宋代成立典籍」(『文学史研究』第五三号、二〇一三年)。
(2) 湯谷祐三「『私聚百因縁集』と檀王法林寺蔵『枕中書』について」(『名古屋大学国語国文学』第八四号、一九九九年)。
(3) 上野麻美「『大経直談要註記』所引の『大蔵一覧集』――『金言類聚抄』を例証として」(『室町期浄土僧 聖聡の談義と説話』新典社、二〇二二年、初出は二〇〇七年)。
(4) 椎名宏雄「高麗版『大蔵一覧集』の概要」(『宋元版禅籍の文献史的研究』第一巻、臨川書店、二〇二三年、初出は二〇〇一年)。
(5) 柳田聖山「栄西と『興禅護国論』の課題」(『中世禅林の思想』〈日本思想大系〉岩波書店、一九七二年)。
(6) 引用は、今枝愛眞「『普門院蔵書目録』と『元亨釈書』最古の写本――大道一以の筆蹟をめぐつて」(『田山方南先生 華甲記念論文集』田山方南先生華甲記念会、一九六三年）所載の影印・翻刻による。

（7）注1前掲拙稿。

（8）引用は、国文学研究資料館蔵のマイクロフィルムおよび紙焼写真により、句読点や濁点を施すなど、表記は私に整えた。

（9）陸晩霞『遁世文学論』（笠間書院、二〇二〇年）第二編第三章第二節「『沙石集』と禅仏教」。なお注1前掲拙稿でも出典に言及しているが、その時点では『大蔵一覧集』にも同話が認められるという指摘に留まっている。

（10）大蔵経類の引用に際しては、返り点等を私に補い、字体を通行のものに改めたほか、小書部分は〈　〉で表示した。

（11）注9陸氏前掲書。

（12）注9に同じ。

（13）注9陸氏前掲書。

（14）「山塢」は。山のくま、山あいのことであるから、「山ノフモト」と意味はずれるが、無住の誤解ないし意図的改変によるものであろう。

（15）西村聡「無住の白居易」（『白居易研究講座 第四巻 日本における受容（散文篇）』勉誠社、一九九四年）、三角洋一「『徒然草』の故事・詩話・諺と唐・宋仏教」（『説話論集 第十三集 中国と日本の説話Ⅰ』清文堂出版、二〇〇三年）。

（16）この点、かつて荒木浩氏が南宋の圭堂編『新編仏法大明録』について無住の同書「閲読を示す可能性」を指摘した際、『仏法大明録』には、『景徳伝燈録』からの引用が非常に多いことに触れ、「『景徳伝燈録』は大部で、法嗣の理解がない門外には、適所への簡便な参看が難しい書物である。『仏法大明録』の引用は、その助けになる。『大明録』は、他流や俗人にとって、『景徳伝燈録』のような禅宗本流の書物に対する索引の便をも兼ね、手頃な類書や語録集の如く用いられて、禅宗入門としての役割をも果たしたことだろう」と推定したことが思い合わされる（「仏法大明録と真心要決――沙石集と徒然草の禅的環境」『徒然草への途――中世びとの心とことば』勉誠出版、二〇一六年、初出は二〇〇〇年）。

（17）宋春暁「白居易・道林禅師問答譚の受容――『沙石集』巻第五本ノ五を中心に」（『国語国文』第九一巻第三号、二〇二二年）。ちなみに最近、陸晩霞氏が『雑談集』巻五「上人事」所載の中国説話の出典が『碧巌録』巻四の懶瓚和尚の話であることを指摘したり（注9陸氏前掲書）、王薈媛氏が、語録の世界と近接する『寒山詩』の『沙石集』への影響について明らかにする（「無住と『寒山詩集』」『説話文学研究』第五八号、二〇二三年）など、禅語録類と無住をめぐる研究が活発化しつつある。

（18）注9陸氏前掲書、注17宋氏前掲論文。

（19）石井修道訳『大乗仏教〈中国・日本篇〉第十二巻 禅語録』（中央公論社、一九九二年）「解説」。

（20）宋春暁氏が『大慧普覚禅師語録』が出典であることを明らかにした道林禅師と白居易の問答譚も、それ以前は『景徳伝灯録』が出典と考えられていた。また、新編日本古典文学全集は『沙石集』巻九第一八「愚痴ノ僧ノ牛ニ成タル事」所載の「漢朝」の説話の同話として『景徳伝灯録』の説話を挙げるが、該話が主として『摩訶止観』の注釈書類に拠ることは、すでに稿者が繰り返し指摘しているところである（「虚受信施の僧の説話をめぐって」『日本古典文学会々報』第一二一号、一九九二年、「無住と律（一）――『沙石集』と『四分律行事鈔』・『資持記』の説話」『文学史研究』第五六号、二〇一六年）。

付記　校正時、王薈媛「無住における『大慧普覚禅師語録』・『景徳伝燈録』の受容」（『多元文化』第一三号、二〇二四年）の存在を知った。指摘において一部重なる点もあるが、あわせ御参照願えれば幸いである。

　なお、本稿はＪＳＰＳ科研費（19K00299・K23K00298）による研究成果の一部である。

無住の和歌陀羅尼観――『沙石集』諸本から変遷をたどる

平野多恵

『沙石集』における無住の和歌陀羅尼観は諸本間で相違が大きいが、従来ほとんど検討されてこなかった。古本系の米沢本、加筆・改稿された内閣文庫本、流布本系の慶長古活字本および『聖財集』の言説を比較し、無住自身が『沙石集』『聖財集』を改稿する中で、和歌陀羅尼観の典拠を加筆し、表現や構成を変更した可能性が高いことを明らかにした。

はじめに

和歌陀羅尼観は日本の和歌と仏のことばであるインドの陀羅尼を同じと見なす考え方である(1)。陀羅尼は古代インドのサンスクリット語で読誦される神聖な呪文で「真言」ともいう。

ひらの・たえ――成蹊大学文学部教授。専門は日本中世文学。主な著書・論文に『明恵 和歌と仏教の相克』（笠間書院、二〇一一年）、「無住における和歌――『沙石集』の増補改訂と詠歌活動」（『無住 研究と資料』、二〇一一年）、「中世後期の勅撰和歌集における釈教歌――『新後撰和歌集』『続千載和歌集』の宗教性と政治性」（『国語と国文学』九二―五、二〇一五年）などがある。

無住が執筆編集した『沙石集』巻五に和歌陀羅尼観が語られることはよく知られている。和歌陀羅尼観については多くの論の蓄積があり、その思想の背景として、天竺・中国・日本で世界が成り立つとする三国意識にもとづく言語観や密教、神道の影響が指摘されてきた(2)。

荒木浩は和歌陀羅尼観の研究史を丹念にたどったうえで、『沙石集』の和歌陀羅尼観の思想史的背景を検証し、無住が顕密禅を兼学するなかで磨いた言語観にもとづき、真言密教の「阿字本不生」と禅宗の「以心伝心」説を融合して独自の和歌陀羅尼観を創りだしたと結論した(3)。近本謙介はこれを承けつつ、『沙石集』の諸本の違いをふまえ、草稿本の性格を持つ米沢本で無住が和歌陀羅尼観を説いた直後に「これは自然とこの理の意、経文に見えたり。私の料簡と思ひ給ふ事なかれ」と述べていることに着目した[4]。近本は、ここで説かれる和歌陀羅尼観について「経文に見えたり」と述べ「私の料簡」でないことを言挙げする無住の態度に、初期の『沙石集』の段階では和歌陀羅尼観がまだ定見となっていなかった状況を読み取ったのである。他にも和歌陀羅尼観に対する無住の語りのおぼつかなさから、その部分が慶長十年十行古活字本（以下、慶長古活字本）では削除されていることに注意を促し、流布本である慶長古活字本が米沢本『沙石集』本文から無住の肉声を消し去った可能性を鋭く指摘している。

無住自身が『沙石集』を何度も改訂していることをふまえれば、その和歌陀羅尼観について考える際に諸本間の相違をより丁寧に検証するべきなのは言うまでもない。そこで本稿では、『沙石集』の和歌陀羅尼観について、諸本の成長段階を示す伝本間の相違を分析しつつ、無住が和歌陀羅尼観とどう向き合ったかをたどりたい。

一、『沙石集』における和歌陀羅尼観の改稿

これまで『沙石集』の和歌陀羅尼観は日本古典文学大系（岩波書店）の底本となったお茶の水図書館蔵成簣堂文庫旧蔵梵舜本（以下、梵舜本）の本文をもとに多く論じられてきた。しかし現在、梵舜本は無住以外の後人による改稿を多く含む伝本と考えられており、和歌陀羅尼観を語る部分も梵舜本とその他の諸本とで本文や構成に相違がある。『沙石集』の伝本研究が進んでいる現在、その和歌陀羅尼観について諸本の成立過程をふまえて再検討する必要がある。

具体的に検討する前に、先行研究によって『沙石集』の改訂と諸本について確認しておく[5]。『沙石集』は弘安二年（一二七九）に起稿されて弘安六年（一二八三）にいったん完成した。その後、無住自身によって、少なくとも永仁三年（一二九五）、徳治二年（一三〇八）に改訂されたこと、最後の加筆は八十三歳の徳治三年に行われたこと、無住自身による裏書をもつ伝本が多数存在することが明らかにされている。

『沙石集』の伝本系統は、米沢本に代表される古本系と、慶長十年古活字本など刊本のもとになった流布本系に二大別される。諸伝本を博捜して各本の性格を明らかにした土屋有里子によれば、これまで多く論じられてきた梵舜本は、無住による上記の大改訂のうち、一度目の永仁三年の改訂後のもので、後人による加筆と改稿を多く含む増補本と推定されている[6]。和歌陀羅尼観を載せる巻五は古い本文が目立つというが、巻五の本・末のうち末は説話の配列や有無に違いが多く、書写者の好みによって取捨選択された可能性も示唆されてい

る。こうしたことから、梵舜本のみに基づいて『沙石集』の和歌陀羅尼観を理解するわけにはいかないのは明らかである。

『沙石集』本文の変遷を考えるうえで重要なのが内閣文庫蔵本である。土屋によれば、内閣文庫蔵本は古本系から流布本系へ変化する過程をとどめた重要な伝本で、内閣第一類本（巻一～巻五および巻九）と内閣第二類本（巻六～八および巻十）に分けられるという。[7]このうち室町末期写の内閣第一類本（以下、内閣本と略称）は本文系統・説話配列・標題の異同から刊本に近いというが、とりわけ注目されるのは、「裏書」が散見し、その中に他本にない和歌関連説話が多く含まれる点である。さらに、その加筆・改稿は無住自身によると推測されている。

内閣本の和歌陀羅尼観該当箇所を見ると、慶長古活字本で削除されている部分は内閣本でも収められていない。内閣本の改稿が無住自身によるとすれば、草稿本の米沢本にあった和歌陀羅尼観に対する曖昧さを消し去ったのも無住であったと考えられないだろうか。こうした改稿は最晩年の無住が和歌へのこだわりともかかわるように思われる。

それを検討するために、『沙石集』諸本の性格を把握した上で、各々の相違を分析する必要がある。そこで以下、改訂過程がうかがえる諸本として米沢本・内閣本・慶長古活字本を取り上げ、その本文を比較しつつ無住自身による改稿の可能性を検証していきたい。

二、和歌陀羅尼観の構成と諸本の比較

『沙石集』巻五本に収められる和歌陀羅尼観は、章段の標題や構成が諸本によって異なる。和歌陀羅尼観の構成や内閣本の本文の相違は、これまで検討されてこなかったが、内閣本は古本系から流布本系への変化を分析するために不可欠の伝本であり、それを考慮に入れて検討する必要がある。さらに、和歌陀羅尼観に該当する部分の構成が古本系と流布本系で異なることも見逃せない。

そこで以下、古本系の米沢本、古本から流布本への過程にある内閣本、流布本のもとになった慶長古活字本、これら三本の本文を中心に比較し、必要に応じて梵舜本についても言及していく。[8]以後、「諸本」の語は、内閣本・慶長古活字本・梵舜本のすべてに共通する場合に用いる。

まず米沢本の該当箇所を新編日本古典文学全集『沙石集』によってあげる。米沢本は草稿本として位置づけられ、和歌陀羅尼観の初期のかたちを伝えると考えられるからだ。原文は漢字カタカナ交じり表記だが、内容の把握が重要であるため、理解しやすさを考えて、漢字ひらがな表記を採用する新

編日本古典文学全集の本文をもちいることとする。

原本に改行は施されていないが、分析の便宜上、内容のまとまりごとに①～⑪の番号を振った。この番号は新編日本古典文学全集の改行にほぼ準じるものである。[9] 以下、米沢本の独自性を示す部分に私に点線を引いた。

▼米沢本『沙石集』巻五本の十四「和歌の徳甚深なる事」和歌陀羅尼観該当箇所

①和歌の徳を思ふに、散乱麁動の心をやめ、寂然静閑なる徳あり。また詞は少くして心を含めり。惣持の徳あり。惣持は即ち陀羅尼なり。和が朝の神には、仏菩薩の垂跡、応身の随一なり。素戔雄尊、すでに出雲八重垣の三拾一字の詠をはじめ給へり。仏の詞に異なるべからず。

②天竺の陀羅尼もその国の人の詞なり。仏、これを以て陀羅尼を説き給へり。この故に、一行禅師の大日経の疏にも、「随方の詞、みな陀羅尼」といへり。仏、若し我が国に出で給はば、ただ和国の詞を以て、陀羅尼とし給ふべし。

③惣持は本文字なし。文字は惣持をあらはす。何れの国の文字か、惣持の徳なからむ。況や悉曇の心は五大にして、響きあり。六塵悉く文字なり。五音に出でたる音なし。阿字を離れたる詞なし。阿字は即ち密教の真言の根本なり。されば経にも、「舌相言語皆是真言」といへり。

④大日経の三十一品も自ら三十一字に当たれり。世間・出世の道理を三十一字の中に包みたれば、仏菩薩の応もあり、神明人類の感もあり。かの陀羅尼も天竺の世俗の詞なれども、陀羅尼と名づけて此を持てば、滅罪の徳あり。日本の和歌も、世の常の詞なれども、和歌と云ひて、思ひも述ぶれば、必ず感あり。まして、仏法の心を含めらむは、疑ひなく陀羅尼なるべし。

⑤天竺・漢朝・和国、その言異なれども、その意同じき故に、仏の教へ広まりて、利益の空しからず。言に定まれる事なし。ただ心を得て思ひを述べば、必ず感あるべし。

⑥大聖、我が国に現れて、既に和歌を誦し給ふ。清水の御詠にも、

ただ頼めしめぢが原のさしも草我れ世の中にあらむ限りは

とあり。これ必ず陀羅尼なるべし。疑ふべからず。神明、また多く歌を感じて、人の望みを叶へ給ふ。旁々和歌の徳、惣持の義、陀羅尼と一つに心を得べし。

⑦歌の失を論ぜば、正教とても名聞利養を用ふる時はみな魔業となる。これ人の失なり。教の失にあらず。和歌も悪しく用ふるは人の失なり。惣持の徳を失ふ事なからむ。

これは自然とこの理の意、経文に見えたり。私の料簡と思

ひ給ふ事なかれ。

⑧或本に云はく、諸法実相なり。色香中道なり。麁言軟語皆第一義に帰す。和歌、なむぞ必ずしも撰び捨てむ。治生産業悉く実相にそむかず。何事か法の理に叶はざらむ。そのかみ、山中に居して侍りし時、鹿の鳴く声を聞きて、この心をつらねき。

聞くやいかにつま呼ぶ鹿の声までも皆与実相不相違背と

⑨また、真言の心には「法尓所起曼荼羅、随縁上下迷悟転」と云ひて、万法、皆曼荼羅なり、縁に随ひて違すれば迷となり、通ずれば悟りとなる。胎蔵は天然の曼荼羅なり。この心を思ひつづけ侍り。

自ら焼け野に立てるすすきをも曼荼羅とこそ人はいふなれ

坂東に焼け野のすすきを、曼荼羅といへり。

⑩顕密の大乗の心を以て、和歌を料簡して、仏法の道に引き入れ侍り。自由の邪推、冥の知見といひ、人の嘲りといひ、旁々憚りありといへども、心みにかくの如く書き置き侍りき。非あらば削りて、後見用ゐ給ふ事なかれ。若しそのいはれあらば、詞を添へて、助け給ふべし。

⑪聖人は心なし。万物の心をもて心とし、聖人は万物の身を以て身とす。然らば聖人は詞なし。万物の詞を以て詞とす。聖人の言、あに法語にあらざらむや。若し法語ならば、義理を含むべし。義理を含まば、惣持なるべし。惣持ならば即ち陀羅尼なり。この心を以て思ふに、神明・仏陀の、和歌を用ひ給ふ事、必ずこれ真言なるこそ。

(一) 標題と構成——未整理な米沢本と一貫性のある諸本

まず標題について確認したい。米沢本巻五ノ十四の標題は「和歌の徳甚深なる事」だが、他の諸本では和歌陀羅尼観に該当する部分に標題が付くのに対し、米沢本は異なる。冒頭は「狂言綺語の中に歌を入るるは、不思議の事……」という狂言綺語観にもとづく言説で、次に小原の上人（寂念）と西行らが寄り合ったときに詠まれた、ある上人の述懐歌「山の端にかげ傾きて……」をあげ、若く盛りの時に修行すべきことを述べて百喩経のたとえを紹介する。そのうえで、ようやく和歌陀羅尼観を語る「和歌の徳を思ふに、散乱麁動の心をやめ……」に入るのである。こうした構成には一貫性が感じられず、草稿本としての未整理な状態を思わせる。

それに対して諸本の標題は「和歌道深理有事」（内閣本）、「和歌ノ道フカキ理アル事」（梵舜本）、「和歌之道深理有事」（慶長古活字本）とほぼ一致し、標題の直後から「和歌ノ一道ヲ思トクニ……」（内閣本）と和歌陀羅尼観がはじまる。さらに、内閣本・梵舜本・慶長古活字本では米沢本「和歌の徳甚深なる事」冒頭の狂言綺語観にあたる部分が「学生の歌好みたる事」の中に組み込まれている。

①冒頭は、米沢本が「和歌の徳を思ふに……」ではじまるのに対し、諸本は「和歌ノ一道ヲ思トクニ……」であり、米沢本における「和歌の徳」の「徳」が諸本では「一道」となっている。これは諸本の標題にある和歌の「道」に対応したものであり、標題と章段の表現が一貫している。諸本の「和歌の道に深い道理がある」という意味の標題によって、和歌が陀羅尼と同等だという道理が強調されることになるのである。

(2) 諸本における構成の相違

続いて『沙石集』の和歌陀羅尼観該当部分の構成を確認したい。これも諸本により違いがある。次に示すように、米沢本と梵舜本は①~⑪まで同じ構成だが、内閣本と慶長古活字本には無住が和歌陀羅尼観を試みに書いたと語る⑩がない。さらに慶長古活字本は④と⑤のあいだに⑨⑪が配置されている点で大きく異なっている(二重傍線部)。

【諸本の構成】

・米沢本・梵舜本　①②③④⑤⑥⑦⑧⑨⑩⑪

・内閣本　①②③④⑤⑥⑦⑧⑨⑪　※⑩ナシ

・慶長古活字本　①②③④⑨⑪⑤⑥⑦⑧　※⑩ナシ

日本古典文学大系で梵舜本が刊行される以前は、古活字本の流れを汲む整版本の貞享本が流布本として広く読まれていた。『沙石集』の古活字本は慶長十年版の他、元和二年版、無刊記版等があり一括りにはできないが、慶長古活字本をはじめとする刊本は無住自身による二度の大改訂を経た後のものと考えられており[10]、構成の違いを検討するにあたっては、この点も考慮する必要があるだろう。

そこで以下、①~⑪の内容を米沢本で把握したうえで、諸本の違いを確認していく。

まず①は和歌の徳を説くところからはじまる。和歌には乱れて落ち着かない「散乱麁動」の心を制止し、静かに澄ます「寂然静閑」な徳があるという。少ないことばの中に心を含み、すべてを含む「惣持」、つまり「陀羅尼」の徳があるのだという。さらに日本の神は仏菩薩の化身の代表であり、はやくに素盞雄尊(スサノヲノミコト)が「八雲立つ出雲八重垣妻……」という三十一文字の和歌を読みはじめ、それは仏のことばに異ならないと述べる。

②は天竺の陀羅尼も天竺の国の人のことばであり、仏は天竺のことばで陀羅尼を説いたのであり、一行禅師の大日経の注釈にも「その土地土地のことばは、すべて陀羅尼だ」とあ

るという。そして、もし仏がもし我が国に出現されるなら日本のことばを陀羅尼とするはずだと展開する。

ここまで諸本による大きな違いはない。①で神は仏菩薩の化身だという本地垂迹説にもとづいて日本の神のことばである和歌を仏の陀羅尼と同等のものとして位置づけ、②では一行禅師の大日経の注釈の文言「随方の詞、みな陀羅尼」を根拠に、仏が日本にあらわれたらその国の、つまり日本のことばで陀羅尼を説くと述べている。

③では、あらゆる言語が真言であると説かれている。①の「惣持の徳」と②「随方の詞、みな陀羅尼」をふまえ、もともと惣持に文字はないが、文字によって惣持（陀羅尼）をあらわすのであり、どの国の文字にも惣持の徳があるという。ましてや悉曇の心には五大の響きがあり、六塵はみな文字であり、五音以外の音はなく、阿字は密教の真言の根本である。だからこそ経典に「舌相言語皆是真言」とあるのだという。

注目したいのは、米沢本が「悉曇の心は五大にして、響きあり。六塵悉く文字なり」の典拠を示さないのに対し、諸本は「高野大師」の名をあげ、弘法大師空海の文言であることを示して自説を補強していることだ。この部分は空海の『声字実相義』に見える文言で、世界を構成する地・水・火・風・空の要素「五大」には響きがあり、一切の認識の対象となる色・声・香・味・触境・法の「六塵」は文字であり、宮・商・角・徴・羽の「五音」にすべての音が包摂されるといい、阿字が真言の根本であると述べて、文字や音声がすべての根源であることを強調している。

この箇所については内閣本と古活字本・梵舜本とで表現が異なるのも見すごせない。内閣本は「況ャ高野大師云、「五大皆響有。六塵悉ク文字也」云々」、慶長古活字本は「況ャ高野大師モ五大皆響アリ六塵コト〴〵ク文字也ト宣ヘリ」（梵舜本も表記以外同文）である。内閣本の「高野大師云」に対し、慶長古活字本は「高野大師モ」と、同類をあらわす副助詞の「モ」によって、著者だけでなく高野大師も言っているという意を付け加えている。

内閣本には、この直後に「衆生ノ言語ヲ法輪ノ体トモ云ヘリ」という一文もある。「トモ云ヘリ」から意識される典拠は明らかでないが、いずれにしても例証の追加が注意される。

④は③を承けて真言密教の中心経典である大日経（正式名称『大毘盧遮那成仏神変加持経』）の三十一品の構成が三十一文字の和歌に相当すると述べ、大日経と和歌を三十一という数のアナロジーで関連づける。さらに、和歌は世間や仏道の道理を三十一文字に包摂するので、仏菩薩も神も人も感応するのだという。さらに、②をふまえて、陀羅尼も天竺の世俗の

ことばだが、陀羅尼として護持すれば滅罪の徳があるのと同じく、日本の和歌も世の常の詞ではあるが、和歌で思いを述べればかならず感応があり、ましてやそこに仏法の心を含んでいれば疑いなく陀羅尼なのだと強調していく。

諸本に共通する「大日経の三十一品も」の副助詞「も」から大日経を例証とする姿勢がうかがえる。その他、この部分は諸本に大きな違いはなく、米沢本の「かの陀羅尼も天竺の世俗の詞なれども、陀羅尼と名づけて此を持てば、滅罪の徳あり」について、諸本は「滅罪ノ徳」の後に「抜苦ノ用」が加わっている程度である。

⑤は天竺の陀羅尼と日本の和歌が通じ合うという④を承け、天竺・日本・中国は、それぞれ言語は異なるが、その意味するところは同じであり、だからこそ仏の教えが広まり利益があるのだという。そして、言語によらず、ただ、意味を理解して思いを述べれば、必ず感応があるのだと主張する。

すでに述べたように、この部分の構成は、④⑤が連続する米沢本・内閣本・梵舜本と、④のあとに⑨が続く慶長古活字本とで大きな違いがあるので、後で詳しく検討する。

⑥は仏菩薩が日本に出現して和歌を詠んだ例として清水観音詠「ただ頼め……」（『新古今和歌集』所収）をあげる。そして、「これ必ず陀羅尼なるべし。疑ふべからず」と、この歌が陀羅尼であることを強調する。さらに、神が和歌に感応して人の望みを叶えるのであり、「和歌の徳」「惣持の義」「陀羅尼」が同一であることを理解すべきだと説く。

注目したいのが「これ必ず陀羅尼なるべし。疑ふべからず」は短文のなかに「必ず」「べし」「べからず」が使われていることで、無住の口吻の強さが感じられる。

⑥で和歌が陀羅尼と同等だと強調する一方、⑦では歌の欠点を述べる。正しい教えでも「名聞利養」のために用いるときは「魔業」となるが、これは教えの過失ではなく、人の過失なのだという。これと同じく、歌も悪く用いるなら、それは人の過失であり、歌が惣持の徳を失う可能性もあると注意を促している。ここまで述べた後に、無住は「これは自然とこの理の意、経文に見えたり。私の料簡と思ひ給ふ事なかれ」（点線部）と述べ、この道理は経文に見えるもので、「私の料簡」、つまり自分の考えではないと強調している。

さらに、この部分は諸本で相違がある。とくに注目されるのは、前述のように、米沢本の「私の料簡と思ひ給ふ事なかれ」が内閣本・慶長古活字本で削除されていることだ。さらに、この二本は、惣持の徳を失ってはいけないと述べた後に、経を読んでも折が悪ければ「諍論ニハ綺語ノ咎有リト云ヘリ」（内閣本）と『成論（諍論）』の一節をあげてから「是ハ自然ニ此ノ理ヲ意得テ書置侍リ。何トカ是ユワレ無ラン」（内閣本）と述べている。「私の料簡と思ひ給ふ事なかれ」（米沢本）の代わりに、和歌陀羅尼観に由来があることを「何トカ……無ラン」と反語のかたちで強調しており[11]、このような内閣本の加筆には無住自身のこだわりが感じられる。

⑧は、「或本」に「諸法実相なり。色香中道なり。麁言軟語皆第一義に帰す」とあるのだから、和歌を綺語として切り捨てるべきではないと述べる。さらに、「治生産業悉く実相にそむかず」、つまり日々の生業はすべて実相に背かず、仏法の道理にかなわないものはないと強調し、その昔、無住が山中に住んでいたときに鹿の鳴く声を聴いて、この道理を詠んだ「聞くやいかにつま呼ぶ鹿の声までも皆与実相不相違背と」の歌をあげている。

米沢本は「或本に云はく」（点線部）ではじまるが、これは諸本にはない。改訂によって経典等の典拠を追加する例が多いなかで典拠が省略されるのは珍しいが、この部分は『沙石集』第一神祇の序文冒頭の「それ麁言軟語みな第一義に帰し、治生産業しかしながら実相にそむかず。然れば狂言綺語のあだなる戯れを縁として、仏乗の妙なる道を知らしめ、世間浅近の賤しきことを譬として、勝義の深き理に入れしめむと思ふ」（米沢本）とも対応している。このうち「麁言軟語みな第一義に帰す」は、荒木浩が指摘するように、無住が最晩年の応長元年（一三一一）八十六歳のときに添削した狩野文庫本『聖財集』下巻「顕密差別事」改稿時の増補箇所にも含まれる[12]。つまり、この文言は無住が最晩年まで手放すことのなかったお気に入りの表現であった。それが和歌陀羅尼観を語る部分にも使われていることは看過できない。

無住の自詠「聞くやいかに」の初句は、古活字本では「タレカキク」と「キクヤイカニ」が併記される。慶長古活字本においてこの自詠を含む⑧は巻五本の末尾に配置される。すでに土屋有里子が⑥「ただ頼め」⑧「聞くやいかに」⑨「をのづから」の三首の和歌の順序が刊本で⑨⑥⑧になっていることから、刊本では編成自体が大幅に改訂されたように見受けられると指摘し、刊本の本文構成が後の改訂作業を経たものである推測している[13]。この点は『沙石集』和歌陀羅尼観を考えるうえで重要な箇所と思われるため、後で詳しく検討する。

⑨も無住の自詠を含む。まず真言の心として「法尓所起曼荼羅、随縁上下迷悟転」を引いて、すべての存在が曼荼羅であることを説き、その心を詠んだ無住の自詠「自ら焼け野に立てるすすきをも曼荼羅とこそ人はいふなれ」をあげる。「法尓所起曼荼羅、随縁上下迷悟転」の典拠は空海『理趣

経開題』の「一　法爾所起曼荼羅身人。二随縁上下迷悟身人」だろう。『聖財集』中巻「法爾曼荼羅、随縁迷悟転ノ事」にも「一、密宗ニハ法爾所起ノ曼荼羅、随縁上下迷悟転ト云ヘリ」とあり、この句も無住が最晩年まで意識していた文言と知られる。

米沢本と諸本の違いは冒頭にある「また（又）」の有無と歌の注記の二点である。冒頭は、米沢本・梵舜本「また、真言の意には…」と「また」があるのに対し、内閣本・慶長古活字本は「また」がなく、「密宗ノ習ニハ」（内閣本）、「真言密教の習ニハ」（慶長古活字本）と、真言密教の教えであることをより明確にしている。これは先に示した『聖財集』の「密宗ニハ」に近く、無住自身による改稿の可能性を思わせる。

歌の後には、米沢本・梵舜本・内閣本は坂東で焼け野に生える薄を曼荼羅という内容の注記を示すが、古活字本では注記は削除されている。さらに内閣本には「カタ〳〵文証ヲホシ道理文明カナリ」という注記が加わっているのが注意される。

⑩の「顕密の大乗の心を以て……詞を添へて、助け給ふべし」（点線部）は、これまで述べてきたことを総括し、無住自身の考えを表明する部分である。顕教・密教の大乗仏教の教えによって和歌を考えて仏教の道に引き入れたのであり、神仏の見る目や他人の嘲笑を考えると、勝手な邪推はさまざまに憚りがあるが、試みとしてこのように書き置いたのだという。だから誤りがあれば削除し、後に見る人は用いないでほしいが、もしその根拠があれば、ことばを添えて助けてほしいとも述べている。

この部分は米沢本と梵舜本には書かれるが、内閣本・古活字本には見えない。近本が「心みにかくの如く書き置き侍りき」という無住の口吻から、この和歌陀羅尼観が仏教の側からの新たな和歌観の生成の瞬間を示すもので、仏教と和歌とをめぐる文学史上の重要な転換点だと指摘したのは卓見といえよう[14]。さらに、近本はこの部分に謙辞以上のおぼつかなさと無住の強固な自負を同時に読み取った。たしかに「非あらば削りて、後見用ゐ給ふ事なかれ。若しそのいはれあらば、詞を添へて、助け給ふべし」と、試みに書いたものであるから間違いがあれば削り、根拠があれば例証を加えてほしいということ自体に、仏法に則って和歌を考えたのだから経典の例証があるはずだという無住の自負が読み取れる。

こうした無住の肉声を伝える部分が内閣本と古活字本で見られないことは、その和歌陀羅尼観に対する意識の変化を考えるうえで看過できない。無住が『沙石集』を改稿する過程で、経典類による例証が加筆され、和歌陀羅尼観がより自負しうるものになったために、おぼつかない肉声が削除された可能性があるのではないだろうか。

⑪は、聖人は自分の心がなく、万物の心を自分の心とするということからはじまる。だから聖人には自分のことばはなく、万物のことばを自らのことばとするのであり、そう考えると、聖人の発言はすべて法語なのだと論を展開していく。もし法語なら義理を含み、義理を含むなら惣持のはずで、惣持であれば陀羅尼なのだという。そして、この意味を考えると、神仏が和歌をもちいる場合は必ず真言だと主張する。ここでは、陀羅尼が「真言」と言いかえられており、神仏の和歌が真言だという和歌即真言説を表明して巻五本の末尾が結ばれている。

文中に典拠は示されないが、冒頭の「聖人は心なし、万物の心をもて心とし……」は『沙石集』で繰り返し引用される表現で、日本古典文学大系や新編日本古典文学全集の頭注は、『老子』(『孝子道徳経』)の「聖人無常心。以百姓心爲心」(聖人には常の心無し。百姓の心を以て心と為す)を典拠としてあげる。[15] しかし、ここは『老子』から直接引用したのではなく、『宗鏡録』の「若離方言佛則無説。聖人無心。以万物心為心。聖人無身。亦以万物身為身。即知聖人無言。亦以万物言為言矣」(大正蔵第四十八巻五八三頁)に合致することが指摘されている。[16] たしかに、『宗鏡録』は「聖人は心なし。万物の心をもて心とし」だけでなく、「聖人は万物の身を以て身とす。然らば聖人は詞なし。万物の詞を以て詞とす」までが酷似する。

無住は⑩の末尾でこれまで語ってきた和歌陀羅尼観について「若しそのいはれあらば、詞を添へて、助け給ふべし」と訴えたが、じつは米沢本では直後の⑪自体が『宗鏡録』を典拠としており、「そのいはれ」に相当するのである。

無住は師の円爾の影響で『宗鏡録』を重視した。『沙石集』等の著作にもその影響がある。荒木浩が「この『宗鏡録』の文言を梃子に、和歌陀羅尼観の総括がなされていることを見逃してはならない」と述べる通り[17]、無住の和歌陀羅尼観における『宗鏡録』の影響はとりわけ注目される。

さらに注意したいのが、この部分は米沢本・内閣本・梵舜本では巻五末の末尾にあたるが、慶長古活字本では⑤の前に置かれることである。本文も米沢本・内閣本・慶長古活字本で異なっており、その違いにも留意すべきだろう。つまり、草稿本の面影を残す米沢本で和歌陀羅尼観を総括する位置づけにある⑪は、構成・本文の両面で諸本に違いが見られるのである。このことは『沙石集』の和歌陀羅尼観を考えるうえで見逃せない事実である。つづいて詳しく検討する。

三、⑪「和歌《ヲ》真言《ト》心得タル事」の検討
——米沢本から内閣本・慶長古活字本へ

繰り返しになるが重要なところなので、米沢本で和歌陀羅尼観の総括となる⑪を再掲し、内閣本と古活字本の対応箇所をあげる。(18)

▼米沢本

聖人は心なし、万物の心をもて心とし、聖人は万物の身を以て身とす。然らば聖人は詞なし。万物の詞を以て詞とす。聖人の言、あに法語にあらざらむや。若し法語ならば、義理を含むべし。義理を含まば、惣持なるべし。惣持ならば即ち陀羅尼なり。この心を以て思ふに、神明・仏陀の、和歌を用ひ給ふ事、必ずこれ真言なるこそ。

▼内閣本

和歌《ヲ》真言《ト》心得タル事、「聖人《ハ》常《ノ》心無《シ》、万人心《ヲ》モテ心《ト》ス」ト云ヘレバ、実《ト》聖人《ハ》定《レル》言《ハ》ナシ。万物《ノ》言《ヲ》以《テ》言《ト》シテ、陀羅尼《ヲ》説《キ》給。何《ノ》国《ノ》言《カ》陀羅尼《ト》ナラザラン。義理《ヲ》含免《ハ》、此《ノ》惣持徳アリ。惣持ナレバ陀羅尼ナリ。是《ニ》ナゾラウ《ルニ》、聖人《ハ》常《ノ》身ナシ。万物《ノ》身《ヲ》以《テ》身《ト》スベシ。故《ニ》肇公《ノ》云、「会《シテ》二万物一為《スル》己一《ト》者、唯聖人也」。然《ハ》、諸法《ヲ》他《ト》スル者凡夫也。惣《ハ》三科七大本如来蔵也。事新シク始《テ》、仏法《ト》ナシ給共、云ベカラザルヲヤ。是ナヲ随他《ノ》意《ノ》語ナラン。

この部分は米沢本・内閣本では巻五本の末尾にあたり、米沢本は和歌陀羅尼観の総括として「神明・仏陀の、和歌を用ひ給ふ事、必ずこれ真言なるこそ」(波線部)と述べて、神仏の和歌が真言だと結論している。

米沢本と内閣本を比較しよう。注目したいのは、米沢本で「神明・仏陀の和歌」に限定されていたのが、内閣本では冒頭に「和歌《ヲ》真言《ト》心得タル事」(傍線部)とあることだ。内閣本では和歌そのものが真言であるという主題が示されており、神仏の和歌にかぎらず、「和歌」を「真言」と定義する。

先にあげたように、米沢本の「聖人は心なし、……万物の詞を以て詞とす」は、『宗鏡録』の文言による。それに対して、内閣本は複数の文献によって和歌即真言説を補強している。まず「「聖人《ハ》常《ノ》心無《シ》、万人心《ヲ》モテ心《ト》ス」ト云ヘレバ」とはじめて『孝子道徳経(老子)』の「聖人無常心。以百姓心爲心」による文言を引いた後、「実《ト》聖人《ハ》定《レル》言《ハ》ナシ。万物《ノ》言《ヲ》以《テ》言《ト》シテ、陀羅尼《ヲ》説《キ》給」と続ける。この部分は『宗鏡録』の「即知聖人無言。亦以万物言為言矣」をふまえるが、その典拠には触れず、聖人に定まった言語はなく、万物の言語を自らの言語として陀羅尼を説くのだから、

「何ノ国ノ言カ陀羅尼トナラザラン」と論を展開していく。どの国の言語でも陀羅尼とならないものがあろうかと反語を用いることで、すべての国のことばが陀羅尼であることを強調する。さらに、義理を含むものには惣持の徳があり、惣持なのだから陀羅尼なのだという主張に続けて、「是ニナゾラウルニ、聖人ハ常ノ身ナシ。万物ノ身ヲ以テ身トスベシ」と述べる。「是ニナゾラウルニ」と述べて、後続する部分をあたかも自説であるように語りながら、実際は『宗鏡録』の一節「聖人ハ常ノ身ナシ。万物ノ身ヲ以テ身トスベシ」に基づく文言で結論するのである。これについて「故ニ肇公ノ云、「会シテ二万物一為スル己一ト者、唯聖人也」」（二重傍線部）と万物を己とするのは聖人だけだという肇公の発言をあげ、だからこそ、「諸諸法ヲ他トスル者凡夫也。惣ハ三科七大本如来蔵也」、つまり、すべてを他のものとするのは凡夫であり、「三科七大」はもともと「如来蔵」であるという。

このうち「三科」は十八界のことで、眼・耳・鼻・舌・身・意の「六根」、その対象となる色・声・香・味・触・法の「六境」、それらを縁に生じた眼識・耳識・鼻識・舌識・身識・意識の「六識」の総称である。次の「七大」は一切に遍満する地大・水大・火大・風大・空大・見大・識大の七要素の総称で、それぞれ『聖財集』に説明がある。この「三科七大」つまり、一切の存在が本来は「如来蔵」だというのは、禅法の要義を説く『楞厳経』に説かれる。『楞厳経』は『首楞厳経』とも称され、正式名称は『大佛頂如來密因修證了義諸菩薩萬行首楞嚴經』で『大仏頂経』とも言われる。大蔵経データベースの検索範囲では「三科七大本如来蔵」と続く表現は『楞厳経』に見えないが、無住自身が『聖財集』中巻（天理図書館本）の「三科七大皆如来蔵事」の標題で、「三科七大本ト如来蔵ト云ヘル事、仏頂経ノ説也」と書いており、この文言が『仏頂経』つまり『楞厳経』の説であることを明らかにしている。

無住より後の例だが、春屋妙葩の『知覺普明國師語録』「如来弾指超無学方始可説三科七大本如来蔵」（大正蔵八十巻六五〇頁）や空谷明應の『常光國師語録』「首楞厳三科七大本如来蔵」（大正蔵八十巻七頁）が確認され、「三科七大本如来蔵」は禅宗で語られたものと推察される。

「肇公ノ云、「会シテ二万物一為スル己一者、唯聖人也」」（二重傍線部）の引用については、土屋が無住が『沙石集』『聖財集』『雑談集』でたびたび『肇論』を引用し、内閣本の『肇論』の引用については『聖財集』との一致から無住自身の手になることを明らかにしている[19]。無住が『肇論』を披見していた可能性もあげられているが、この部分は『景徳傳燈録』巻第二十四・巻第三十にも「肇論云會萬物爲己者其唯聖人乎」とあることを指摘しておく。いずれにせよ内閣本のこうした引用からは、米沢本⑩の「若しそのいはれあらば、詞を添へて、助け給ふべし」が想起される。つまり、内閣本は和歌陀羅尼観にまつわる「いわれ」について『老子』『宗鏡録』『楞厳経』『肇論』などの文言で論を補強しているということである。

なお、内閣本の「和歌ヲ真言ト心得タル事」の後には、「カタ〳〵文証ヲホシ道理文明カナリ」という小書の注記がある。先述したように、直前にある無住自詠「ヲノズカラ」に関するものである可能性もあるが和歌を真言と理解することについての注記と理解することもできる。

次に古活字本を検討しよう。本文をあげる。

▼慶長古活字本

和歌ヲ真言ト心エテ侍ル事、聖人ハ心ナシ、万人ノ心ヲ心トストイヘリ。シカレバ、法身ハ言ナシ。万人ノ言ヲモテ語トシテ、仏法ヲトキ給言ノ中ニ義理ヲ含ハカナラズ惣持也。惣持ナラバカナラズ真言ナルベシ。

「和歌ヲ真言ト心エテ侍ル事」という主題を示すのは内閣本と同じだが、古活字本は話の配列が異なる。米沢本や内閣本のように巻五本の末尾に⑪が置かれず、④⑨⑪⑤という順である。

具体的には⑪の後に天竺・漢土・和国のことばの心が通じることを説く⑤がつづくためか、和歌が真言であることを簡略に述べている。本文に即していうと、「聖人には心がなく、万人の心を心とす」と言われるから、仏には言語がなく、万人の言語を自らの言語とするのであり、仏法を説くことばに義理が含まれれば必ず惣持であり、惣持ならば必ず真言だと論が展開される。ここでは内閣本に引かれていた肇公の発言は省略され、それによって主張に力強さがもたらされている。

米沢本・内閣本は惣持が陀羅尼だと書いていたが、古活字本では陀羅尼が省略され、惣持が真言だという。米沢本の「この心を以て思ふに、神明・仏陀の、和歌を用ひ給ふ事、必ずこれ真言なるこそ」や内閣本の「事新シク始テ、仏法トナシ給共、云ベカラザルヲヤ。是ナヲ随他ノ意ノ語ナラン」という、無住の思考の過程を示す文言がなくなったかわりに、古活字本は「カナラズ惣持也」「惣持ナラバカナラズ真言ナルベシ」のように「カナラズ」や「ベシ」を用いて和歌が真言であることを断言しているのである。

このような改訂を、いったいだれが行ったのだろうか。すでに述べたように内閣本は米沢本から刊本へ至る中途段階の伝本とされ、内閣本に多く収められる他本に見られない裏書きの和歌関連説話は無住の作であると推測されている。[20] 慶長古活字本が内閣本と同様、無住自身による二度の大改訂を経た後のものとすれば、最晩年の無住の意向が反映されていると考えられはしないだろうか。この仮説は、晩年の無住が和歌に力を入れており、慶長古活字本の巻五本が無住の自詠で巻五本を締めくくること、巻五末の裏書にある和歌が本文化していることと関連があるように思われる。その可能性を考えるべく、巻五末に置かれた無住の自詠について検討したい。

四、慶長古活字本巻五本の末尾が無住自詠で締めくくられる意味

慶長古活字本の巻五本は無住の自詠を含む⑧を末尾に置く。本文をあげよう。

諸法実相也。色香中道也。麁言軟語皆帰第一義。和歌何ゾカナラズシモエラビステン。治生産業コト〴〵ク実相ニソムカズ。何事カ法ノ理ニカナハザラン。ソノカミ或山中ニ閑居シテ侍シ時、鹿ノナク音ヲ聞テ思ツヾケ侍キ
《タレカキク》《キクヤイカニ》妻ヨブ鹿ノ声マデモ皆与実相不相違背ト

前述したように、米沢本と大きく異なるのは、米沢本冒頭の「或本に云はく」が削除されていることと、和歌の初句で「タレカキク」と「キクヤイカニ」を併記することだ。なぜ二句が併記されるかについては、次にあげる『雑談集』巻四に収められた同歌と左注から事情がわかる。

先年閑居ノ山里ニテ詠ズレ之ヲ 沙石集第五ニアリ
聞ヤイカニ、妻ヨブ鹿ノ、音マデモ、皆与実相、不相違背ト

或人初ノ句ヲ難云。申スニ付テ、此ハ彼ノ宮内卿ノ、名歌「聞ヤイカニ、ウハノソラ」ノ句ヲ取テ侍ル。名歌ノ一二句ヲ取テ、風情カハレルハ、皆古人ノ用処ナルカト思フ計也。但カレヲトラズトモ初ノ句ヲ「誰カ聞ク」トナヲステヤ侍ル覧、此ハ心猶々深ク侍ル也。

（『雑談集』巻四、『雑談集（中世の文学）』三弥井書店、一九七三年）

この歌は、牡鹿が妻を呼んで鳴く声が「皆与実相、不相違背」という経文に聞こえるという意味である。「秋の野に妻なき鹿の年を経てなぞわが恋のかひよとぞなく」（古今集・雑体・一〇三四・紀淑人）のように、牡鹿が妻を恋うて鳴く声は「かひよ」と捉えられていた。無住は経文の「皆与」を牡鹿の鳴き声の「かいよ」に聞きなしたのだ。

左注の説明によって、ある人がこの歌の初句を非難したことをうけて、初句「聞くやいかに」は宮内卿の名歌「聞くや

いかにうはの空なる風だにもまつに音するならひありとは」（新古今集・恋三・歌題「寄風恋」・一一九九）から取ったものだと無住は釈明する。「名歌ノ一二句ヲ取テ、風情カハレルハ、皆古人ノ用処ナル」というのは本歌取りを意識した発言だ。恋歌を仏教に転じたのである。(21) さらに初句を「聞ヤイカニ」でなく「誰カ聞ク」と直せば、さらに心が深くなるとも述べている。

ここからわかるのは、慶長古活字本が、「誰か聞く」という当初の初句と、ある人の批判後に考えた「誰か聞く」を併記していることだ。『雑談集』に「沙石集第五ニアリ」とあるように、二種類の初句を併記する古活字本の本文は、無住が八十歳頃に執筆した『雑談集』以後のものということになる。

和歌四・五句の「皆与実相不相違背」は、天台宗の主要な法華経注釈書『法華玄義』（正式名：妙法蓮華経玄義）に「治生産業。皆與實相不相違背」として五箇所に見える他、『宗鏡録』に「經云。一切世間治生産業皆與實相不相違」（大正蔵四八巻六三二頁）として引かれる。『沙石集』に『宗鏡録』に基づく表現が随所に見えることは先に触れたが、無住はこの句をかなり気に入っていたらしい。『沙石集』序文冒頭は「それ麁言軟語みな第一義に帰し、治生産業しかしながら実相にそむかず」からはじまり、⑧でも同じ文言が使われている。少し表現は異なるが巻五・三でも「世間の治生産業、みな仏法の助けとなりて、道業を成すべし」とある。ここで特筆したいのは、『沙石集』の和歌陀羅尼観を語る言説のなかには、無住が好んで使った文言が多く含まれていることである。

荒木浩は狩野文庫本『聖財集』下巻「顕密差別事」改稿時の増補箇所に、『沙石集』巻五に説かれる和歌陀羅尼観の本来の所在を見出した。(22) 具体的には「舌相言語皆是真言」、「麁言軟語皆帰二第一義一ト説キ」、「五大皆有響六塵悉文字也」の文言である。後述するように、狩野文庫本は、応長元年（一三一一）、無住八十六歳の時に添削されたものである。だとすれば、このときの『聖財集』改稿増補箇所には、無住が最晩年に重視した思想があらわれていると考えてよいのではないだろうか。

無住は『沙石集』だけでなく『聖財集』にも何度も手を加えた。正安元年（一二九九）に『聖財集』草稿本をひとまず完成し、嘉元三年（一三〇五）にそれを改正して清書本を定め、延慶元年（一三〇八）に再び草稿本への添削をおこなっている。その執筆と添削の過程をふまえ、小島孝之は伝本に「草稿本」「清書本」「添削本」の三つの段階を想定した。(23) 現存する伝本のうち、草稿本として観智院本があり、清書本は天理本、狩野文庫本が添削本として位置づけられている。米田真理子は狩野文庫本の添削について上巻と中巻は時期が近接するが、下巻を終えたのがその三年後であり、同時期に『沙石集』の裏書をおこなっていることから、両者の関連性に注目している。[24]その具体的な例として、本論で検討している和歌陀羅尼観を説く部分があげられている。

無住は最晩年に多くの自詠を残し、それを『雑談集』や『聖財集』、『沙石集』の裏書に残した。慶長古活字本には八十三歳の無住が裏書を追加したという注記があり、八十六歳のときに添削された狩野文庫本『聖財集』には和歌陀羅尼観を語る部分と共通の文言が引用されている。これら事実をふまえると、和歌陀羅尼観を説く部分は、無住によって最晩年まで改訂され、その跡が慶長古活字本に留められていると考えられないだろうか。ここで検討してきた無住の自詠は鹿の鳴き声を経文に聞きなしたものであり、『沙石集』序文冒頭および⑧にあげた「それ麁言軟語みな第一義に帰し、治生産業しかしながら実相にそむかず」を和歌で体現したものである。巻五本がこの歌で締めくくられていることは、最晩年の無住の意向のあらわれと考えられないだろうか。それを検証するため、無住晩年の和歌活動と、晩年に加筆されたと推定される『沙石集』裏書の和歌陀羅尼観を検討しよう。

五、無住晩年の和歌活動と『沙石集』裏書
――内閣本から流布本「人感有歌」裏書へ

(1) 無住晩年の和歌活動

無住は弘安二年（一二七九）、五十四歳で『沙石集』を書きはじめ、四年後にいったん書き終えた。その後、無住自身が何度も『沙石集』に手を加えたことで様々な段階の伝本が流布することになった。[25]『沙石集』は巻五を中心に多くの和歌を収める。米沢本に限ると無住の自詠は四首にすぎないが、そのうち二首は今回検討している和歌陀羅尼観にかかわる部分にある。『沙石集』伝本を見渡すと、それ以外に十九首の無住の自詠が確認され、[26]その多くは最晩年のものである。たとえば流布本系諸本に見える徳治三年（一三〇八）年の巻四裏書には、圭峯禅師の言説を題とする無住自詠の述懐歌群がある。自詠以外にも、晩年の『沙石集』裏書には和歌に関するものが多い。[27]無住は嘉元二年（一三〇四）七十九歳の時に自伝や随想を含む仏教説話集『雑談集』を書きはじめ、そのなかには七十三首（重複歌含む）もの自詠が載る。[28]先に触れたように、晩年の思想的著作『聖財集』も、正安元年（一二九九）に執筆された後、改訂や清書がなされた。このうち、

清書本系統の天理本『聖財集』下巻の奥書には、延慶二年（一三〇九）八十四歳時の無住詠が二首記されている。さらに同じく下巻の末尾に載る三十一首の歌群が『雑談集』巻四末の歌群と配列も含めて多く重なることから、これらの歌群は延慶二年頃に『雑談集』の裏書として加筆されたと推測されている。[29] このように無住自身の詠歌活動が七十八歳から八十四歳までに集中している事実は、最晩年の無住にとって和歌が大きな意味を持つものであったということだろう。

こうした晩年の旺盛な和歌活動に関して、小島孝之は最晩年の無住が『聖財集』の添削や改稿に努める一方、自由気楽に歌を詠み、歌稿をまとめ、時にはそれらの中から『沙石集』に加筆したという。さらに草稿本の後、削除されていた『沙石集』の和歌・連歌群が徳治三年という最晩年に復活させられたのは、無住にとって『沙石集』が気負いの対象でなくなったからと考えているが[30]、本稿で見てきたように、『沙石集』の和歌陀羅尼観該当部分に『聖財集』との共通点が多いことを考えると、最晩年の無住が和歌にかかわる意識については再考の余地があるように思われる。つまり、無住は最晩年まで和歌陀羅尼観にこだわっており、一見気楽に見えるような歌を通して自らの思想を表現しようとしたのではないかということである。先に検討した慶長古活字本巻五本が自詠で締めくくられることになったのも、そのあらわれと言えないだろうか。

そして、内閣本の独自の裏書にある和歌関連説話を分析した土屋有里子が、無住がいわゆる正風体の和歌を作ることを目指していないことを指摘し、無住の歌を正風体和歌から見た価値観で判断するのは適当ではなく、室町に隆盛する道歌の萌芽的存在として評価すべきだと示唆したことも思い起こされるのである。[31]

(2)『沙石集』の裏書

無住の和歌陀羅尼観へのこだわりを考えるうえで注目すべきは、『沙石集』慶長古活字本の巻五下と巻六の間にある「人感有歌」のはじめに見える八十三歳の無住による注記である。[32]

> 人感有歌。
>
> 本ノ裏書云草本ニ多有之。此本ハ同法書之。皆棄タリ。仍又書付。写人任心可有取捨。無住八十三

この注記によれば、もとの裏書にあるように草稿本には「人感有歌」が多く含まれていたが、同法が書いたこの本では削除されたため、ふたたび書き付けるのだという。その取捨は書写する人の心に任せるとあるが、同法によって削除されたものを無住自身がまた書き付け、その歌を写すかどうか

を心ある人の取捨選択に期待するというところに、八十三歳の無住の和歌に対するこだわりが知られる。
『沙石集』の裏書については、土屋有里子が内閣本の裏書にある『肇論』の引用を分析して、晩年の『聖財集』『雑談集』へ向けて無住の思想が変遷していく様相が留められていることを明らかにしている。[33] 内閣本の次の裏書も無住の和歌陀羅尼観の展開を考える上で重要である。

▼内閣本『沙石集』巻五上裏書・265

世間文字常ノ詞ナリ。用ノ様ニヨリテ歌トモナル様ニ、仏用給テ陀羅尼ト成ル事　裏

宝鑰中ニ、俗ト僧トノ問答有リ。俗問云、「五経ノ文ト三蔵ノ字ト文字是同ジ。受持セン何別ナラン」ト。僧答云、「譬バ、天子ノ勅書、百姓ノ往来文字、同ジケレ共功用更ニコト也。勅書一命シテ賞罰有レバ、此ヲ悦、此ヲヲソル。経法ハ勅書ノ文、書ハ往来如シ」ト云ヘリ。是ノ譬殊勝也。去バ、仏ノ用時、世間ノ文字陀羅尼ト也。徳用有事信ズベシ。和歌モ唯ノ言ハナレドモ、ツヾル様ノナビラカナレバ歌ト成也。左京大夫政村歌ニハ、

高シ山ユウコエ暮テフモトナルハマナノ橋ヲ月ニ見ル哉

近比ノ集ニ入テ侍モニヤ。此ノ詞ヲ、常人ノ、「タカシ山ヲ日暮ニ越テ、其ノ麓ノハシ本ノ橋ヲ月夜ニ見テ候ヒシ」トカタリタラン、穴ガチニヲモシロカラズ。三十一字ニヨロシクツヾケラレタレバ優也。仏ノ義理含テ、陀羅尼ニツラネ給ヘリ。歌ノ如シ。如何其徳ナカラン。

冒頭の標題は「世間文字常ノ詞ナリ。用ノ様ニヨリテ歌トモナル様ニ、仏用給テ陀羅尼ト成ル事　裏」（二重傍線部）で、「裏」とあることから裏書と知られる。米沢本などの草稿本には見えない記述である。[34]

ここでは、世間で使われている文字は日常のことばだが、もちい方によって和歌になるように、仏がそれを用いると陀羅尼となると述べている。まず「宝鑰」つまり、空海の『秘蔵宝鑰』[35]巻中（大正蔵七七巻三六八頁）に見える師僧と俗人との問答を例にあげる。「五経の文と三蔵で、その文字は同じだが、何が異なるのか」という俗人の問いに、僧は「天子の勅書と庶民の往来の文字は同じ文字だが功用がまったく異なるという。勅書は賞罰が伴うから、それを喜んだり恐れたりする。経法は勅書の文、書は往来のようなものだ」と言う。無住はこのたとえを優れたものと評価し、だからこそ「仏ノ用時、世間ノ文字陀羅尼ト也（仏の用いるときは世間一般の文字が陀羅尼になるのだ）」という。その後の「徳用有事信ズベシ」に無住の主張があらわれている。さらにそこから、和歌も通常のことばだが、「ツヾル様ノナビラカ」であれば歌になると

いい、左京大夫政村の歌「高シ山ユウコエ暮テフモトナルハマナノ橋ヲ月ニ見ル哉」をあげる。[36]「近比ノ集ニ入テ侍モニヤ」とあるのは、この歌が『続古今和歌集』巻十（羇旅・八七八）に収められていることを指すのだろう。この歌について「三十一字ニヨロシクツヾケラレタレバ優也」と述べて、三十一文字でうまく続けるからこそ優美なのであり、同じ内容を散文として語ったのではおもしろくないという。そして最終的には仏教の側から「仏ノ義理含テ、陀羅尼ニツラネ給ヘリ。歌ノ如シ。如何其徳ナカラン」と言い、仏が義理を含めて陀羅尼につらねるのは和歌のようなものだと結論づけるのである。ここで和歌を解説しながら説かれるのは無住の和歌陀羅尼観といってよいだろう。

この部分は慶長古活字本にも見えるが、引用や政村の歌についての説明が省略されている。そのため、政村の和歌と、それに続く部分がどう関わるかが読み取りにくいが、「和歌ノ陀羅尼ニ似タル事」以降は『沙石集』巻五の該当部分に通じる表現をもちいて和歌陀羅尼観が展開されており注目される。慶長古活字本の本文をあげよう。

▼**慶長古活字本**

平政村右京権大夫

高シ山ユウコエ暮テフモトナルハマナノ橋ヲ月ニミル哉

近代集ニ入テ侍ヲヤ。

和歌ノ陀羅尼ニ似タル事、惣持ノ道理也。タヾモ思程祈念シケンニ感ナクシテ和歌ニメデ、利生アリ。陀羅尼モ常ノ詞ナレドモ、タヾノ詞ハ益ナシ。真言ニナレバ勝利アリ。准テ可レシ知。陀羅尼ハナズラフレバ仏ノ和歌也。

政村の歌に続けて「近代集ニ入テ侍ヲヤ」とあり、次に「和歌ノ陀羅尼ニ似タル事……」がつづき、和歌が陀羅尼に似ているのは惣持の道理だと主張する。ただの詞を思いきり祈念しても神仏の感応はなく、和歌を愛でると神仏の利生がある。これと同様に陀羅尼も常のことばだが、ただのことばでは利益がなく、真言になれば勝れた利益があるのだという。これになぞらえれば、陀羅尼は仏の和歌だというのである。

ここに見える「惣持ノ道理也」「和歌ニメデテ利生アリ」「陀羅尼モ常ノ詞ナレドモ」といった発想や表現は、『沙石集』巻五本の和歌陀羅尼観の言説にある「惣持の徳あり。惣持は即ち陀羅尼なり」、「神明、また多く歌を感じて、人の望みを叶へ給ふ」、「かの陀羅尼も天竺の世俗の詞なれども」などと重なっており、その関連がうかがえる。

さらに和歌陀羅尼論の展開として注目したいのは、この部分が「和歌が陀羅尼に似ていること」を主題としながら、最終的には、仏の和歌が陀羅尼なのではなく、陀羅尼が仏の和歌だと結論することだ。
こうした発想は、中世真言系神道（両部神道）の秘説伝授の場において和歌が陀羅尼（真言）として唱えられるようになったこととも繋がるように思われる。櫛田良洪が紹介した至徳元年（一三八四）の奥書を持つ「天照大神両部真言」と題される印信（東寺宝菩提院所蔵）には、胎蔵界の五仏の真言種子に和歌の五七五七七が当てられており、その左注には「天竺の詞は梵文陀羅尼なり。漢語は詞なり。倭国は今の和歌是なり」という和歌陀羅尼観に基づく言説がある。[37] 伊藤聡はこのような歌を「両部真言歌」と名付け、その初見が鎌倉中期頃、元応二年（一三二〇）までに成立していた『両宮形文深釈』であることを見出している。[38]
古活字本『沙石集』の本文改訂については、より詳しい検討が必要だが、無住が生きた時代の少し後から、真言と和歌を併記する「両部真言歌」がおこなわれはじめたことは、当時の和歌陀羅尼観をめぐる思想的環境を考えるうえで注意すべきではないだろうか。

おわりに――『沙石集』和歌陀羅尼観のあとさき

本稿は無住の和歌陀羅尼観を考えるためには『沙石集』の伝本の相違を見つめる必要があるという近本謙介の示唆に導かれ、草稿本の米沢本、草稿本から流布本への過程にある内閣本、流布本である刊本の祖と位置づけられる慶長古活字本の本文を比較しながら、その和歌陀羅尼観の記述の違いを明らかにしてきた。米沢本は話の配列や記述に整わない部分があり、和歌陀羅尼観が定まっていなかったころの無住の自負と揺らぎを示すような「私の料簡と思ひ給ふ事なかれ」という肉声が留められている。一度目の改訂を経ているとみられる内閣本では、その部分が削除されており、その代わりに和歌陀羅尼観を支える典拠が多く加筆されていた。二度目の改訂を経ていると推定される慶長古活字本では、和歌陀羅尼観を語る部分の話の構成が変更され、巻五末の末尾が無住の自詠で締めくくられていた。ここからは和歌に強くこだわった再晩年の無住の姿が思い起こされ、その和歌陀羅尼観も最晩年の無住の改訂を反映したものではないかと考えられるのである。

内閣本・古活字本の和歌陀羅尼観該当箇所は『聖財集』の改稿箇所との照応も認められた。今後、『沙石集』の和歌陀羅尼観を検討する際は『聖財集』も視野に入れる必要がある。

『沙石集』の和歌陀羅尼観に先立つものとして梵語・漢語・和語を同一とみなす三国言語観がある。[39] 本地垂迹説を背景した慈円の言語観は『沙石集』の和歌陀羅尼観の先蹤とされる。そこで想起されるのは、やはり『沙石集』巻五末ノ六（米沢本ほか諸本）の西行と慈円の逸話であろう。西行が天台の真言の大事を学びたいという慈円に「先づ和歌を御稽古候へ。和歌を御心得なく候へば、真言の大事は、御心得候はじ」と、和歌を稽古しなければ真言の大事を理解することはできないと助言し、慈円が和歌を稽古したという。こうした西行の姿は『明恵上人伝記』で西行が年若い明恵に「又読み出す所の言句は、皆是真言に非ずや」と語ったという和歌即真言・仏像観につながっていく。これは後代の増補説話と考えられるが、こうした話がつくられるのは西行に和歌即真言観を語らせたくなる状況があったということだろう(40)。

さらには、頓阿が『ささめごと』で「もとより歌道は吾国の陀羅尼なり」（第十九段）と述べ、「西上人も「歌道はひとへに禅定修行の道」とのみ申給しとなん」と伝えるように、歌道と仏道は同じものと見なされるようになっていく。菊池仁が指摘するように、これらは藤原定家仮託の歌論書『三五記』や伊勢物語注釈書『和歌知顕集』、古今集灌頂の世界ともつながっており、後のさまざまな言説に広まっていった(41)。このように『沙石集』の和歌陀羅尼観は後代に定見となっていくそれの重要な基点であることは言うまでもない。

そのようななか、本稿で改めて強調したいのは、無住が『沙石集』や『聖財集』の改稿を重ねるなかで、和歌陀羅尼観を説く箇所について、経句をふまえて説を補強したり、論理を骨太にするために引用を削除したりしていたのではないかということである。この改稿が無住の手によるとすれば、『沙石集』の伝本には、無住の中で和歌陀羅尼観が確かなものになっていく過程がうかがわれることになる。そして、今後の無住や『沙石集』『聖財集』の研究において、各伝本の違いをふまえることは不可欠の手続きといえよう。

注

（1）和歌陀羅尼観は「和歌陀羅尼説」とも言われるが、本稿では特に断りのない場合「和歌陀羅尼観」で統一する。

（2）近年の主なものに、菊地仁「和歌陀羅尼攷」（『職能としての和歌』若草書房、二〇〇五年）、伊藤聡「梵・漢・和語同一観の成立基盤」（『中世天照大神信仰の研究』第四部第一章、法藏館、二〇一一年）、同「中世における祝詞と和歌の習合」（『神道の形成と中世神話』第三章、吉川弘文館、二〇一六年、初出『和歌とウタの出会い』岩波講座和歌をひらく第四巻、二〇〇六年）、荒木浩「沙石集と〈和歌陀羅尼観〉——文字超越と禅宗の衝撃」（『徒然草への途——中世びとの心とことば』第八章、勉誠出版、二〇一六年、初出『仏教修法と文学的表現に関する文献学的考察——夢記・伝承・文学の発生』平成14年〜16年度科学研究費補助金（基盤研究（C）（2））研究成果報告書、二〇〇五年）、高尾祐太「無住における説話の言語——『沙石集』の和歌陀羅尼観をめぐって」（『日本文学研究ジャーナル』第一〇号、二〇一九年八月）などがある。

（3）注2荒木論文。

（4）近本謙介「無住の狂言綺語観と和歌陀羅尼観研究覚書――シンポジウム「仏教文学とは何か」とのかかわりから」（『仏教文学』第34号、二〇一〇年三月）。

（5）以下、小島孝之「『沙石集』の伝本と研究史概観」「沙石集の一説話から――諸本成立過程の遡行」『中世説話集の形成』（若草書房、一九九九年）、土屋有里子『『沙石集』諸本の成立と展開』（笠間書院、二〇一一年）による。

（6）注5土屋書「第六章 梵舜本の考察」「終章『沙石集』伝本研究の総括――課題と展望」（笠間書院、二〇一一年）、加美甲多「無住と梵舜本『沙石集』の位置」（『無住 研究と資料』あるむ、二〇一一年）も『沙石集』巻第二ノ一「仏舎利感得シタル人事」の分析から梵舜本が後人の増補を含む伝本であることを例証している。

（7）土屋有里子『内閣文庫蔵『沙石集』翻刻と研究』笠間書院、二〇〇三年）、土屋注5書「第六章内閣本の考察」。

（8）米沢本は新編日本古典文学全集『沙石集』（小学館、二〇〇一年）、梵舜本は日本古典文学大系『沙石集』（岩波書店、一九六六年）、内閣本は注7土屋書、慶長古活字本は『慶長十年古活字本 沙石集総索引　影印篇』（勉誠社、一九八〇年）によった。

（9）⑨末尾の「坂東に焼け野のすすきを……」の一文は新編日本文学全集で改行されているが、内容から判断して⑨に含めた。

（10）『沙石集』の古活字本については、注5土屋書「第十一章岩瀬本の考察」「終章『沙石集』伝本研究の総括」、高木浩明「本文は刊行者によって作られる――要法寺版『沙石集』を糸口にして」（『中世文学』62号、二〇一七年）を参照。高木論は慶長古活字本と無刊記本の関係について裏書を手がかりに詳細に検討し、無刊記本が刊行者によって補訂された可能性を指摘するが、筆者は本稿で検討する箇所について慶長本と無刊記本で注意すべき違いはないと考えている。

（11）梵舜本は『成論』を引用し、「私ノ料簡ト思給事ナカレ」の前に「ナドカコノイワレナカラン。且ハ経釋ノ文ニミエタリ」とあり、米沢本から内閣本・慶長古活字本への過程を示すような本文を持つ。

（12）注2荒木書第八章。

（13）注7土屋書「内閣文庫蔵『沙石集』研究 ②裏書の性格」。

（14）注4近本論文。

（15）巻一・三「出離を神明に祈ること」にもこの部分の引用がある。無住が『老子』を愛読し、『沙石集』にたびたび引用したことは、重曹景恵「無住と『老子』」（『日本文学研究ジャーナル』第一〇号、二〇一九年八月）参照。

（16）注2荒木書第八章。同書第九章「仏法大明録と真心要決――沙石集と徒然草の禅的環境」では無住の『宗鏡録』重視に注目して『沙石集』の思想的背景を探っている。

（17）注2荒木書第八章。小林直樹「『沙石集』と『宗鏡録』」（『日本文学研究ジャーナル』第一〇号、二〇一九年八月）は無住が『宗鏡録』に載る説話を前後の文脈も含めて理解したうえで沙石集に取り込んでいたことを明らかにする。

（18）梵舜本は「聖人ハ心ナシ」の後に「聖人ハ身ナシ」が追加されている以外は米沢本とほぼ同じであるため、ここでは省略する。

（19）注7土屋書「内閣文庫蔵『沙石集』研究　④増補された経典と改訂作業」。

（20）注7土屋書「内閣文庫蔵『沙石集』研究　内容Ⅱ無住と和

歌」。
(21) 平川恵美子「『雑談集』巻四の歌群をめぐる一考察」(『教育実践学論集』第九号、二〇〇八年三月)は無住が当該歌において恋の歌を仏法の歌に転じたと指摘する。
(22) 注2荒木書第八章。
(23) 注5小島書「『聖財集』の成立過程について」。
(24) 『聖財集』の伝本については、注23小島論文および米田真理子「解題(聖財集)二」、『聖財集』天理図書館本の書誌」(『無住集』中世禅典籍叢刊第五巻、臨川書店、二〇一四年)参照。
(25) 『沙石集』の伝本系統については、注5小島書「沙石集の伝本の研究史概観」、小島解説『沙石集』(小学館、二〇〇一年)、注5土屋書を参照。
(26) 注7土屋書「『沙石集』和歌一覧」による。
(27) 注5小島書「無住晩年の著述活動」、注7土屋書「研究内容II無住と和歌」。
(28) 注7土屋書「『雑談集』和歌一覧」による。
(29) 注5小島書「『聖財集』の成立過程について」。
(30) 注5小島書「無住晩年の著述活動」。
(31) 注20に同じ。
(32) 古活字本をはじめとする流布本にも同様の注記がある。注5土屋書「終論『沙石集』伝本研究の総括」によれば神宮本・岩瀬本・刊本に載るという。なお、土屋は注記の「皆棄タリ」を「皆弁タリ」と翻刻するが、本稿では「棄」と翻刻して解釈した。米沢本では「人感有歌」は巻五末ノ二に収められているが裏書部分はない。
(33) 注7土屋書「内閣文庫蔵『沙石集』研究 ④増補された経典と改訂作業」。
(34) 注6土屋書「内閣文庫蔵『沙石集』研究 ②裏書の性格」は、この部分が内閣本の他には阿岸本に見え、阿岸本では裏書とする範囲が異なることを指摘している。
(35) 『秘蔵宝鑰』には「又五經之文三藏之字。文字是同誦持何異。師曰。(中略)。夫勅詔官符与臣下往來。文字是同功用太別。如勅書一命則天下奉行。施賞施罰百姓喜懼。如来経法亦復如是。」とあり、勅詔の官符と臣下の往来が対比されている。
(36) ここでなぜ左京大夫政村の歌があげられるかについては、土屋有里子「無住と宇都宮歌壇」(『古代中世文学論考 第五集』新典社、二〇〇一年)が無住の和歌の情報源が宇都宮歌壇であった可能性を指摘する。拙稿「無住における和歌――『沙石集』の増補改訂と詠歌活動」(注6書『無住 研究と資料』)でも、この歌について論じた。
(37) 櫛田良供『続真言密教成立過程の研究』(山喜房佛書林、一九七九年)。
(38) 注2伊藤書「第四章 或る呪歌の変遷――和歌陀羅尼と中世神道」。
(39) 注2伊藤書「第四部第一章 梵・漢・和語同一観の成立基盤」は、三国言語観の先蹤は天台僧の明覚(一〇五六~一一〇六)であり、慈円のそれの背景に本地垂迹説があることを証明する。
(40) 拙著『明恵 和歌と仏教の相克』「第十章 『明恵上人伝記』の西行歌話」(笠間書院、二〇一一年)。
(41) 注2菊池書「和歌陀羅尼攷」。

付記 本稿は二〇二四年二月に急逝された近本謙介氏の御研究から示唆を受けて書かれたものである。御学恩に心から感謝するとともに、近本氏のご冥福をお祈りいたします。

無住と『法華経』、法華経読誦

柴佳世乃

しば・かよの――千葉大学教授。専門は日本中世文学。主な著書・論文に『読経道の研究』（風間書房、二〇〇四年）、『仏教儀礼の音曲とことば――中世の〈声〉を聴く』（法藏館、二〇二四年）、「慶政『金堂本仏修治記』を読む――慶政と園城寺、九条家」（共著、千葉大学『人文研究』三八号、二〇〇九年三月）などがある。

無住は、『法華経』とその読誦をどのように捉え、実践していたのか。『沙石集』と『雑談集』を読み解きながら、『法華経』とその読誦への言及を具に辿ることで、無住の信仰と行いを、当時の『法華経』をめぐる文化の中にあらためて考察する。諸宗兼学の僧であった無住は、様々な観点から『法華経』を読み、法華経読誦を自らにふさわしい行として行っていたことが浮かび上がる。

はじめに

諸流兼学の僧、博覧強記で知られる無住（一二二六～一三一二）は、仏教に関する実に多くの説話を書き留め、また自身の見解を述べている。関東を転々として常陸で出家、のち二十八歳で遁世し、南都で法相・律を学んで、鎌倉の寿福寺にて参禅、東福寺開山の円爾に師事し、東密をも学んだ経歴[1]から、一宗派にとどまらない広汎な学識と思想を持ち合わせているのが特性である。『沙石集』『雑談集』等の無住の著作には、顕密禅教にわたる法門への言及が独自に縦横に展開している。そのような無住がことに関心を寄せ、自ら読誦に勤しんだのが『法華経』であった。最晩年の著作『雑談集』には、『法華経』について複数の項目を立て、多様に論じている。

諸経の王と言われた『法華経』は古来より信仰の裾野が広く、読誦の功徳はつよく意識され続けてきた。無住は、そのような法華経信仰の中にあって、鎌倉での参禅の折に脚気により坐禅が叶わなくなってから一層、法華経読誦を自らにふさわしい行として行うようになった。新見克彦氏は、『雑談集』を読み解きつつ、無住の坐禅観と法華経読誦を宋禅受容に照らして論じている。(2) また、小林直樹氏は、典籍利用の観点から持経者伝に着目し、『法華伝記』『法華経顕応録』を踏まえた無住の著述について論じている。(3)

法華経読誦は、呉音直読の通常の読経に加え、音曲を伴う芸能的読経が平安後期から行われるようになり、「読経道」としてかたちを整えた。(4) 無住の生きた時代には読経道が行われ、読経をよくする能読が都の内外で活躍していたことが確かめられる。読経道の口伝書『読経口伝明鏡集』の著者能誉は、承久三年(一二二一)頃に生まれ、建長五年(一二五三)頃まで都で能読として活動したが、その後に鎌倉に下向し晩年まで過ごし、弘安七年(一二八四)に『読経口伝明鏡集』を著した人物である。その生涯はちょうど無住の生きた時代と重なる。無住は、読経道が盛んに行われていた時代を過ごしているのである。無住の『沙石集』に、読経道に関わって伝承されたと思しき道命と和泉式部の説話が採録されていることを、かつて論じたことがある。(5) 無住が読経道伝承に接し、それを書き留めた事実は重要で、それらは無住の独自の取材による、管見の限り現存する他書には見られない説話である。無住が書き残したからこそ、読経道の説話伝承の場や背後にある人脈を考える手がかりとなる、貴重な資料と言える。

さて、無住は、『法華経』とその読誦をどのように捉え、実践していたのだろうか。『沙石集』と『雑談集』という、二つながら傾向の異なる、しかし相補って無住の考えや立場、行いを知るに格好な両作品における『法華経』への言及を具に辿ることで、無住の信仰と行いを、当時の『法華経』をめぐる文化の中にあらためて考察してみたい。

一、『沙石集』と法華経

まず、『沙石集』に見える『法華経』への言及と法華経信仰について辿っていく。『沙石集』は、弘安六年(一二八三)に一旦完成した後、数次にわたって改訂が施されたが、ここでは米沢本をもとに見ていくこととする。(6)

まず取り上げたいのは、無住が「諸行往生」を前提とする考えを持ち、念仏以外の他行を排除する宗派に批判的に言及しつつ、法華経読誦に触れる段である。

> 凡そ念仏宗は濁世相応の要門、凡夫出離の直路なり。誠に妙なる宗なるほどに、余行・余善をきらひ、仏菩薩・神明までも、大乗の法をも誹る事、多く聞こえ、諸行往生許さぬ流れにて、殊に余の仏菩薩をも、余の仏法をも軽めける人なり。大方は、経の文にも釈の中にも、余行

の往生は少しもあらそひなし。（巻一ノ十）

と念仏以外の行を認めない立場を批判し、

況んや法花を誦し、真言を唱へて、往生の素懐を遂げたる、経文と云ひ伝記と云ひ、三国の先縦これ多し。（同）

と法華経読誦による往生の先例が多数存することを記す。邪見こそ排除すべきであって、大乗仏教の行いが多様であるとの理解が示されている。このことは、無住がつよく持っていた考えを反映してか、繰り返し述べられるもので、「聖道・浄土の是非、世に盛りなり。念仏の行者は真言・止観を雑行と下し、真言・法華を弘通する人は、念仏の行を賤しき事に思へり」（巻四ノ一）、「法華弘通する人、念仏を軽んずる事、天台の師の意に背けり」（同）と、天台大師や弘法大師ら古人先人の文言を連想的に自在に引きながら、一方に偏ることなく、余行をそしってはならないとする。そしてさらに、「法華の正体は、一心三観を以て一体三諦を観ず」と『法華経』の本質に迫らんとし、法華経と阿弥陀、観音が一体であることを述べる（「然れば阿弥陀即ち妙法蓮華経なり」）。諸宗にわたる書物の引用は無住の得意とするところで、自身の見解・思想の源となっているものだが、この部分に引かれる、

古徳の口伝に曰く、「昔在霊山名法華、今在西方名弥陀、娑婆示現観世音、大悲一体利衆生」と云々。

の文言は、法華経・阿弥陀・観音を取り揃えていかにも当該文脈にふさわしい偈頌である。諸注に出典未詳とされ、管見の限り、この四句偈では典拠を見出し得ないが、この偈の第三句「娑婆示現観世音」は、澄憲作『如意輪講式』[7]に見える一句である。澄憲（一一二六～一二〇三）による『如意輪講式』は、高度に洗練されたその詞章によって多様な享受が認められる。七段の式文のうち、第一段の末尾の伽陀に「一切如来大慈悲　皆集一体観世音　極楽称為無量寿　娑婆示現観世音」（八句偈のうち前半の四句。傍線引用者、以下同）とある。実は澄憲のこの偈についても典拠が見出せず、何に拠ったのかわからない。[8]そのような中で、無住がその一句を含む四句偈を「古徳の口伝」として引用していることは貴重である。澄憲の講式は観音（如意輪観音）を讃歎するもので、無住の引く四句偈とは全体の内容が合致するわけではないが、経典類をもとにした（あるいはそれらに基づいて作成された）こうした偈の流布がわかって興味深い。無住が多彩な先行文献に依拠して、自論を展開していく様は、その著作の隅々に確認できるが、広汎な取材の源に、法会での詞などを含めて考えてみたい。いずれにしても、「都て万行一門なり」と結ばれるこの段は、念仏法華の一体不二を説き、法華経読誦に及んで締め括られている。

さて、巻五末には和歌に関する説話が載せられる。巻五末には、「人の感有る歌」（巻五末ノ二）に道命阿闍梨と和泉式部の話が連続して掲載されている。この一連の説話が読経道の伝承を背景に持つものであった可能性についてかつて論じた。(9) 同話群は四つの話から成り、法輪寺の辺りで修行に励む道命を好色の和泉式部が訪ねて和歌を詠んで誘惑する話で始まり、次いで、和泉式部をめぐる藤原保昌と道命の話（保昌の訪れの隙に道命が和泉式部に通い、慌てて隠れた唐櫃ごと祇園社に送られてしまう逸話）、さらに、道命の誦経を保昌が聴いて和歌をおくる話、最後は和泉式部の子という或る僧都の読経の話へと続く。これら複数の話を繋ぐのは、和泉式部と道命阿闍梨の関係であり、さらに、表面にはわずかに見えるだけだが、実は読経道伝承を汲むものと見なし得る。

和歌に関しては、巻五末にはこの後も和泉式部の和歌に何度も言及があり（小式部内侍、稲荷詣、貴船明神関連の和歌を取り上げ複数箇所に見える）、無住の和泉式部への関心の高さがうかがえるが、上記の道命和泉式部説話は、読経道を背景にまとまって伝承されたものと考えられ、『沙石集』独自の話群である。無住が、読経道なる音曲性ゆたかな法華経読誦が行われていた時代を生き、その周辺で生成したと思しき説話伝承に触れて書き留めていたことが浮かび上がる。同話群には、道命や永覚（和泉式部の子）といった登場人物から推して、四天王寺周辺の人脈や伝承基盤があったと考えられる。一方、無住が縁あって一時止住した鎌倉でも、読経道をめぐる動きはある。『読経口伝明鏡集』の著者能誉が鎌倉に下向したのは建長五年（一二五三）のことであった。それより三十余年をその地で過ごし、『読経口伝明鏡集』は鎌倉で執筆された。同書は成立の後、嘉元四年（一三〇六）に鎌倉幕府八代将軍久明親王の依頼を受け閲覧に供されている。(10) 都およびその周辺においても東国鎌倉においても、読経道をめぐる動きがあり、そしてそれは無住と同時代のことである。『沙石集』のこの一連の話は、読経道に関わる説話がまとまって伝承されていたことに加え、無住が和泉式部のみならず、読経にも関心を寄せていたことを物語って注目されるのである。

二、『雑談集』と法華経

次に、最晩年の著作『雑談集』（嘉元三年〈一三〇五〉に成立）に『法華経』との関わりを見ていこう。(11) 大小一千を超える説話を収載する『沙石集』に対して、『雑談集』では先ずは経論に基づきながら、適宜説話を配置して、自身の見解や思想をより多く語っていることに特徴があり、話題は多岐にわたる。ここに『法華経』に着目するならば、『沙石集』で示された無住の諸行往生の立場は、『雑談集』において、自己の実践と絡めてより具体的に、法華経読誦を中心に記されている。

巻ごとにゆるやかに展開する無住の「雑談」は、事書きにておおよその関心のありかを把捉することができる。『法華経』ならびに法華経読誦が表題にあらわれる項目を示せば、以下の通りである（中世の文学『雑談集』目録所載の通し番号も併せて記載する。以下同）。

巻四―八　恋故往生ノ事　法華往生ノ事
巻六―二　法華ノ中ノ念仏証拠事
巻七―二　法華ノ事
巻七―三　読経誦咒等ノ時節浄不浄ノ事
巻九―三　読ムレ経ヲ徳之事
巻十―三　読経ノ徳ノ事並神徳
巻十―六　法華信解品大意ノ事
巻十―七　法華衣坐室法門ノ大意ノ事

このように『法華経』および読誦に多く言及するのは、もとよりの信仰に加え、無住自身が法華経読誦を常の行として行っていたからと思われる。

老後ニハ病体コトニ、坐禅行法倦ク侍ルマヽニ、法華読誦常ニシナレテ、物ウカラズ。有縁ノ行ト思ヘリ。
（巻三―一「乗戒緩急事」）

と、ままならぬ身体のために坐禅をあきらめ、法華経読誦を常に行い、それを「有縁の行」と積極的に捉えていたことを自ら記す。巻三―五「愚老述懐」にては、参禅の折に脚気を患ったことを以下のように記している。

遁世ノ門ニ入テ、随分律ヲ学ビ、又止観等学シキ。律ノ中ニ南山大師ノ事有リレ之。昼学律、夜坐禅シ、知恵深ク御坐ケル事聞クレ之ヲ。見テレ賢ヲ斉シカラント思ヘル事ヲ思テ、夜ハ坐禅セシカドモ、脚気ノ病体有テレ志無シレ功。

坐禅に勤しもうとするも、脚気を発症して坐禅が叶わなくなったという。「三十五歳、寿福寺ニ住シテ、悲願長老ノ下ニシテ、釈論・円覚経講ヲ聞。坐禅ナド行ジ侍リシガ、一年マデモナクシテ、脚気持病ニテ、坐禅心ニ不レ叶ハ」とも繰り返し述べる。鎌倉の寿福寺にて、朗誉のもとで学んだ三十五歳の頃のことである。法華経読誦を意識的に行の中軸に置くようになり、「常にし慣れて、もの憂からず」と自分に合った行法として取り組んでいったのであった。新見克彦氏は、以下の如き坐禅に関する無住の見解を引き、坐禅に代わる行として法華経読誦を実践していったことを論じている。

古人ノ引テレ経ヲ云、「坐禅ノ時、若昏沈厚重ナラバ、起テ行道シ、読誦・念仏シ、説法・教化セヨ。此仏ノ禅祖ノ訓也」ト云。取意。万善同帰在レ之。

老病随テレ日ニ気力弱シ。仍坐禅行法随テレ年ニ廃シ了。只読誦・法談ヲ以テ、一乗ノ種子ニ当テ侍リ。小庵ニ籠居シ、時々法談ノ時指出、昏蒙ヲ除キ、明静ヲ顕ハサムト思ヘリ。老後ノ述懐也。

（巻四―五「養性ノ事」）

すなわち無住は、「坐禅の時、心が昏く沈み重いようならば、起きて行道し、読誦・念仏し、説法・教化せよ」との言が載る智覚禅師の『万善同帰集』を参照しながら、老病にて坐禅を断念し、読誦に代替していったという。新見氏はさらに坐禅をめぐる対処法に照らして論じ、無住が、坐禅の叶わぬ我が身に即して、読誦の行の拠り所を宋禅典籍に見出しながら実践していった様を明らかにしている(12)。

ちなみに、最も早い自らの法華経読誦への言及は、無住二十三歳の折のエピソードにある。

二十三歳ノ時、祖母尼公教訓ノ事侍シ。退テ存ズルニ、善知識也。舎弟琵琶引テ侍シニ、チト琵琶ヲ習テ引キ侍シヲ聞テ、「アノ御房ガ、法師ナガラ、仏法ヲバ学行セデ、琵琶引」ト後言ニ申ヨシ承テ、ヤガテ打棄テ、法華経読誦シテ侍シ。不断念仏堂建立シ、供料ナドシヲキテ侍リ。今ニ無二退転一侍リ。

（巻四―二「瞋恚ノ重障タル事」）

ここでは、出家したにも拘わらず琵琶など弾くことを、養母であった祖母に陰にたしなめられてすぐに止め、法華経読誦を行って退転なく今に至る、と語っている。これよりすれば、二十代から八十歳に至るまで常に読誦の行に勤しんだことがわかる。

無住が『法華経』を経文内容の隅々まで修得していたことを、巻六―二「法華の中の念仏証拠事」に見てみよう。

往生要集ノ念仏証拠ノ段ニ、木槵子経ノ、南無仏陀等ノ文ヲ引テ今ノ経ヲ不二引キ用一給ハ。先徳ノ意難シレ弁。外ニ不レ可レ求歟。方便品ニ、「以深信念仏」云々。又「一称二南無仏一ヲ。皆ナ已デニ成二シキ仏道一ヲ」。コレ証拠也。コトニ十方ノ仏現前ス。「善哉。釈迦文」ト、讃給シ時、釈尊余ノ讃歎ナクテ、喜デ称シ二南無仏一ヲ給シ事、仏猶念仏シ給フ。凡夫尤モ可シレ行ス。明拠何ノ経文カ如レ之ニ哉。先徳不二ルコト引用一頗不審也。

（巻六―二「法華ノ中ノ念仏証拠事」）

念仏の功徳の証拠として『往生要集』の引用に触れつつ、『法華経』の経文を文脈にも及びながら挙げ（方便品の他、神力品にも詳細に言及）、

如レキ此ノ妙経ノ中ニ念仏ノ文多シレ之。外ニ不ル可カラレ求ム歟。

と結んでいる。こうした経文を掲げての例証は無住の面目躍如たるところで、「頗る不審」「外に求めるべからざるか」などの書きぶりからは、先行する古徳の書物（ここでは『往生要集』）等を参照しつつも、まず拠るべきは経であるという立場が明確に示されている。特に『法華経』の引用は『雑談集』全体に多岐に及び、数十箇所を数える。自ら経文を読んで深く理解した上での言説と言えよう。

さて、巻七―二「法華の事」は、『法華経』に関して縦横に述べる一段である。顕密禅教、諸宗にわたって『法華経』を第一に信仰すべき根拠をまず述べるが、その冒頭は次のように始まる。

高野ノ大師ノ法華ノ御解題ニ、「妙法蓮華経ト者、観自在王ノ密号也。此仏ヲ名二無量寿一ト。出二浄妙国土一現ジ二成仏身一ヲ、於テ二雑染世界一ニ名ク二観自在菩薩一ト」云々。大師ノ私ノ御釈ニアラズ。金剛頂経ヲ引テ用給ヘリ。尤モ可シ二信用一ス。

空海の説を引用し、しかし加えてそれが経（金剛頂経）に基づくものであることを示して、論拠として信用に足ることを記すのである。経に典拠を求める姿勢は、先の巻六―二「法華の中の念仏証拠事」の論の運びとよく通じよう。法華経＝観音という空海の言に始まり、その論拠として『首楞厳経』、観音の垂迹としての聖徳太子、最澄の説、法相宗の中算の逸話を順に展開して、

天下ニ如法経ト云モ、持経者ト云モ、一日経ナド、ミナ此経ヒトリ其名ヲエタリ。

何ノ経カ世コゾテ、此程経ノ満足スベキ、コレ一ノ有様ノ現證也。顕密禅教ノ人、誰カ此ヲ不ンレ信ゼ。真言家ノ秘法モ、コノ法ニアリ。故ニ第六ノ巻ヨリ、専ラ真言経也トイヘリ。禅師又愛セリレ之ヲ。

との見解が示される。その論述の過程で、「顕密禅教」にわたる典籍を順に周到に配置して説明するのは、諸宗に通じた無住ならではの『法華経』理解であり、特有の論理展開の方法と言える。

ちなみに、読誦に関しては、「読誦定テ亡魂ヲ救フベキ」と始まる一連の条に説かれている。経文を引いて、「心遍スレバ声モ又随テ遍シテ、無縁猶ヲ救ヒヌベシ。有縁ノ亡魂、廻向ノ志ニコタヘテ、ナドカ利益セザラム。法音ノ徳タノモシク侍リ」と、「法音」すなわち読経の声の功徳を称揚する。ここに見える「心」の重視は、坐禅と絡んで注意される。果たして無住は、この続きの部分に、

只心ハ万法ノ主也。心ヲ能々調伏シ、修練スベシ。心地観経云、「三界之中ニハ、以テレ心ヲ為シレ主ト、若シ能ク観ズレバ

レ心ヲ、究竟シテ解脱シ、不ルレ観ゼレ心ヲ者ハ、究竟シテ流転スト」云々。究竟ハヲナジケレドモ、流転ノ究竟カナシムベシ。初心ヨリ常ニ観心坐禅コノミ行スベシ。法華ニ、「常ニ好ンデ二坐禅一ヲ、在テ二於閑ナル処一ニ、修二摂其ノ心一ヲ」ト云ヘリ。諸寺諸山、自リレ昔朝ゴトニ懺法読人モ、此ノ文口ニ唱ヘナガラ身ニ行ズル人ナキガ如シ。マシテ常貴坐禅得諸禅定ノ機アリガタカルベシ。

と記して、単に口に唱えるのではなく、身に添う心の問題が重要であるとの見解を『法華経』経文（安楽行品、分別功徳品）を引きながら述べる。

さて、法門を記す中には、無住自身の営みを織り込んで説くのが『雑談集』の特徴である。『法華経』に関するものを辿れば、以下の通りである。

先年坂東ニシテ養母ノ孝養ノタメ、僧尼等ニ勧テ同音ニ法華千部ノ読誦スル事侍リシニ、僧尼男女小児等二百余人、面々ニ本ヲ持シテ、読誦シテ侍シ。

養母の追善供養のために、法華千部経読誦をしたという。僧尼から小児に至るまで二百余人が経本を持って読誦する様を描き、行った法会の様子が浮かび上がる。

愚老コトニ信心フカクシテ、千余部読誦シヌラムト覚ヘ侍リ。年来不二日記一セ、去年バカリ日記シテ侍ルニ、一年ノ中、一百二十余ナリ。今年モ不レ可レカラ劣ル。二百四十余部也。

また右のように『法華経』への信心を明かし、読誦に勤しむ様を綴っている。一年に百二十余部を読誦したと言い、およそ三日に一部のペースで読んだことになる。直前には、尼惣持の十万部読誦や智覚大師（『宗鏡録』の著者）の一万三千部読誦の事例を掲げ[13]、読誦の功徳を説いて「実ニタノモシ」とする。また、

義理ヲ不レ悟ラレドモ読誦已ニ年暑久シ。ナドカ大聖ノ化儀ニモレムヤ。破戒・懈怠ノ過ヲ思トケバ、定テ堕地獄ノ報、実ニノガレガタシ。経王結縁ノ徳ヲ聞信スル時ハ、出離解脱ノ期、ナドカナカラムト、イサ、カ心ヲナグサメ侍リ。

と「経王」たる『法華経』に結縁する功徳の話に思いを寄せる心持ちを記し、

多年読誦シ、自リ二幼少一天台ノ法門耳ニ触レ心ニ染タリ。ナドカ其薫習空カラムト思バカリノタノミ也。

と多年にわたる読誦に言及する。このように、和漢の『法華経』の験記を引用しながら、時折挟まれる無住自身の営みを辿っていくと、その行いと『法華経』に寄せる信仰の強さがうかがい知られる。

「法華の事」に続く巻七―三「読経誦咒等の時節、浄不浄の事」では、読経誦咒などの際に浄不浄をいかに考えるかの論を展開する。「此ノ事、分明ナル経論不レ見。口伝未ダレ聞カ」として、それでも経論を参照しながら思考を巡らせ、その中に道命和泉式部の説話が引用されている。『宇治拾遺物語』冒頭話や『古事談』所収の、道命の和泉式部との交会後の読経を五条翁（当話では五条天神）が聴聞する話である。無住は、仏法は行住坐臥全てにわたって忘れるものではなく、浄不浄を問わずに、行を継続して行うことの重要性を説いている。

巻九―三「経を読む徳の事」では、永仁元年（一二九三）に起こった鎌倉大地震の際、大般若経を読誦していた僧が助かった話を冒頭に置いて、読経の功徳を記す。

読誦ハ中品ノ行、坐禅観法等ハ上品ノ行、華香等ノ供養ハ下品ノ行ト知ル。如キレ此ノ利益ハ不レ可カラレ疑フ。読誦ニ観念アヒソヘタル、甚深ノ行也。末代ハ読誦相応ノ行也ト、経ノ中ニ見タルヨシ、昔或ル学生中シヲ何トモ不ニ思寄シテ一、問聞事不レ侍ラ。サスガ其ノ詞不レ忘レシテ、坐禅ナド行儀モ不レ叶ハ、心品モ昏散ニ常ニ所レ侵テ重障ノ身ニ侍ルマヽ、ニ、「老後ニハ常ニ法華ノ読誦不レ倦侍リ。般若経モ常ニ信ジ侍リ」ト、長日不断読誦スル事勧メ侍リ。　（巻九―三「読ム経ヲ徳之事」）

これによれば無住は、読誦に観念が合わさると「甚深の行」となるとの認識を持ち、坐禅が叶わない老身だからこその自身の体験をもとに、読誦を奨励したという。この点について、巻七―二「法華の事」にて述べる理解や表現と重なり合う。

ちなみに、巻十―三「読経の徳の事、并びに神徳」では、法華経読誦と熊野信仰に勤しんだ僧が、疫病による臨終から蘇生した後に心改めて読経を行ったという、独自取材による逸話を載せる。まさしく読経の験記である。

『雑談集』最後の巻十の終末部に掲げるのは、『法華経』信解品の解説と衣坐室をめぐる『法華経』理解である。

巻十―六「法華信解品大意の事」は、『法華経』信解品第四の長者窮子の譬喩を、「愚ナル俗人ニ、知セタク侍マヽ、ニ、ヤハラゲテ、物語ニカケリ」と自ら物語に仕立てて微細に語る。窮子の物語を記し終えても思いは尽きなかったようで、「コノ譬ハ殊勝也。委ハ記シガタシ」として、譬喩を踏まえた解釈を、経論を駆使して展開している。「コトニ観心ノ法門、行者ノ肝心也」と禅密にも及んで解釈を行う様は、無住の法華経理解が諸宗を覆うものとされていたことを示して興味深い。この段は、

信解品ノ窮子ガ譬ハ、掌ヲ指スガ如シ。法華経ヲ深ク信

ジ、読誦ナド倦カラズ、行ズル事、スデニ八旬ニヲヨブ。仍テ法華ノ法門、人ニチト知セタク侍ルマヽニ、ヤハラゲテ記レ之。

と結ばれ、『法華経』の優れた譬喩を自ら物語に仕立てて説明したかった思いの強さをも告白している。

『雑談集』最終条は巻十―七「法華衣坐室法門の大意の事」で、『法華経』の解釈に基づいて諸経および諸宗の注釈を用いて法門を説く。冒頭は以下のように始まっている。

法華ノ正体ハ、空仮中ノ三諦也。（中略）今ノ経ノ法師品ノ衣座室ハ、此法門也。如来ノ金言ニ、「此ノ経ヲ滅後ニ説ンニハ、如来ノ室ニ入リ、如来ノ衣ヲ著シ、如来ノ座ニ坐シテ、然シテ後ニ説ベシ」ト定メ給ヘリ。異義ヲ存ズベカラズ。「慈悲ノ心ハ室也」ト説給フ。（後略）

『法華経』の「正体」を説き明かそうとするこの条は、法師品に言う「衣座室」を切り口に論述していくが、如来の金言として引く文言は経文に由来するものである。すなわち、

若有善男子善女人。如来滅後。欲為四衆説是。法華経者。云何応説。是善男子善女人。入如来室。著如来衣。坐如来座。爾乃応為四衆広説斯経。如来室者。一切衆生中大慈悲心是。如来衣者。柔和忍辱心是。如来座者。一切法空是。

（『法華経』[14] 法師品第十）

の経文に基づき、適宜わかりやすく表現しているものである。前条の無住のことばを援用すれば、「ヤハラゲテ記レ之」ということになろうか。経文に沿って細部まで踏まえて記していることにも注意したい。

この他、『雑談集』全体を通じて、『法華経』の経文を引いて論を進める箇所は多く、無住がいかに『法華経』を読んでいたかが知られよう。例えば、最も関心事であったと思われる坐禅についても、『法華経』に典拠を求め、「法華ニ『常ニ好ンデ二坐禅ヲ一、在テ二於閑処ニ一、修二摂ス其心ヲ一』ト云ヘリ」（前掲、巻七―二「法華ノ事」）、「『常ニ貴ンデ二坐禅ヲ一、得二諸ノ深定ヲ一』トモ説キ…」「坐禅ノ行ノ如説ノ修行ニテ、コトニ、法華ノ中ニ処々ニ有リレ之」（巻八―五「持律坐禅ノ事」）のように、まずは『法華経』を参看し考究している姿勢が看取される。

巻八の末尾には、

雑談ト云ナガラ、法門多ク記スレ之ヲ。邪正難シレ知リ。有智ノ人披覧アラバ、削リレ非ヲ添ンレ是ヲ。初心ノ学人ヲ教誡スル因縁トシ給フベシ。ヨク用ル時ハ、狂言綺語ノ誤猶転ジテ、讃仏乗ノ因、転法輪ノ縁トスル事ナリ。コレハ私ノ言多シト云ヘドモ、仏語・祖訓相雑ヘタリ。不レ及バトモ、ナドカ導キレ愚ヲ改ルレ迷ヲ因縁ナカラムト、心ノ中思マヽニ、病中ニ記スレ之ヲ。

とあり、無住一流の謙遜辞とともに、「私の言多しと云へども、仏語・祖訓相ひ雑へたり」という方法が自覚的に綴られている。

『法華経』そのもの、内外の法華経読誦による奇瑞や持経者伝、無住独自の取材による法華経関連説話をそれぞれ柱として、無住の法華経理解と信仰は形作られている。『雑談集』は、多様に複層的に「雑談」が収録されているが、こうして法華経関連の言説を取り上げ通覧してみると、無住が『法華経』経文に分け入って理解を深め、法華経読誦を常の行として実践していた様が捉えられる。

おわりに

無住から少し時代を降り、虎関師錬（一二七八～一三四六）による『元亨釈書』（元亨二年〈一三二二〉）には、巻二十九「音芸志」に読経・声明・唱導・念仏の四つの音芸を掲げてその歴史と特徴とを記している（「本朝以二音韻一鼓二吹吾道一者、四家焉。曰二経師一焉。曰二梵唄一焉。曰二唱導一焉。曰二念仏一焉」）[15]。臨済宗の高僧、師錬が無住と同時代を生き（両者の年齢差はおよそ五十歳である）、同じ宗教文化に触れていた点に注目したい。『元亨釈書』読経についての「経師」（読経）の項は、次のようである。

経師者持誦也。亘二顕密一。（中略）光空清雅聞者久不レ倦、春朝哀婉獄吏泣而捨。然未レ名レ家矣。長保寛弘之間、道命法師以二雅麗之音一得二感霊之異一。（中略）命之後、此業繁焉。然、命又承二延命一。延命、承二陽勝一。二世不レ振。至レ命而昌。（中略）逮二寛元帝(後嵯峨)一郷二真乗一、最愛二諷経一。有二祐宗者一。顕之嗣也。精二于家業一矣。荐奉二天聴一名施二一時一。華夷経徒、慕二効其法一。又有二信昌者一。稟レ命者十世、与レ宗斉名二天下一。諷読者皆則二二子一。又王公善二此業一者、比比在焉。（中略）承保帝(白河)召二命之四世永覚一承二音旨一、寛治(堀河)・天仁(鳥羽)・保元(後白河)四聖系付嗚二于台閣一。

（巻二十九、音芸志「経師」。右傍（）は私に注記）

四つの音芸を記す「音芸志」冒頭には、「古者四者皆行也」「今者伎也」と、行として継承されそのようにあるべき仏教の音芸が、伎芸的側面を増している当代の状況に警鐘を鳴らす。読経においても、「豈持誦之効与、惜乎売レ伎而不レ事レ行乎。庶幾諸諷之人尚至二于宗一哉」と、伎芸に傾きがちな読経に触れ、当代きっての能読であった祐宗の臨終の様を掲げながら、その読誦に倣うべしとの見解を記している。祐宗はおよそ無住と同世代と考えられ（『読経口伝明鏡集』を著した能誉とも同世代）、虎関師錬はその動静に触れ得た、あるいは世間の記憶に留まる世代の人物である。ひるがえって、無住のまわりには、このような法華経読誦の実態があり、読経をよくした能読が活動していたことにあらためて留意したい。

　無住自身は、『沙石集』に読経道伝承に基づく道命和泉式部の逸話を書き留め、能読の読経に触れる機会があった可能性もあるが、その著述を見る限り、そうした芸能的読経には関心を示していない。無住にとっては、『法華経』の経文が示す内容に即して、坐禅と通ずる「心」の持ちように常に関心を持ち、読誦を実践していったことが、『雑談集』の法華経関連記事からよくわかる。

　虎関師錬の描き出す仏教の声技の実態を傍らに置くとなお、無住の『法華経』理解と行いは、鎌倉末期の読経の確かな一側面を示してくれよう。諸宗兼学による『法華経』の読みと個々の経文への着目、坐禅および観念、心と結びつける読誦の意義など、無住ならではの切り口が際立つ。無住の読経への関心と実践こそは、都と地方を行き来し、諸流に学んだ一僧侶の具さな記録として貴重と言わねばなるまい。

注

（1）無住の経歴については多くの先行研究があるが、中世の文学『雑談集』解説「作者の略伝」（三木紀人執筆、三弥井書店、一九七一年）、新編日本古典文学全集『沙石集』解説および略年表（小島孝之執筆、小学館、二〇〇一年）、中世禅籍叢刊『無住集』解説および年譜（阿部泰郎執筆、臨川書店、二〇一四年）など参照。なお、それらを包摂して、土屋有里子『沙石集』の世界』（あるむ、二〇二二年）第一章「無住道暁ヒストリー」に詳しく、現在わかっている無住の生涯を辿ることができる。

（2）新見克彦「無住道暁の坐禅観と法華経読誦――鎌倉時代後期における宋禅受容」（『日本歴史』七九四号、二〇一四年七月）。

（3）小林直樹「無住と南宋代成立典籍」（『文学史研究』五三号、二〇一三年三月）、同「無住と持経者伝――『法華経顕応録』享受・補遺」（『文学史研究』五五号、二〇一五年三月）。

（4）柴佳世乃『読経道の研究』（風間書房、二〇〇四年）、同『仏教儀礼の音曲とことば――中世の〈声〉を聴く』（法藏館、二〇二四年）。

（5）前掲注4柴『仏教儀礼の音曲とことば』論考編第二部第二章「『沙石集』の道命和泉式部説話――読経道伝承から読み解く」。初出は、長母寺開山無住和尚七百年遠諱記念論集刊行会編『無住――研究と資料』（あるむ、二〇一一年）所収論文。

（6）『沙石集』の引用は、小島孝之校注、新編日本古典文学全集『沙石集』（小学館、二〇〇一年）による。なお、「はじめに」で言及した道命和泉式部の読経道に関わる説話は、この米沢本・内閣文庫本などにのみ収載されている。

（7）前掲注4柴『仏教儀礼の音曲とことば』資料編五「大覚寺蔵澄憲『如意輪講式』解題と翻刻」。

（8）前掲注4柴『仏教儀礼の音曲とことば』論考編第三部第四章「澄憲の講式作成の具体相――『如意輪講式』における経文引用」。

（9）前掲注5柴「『沙石集』の道命和泉式部説話」。ここでは、その論旨をかいつまんで述べる。

(10) 前掲注4柴『仏教儀礼の音曲とことば』論考編第二部第一章「読経道口伝書の生成——『読経口伝明鏡集』著者能誉の周辺」。

(11) 『雑談集』の引用は、山田昭全・三木紀人校注、中世の文学『雑談集』（三弥井書店、一九七一年）による。引用には適宜、私に傍線を付したところがある。なお、同書の注釈および解説に多くの示唆を得た。

(12) 前掲注2新見「無住道暁の坐禅観と法華経読誦」。ここに引かれる『万善同帰集』の著者智覚大師は無住が愛読した『宗鏡録』の著者であり、新見氏は、坐禅の対処法を無住が宋禅に基づき導入したことを指摘している。

(13) 前掲注3小林「無住と南宋代成立典籍」に、『法華経顕応録』（南宋の宗暁撰、慶元二年〈一一九八〉成立）を参照した記述であることが論証されている。無住が、日本のみならず『法華伝記』『法華経顕応録』など中国の法華経の験記、持経者伝を複数合わせて細かく読んでいたことは、無住の『法華経』に寄せる関心の大きさを示すものと捉えられよう。

(14) 『法華経』の引用は大正新脩大蔵経による。

(15) 『元亨釈書』の引用は大日本仏教全書による。なお本条については、前掲注4柴『読経道の研究』にも論じた。

付記 本稿は、JSPS科研費基盤研究（B）「仏教儀礼の音曲復元から見る中世文化の総合的研究」（23K20444）による研究成果の一部である。

執筆者一覧（掲載順）

土屋有里子	亀山純生	追塩千尋
山田邦明	三好俊徳	伊藤　聡
和田有希子	阿部泰郎	加美甲多
高橋悠介	小林直樹	平野多恵
柴佳世乃		

【アジア遊学 298】

無住道暁《むじゅうどうぎょう》の拓《ひら》く鎌倉時代《かまくらじだい》
中世兼学僧の思想と空間

2024年10月25日　初版発行

編　者　土屋有里子
発行者　吉田祐輔
発行所　株式会社勉誠社
〒101-0061　東京都千代田区神田三崎町 2-18-4
TEL：(03)5215-9021(代)　FAX：(03)5215-9025
〈出版詳細情報〉https://bensei.jp/

印刷・製本　㈱太平印刷社

ISBN978-4-585-32544-4　C1391

279 上海フランス租界への招待—日仏中三か国の文化交流望

榎本泰子・森本頼子・藤野志織　編

廣田浩治
中世肥後の大百姓文書─舛田文書と小早川文書　春田直紀
「免田文書」の基礎的考察　小川弘和
人吉盆地の地下文書と景観復元─免田文書と段丘・洪水・棚田　似鳥雄一
『野原八幡宮祭事簿』について　柳田快明
地域史料としての仏像銘文─熊本市・立福寺跡観音堂の大永二年銘千手観音菩薩立像をめぐって　有木芳隆

281 神道の近代─アクチュアリティを問う

伊藤聡・斎藤英喜　編

［はじめに］「神道の近代」─あらたな知の可能性へ　伊藤聡・斎藤英喜
［総論］「神道の中世」から「神道の近代」へ　伊藤聡

Ⅰ　近代の国家と天皇祭祀・神社

天皇祭祀の近代　岡田莊司
「勅祭社」靖国神社─招魂とその祭神への変換　岩田重則
神武天皇説話の近代におけるその発見と変容─美々津出航伝承とおきよ丸　及川智早
【コラム】近代神社の「巫女」をめぐって　小平美香

Ⅱ　国体神学と国民道徳論

戦前日本における神社の社会的イメージの形成過程─明治末・小学校長永迫藤一郎の神社革新論をてがかりに　畔上直樹
国体明徴運動と今泉定助　昆野伸幸
日常生活から国家の秩序へ─筧克彦の「古神道」「神ながらの道」　西田彰一
植民地朝鮮における国家神道─檀君をめぐる「同床異夢」　川瀬貴也

Ⅲ　異端神道／霊術／ファシズム

近世の神話知と本田親徳─親徳による篤胤批判の意味　山下久夫
中世神道と近代霊学─その接点をもとめて　小川豊生
異端の神話という神話を超えて─『霊界物語』読解のための覚書　永岡崇
明治二十年代の神道改革と催眠術・心霊研究─近藤嘉三の魔術論を中心に　栗田英彦
修験道の近代─日本型ファシズムと修験道研究　鈴木正崇
異端神道と日本ファシズム　斎藤英喜

Ⅳ　学問としての神道

『神道沿革史論』以前の清原貞雄─外来信仰と神道史　大東敬明
神道学を建設する─井上哲次郎門下・遠藤隆吉と「生々主義」の近代　木村悠之介
柳田国男と黎明期の神道研究─神道談話会を通して　渡勇輝
戦後歴史学と神道─黒田俊雄の研究をめぐって　星優也
【コラム】今出河一友の由緒制作と近代における率川神社の由緒語り　向村九音
【コラム】海外の近代神道研究　平藤喜久子

280 都市と宗教の東アジア史

西本昌弘　編

序文　西本昌弘

Ⅰ　王都の宗教施設と儒教・仏教

中国 南北朝時代の王朝祭祀と都城　村元健一
朝鮮三国の国家祭祀　田中俊明
東アジアの祭天と日本古代の祭天　西本昌弘
藤原京・平城京と宗教施設　鈴木景二

Ⅱ　漢人集団・天台宗・禅宗の渡来と定着

大和地域の百済系渡来人の様相─五・六世紀を中心に　井上主税
義真・円澄と中国天台　貫田瑛
京都・地方禅林からみた北条得宗家と宋元仏教制度の導入　曽昭駿
尼五山景愛寺と法衣の相伝　原田正俊

Ⅲ　東アジアの仏教交流と寺院・文物

奈良・平安初期の四天王寺における資財形成と東アジア　山口哲史
宋元時代華北の都市名刹─釈源・洛陽白馬寺を中心に　藤原崇人
琉球・円覚寺の仏教美術─中国・朝鮮・日

［導論］中国の後宮　保科季子
I　「典型的後宮」は存在するのか―中国の後宮
漢代の後宮―二つの嬰児殺し事件を手がかりに　保科季子
六朝期の皇太妃―皇帝庶母の礼遇のひとこま　三田辰彦
北魏の皇后・皇太后―胡漢文化の交流による制度の発展状況　鄭雅如（翻訳：榊佳子）
唐皇帝の生母とその追号・追善　江川式部
【コラム】唐代の宦官　髙瀬奈津子
契丹の祭山儀をめぐって―遊牧王朝における男女共同の天地祭祀　古松崇志
【コラム】宋代における宦官の一族　藤本猛
明代の後宮制度　前田尚美
清代后妃の晋封形式と後宮秩序　毛立平（翻訳：安永知晃）
II　継受と独自性のはざまで―朝鮮の後宮
百済武王代の善花公主と沙宅王后　李炳鎬（翻訳：橋本繁）
新羅の后妃制と女官制　李炫珠（翻訳：橋本繁）
高麗時代の宦官　豊島悠果
朝鮮時代王室女性の制度化された地位と冊封　李美善（翻訳：植田喜兵成智）
【コラム】恵慶宮洪氏と『ハンジュンノク（閑中録）』　韓孝妀（翻訳：村上菜菜）
【コラム】国立ハングル博物館所蔵品からみた朝鮮王室の女性の生活と文化―教育と読書、文字生活などを中心に　高恩淑（翻訳：小宮秀陵）
III　逸脱と多様性―日本の後宮
皇后の葬地―合葬事例の日中比較を中心に　榊佳子
【コラム】日本古代の女官　伊集院葉子
日本・朝鮮の金石文資料にみる古代の後宮女性　稲田奈津子
【コラム】光明皇后の経済基盤　垣中健志
摂関期の後宮　東海林亜矢子
中世前期の後宮―后位における逸脱を中心に　伴瀬明美
【コラム】将軍宗尊親王の女房　高橋慎一朗
中世後期の朝廷の女官たち―親族と家業から　菅原正子
足利将軍家における足利義教御台所正親町三条尹子　木下昌規
近世の後宮　久保貴子
「三王」の後宮―近世中期の江戸城大奥　松尾美恵子
IV　広がる後宮―大越・琉球
中世大越（ベトナム）の王権と女性たち　桃木至朗
古琉球の神女と王権　村井章介

282 列島の中世地下文書―諏訪・四国山地・肥後

春田直紀　編

序論：中世地下文書の階層性と地域性　春田直紀
第一部　諏訪
諏訪上社社家の文書群と写本作成　村石正行
大祝家文書・矢島家文書　岩永紘和
守矢家文書　金澤木綿
守矢家文書における鎌倉幕府発給文書―原本調査による正文の検証　佐藤雄基
戦国期諏訪社の祭祀・造宮と先例管理―大名権力と地下文書の融合　湯浅治久
第二部　四国山地
四国山地の中世地下文書―記載地名の分布と現地比定　楠瀬慶太
「柳瀬家文書」の成立過程　村上絢一
土佐国大忍荘の南朝年号文書―「行宗文書」正平十一年出雲守時有奉書を中心に　荒田雄市
菅生家文書―阿波国に伝わった南朝年号文書　池松直樹
南朝年号文書研究の新視点―「後南朝文書」との比較から　呉座勇一
中世阿波の金石文から地下文書論を考える　菊地大樹
第三部　肥後
肥後の地下文書―肥後国中部を中心に

285 渾沌と革新の明治文化―文学・美術における新旧対立と連続性

井上泰至　編

284 近世日本のキリシタンと異文化交流

大橋幸泰　編

283 東アジアの後宮

伴瀬明美・稲田奈津子・榊佳子・保科季子　編

田中誠

【コラム】比較文書史料研究の現場から　高橋一樹

第3部　日本で外国史を研究すること

日本で外国史を研究すること―中世ヨーロッパ史とイタリア史の現場から　佐藤公美

交錯する視点―日本における「外国史」としてのベトナム史研究　多賀良寛

日本でモンゴル帝国史を研究すること　向正樹

自国史と外国史、知の循環―近世オランダ宗教史学史についての一考察　安平弦司

【コラム】中国における日本古代・中世史研究の「周縁化」と展望　王海燕

第4部　書評と紹介

南基鶴『가마쿠라막부 정치사의 연구』(『鎌倉幕府政治史の研究』)　高銀美

Kawai Sachiko, *Uncertain Powers: Sen'yōmon-in and Landownership by Royal Women in Early Medieval Japan*（河合佐知子『土地が生み出す「力」の複雑性―中世前期の荘園領主としての天皇家の女性たち』）　亀井ダイチ利永子

Morten Oxenboell, *Akutō and Rural Conflict in Medieval Japan*（モーテン・オクセンボール『日本中世の悪党と地域紛争』）　堀川康史

Morgan Pitelka, *Reading Medieval Ruins: Urban Life and Destruction in Sixteenth-Century Japan*（モーガン・ピテルカ『中世の遺跡を読み解く―十六世紀日本の都市生活とその破壊』）　黄霄龍

Thomas D. Conlan, *Samurai and the Warrior Culture of Japan, 471-1877: A Sourcebook*（トーマス・D・コンラン『サムライと日本の武士文化：四七一―一八七七　史料集』）　佐藤雄基

【コラム】新ケンブリッジ・ヒストリー・オブ・ジャパンについて　ヒトミ・トノムラ

288 東アジアの「孝」の文化史―前近代の人びとを支えた価値観を読み解く

雋雪艶・黒田彰　編

序　雋雪艶

序文　黒田彰

一、孝子伝と孝子伝図

中国の考古資料に見る孝子伝図の伝統　趙超

舜の物語攷―孝子伝から二十四孝へ　黒田彰

伝賀知章草書『孝経』と唐宋時代『孝経』テクストの変遷　顧永新（翻訳：陳佑真）

曹操高陵画像石の基礎的研究　孫彬

原谷故事の成立　劉新萍

二、仏教に浸透する孝文化

報恩と孝養　三角洋一

〈仏伝文学〉と孝養　小峯和明

孝養説話の生成―日本説話文芸における『冥報記』孝養説話　李銘敬

説草における孝養の言説　高陽

元政上人の孝養観と儒仏一致思想―『扶桑隠逸伝』における孝行言説を中心に　陸晩霞

韓国にみる〈孝の文芸〉―善友太子譚の受容と変移　金英順

平安時代における仏教と孝思想―菅原文時「為謙徳公報恩修善願文」を読む　吉原浩人

三、孝文化としての日本文学

漢語「人子」と和語「人《ひと》の子《こ》」―古代日本における〈孝〉に関わる漢語の享受をめぐって　三木雅博

浦島子伝と『董永変文』の間―奈良時代の浦島子伝を中心に　項青

『蒙求和歌』における「孝」の受容　徐夢周

謡曲における「孝」　ワトソン・マイケル

『孝経和歌』に見る日本における孝文化受容の多様性　雋雪艶

和漢聯句に見える「孝」の題材　楊昆鵬

橋本関雪「木蘭」から見る「孝女」木蘭像の変容　劉妍

290 女性の力から歴史をみる―柳田国男「妹の力」論の射程

永池健二　編

序言　いま、なぜ「妹の力」なのか　永池健二

総論「妹の力」の現代的意義を問う　永池健二

第Ⅰ部　「妹の力」とその時代―大正末年から昭和初年へ

「妹の力」の政治学―柳田国男の女性参政論をめぐって　影山正美

柳田国男の女性史研究と「生活改善（運動）」への批判をめぐって　吉村風

第Ⅱ部　霊的力を担う女たち―オナリ神・巫女・遊女

馬淵東一のオナリ神研究―オナリ神と二つの出会い　澤井真代

折口信夫の琉球巫女論　伊藤好英

地名「白拍子」は何を意味するか―中世の女性伝説から『妹の力』を考える　内藤浩誉

【コラム：生きている〈妹の力〉1】民俗芸能にみる女性の力―朝倉の梯子獅子の御守袋に注目して　牧野由佳

【コラム：生きている〈妹の力〉2】江戸時代の婚礼の盃事―現代の盃事の特質を考えるために　鈴木一彌

第Ⅲ部　生活と信仰―地域に生きる「妹の力」

くまのの山ハた可きともをしわけ―若狭・内外海半島の巫女制と祭文　金田久璋

長崎のかくれキリシタンのマリア信仰　松尾恒一

敦煌文献より見る九、十世紀中国の女性と信仰　荒見泰史

【コラム：生きている〈妹の力〉3】母親たちの富士登山安全祈願―富士参りの歌と踊り　荻野裕子

【コラム：生きている〈妹の力〉4】女たちが守る村―東日本の女人講　山元未希

第Ⅳ部　女の〈生〉と「妹の力」―生活から歴史を眼差す

江馬三枝子―「主義者」から民俗学へ　杉本仁

「妹の力」から女のための民俗学へ―瀬川清子の関心をめぐる一考察　加藤秀雄

「女坑夫」からの聞き書き―問い直す女の力　川松あかり

高取正男における宗教と女性　黛友明

【コラム：生きている〈妹の力〉5】「公」と「私」と女性の現在　山形健介

「妹の力」をめぐるミニ・シンポジウムの歩み

289 海外の日本中世史研究―「日本史」・自国史・外国史の交差

黄霄龍・堀川康史　編

序論　日本中世史研究をめぐる知の交差　黄霄龍・堀川康史

第1部　海外における日本中世史研究の現在

光と闇を越えて―日本中世史の展望　トーマス・コンラン

韓国からみた日本中世史―「伝統」と「革新」の観点から　朴秀哲

中国で日本中世史を「発見」する　銭静怡

ドイツ語圏における日本の中世史学　ダニエル・シュライ

英語圏の日本中世経済史研究　イーサン・セーガル（坂井武尊：翻訳）

女性史・ジェンダー史研究とエージェンシー　河合佐知子

海外における日本中世史研究の動向―若手研究者による研究と雇用の展望　ポーラ・R・カーティス

【コラム】在外日本前近代史研究の学統は描けるのか　坂上康俊

第2部　日本側研究者の視点から

イギリス滞在経験からみた海外における日本中世史研究　川戸貴史

もう一つの十四世紀・南北朝期研究―プリンストン大学での一年から　堀川康史

歴史翻訳学ことはじめ―英語圏から自国史を意識する　菊地大樹

ケンブリッジ日本学見聞録―研究・教育体制と原本の重要性　佐藤雄基

ドイツで／における日本中世史研究

291 五代十国―乱世のむこうの「治」

山根直生　編

例から　船場昌子
「九戸一揆」再考　熊谷隆次
第Ⅲ部　出羽の再仕置
上杉景勝と出羽の仕置　阿部哲人
南出羽の仕置前夜―出羽国の領主層と豊臣政権　菅原義勝
奥羽仕置と色部氏伝来文書　前嶋敏
【コラム】上杉景勝書状―展示はつらいよ　大喜直彦
付録　奥羽再仕置関連年表

293 彷徨する宗教性と国民諸文化
―近代化する日独社会における神話・宗教の諸相

前田良三　編

はじめに　「彷徨する宗教性」と日独の近代　前田良三
第一部　近代日本―神話・宗教と国民文化
解題　前田良三
日本国家のための儒学的建国神話―呉泰伯説話
ダーヴィッド・ヴァイス（翻訳：前田良三）
神道とは宗教なのか？―「Ostasien-Mission（東アジアミッション）」（OAM）の報告における国家神道
クラウス・アントーニ
国民の人格としての生きる過去―昭和初期フェルキッシュ・ナショナリズムにおける『神皇正統記』とヘルマン・ボーネルによる『第三帝国』との比較
ミヒャエル・ヴァフトゥカ（翻訳：馬場大介）
戦間期における宗教的保守主義と国家主義―ルドルフ・オットーと鈴木大拙の事例を手掛かりに
チェ・ジョンファ（翻訳：小平健太）
ゲーテを日本人にする―ドイツ文学者木村謹治のゲーテ研究と宗教性　前田良三
第二部　近代ドイツ―民族主義宗教運動と教会
解題　前田良三
ナザレ派という芸術運動―十九世紀における芸術および社会の刷新理念としての「心、魂、感覚」
カーリン・モーザー＝フォン＝フィルゼック（翻訳：齋藤萌）
「悪魔憑き」か「精神疾患」か？――一九〇〇年前後の心的生活をめぐるプロテスタントの牧会と精神病学との論争
ビルギット・ヴァイエル（翻訳：二藤拓人）
近代ドイツにおける宗教知の生産と普及―ドイツ民族主義宗教運動における「ナザレのイエス」表象を巡って　久保田浩
自然と救済をめぐる闘争―クルト・レーゼとドイツ民族主義宗教運動　深澤英隆
フェルキッシュ・ルーン学の生成と展開―アリオゾフィー、グイド・リスト、『ルーンの秘密』　小澤実
ヴィリバルト・ヘンチェルと民族主義的宗教（völkische Religion）　齋藤正樹
あとがき　前田良三

292 中国学の近代的展開と日中交渉

陶徳民・吾妻重二・永田知之　編

序説　陶徳民・吾妻重二
第Ⅰ部　近代における章学誠研究熱の形成とそのインパクト
十九世紀中国の知識人が見た章学誠とその言説―史論家・思想家への道　永田知之
「欧西と神理相似たる」東洋の学問方法論の発見を求めて―内藤湖南における章氏顕彰と富永顕彰の並行性について　陶徳民
戴震と章学誠と胡適―乾嘉への接続と学術史の文脈　竹元規人
「章学誠の転換」と現代中国の史学の実践―胡適を中心に（節訳）
潘光哲（邱吉、竹元規人編訳）
余嘉錫の章学誠理解―継承と批判　古勝隆一
内藤湖南・梁啓超の設身処地と章学誠の文徳について　高木智見
【コラム】『章氏遺書』と章実斎年譜について　銭婉約
【コラム】劉咸炘と何炳松の章学誠研究について　陶徳民
【コラム】清末・民国初期における史学と目録学　竹元規人

295 蘇州版画―東アジア印刷芸術の革新と東西交流

青木隆幸・板倉聖哲・小林宏光　編

294 秀吉の天下統一―奥羽再仕置

江田郁夫　編

アジア遊学既刊紹介

297 廃墟の文化史

木下華子・山本聡美・渡邉裕美子　編

296 天文文化学の視点─星を軸に文化を語る

松浦清・真貝寿明　編